与你的城同在
YU NIDE CHENG TONGZAI

长 篇 小 说
"潮汐三部曲"之三

海潮涌动

丞卫 著

SPM
南方传媒
广东人民出版社
·广州·

图书在版编目（CIP）数据

海潮涌动 / 丞卫著 . —广州：广东人民出版社，2022.9
ISBN 978-7-218-15977-5

Ⅰ.①海…　Ⅱ.①丞…　Ⅲ.①长篇小说—中国—当代　Ⅳ.① I247.5

中国版本图书馆 CIP 数据核字（2022）第 170757 号

HAICHAO YONGDONG

海潮涌动

丞卫　著

版权所有　翻印必究

出　版　人：肖风华

责任编辑：汪　泉
特邀编辑：钟　菱
责任技编：吴彦斌　周星奎

出版发行：广东人民出版社
地　　址：广州市越秀区大沙头四马路 10 号（邮政编码：510199）
电　　话：（020）85716809（总编室）
传　　真：（020）83289585
网　　址：http://www.gdpph.com
印　　刷：佛山家联印刷有限公司
开　　本：889 毫米 ×1194 毫米　1/32
印　　张：11.625　　字数：300 千
版　　次：2022 年 9 月第 1 版
印　　次：2022 年 9 月第 1 次印刷
定　　价：68.00 元

如发现印装质量问题，影响阅读，请与出版社（020—85716821）联系调换。
售书热线：（020）87716172

作者简介

　　丞卫（笔名），本名樊成玮，法学博士，一级律师。曾为央企干部、政府公务员、上市公司高管、律师事务所合伙人、政协委员、人大代表、高校兼职教授、研究机构特约研究员等。先后出版有关经济、法律、社会方面的个人专著六部（其中一部版权输出至海外），并在《法学评论》《中国统一战线》《河北法学》《民主与法制》《特区经济》等报纸杂志上发表专业论文数十篇，也发表过少量诗歌、散文和词曲作品。本书是作者继"潮汐三部曲"第一部《汉水悠悠》和第二部《江河激荡》之后的第三部。

发了他内心潜藏已久的对改革开放前沿——广东的向往，毅然决然地停薪留职，追随刚刚兴起的南下大潮来到南方。在临港这个新兴的移民城市，千载难逢的新生事物，千姿百态的社会风物，千人百面的文化习俗，千变万化的人性诱惑，主人公郑晓悟在经受了爱情的打击、婚姻的突变、事业的迷惘、内心的无助等诸多磨难与坎坷之后，依然坚持不懈地追求自己的幸福和成功。"试问岭南应不好，却道此心安处是吾乡。"这就是郑晓悟托付并坚守的南方。

因为，这里打开了一扇南风窗。

"1979年，那是一个春天，有一位老人在中国的南海边画了一个圈"，这一扇并不大的南风窗终于被打开，虽说乍暖还寒，但已春风和煦，你听，滚滚春雷已响彻神州大地；你看，<u>丝丝春雨</u>正洒向大江南北。于是，有人开始用疑虑的眼光打量窗外的世界；于是，有人终于用试探的动作迎接门外的来客；于是，有更多的人感受到户外的温度；于是，有更多的地方接受到窗外的阳光。万物已然复苏，万象肇始更新，打开大门，走向世界，拥抱未来，民心所向，犹如春潮涌动，恰似海浪翻滚。身处北方的郑晓悟感受到了这股太平洋暖流，顺势而为、与时俱进地追上了千军万马南下广东的潮头，终于站到了南风窗的窗口，留职停薪、辞职下海、兼职炒股、转业地产、置业炒房、创业自立等等，那个年代的时髦举动，均已率先尝试。

因为，这里传来了阵阵南海潮。

早期来到南海之滨这座由边陲小镇崛起的现代化城市，几乎陪伴着这座城市成长的郑晓悟，深刻地体会到了"春江潮水连海平，海上明月共潮生"的现实画面和历史画卷，这里有蛇口半岛第一声开山炮引发的滚滚浪潮，这里有基建工程兵万马奔腾掀起的滚滚浪潮，这里有港澳台同胞投资报国推高的滚滚浪潮，这里有四面八方天南地北的口音汇聚的滚滚浪潮……最终形成了海潮

前　言

　　长篇小说"潮汐三部曲"之最后一部《海潮涌动》终于杀青，可以交稿付梓了，我的脑海中突然冒出《小说月报》徐福伟副主编在 2021 年 5 月 28 日下午"中国作家公开课"上讲的一段话："一篇好的小说不仅需要好看的故事、有张力的情感空间，还需要深刻的哲思，应该包含着对生命、对人性、对社会、对民族、对国家以及历史的深刻思考，从而散发出思想的光芒。"拙作从《汉水悠悠》到《江河激荡》再到《海潮涌动》，时间跨度逾半个世纪，地域纵横大半个中国，故事经纬交织着个人、家庭、事业、爱情在历史潮汐波澜中的跌宕起伏，人物群体编织着同学、亲友、同事、领导在社会发展变迁中的人性冲突，然而是否达到了徐老师的这一基本要求，还真不敢自下结论，只有交给尊敬的读者们去评判、认定。但是作为作者的我，由初心而诚心，由诚心而尽心，实心实意地想把这一段的中国故事讲好，虽然有些情节不得不写得内敛，有些事件不得不写得克制，有些细节不得不写得省略，有些人物不得不写得模糊，甚至移花接木，顾左右而言他。

　　百川归海，向海而生。

　　您可以从《汉水悠悠》《江河激荡》《海潮涌动》的书名和内容之中，明了故事的发展脉络和主人公的人生走向，其实，中华民族探索与奋斗、改革与发展、开放与创新的富民强国之路何尝不是这样过来的呢？曾在北方港口城市有过中国海洋石油对外合作勘探开发经历，从事外商谈判法务工作的郑晓悟，因一个偶然的机会，看到了东南沿海城市临港开发区的招聘广告，顿时激涌动的无穷能量。在这个潮汐翻卷之中，主人公郑晓悟曾经劈波斩浪，也曾随波逐流，曾经昂首弄潮，也曾随俗沉浮，曾在背叛中哭泣，曾在沉沦中迷失，曾在打击中疗伤，曾在屈辱中愤怒，但始终义无反顾，绝不回头。在潮起潮落中修炼，在顺流逆流中修行，这种人生才有意义。

因为，这里造就了精彩的南国梦。

醉心神往南国梦，因为这里有南风习习拂面，因为这里有南海春潮悦耳，因为这里有南国四季常青，因为这里有南方城乡如画。主人公郑晓悟和千千万万的南下追梦人一样，发现这里时时处处都充满机会，因而可以充分地珍惜这些机会；发现这里上上下下都鼓励创业，因而可以勇敢地尝试创新创业；发现这里分分秒秒都飘忽着梦想，因而可以随性地放飞自由梦想，哪怕是机会错失，哪怕是创业失败，哪怕是梦想破碎，无怨无悔。因为这里更有包容。有包容，就有好梦，有包容，就可以告别昨日的伤与痛，有包容，就可以走过雨走过风，继续成就好梦。郑晓悟就是这样在梦想中追求精彩，追求幸福，追求成功。虽说"江山改尽英雄面，岁月何曾饶旧人"，但郑晓悟的原型人物，至今仍然在义无反顾地寻梦、追梦、造梦、圆梦。

作为三部曲的写作规划完成了，但是，三部曲两代人的故事并没有结束，我们的生活还在继续，生命尚在延续，人生仍在接续。

浩浩长风

苍苍云水

巍巍青山

茫茫大地

你我走过人生道路的崎岖

你我翻越山川河谷的险峻

你我体验历史瞬间的精彩

你我创造生命永恒的奇迹

我们在哪里

我们在哪里

太阳在蓝天上闪耀

月亮在星空中沉寂

万物在田野里生长

你我在天地间屹立

　　总之，拙作"潮汐三部曲"有幸得以忝列广东人民出版社"与你的城同在"系列作品出版，当应感谢王为理博士的引荐与推介。诚挚感谢出版社副总编辑钟菱老师的垂青与支持，衷心感谢先后为该三部长篇小说的编校出版付出辛劳的郑薇老师（《汉水悠悠》）；沈海龙老师、郑薇老师、梅璧君老师（《江湖激荡》）；以及特别担纲本部《海潮涌动》责任编辑和专业指导的高级编辑、知名作家汪泉老师及刘晓菁老师。并感谢梁茵老师、施勇老师、高高老师、董芳老师所领导的团队。因风道感谢，情至笔载援。

丞卫

目录

第一章　花城印象

　　已经是后半夜了，通体绿色的列车在柴油机车的牵引下，宛若一条趁着夜色潜行的蛟龙蜿蜒驰骋在南国的大地上，朗朗晴空中皎洁如洗的半轮明月之下，是丘陵山冈的剪影和依稀可辨的村落，车窗外视野所及之处，没有一丝灯光，感觉是那么无声无息的寂寥，是那么安然沉静的祥和，当车轮在钢轨上发出"咣当、咣当"的凌空回响，这是提醒着旅客此时正在跨过某一条河流的桥梁。此时夜灯昏暗的车厢内不时会传出熟睡旅客的鼾声，车顶吊扇寂寞地"嗡嗡"转动在努力地调剂着濡闷的空气。"这四月天，在天津还要穿毛衣、皮夹克呢。应该是快要进广东地界了吧？"毫无睡意的郑晓悟开始感到有些闷热，脱掉从武汉上车时一直穿着的西装外套，心里估摸着。

　　依然还有很多人和郑晓悟一样，兴奋得无法入睡，或在低声交谈，或在窃窃私语，听得出来他们的话题几乎都是在谈论着南方，打听着临港，也有提到广州、深圳和珠海等地。是的，他们都在探讨规划着即将到来的全新生活和如何实现未来的致富梦想。异常清醒且精神亢奋的郑晓悟时不时地能捕捉到一些飘进耳朵里的信息，同时在自己内心深处既满怀期待，又有些许忐忑地想象着自己将要面临的未知新世界："临港到底是个什么样的地方呢？……"不过，还有一个影响他安然入睡的重要原因，就是对面座位上那对时髦男女的行为举止。那位男青年本身倒没有什么异常，右手拿着一个郑晓悟从没见过的状若烟盒的微型手电筒，照射翻阅左手握着的一沓合同书和票据之类的纸张，不时在和自己的女朋友用方言议论着什么。只是这位女青年太过亲热地环拥着男青年，丰满的胸部紧紧抵着他的左膀，或轻声应答，或指点解释，并且她每说一句话，身子就不由自主地撒娇般地晃动着胸部撞挤、磨蹭男青年的手臂，尤其是女孩紧身衬衣的第三颗纽扣似乎松脱了或者绷脱了，酥胸半露而显出咄咄逼人的侵略性，在微型手电光影的反射下更有立体感，更添诱惑力。男青年似乎完全没有感觉，也可能是已经习以为常，始终全神贯注地在核对手中那沓资料。

这位时髦女郎虽然没有女朋友吕菁华那么漂亮，那么有气质，但她过于性感的肉体和有意无意地小动作，弄得正处于青春热恋，昨晚才刚与女友亲热缠绵分开不久的郑晓悟神不守舍，无法做到熟视无睹，无法克制眼热心燥，只好以坚强的意志强迫自己把头扭过去朝窗外望去，瞟见邻座的中年男人以无所顾忌的贪婪眼色，死死盯着这女孩的身体，便赶紧收回视线，闭眼假寐，还是去想自己跟心上人的美事吧，从天津路经武汉，只计划停留三十小时，俩人都无比珍惜借住其闺蜜好友赵佳寝室那一晚良宵，甜蜜的缠绵如醉如狂。好在菁华有先见之明，事先做好了系列防护措施，否则，被今天一早敲门闯进来检查床上"犯罪痕迹"的赵佳看到了，还不知道会怎么样呢。

似睡非睡之中，半梦半醒之间，车厢里的广播喇叭响起了开播的音乐声，哦，原来是李谷一演唱的《迎宾曲》：

花城百花开，

花开朋友来。

鲜花伴美酒欢聚一堂抒情怀，

新朋老友 新朋老友诚相待。

情谊春常在，

来来来，

朋友朋友 让我们携起手来，

把友谊的金桥架五洲，

丝绸新路通四海。

　　郑晓悟知道，这首可以说是广州的市歌，只要在广播里一播放，就是表明广州站快要到了。陆续醒来的旅客们开始嘤嘤嗡嗡地兴奋起来，窗外天色蒙蒙放亮，铁道两旁一闪而过的山丘、树木、水田、房屋在氤氲晨雾之中恰如淡抹轻描的水彩动画，不断变换着柔美灰绿的镜头，仔细欣赏之下竟然有好多是没见过也不认识的植物。

　　"香蕉！香蕉！看，好大一片香蕉林啊！"有什么人在惊呼。

　　郑晓悟和其他旅客一样，即刻好奇地扭头欣赏窗外那一望无际的香蕉园，排列整齐的蕉林上那一挂挂已经成熟的香蕉正等待采摘。有人觉得隔着玻璃窗看还不过瘾，便打开了车窗探出头去，顿时，一阵潮润暖湿的气流裹挟着一阵清新甜软的空气涌进了车厢，郑晓悟贪婪地深深吸入肺腑，觉得好舒服哇！他很喜欢这种气味、这种感觉。

　　伴随着列车员热情洋溢地介绍南国花城广州的甜蜜声音，高楼大厦越来越密集了，马路上的汽车越来越多了，令人应接不暇、五花八门的广告招牌在晨曦中展示着它们各自独特的创意风采。哇！已经进入广州市区了吗？郑晓悟满眼充盈着新奇感的天真，满心洋溢着无来由的感动，他觉得广州这个也有高楼，也有汽车，也有马路，也有红绿灯的城市，就是跟他生活过的襄阳、武汉、天津、北京这些城市似乎很有些不同，但到底如何不同，他说不出来，只是感觉到内心在狂跳，血液在沸腾，有一种迫不及待地要扑进她怀里的冲动，有一种急不可耐地要抚摸她身体的渴望。郑晓悟自觉有些不可思议，面对一座城市怎么可能会产生出一见钟情的初恋的感觉呢？

列车不算晚点太多，清晨六时许到达广州站。

拖着拉链收缩式滑轮旅行包，拎着一只漂亮的咖啡色皮质手提密码箱，穿着浅绿方格麻料西装上衣、暗灰色裤子的郑晓悟，精神抖擞地随着熙熙攘攘的人流检票出站。首先映入眼帘的是与车站大楼遥遥相对的一座巍然矗立的庞大建筑，楼顶上尚有霓虹闪耀的"红棉大酒店"几个红色大字在曙光初照中依然夺目抢眼，车来人往的车站广场四周种植着高大的红棉树、笔直的棕榈树、茂盛的芭蕉树和叫不出名字的灌木花丛。"完全是异国风情，异域情调嘛"，郑晓悟活动活动腰身，惬意地环顾着四周并且感觉良好地开心地嘀咕了一句。

习惯性地转身回望，只是为了瞻仰瞻仰广州火车站的风采，在车站主楼顶部"广州站"两旁，一边是"统一祖国"，一边是"振兴中华"。郑晓悟心中即刻感到一种震撼和自豪，觉得这八个红色大字的标语，醒目地耸立在这个港澳客商汇集，台湾同胞必到，海外华侨进出，西方媒体聚焦的华南最大的铁路枢纽站之上，真是再恰当不过了。正自顾自地揣摩欣赏、品味感慨之间，一位个子瘦小操着不太熟练的普通话的广东青年殷勤地走上前来搭讪："先生你好哇，要不要在这里留个影做个纪念啦，你们内地人到我们广州来都要在这里拍张照片，很有意义的啦。而且我用的是日本进口'富士'胶卷拍的彩色照片，才五毛五一张哦，很便宜的啦。"

郑晓悟一下明白了广东人把广东以外的人都称为"内地人"，

而且还知道现在"内地"的很多城市还不能冲印彩色照片，因此有很多人是把彩色胶卷托人带到广州或者深圳冲印，每张基本在五角钱左右，这里连拍照带冲印每张才五角五分，不贵呀，于是决定拍照留念，便顺口说道："哇！这么早就来拉生意啦，真是勤奋啊！"

那小伙子真诚地一笑："我们这个广州站一天二十四小时都有四面八方的旅客来来往往不断的啦，而且好多旅客喜欢拍广州车站和红棉大酒店的夜景，所以我们肯定要二十四小时为旅客提供服务啦。"

"呵呵，是够辛苦啊。"郑晓悟应付了一句。

"这样才有的钱赚嘛。"小伙子笑呵呵地坦诚道，同时指了指站在"流花派出所执勤岗亭"旁边的两位警察说："人家阿 sir 为人民服务二十四小时值班维持秩序都不觉得辛苦，我们这是给自己赚钱当然不可以怕辛苦哪。"两位正在交谈的警察看这位小伙子指向他们，便微微笑了笑并抬起手打了个招呼。

郑晓悟心里想：从香港电影里面知道香港人称警察为"阿 sir"，那是英语在香港本地化的应用，没想到在广州对警察也可以称"阿 sir"而不是叫警察同志，看来这南北文化的地域性差异已经显现了，这里受港台文化影响很直接，应该就是开放的现象之一吧？

拍好照，说定次日在这同一地点直接来找小伙子"取货"即可。郑晓悟先去买了明天去临港的火车票，然后乘上了开往中山大学的公共汽车。车上真是南腔北调聚集，各种方言交汇，售票员和认识的当地乘客则是用广州话交流对话，郑晓悟完全听不懂，但感觉很有广州味，语调很好听，于是便很享受地沉浸在各种腔调的语音交响的氛围中，倚窗而坐贪婪地观赏着久闻其名的花城街景。车子绕过红棉大酒店，是金碧辉煌的华侨大酒店，往前拐过一个弯，是古色古香的东方宾馆，"哦，这就是邓世荣隆重介绍的花园式酒店，啥时候一定要进去参观参观"，郑晓悟边扭头凝视边这么想着。又过了一站，则是气派非凡的中国大酒店，不久便驶上一条宽阔的大马路，隔窗可见一处花团锦簇的公园，远处有一幢颇具民族特色的蓝色琉璃瓦覆顶的建筑，听得车上售票员报站是"中山纪念堂"……

此时天色已经大亮，街道人流匆忙，公共汽车在绿树掩映的街道上穿行，从打开的车窗不断飘进来的基本都是时下流行的粤语歌曲，而且多数都是郑晓悟之前没有听过的，完全听不懂歌词，但曲调甚是优美。这些甜软轻柔的歌声从岭南建筑风格的商铺、食肆中悠悠传出，很有情景交融的独特韵味。

在郑晓悟的满心赞叹中，公共汽车驶上了海珠大桥，只见桥上是车轮滚滚的骑车上班的人流，桥下是碧水滔滔的浩荡奔腾的大江，江面航船如梭，不愧黄金水道，两岸高楼林立，一片繁荣景象。"哇！快看快看，那就是白天鹅宾馆，香港大老板投资的五星级大酒店！"有人在夸张地欢叫。跟随着众人的视线，只见不远处的珠江岸边，面江矗立着一座高大伟岸的白色建筑，有人在说她像一面巨大的屏风，而郑晓悟却认为这座好像直接建在水面之上的白天鹅宾馆恰如一张鼓满了风的风帆，正扬帆启航，乘风破浪，驶向风光绮丽的南海，驶向辽阔无垠的太平洋。

郑晓悟坐在公共汽车上对一路的所见所闻不断有新的感触、新的感受、新的感想，至少首先对于广州的直观感性认识而言，就庆幸自己的南下决策无比正确。虽然还不知道自己将来能不能留下来。

过了海珠大桥，珠江南岸则不再喧闹，商厦店铺也相对要少许多。汽车到达新港西路的中山大学停靠站，郑晓悟随着几位乘客一片"落车""有落"的招呼声一同下车，并开心自得地暗暗自夸又学懂了"落车""有落"是到站下车的意思。

紧邻车站路边即是一间不大的早餐小店，在里边吃饭的人看来还不算少，小店的门楣上方是简单而随意地用毛笔手写的店名"云吞面馆"，两旁的门柱还分别写着"正宗实惠""丰简由人"的广告词，便顿时觉得肚子饿了，决定就在这个叫"云吞"的面馆吃碗面条吧。

走进小店，店内六张折叠小桌都坐满了人在边吃边聊，说的都是听不懂的当地话。郑晓悟正疑惑在哪儿买票点餐吃饭呢，马上就有一位黑瘦矮小穿着短袖衫的中年人笑容满面地迎了上来，用很浓的广东味的普通话热情地招呼："欢迎光临！这边有位，请先坐。"

郑晓悟心里莫名其妙地暗自嘀咕：请先坐？他应该说的是请我先坐下来的意思吧？也不问我吃什么也不让我先买餐票？直接让我坐？那就入乡随俗，先坐就先坐吧，便在其引导的空位置上坐下来。中年人紧接着就问："先生，请问你想吃什么？"

"就来一碗面条吧。"

"是光面还是要加牛腩？加叉烧？加云吞？加不加都可以的啦。不过云吞面是我们的招牌，先生你要不要试试呀？很正宗的。"

"云吞面？……云吞……云吞是什么？"郑晓悟不知所云。

"云吞……哦哦，云吞就系云吞啦。"中年人翻着眼睛很费劲地想解释清楚，但最后等于什么都没说。

旁边一位戴着眼镜正在吃面的年轻人用相对标准的普通话向郑晓悟解释："广东人说的云吞就是馄饨。喏，就是我吃的这种叫云吞面，在你们北方应该叫馄饨面吧，这家的云吞面的确很正宗。"

"对对对，就是馄饨……馄饨面啦。"中年人如释重负地笑道。

"好的，那就来一碗和他一样的云吞面吧。"郑晓悟说完奇怪地看着这位中年服务员朝锅灶处喊了一声，也不收钱就径自离去，心里感觉好笑地想：这个人说馄饨面怎么更像说的是"混蛋面"呢？

不过这碗"混蛋面"给郑晓悟留下了深刻的印象：面条含碱微黄，精细爽口，筋道弹牙；云吞皮薄爽滑，肉馅鲜美，虾味清甜，给了郑晓悟从未有过的最佳的入口、咀嚼、味觉和吞咽感受。他一边品尝美味一边留心观察，发现原来是先吃饭后结账，噢，不对！是叫"买单"。便当场学会了在吃完之后现学现卖地招手"买单"，只是这早餐六毛钱一碗确实有些贵，比起"内地"一毛多钱两毛钱一碗的荤面要贵两三倍，难怪之前听人说广州、深圳包括临港这些地方的物价贵呢。

下车伊始即品尝到广州正宗的特色早餐，郑晓悟很满足也很满意地走向路对面的中山大学，这里是南校门，四角翘檐的绿色琉璃瓦覆顶，端庄大气颇具特色。根据邓世荣来信所写的地址，门卫说中大和美国合办的海洋工程研修班的培训学员们所住的招待所是在学校西侧门附近，并指引了路径。邓世荣已经收到郑晓悟预先告知今天一早到达广州的信，所以见到郑晓悟按时来到，便即刻把他带到招待所对面的中山大学自办的"酒店管理教学培训酒店"，因已提前以研修班的名义向学校申报，所以不用出具单位的介绍信，只需要出示津港石油公司的工作证就很顺利地直接办理了入住手续，并且有优惠。

郑晓悟很体谅地跟邓世荣说不要影响他今天上课，因为自己坐夜车没睡好觉比较累，要好好地睡上一觉，等睡到自然醒之后，下午自行到中山大学的校园里转一转参观参观，等他下午下课后再见面好好聊聊。邓世荣也觉得这样安排很好，并说他和津港石油公司过来培训的几位同事也约好了今天晚上为郑晓悟接风洗尘。

中山大学的这所教学培训酒店看来新建不久，并且是按照一定的规格等级和教学标准建造的，设计很先进，设施很齐全，布局很规范，服务很正规，这也是郑晓悟第一次住进这种正儿八经的酒店，并且算得上是比较高级的酒店——因为即使是到北京参加外事谈判也只能住内部招待所。郑晓悟感到前所未有的舒坦，赶紧放好行李箱包，舒舒服服地洗了个热水澡，舒舒展展地躺到舒适惬意的席梦思床上，很快就进入了甜蜜的梦乡。这一觉便睡到中午过后。

安睡足眠，神清气爽。起床洗漱完毕到酒店大堂服务台问明附近有一间"港式茶餐厅"二十四小时营业，随时都有饭吃、有饮料喝，而且便宜实惠，便步行而去。走进这间茶餐厅，点餐处图文并茂的彩色餐牌上印有一款类似红烧肉饭的快餐立刻吸引了郑晓悟的眼球，哈！这就是自己在江湾高中时第一次看香港电影《巴士奇遇结良缘》中男主角阿义狼吞虎咽吃的那种，但这上面写的却是"叉烧饭"，并注明配有"港式奶茶"。郑晓悟边吞着口水边点了这份套餐。

现在，郑晓悟已经搞清楚在广东一般是称"先生""小姐"，而不是像在北方称"同志"或者在津港石油公司统称"师傅"，觉得这很有点儿回到过去民国时期的味道，挺有意思的。于是慢慢地喝着服务员小姐送上来的热度适中的淡淡茶水，并用心地打量着这间面积不大的餐厅，布置洋气，招贴醒目，桌椅整洁，窗明几净，服务员热情礼貌而周到，就餐者文明有序而安静，也的确与北方餐馆存在感觉上的差异。"看样子这'港式茶餐厅'应该是香港人开的，也应该是香港人的经营风格"，郑晓悟瞎琢磨着。不多一会儿，送餐到位，洁白的大餐盘上是喷香的米饭，卤色的肉片，碧绿的菜心，还有一杯热气腾腾的奶茶。令其首先感到诧异的是摆配的青菜竟然是几条完整的菜，难道不用切碎就炒吗？咦？好像只是过水煮了的煮而已。于是先试着夹起一条菜心咬了一口，嗯，爽嫩可口，菜味清甜。再怀着向往已久几乎是崇敬的心情吃了一块肉，哦，难怪不叫红烧肉叫"叉烧"呢，和红烧肉比起来少油腻且很有嚼劲，但偏甜。尤其没有想到的是，那杯"港式奶茶"既有红茶的韵味，又有咖啡的馥郁，而且更加幼滑、醇香，口感非常丰富，令人回味无穷。就是这杯奶茶养成了郑晓悟此后一生中对"港式奶茶"难以割舍的偏爱，无论是到广东的任何一个市镇，还是去到香港、澳门或是台湾，只要进了港式茶餐厅，必要"叹"上一杯奶茶，而且还能指出其正宗与否，品出其口味优劣。

饭后漫步在中山大学校园，融入其间，感觉绿树婆娑，郁郁葱葱，苍翠满目，鸟语花香，整个校园布局颇有讲究地建有亭、台、楼、阁、榭、厝、碑、坊等传世建筑，大部分建筑物都是红柱黄墙绿瓦，老房子很多，甚至长满青苔、爬满青藤，有些建筑好像无人打理显出残壁败瓦的模样，但郑晓悟并不觉得衰破难看，反而认为很有历史感，在赏心悦目的同时能感受到厚重的文化沉淀，看来把武汉大学、中山大学、厦门大学列为中国最美大学校园前三甲不是没有道理的。校园中心无数参天大树环绕下的宽阔的中央大草坪，一座古朴美观的大理石砌就的桥型基座之上矗立着一尊孙中山纪念铜像，在绿树蓝天的映衬下异常引人注目，而与塑像遥对的永芳堂前，就是孙中山先生为中山大学题写的十字校训：博学、审问、慎思、明辨、笃行。

郑晓悟边逛边看边在心中逐字逐句默默揣摩和评析着一代伟人所题校训中体现的思想胸怀，不觉走到北校门，这是一座非常有特色的面江而立引人入胜的双排十二柱石质牌坊，中间顶部的石匾上从右向左镌刻着"国立中山大学"六个红色繁体楷书大字，庄重气派，很有气势，屹立于珠江之滨近百年，经历了风云变幻，看惯了海潮涌动，依然是那么的稳如泰山，气定神闲。郑晓悟倚着牌坊的石柱就像依靠在历史老人的脚边，出神地望着扬波欢唱、争先恐后地奔向南海的浩荡江水，又呆呆地看向对岸鳞次栉比的高楼大厦、高塔吊臂，他又想起了此时还在长江之滨的大学校园里等待毕业分配的心上人吕菁华，虽然只是昨天下午才挥手告别，但他的心中仍旧泛起了无法遏制的思念。忽然间，拥来好几拨学生，兴高采烈地拉起"中山大学中文系85届毕业留念""中大数学系 85 届毕业留念""法律学系 85 届毕业留念"等横幅，开始大呼小叫地召集拍照。

　　昨晚由邓世荣组织在中大培训的石油公司同事为郑晓悟接风洗尘，不会喝酒的郑晓悟被强逼喝了一杯"珠江啤酒"，昏昏沉沉回到酒店，倒头便睡。此刻正在神游梦境呢，却听那门铃猛响不停，很不情愿地起身开门，只见邓世荣精神焕发、不管不顾地急匆匆推门而入："嘟个还没起床的嘛，太懒咯！快一点儿，快一点儿嘛，今天是五一节，快跟我去喝早茶，然后去逛街哈。"

　　"去逛街？我买了今天的火车票要赶去临港报到的。"

　　"报个鬼到哦报到！今天放假你晓不晓得？没的人上班你去找哪个报到嘛？快点儿哈，莫啰唆咯！现在要赶紧先去接我女朋友，再赶到火车站先把你那张鬼火车票给退了，啥时候决定要走啥时候再直接去买哈，方便得很。然后我们去东方宾馆喝早茶。"

　　郑晓悟听他唧唧歪歪地不停催促，便赶紧手忙脚乱地洗脸刷牙，听到最后一句又随口好奇地问："喝早茶？喝什么早茶？"

　　"哎哟哟哟，我就说我们其实好可怜的嘛，你这个天天和外国人谈判的大专家连喝早茶都不晓得是啥子，你叫我嘟个说你嘛，唉！其实我告诉你哈，这个喝早茶嘛其实就是广州人吃早点，也就是武汉人说的'过早'，但是比'过早'更有排场，更有面子。"

　　紧随心急火燎的邓世荣一路小跑到学校西侧门外拦了一辆出租车，郑晓悟发现这里管出租车叫"的士"，即时悟出这是英语 TAXI 粤语化的叫法。"的士"跨江北行，穿街过巷，很多地方都飘扬着五星红旗，悬挂着大红灯笼，贴着"欢度五一"的红幅，很有节日气氛，颇显爱国情怀，这又使郑晓悟感动莫名：这才是广州人的风格，广州人的情调，而内地很多城市还没有这个习惯呢。正自感慨间，坐在后排的邓世荣用手拍打着司机的座位提醒："就是那个女孩，停到她旁边去。"并兴奋地伸出手，对路边一位身材曼妙、个头高挑、皮肤白皙、乌发披肩的漂亮姑娘边挥动边喊道："这儿，在这儿。"

车刚停住，邓世荣就打开车门冲出去，满面笑容地双手搀护着一袭红裙子的女朋友回到车上，然后向坐在前排副驾驶座位的郑晓悟介绍道："我的女朋友季红，我们都是成都人也是高中同学、大学同学。"随后对季红说："这就是我跟你说的我在津港石油公司的好哥们儿郑晓悟，学法律的，现在停薪留职要去临港开发区闯荡。"

郑晓悟扭过头和季红轻轻握握手说："很高兴认识你。总听世荣提到你，真是百闻不如一见啊，比他跟我讲的更漂亮更有气质。"

季红表情嫣然地瞟了邓世荣一眼，笑着用四川话说道："真不愧为是邓世荣的哥们兄弟哈，也是个说假话骗女娃儿不打草稿的。不过邓世荣同学告诉我说，你郑大才子的女朋友那才叫美若天仙呢。"

邓世荣侧身亲了亲季红的脸打哈哈道："都漂亮！我们两个的女朋友都非常的美丽动人，这就是为啥子说我们能成为好兄弟嘛。"三个人就这样说说笑笑到了广州车站，郑晓悟抢着付了车费。

来到售票处的退票窗口，办退票的人不多，旁边有两个外国人似乎遇到了什么难处在焦急地商量着什么，邓世荣大概注意听出了是什么事，马上走过去和外国人对话询问，郑晓悟和季红也走过去看能帮上什么忙。原来这两位美国人没能赶上上一班去临港的火车，不知道能否退掉误车的车票，或者是再换购下一班的车票，但跟售票员又表达不清，正不知所措呢。于是这三个年轻人便热心地帮他们换了票，当然也趁机跟外国人对话练了练英语口语。

可能是售票员经验不足，也可能被两个美国人退票换票的事搅晕了，以为郑晓悟和这俩外国人是一起的，加之郑晓悟穿的西装一看就不是"国产货"，而且从窗口递进需要办理退票的车票时习惯性地来了一句"Excuse me"，竟被售票员按车票价的数额退付了"外汇券"。取回钱的郑晓悟刚转身，发现手里的现钞不对劲，愣了愣，又挤回到退票窗口对售票员说："小姐你退错钱了，我买票用的是人民币，不是'外汇券'。找错钱你等会结账时可就麻烦了。"

售票员小姐一听，脸随即一红，接着是一阵白，双手有些哆嗦地接过郑晓悟手中的"外汇券"激动地小声说道："先生，真是太感谢您了！对不起！对不起！"

邓世荣对拿回人民币的郑晓悟说："这'外汇券'不仅是国家计划的特殊币种，而且比人民币本身要贵得多哟。好在遇到了你，这要是搞岔了帐，那这小姑娘可就大麻烦了，工资、奖金都得扣。"

季红赞道："你这哥们儿绝对是好人。广州友谊大厦的免税商场有很多外边买不到的进口货，都只能用'外汇券'才能买到。"

郑晓悟腼腆地笑笑，觉得这没有什么，很正常嘛。随之跟他俩步行走到东方宾馆，首先吸引眼球的是叶剑英元帅题写的"东方宾馆"四个大字，同样引人注目的乃是以繁体字的"東"字巧妙幻化为经纬地球的金色徽标，也就是若干年后随着年轻人的用词习惯，人们皆将这些徽标类图案所称谓之LOGO。于是评论道："这个徽标看似简单、普通，但却蕴含着东方宾馆是中国的也是世界的设计理念，很直观地宣示对外开放、拥抱世界的经营理念啊。不错！"

季红也仰头看了看说："哦？是噢。我们来过几次都没有注意到这个徽标，正好路对面就是广交会展馆，每年来参加春秋两场交易会的外国人还有香港、澳门的老板，都挤爆了东方宾馆和旁边的流花宾馆、中国大酒店，这两个时间段若是想来喝茶、吃饭根本不可能。"

邓世荣略带催促地说:"赶快去占座吧,今天是五一节放假,估计来喝茶的人很多,搞不好要排队的。"

果不其然,场面豪华、中式气派的偌大的中餐宴会厅大堂已经是人声鼎沸,欢声笑语,座无虚席,蔚然大观,外边还有不少排队等候的人。季红一看这阵势,很有经验地快步抢上前去找到负责排队叫号的小姐领了一张三人小台候位票,回转身来对邓世荣、郑晓悟说:"服务员小姐告诉我至少要等半个小时,我们到酒店庭院去转转吧。"

东方宾馆有一座面积达到上万平方米的中庭花园,整个庭院以热带植物为主,点缀着繁茂似锦的南方花卉,岭南元素的特色亭子颇具画龙点睛的效果,既有浓厚的中国风格,又有热烈的东南亚风情。酒店的标准游泳池碧波清澈,已经有男女住客在水中嬉戏畅游。郑晓悟在大开眼界的视觉享受的同时,更感到前所未有的价值观的提升。

带着好奇而期盼的心情,好不容易等到座位要喝茶了,郑晓悟与邓世荣、季红随着服务员的引导,一路走过去并注意观察,看到每一桌都摆满了一笼一笼、一碟一碟的精致又养眼的美食点心,而且基本上都是自己从来没有见过的东西,即使一眼"认出"应该是或者可能是包子、馒头什么的,但是单从"相貌"上看,好像又与北方的大包子、大馒头大相径庭。总之很诱人。郑晓悟边走边看边吞咽着口水。

甫一落座,但见洁白的台布上已经摆好三套餐具,印有"东方宾馆"四个字和徽标的碗、碟、杯、筷以及筷托等都非常精致、美观,旁边还摆有造型漂亮的牙签盒和晶莹剔透的桌号牌,郑晓悟觉得就这么随便喝个茶怎么这餐具搞得就和外事宴会一样正规呢?

季红以女主人待客般指挥若定的神情用粤语和服务员小姐说了两句什么,这使得郑晓悟对季红的语言天赋煞是佩服。不一会儿,一位年轻漂亮的女服务员就捧过来一只精美的茶壶,随即礼貌而优雅地给每个人的茶杯里倒上了深褐色的茶水，像是纯咖啡一般。郑晓悟除了喝咖啡以外，平时基本上只喝白开水，不大习惯喝茶，更没有喝过这么颜色浓厚的茶，纳闷间看到茶壶盖顶的小柄上套了个纸牌，印着"乌龙茶"三个字。季红注意到他紧盯茶水又看看"乌龙茶"纸牌的不解神态，便讲解似地介绍道："这个乌龙茶是广州人喝早茶最流行的一款茶，暖胃，助消化，去油腻。听说日本人特别喜欢乌龙茶，认为这种茶具有保健作用。"

"哇！季红来了不到两年就已经变成了地地道道的广州人了嘛。"郑晓悟对着邓世荣由衷地赞叹一句，端起茶杯试啜一口，很浓，好像还有一股药味，心里想道："慢慢适应吧"。

几位年纪稍大的女服务员推着各式蒸品、炸品、卤品、炖品、粥品的食品车在偌大的餐厅中来回穿梭，服务到桌，有些等不及的客人会朝她们招手不停地叫着"小姐"，催她们把推车推过去以便选取食物。每取一款，服务员就在这桌客人的食品卡上的对应位置盖个印章。郑晓悟第一次见识到广州美食的经典，广州点心的精致，广州早茶的魅力，关键是广州烹调的神力，你看哈，他们居然把北方人弃之不用的鸡爪子，哦不！人家广州人是叫"凤爪"，还有一大堆被北方人称为"下水""杂碎"的动物内脏等形形色色的食材都整得是这么的美味诱人，其他还有色若白玉、形如元宝的虾饺、口感软糯、回味鲜香的烧卖，肉质紧致、很有嚼头的鱿鱼须等等美点，成为郑晓悟此后一生之中喝早茶无法抵御诱惑的必品茶点。只不过每桌几乎都点的，也是邓世荣和季红极力推荐的一款用荷叶包裹的糯米配鸡肉、香菇、咸蛋黄等蒸制的"糯米鸡"，郑晓悟却不是特别感兴趣，可能是自己从小都不爱吃黏嗒嗒的糯米的缘故吧，于是，当场别别扭扭模仿的第一句粤语就是"糯米鸡，我唔吃"，并且觉得很押韵，很好玩。从此之后，不管是跟什么人喝早茶就会来这么一句。

第二章　初识临港

　　五一劳动节放假一天，次日大家都要上班或上学，郑晓悟也想自己尽早去临港报到上班，早餐后即退房赶往广州火车站。

　　广州开往临港开发区有专线客运列车，实行特殊而严格的乘车管理，在售票窗口买票时要凭边防通行证方可购票，到临港专用候车室同样要凭边防通行证才能进入，随后检票进站时依然要查验通行证，月台登车时还是要凭通行证，列车在最后一个经停站停靠到达临港之前，列车员又要最后一次检查通行证。也可能就是因为有这一系列措施、一道道程序，所以能够上车去临港的乘客并不多，不仅个个都可以对号入座，甚至还剩有空位。令郑晓悟感到新奇的是，竟然还是从未体验过的封闭式空调车厢，宽松、舒适、整洁而有秩序，制服着装犹如空姐般的列车员定时轻轻巡视，回应诉求，提供服务，完全颠覆了之前坐火车的认知和感受，简直就是享受般的旅行啊。

　　惬意地倚靠在座位上，郑晓悟满心喜悦地看着车窗外水网密布、水光潋滟、水田阡陌、水道纵横的如画美景。同时在果树成林之中，乡村连通之间，更有电网交错，厂房连片，工程车疾驰，脚手架林立。此时此刻，呈现在眼前的不仅是一幅典型的珠江三角洲岭南水乡景色，而且是珠三角正在进入现代化交融，实现现代化嬗变的蓬勃景象。郑晓悟脑海里又一幕幕地浮现出昨天下午和邓世荣、季红走过的北京路，逛过的上下九，挤过的高第街，爬过的越秀楼，还有一路上被叫卖声诱惑而不停品尝的价廉实惠的各式美味小吃，被科技感震撼而驻足欣赏的高档先进的各国进口商品，每间小店铺、任一杂货摊，居然都在推销不同来路的舶来品或者"出口转内销"商品，更别说夜幕降临之后霓虹闪烁、争奇斗艳的"不夜城"的繁华，让人时时处处明显地感受到广州充满着北方城市还不具备的"现代感"。这里不仅仅是城市的现代感，而是城乡一体奋进的现代感。这将是中国的发展趋势。

前面两排座位的几个日本男女青年打从上车都没有安静过，其中两位手持摄像机的长发青年一直都在忙碌地摄录铁路两边的风貌，并不时叽里咕噜地和另外几个同伴议论着什么，郑晓悟发现他们对那些具有浓厚岭南建筑风格和布局的村庄、房舍特别感兴趣，尤其是见到在村头或者水田中央突兀耸立的外墙斑驳的炮楼般建筑物，就激动得边说边拍，久久不转换镜头。于是便在心里揣摩道："这肯定是侵华日军侵占广东的时候修建的炮楼，现在被这些日本鬼子的后代发现了要拍回去作纪念。不过，这些炮楼都是方形的甚至还有图案造型，怎么和电影《平原游击队》《铁道游击队》里看到的日本鬼子修的圆形炮楼不一样呢？"当然，随后不久就知道了，这些建筑物实际是珠江三角洲一带各村各族历史上特有的具备防盗御匪功能的准军事化建筑，名为"碉楼"。

一路美景不断，一路新奇不断，一个多小时的旅程很快就结束了，列车准点抵达临港车站。

临港车站小而旧，而且只有两个站台夹着两道铁轨，据说再往前就是出境开往香港的方向。郑晓悟忽然意识到自己现在居然踏足在边境线的边边上了，于是他朝着铁轨延伸的前方发了会儿呆，想象着就在前方不远的香港是个什么样子，用父亲来信反对自己停薪留职到临港工作的理由而言，香港是腐朽堕落的资本主义世界，是腐蚀人心的花花世界，臭气随时会飘到临港。想到这儿，郑晓悟苦笑地摇摇头，随着人流往出站口走去。

出站口是在简陋的车站平房外的北侧，顺着小路走出去即可，不大的车站广场只设置了两个公共汽车站，3路车开往火车站以东方向，5路车开往火车站以西方向，不过广场上更多的是一些不属于国营运输公司的面包车、中巴车，车主在争相吆喝着大声揽客去往周边的县城和乡镇，很多穿着打扮和举止言行一看就是香港同胞的人，拎着大包小包、操着粤语在打听去往不同地方的车辆。

郑晓悟根据临港环球法律咨询服务有限公司通知书上的指引，坐上了5路公共汽车。可能因为是始发站，车上乘客不多且没有坐满，但车子依然按时关门启动。售票员小姐看来是当地人，普通话说得并不流利，对每个乘客都会先习惯性地用临港的当地话问一句："去边度？"恰巧她第一个问到的是一位刚下火车的内地女孩，这女孩闻言着急地回答："我不是去冰岛，我在临港市政府这一站下车。"其实郑晓悟一下子就猜出售票员肯定是在问乘客"去哪里"，所以对这个女孩的回答顿感忍俊不禁。而且，自己也是在市政府这一站下。

公共汽车出了车站广场即驶上解放路。

这条与诸多城市街道重名的"解放路"应该是原有老城区的主要街道，两边都是规模不大、楼龄不短的两层楼房，这些沿街楼房所有的一楼都是南方特有的避雨遮阳的骑楼设计，其中有一座建筑面积较大的三层楼上面写着"华侨旅行社"，相距不远处还有一座刻有十字架的教堂。路面不宽的街道两边各色店铺、食肆一家挨一家，坑洼不平的道路上川流不息的自行车是主要交通工具，而且每个人都显得匆匆忙忙，无暇他顾，大家的动作频率和行为节奏看上去都很快，这是郑晓悟下车伊始对临港的第一印象。突然，他看到在前面不远处的路口，拐弯与直行的两辆自行车撞在了一起，直行被撞的一方倒下了，但很快就站了起来。"这两个人要打架了"，郑晓悟正关注地这么想着，没想到被撞倒的人拍了拍裤子，正了正车把，也没顾上和那位似乎在向他道歉的对方接话，骑上车就匆匆而去。这又令郑晓悟惊讶不已。再后来，发现此类"撞车现象"完全是临港这个地方的常态，这里的"骑车文化"还真是跟其他一些城市不一样，几乎没有人会无聊到花时间、费精力为撞了一下自行车而和对方争吵理论甚至打架赌狠。争分夺秒、行色匆匆的相互间都知道对方并非有意。

公共汽车左转驶上了新开辟的"兴港大道"，一看就知道是未来新城区的主干道，已经超前设计为双向六车道而且两边还预留有拓展空间，路面宽阔，视线开阔，车行道两边的人行道还在修整铺设中，但那些属于南方特有的行道树已经等距栽种，目前虽然只有一人多高，相信它们沐浴着南海的风，滋润着南国的雨，很快就会茁壮成材。大道两旁放眼向西望过去完全是个沸腾的大工地，到处是忙碌作业转动的塔吊和高高低低搭建的脚手架，上面那些紧张施工的建筑工人的身影就像游动在五线谱中的音符，穿梭奔忙的工程车在兴港大道上卷起纱幕般的阵阵尘土，到处热火朝天，一派繁忙景象，有很多幢业已建成的造型各异的高楼大厦甚觉新潮漂亮。

公共汽车平稳地停在了市政府大门前的路边停靠站，郑晓悟心情舒畅地下得车来，特意驻足打量这临港市的政府衙门到底是个什么样子和风格，只见造型简单的大门两旁漆成红色的长方形语录碑里，分别书写着"解放思想""实事求是"八个金色大字，两个大门柱上分别挂有"中国共产党广东省临港市委员会""广东省临港市人民政府"两块牌子，没有看到人大、政协等常见的几套班子招牌齐挂，门外有两名武警战士在站岗，顺着大门看进去是一栋不大的四层灰色建筑，楼前停了几辆面包车和吉普车，看不到人，很安静。郑晓悟在心里评价道："哦？就这么个小楼啊？还没有我们对外合作中心的大楼气派、漂亮嘛。"扭转头又见市政府对面是一大片竹架搭成的简易工棚，被间隔成了大大小小不同的门面，但每个门面都很有气势地分别横写或者竖挂着"环球进出口贸易公司""寰宇国际贸易公司""太平洋商行""中美实业投资有限责任公司筹备处""亚太对外贸易代表处"等商号招牌，名头很大，但仔细一瞧，其实都是些卖副食杂货、啤酒饮料、简易家具的临时店铺。这对于在京津两大城市参加中外大公司项目对外谈判的郑晓悟来讲，觉得这些店铺的名头大得很不可思议，但又觉得很好笑，很好玩，同时也估摸出自己要去报到上班的这家从事"环球法律咨询服务"的公司规模应该也不大，绝不可能像在北京搞外事活动时去过的贸促会那么个规模和场面。

往前走过一个丁字路口，抬头便看到不远处一座新落成的约莫二十层左右的"国际轻工大厦"，这里便是郑晓悟要去报到的"临港环球法律咨询服务公司"办公所在地。大厦好像还没有完全竣工，一楼封闭，找不到大门入口何在，找人一问，原来下面的商场部分还没有开业，到楼上的办公楼层要从后面的电梯上去。绕到楼后，找到出入口，左右分列三部电梯。是的，上面的第十五楼就是自己即将开始新工作岗位的单位，也将是一个未知的事业起步空间。郑晓悟平复了一下心情，轻舒一口气，摁亮了电梯按钮。

"临港环球法律咨询服务公司"的设立，其本意是在市法律顾问处这个司法局内设处室之外，探索出一个非行政性的法律服务市场化的新路径，政府也有意支持这一创新改革，批准试行放开服务市场，既给了先行先试的政策，还拨付了十万元的开办费，全体人员脱离体制，没有级别，不设编制，财政不再负责工资经费，即所谓自收、自支、自养，目前刚刚开始起步属于草创阶段，租赁了"国际轻工大厦"十五楼中间位置大约两百平方米面积作为办公场所。出了电梯就可以看到繁体中文字和英文字的公司名称招牌，透过玻璃门就可以看到公司的前台。

郑晓悟礼貌地先敲敲门便推门而进，前台小姐已经微笑着站了起来，这是一位身高和长相都很典型的南方女孩，一对眉毛描得又细又弯，口红颜色涂得非常鲜艳，俏丽的脸上用不显眼的薄粉试图遮住少许的粉刺瘢痕，一身款式新颖的职业裙装裹着她小巧玲珑的身材。

郑晓悟刚报上自己的名字还想着要拿出录用通知书给她查验呢，只见这位前台小姐立刻笑眯眯地说："哦，您就是天津过来的郑晓悟先生，喏，您的行李托运领取通知单也刚好挂号寄到了，麻烦您签收一下。"看他签名收妥托运单，又说，"从北京和上海新来的郭先生、朱先生是昨天到的，暂时住在市司法局招待所，今天一早就来上班了，现在我们翟总正召集大家在会议室座谈呢。您请跟我过来吧。"

会议室并不大，一张椭圆形的会议桌已经围坐有八九个人，一位身材魁梧，皮肤黝黑，年龄三十多岁正在发言的男子看到前台小姐领着郑晓悟进来，便停止说话用眼神询问地盯视。

前台小姐恭敬地说："翟总，天津来的郑晓悟先生到了。"

翟总立刻满面笑容地站起身迎上前来握住郑晓悟的手，热情地说："哎呀！欢迎欢迎啊！我是翟卫东，目前算是公司的负责人吧。来来来，请坐请坐，我给你介绍介绍……"忽然想起什么，"你是刚下车直接从火车站赶来的吧？是喝茶还是喝咖啡？"

"那就来杯咖啡吧。"郑晓悟笑答，并想：这里还有咖啡喝？

"梁梅，去给郑先生冲一杯雀巢速溶咖啡。"翟卫东对那位前台小姐交代一声，然后逐个介绍道："这位是刘援朝副总经理，是我们这里年龄最大的老大哥，原来是河南司法厅的干部；张大庆、王亚非、陈小明这三位和我都是华北大学法律系的校友；林淦辉是中山大学法律学系去年毕业的高材生；张敏，南京司法学校毕业，她比你们三位早来两个月，直接从南京市法律顾问处调来参加了公司的创办；黄小芬，广东司法学校毕业，是跟我们一起离开临港市法律顾问处出来创业的年龄最小的老同事。"看着梁梅送过来的咖啡，对郑晓悟做了个"请用"的手势，继续说，"接下来就是你们三位通过《中国青年报》从全国招聘筛选的精英了：你郑晓悟先生呢是楚天大学法律系毕业，从简历上看，目前是我们当中唯一一位曾在央企有外事谈判业务经历的人才"。又指着一位白白胖胖、头发卷曲、笑容可掬、深度近视的年轻人说，"这位是朱友华先生，上海财经学院毕业，从上海一家著名会计师事务所招聘过来的"。再指向一位同样戴副眼镜，长相文静，高高个头的小伙子说，"这位是郭建先生，北京司法学校的老师。你们都是我们经过慎重研究，针对不同专业目的所选聘的人才，是注入我们临港环球法律咨询服务公司的新鲜血液。对你们三位新同事的到来我们表示热烈欢迎"。

每被介绍到，郑晓悟和朱友华、郭建都礼貌恭敬地站起来点头致意，其他的老同事们一边真诚地鼓掌欢迎一边欢声笑语地对郑晓悟他们三位说："没想到一下子招聘来了三个'眼镜'。"

翟卫东也好像刚刚发现这个"共性"似的，笑着把三位新同事重新轮番打量了一番，望着郑晓悟说："今天上午是我们节后上班第一天的工作会议，也是每周一次的工作例会，朱友华和郭建因为是昨天就到了临港，上午就直接过来先列席旁听。会议的议题基本都讨论完了，现在我就把大家讨论的要点归纳一下，同时也向大家再重申一下哈：第一点，我们公司的中心工作和主要业务就是要根据《民事诉讼法》的规定，依法为当事人提供民事案件的诉讼代理服务，目前在临港活跃的经济活动中表现比较集中的是各类合同纠纷，因此我们要有针对性地熟练把握《经济合同法》《工矿产品购销合同条例》《农副产品购销合同条例》以及其他相关类型合同的管理办法和红头文件规定的条文精神。而在这些合同纠纷当中，又集中反映在定金规则、违约金适用、无效合同认定等方面，这些是大家要重点关注的技巧运用和业务操作的核心问题。我想强调一下，这些合同纠纷虽然都是常规性的传统案件，但案件数量大、基数大，我们要巩固这个基础阵地不能丢。第二点，我们临港开发区现在和整个广东省一样，经济发展方向是利用地缘优势大力从境外引进'三来一补'企业，这些来料加工、来样加工、来件装配和补偿贸易项目，将为我们公司拓展新的更加广阔的法律服务领域带来机遇，也就是说我们将要开展专业服务的活动区域，既可以是临港开发区和临港市各乡镇，也可以是周边的市、县，甚至广州、深圳，法律服务的对象，既可以是中国内地的国营企业、集体企业和乡镇企业，也可以是外商，虽然这些外商多为港商并不是外国人，但依据七月一日即将实施的《涉外经济合同法》的规定精神，'三来一补'也属于涉外法律事务。现在，我们临港的各个区、镇、村都在各展其能，把自己在海外的亲戚都吸引回来投资，搞得轰轰烈烈，所以，这方面的业务完全符合我们公司的经营宗旨和业务目标。最后一点呢，就是未来必须考虑的业务对象和目标，也就是要积极争取参与中外合资经营企业的谈判和法律服务。这方面的业务每一单都是大单，大概在我们中间除了郑晓悟先生之外其他同事都没有全面参与过，而且《中外合资企业法》所规定的内容不仅仅是单纯的法律问题，它涉及中外合资经营活动中全面系统而复杂的问题，包括股权、管理、财务、税务、劳资等等，这就要求我们在业务提高方面不仅仅是注重单纯的法律知识，还要继续学习和掌握其他相关知识。现在各地大型厂矿企业包括央企都在陆续进驻我们临港这个对外开放的前沿地区，除了中外合资经营企业这种形式之外，还会有中外合作经营企业、外商独资企业的设立，这一领域的拓展将使我们公司迈上一个新台阶，大有作为呀同志们！"

郑晓悟慢慢品着与此前喝过的现磨咖啡味道不同但更浓香一

些的即冲咖啡，一边认真听一边很有信心地微笑着思忖道：这些工作都不复杂，还算简单，应该比较轻松。

听完翟总的归纳总结，大家相互之间又七嘴八舌轻松愉快地进行了沟通交流，尤其是老同事们都很友好地向新来的三位同事询问了解一些他们原来单位的情况以及工作特点、个人兴趣、业务观点等，也可能是随意交谈，也可能是有意摸底。郑晓悟、朱友华、郭建三个人也都没有陌生感，乐呵呵地有问必答，不问也讲，很快就到了中午吃饭的时间，翟总和刘副总宣布中午到酒楼聚餐为三位新同事接风。

众人分乘电梯下得楼来，走出电梯间就是国际轻工大厦的后院，不太大的院子里已经挤满了很多穿着不同颜色和款式工装的青年人，他们拿着搪瓷饭钵或者铝制饭盒正熙熙攘攘地排队打饭，而且以女工为多，可以听到各种方言汇集，欢声笑语一片，仍有不少下班后的工人正陆续涌过来，很是热闹。刘援朝向郑晓悟他们介绍道："这里是临港的轻工业区，采取的是前店后厂的模式，我们所在的这栋办公楼上面十几层是很多省市集资建楼的轻工企业和单位的办公室，下面三层是轻工商场，后边这一大片厂房都是床垫厂、家私厂、服装厂、鞋厂、电子元器件厂之类的，排队打饭的就是这些工厂的打工仔、打工妹。"然后指指飘出饭菜味道的仓库似的高大平房说，"我们平常中午都不回家，也是跟他们一起在这个'轻工食堂'排队打饭。"

为郑晓悟他们接风聚餐的"兴业海鲜酒楼"就在旁边一座四层附属建筑的一、二楼，上面三至四楼是"兴业客舍"即宾馆住房。此时的酒楼已经是座无虚席，杯盘交响，笑声喧哗。但看得出来，食客多是当地的居民和一些边吃饭边谈业务的生意人。服务员小姐礼貌而热情地把他们引导到酒楼大堂的一处大餐台落座，这个位置靠近一座神龛，里边供奉着一尊色彩鲜艳的红脸关公，两旁亮着红蜡烛造型的特制电灯。郑晓悟第一次看到餐厅的这种布局氛围，甚觉新奇。与郑晓悟相邻而坐的刘援朝看他好奇地盯着神龛看，便又介绍道："这里的风俗文化和咱们内地不一样，其实可以这样说吧，广东这里继续传承和保留了中国的传统文化，比如说，几乎每家餐厅都供奉有财神爷，几乎每家当地居民的家门口都供着土地爷的牌位……"刘援朝突然好像看到了熟人，扬手叫了一声"黎伯"便起身向邻桌走去。

邻桌的这位黎伯五十多岁，面庞黑红，个头不高，身形干瘦，头发花白，梳着油亮的背头，侧身斜坐在餐椅上，左脚夹着人字拖鞋在地板上惬意地抖动着，屈腿将光裸的右脚蹬在椅面上，正一边跟同桌五六个同村人聊着天一边用右手享受地搓着右脚丫子，听到招呼声，淡然地扭头一看，随即用浓厚的广东普通话应了一声："哦，是刘律师呀，你好，也来吃饭？"并很随意地用闲着的左手反着和刘援朝握了握，同时又很自然地用搓完脚的右手从菜盘里拿起了一只虾，双手熟练地剥出完整的虾壳摆在骨碟里，再把剥好的虾肉在味碟里蘸了蘸放进嘴里有滋有味地咀嚼着，蘸有酱汁的右手不经意地在白色的小餐巾上擦了擦，又搓起了右脚丫子，继续用询问的眼神友好地看着刘援朝。

郑晓悟感觉不可思议地张着嘴巴看着黎伯这难以置信的一手两用的场景，同时也发现黎伯摆满骨碟的虾壳就像没有动过的整虾，完整而齐整。

刘援朝见怪不怪地笑着说："黎伯，我们新来的同事已经到了，前几天跟你说过的要租你的房子什么时候可以签合同入住呀？"

黎伯左手端起一杯九江双蒸米酒鼓着嘴"嗞"地呷了一口，右手再拈起一只虾边剥边说："没问题啦，下午搬过来住就得啦。"

黎伯几代人都是祖居白沙围这个小渔村的老居民，年年月月既做出海捕捞的营生，也干下田种稻的农活，但世世代代仍然是一日三餐只能靠咸鱼臭虾送地瓜稀粥果腹，一家七口只能在难以遮风挡雨的寮棚里栖身。十年前，忍无可忍的两个儿子跟随众多的年轻人外逃偷渡去了香港，随后女儿也出嫁了，只剩下老两口陪着年迈的父母守在村里。临港开发区的设立，正好把白沙围划在了规划圈里被征地开发，黎伯与开发区内的其他原居民一样都纷纷"洗脚上田""弃船造屋"当起了包租公，现在日常的生活基本就是茶楼喝茶、聚集聊天、凑数打牌、定期收租。有的家庭也会利用自家的祖屋或者新建的楼房开港式茶餐厅，开"士多店"等等。后来郑晓悟就悟过来了，这里随处可见的非常方便百姓的小小"士多店"，是"引进"香港人开小杂货店的称呼，即英文Store之杂货储存、百货商店的香港式音译用法。

临港环球法律咨询服务公司为郑晓悟他们三人租赁的宿舍就在黎伯家新建的一座三层小楼的三楼，刚好这一层楼有三间卧室、一处客厅、一个共用洗手间，厨房的白色瓷砖灶台上有一个单头煤气灶已连接好煤气罐，不算太小的客厅摆放着黄色人造革的长沙发、黑色漆面茶几和几只塑料凳，在简易电视柜上还配有一台日本进口的十八时"日立"牌彩色电视机，这应该是黎伯的儿子们从香港带回来的。整个环境舒适、实用又方便。郑晓悟、朱友华、郭建都觉得非常满意，大家相互之间也很友善，朱友华和郭建一致谦让要把靠里边一间稍大的卧室给郑晓悟住。郑晓悟想到两个月之后吕菁华就会毕业来到临港，住这间稍大些的卧室要方便许多，于是也就没有推辞。

开着公司唯一的一辆"丰田"七座面包车送黎伯和他们三位过来的司机小陈，还候在楼下等他们去火车站领取托运的行李呢。三人在嘴里叼着牙签的黎伯的引导下查看验收了住房环境，接过房门钥匙，稍做停留便抓紧时间下楼登车赶去火车站订包房。郑晓悟主要是有两件塞满书籍的木条箱比较重，力大憨厚的小陈不让郑晓悟插手，独力承包搬上车，返回宿舍又气喘吁吁地搬上三楼。朱友华对郑晓悟开玩笑说："不晓得的还以为你托运的是马戏团的道具呢。"

　　小陈接着又送朱友华和郭建去市司法局招待所办理退房手续。郑晓悟留下来很快就打理归置好自己房间的东西，那个看似简易的PVC花纹布的"衣柜"其实很实用，正好摆放和挂满自己的衣物，拉上衣柜的拉链很像那么回事，只可惜没有放书的书柜和写字的书桌。郑晓悟从客厅拿进一只塑料凳，就直接俯在床头柜上开始给吕菁华写信，远处基建工地上有节奏的打桩声和偶尔传来的汽车喇叭声反而衬托出白沙围村异常安静，从西南方向斜斜照进窗口的阳光热烈而不燥热，明亮而不刺眼。他满怀激情地给她写三天来的所见所闻所思所想，告诉她广州城市的繁华、环境的美丽、美食的诱惑、文化的差异，也表达自己对临港这个原本的小县城、现在更像建筑大工地的初来乍到的印象……正专心写着，似乎听到朱友华和郭建回到宿舍整理东西的动静，接着是客厅的电视机打开不断调换英语和粤语频道的声音，以及这两个人好奇而兴奋地叽叽喳喳的议论声，郑晓悟继续投入地写着，继续向吕菁华倾诉他凭直觉已经喜欢上了据说现在只有十来万人口的临港，并对临港的未来发展寄予无限的期望。给吕菁华的信写完之后，也给在中山大学培训的邓世荣写了个便笺邀请他来临港玩。

　　没有任何过渡，郑晓悟他们直接就投入到快节奏的工作之中。

　　公司受理的各类法律事务是采取业务办理自由组合的灵活方式，此前已经接手正在办理的业务，由原来经办的"师傅"拿出来分别讨论商量，进行案件分析，觉得你的意见对、点子巧、可以办的话就邀请你加入。若有新的业务则可直接参加接待当事人，了解案情，发表意见，提出建议，讨论方案，随后和认可你的"师傅"组合办案。这样，可以跟着不同的"师傅"同时办理很多件不同的法律事务。由于整个临港的法律专业人才屈指可数，"文革"前毕业的老一辈法律人从外地的机关调来多数在政府机构和事业单位任职，而且多年都没能从事过法律专业的实务性工作和技巧性业务，所以，临港的企业单位和老百姓大都非常认可这家新成立不久的法律咨询服务公司的办案风格、经营方式和收费办法，尤其是认可这群有青春活力、专业性强、办案水平高的年轻人，因而公司业务比较充足，任务也比较饱满。郑晓悟很喜欢这种高效率、快节奏的工作，很喜欢这种特充实、很踏实的生活，每天都觉得轻松愉快，既没有专业难度上的压力，也没有人际关系上的困扰，单纯而简单。这是个适合青年人的环境。

郑晓悟一开始就直接被翟卫东拉到自己"麾下"办案，但他几乎没有时间亲自过问案件事务，每天要么在到处跑部门、拉关系，要么就是忙着公司的管理和策划问题，放手让郑晓悟独立操办。而那位一天到晚笑眯眯的刘援朝副总经理则有更多的时间来找郑晓悟交换意见、分析案情，总是对其思路赞赏有加。刘援朝带着郑晓悟去拜访的第一家法律顾问单位便是市政府对面的那家"环球进出口贸易公司"，据称这是一家青岛啤酒的专营店，主要是做外贸出口业务，但郑晓悟看到他们也对到店的顾客搞现场批发或者零售生意。所以，这间像工棚一样的店铺里，除了在内地商店很难见到的瓶装青岛啤酒成箱成箱地大量堆放以外，还有各种国产的和进口的酒水饮料。噢？居然还看到了多年前即"熟悉"的香港产"生力啤"，就是有"海外关系"香港亲戚的大学室友高健曾带到宿舍请同学们见识品尝过的啤酒。

公司张经理和刘援朝看来是老朋友了，一见面就开玩笑说："你的公司叫'环球'，我的公司也叫'环球'，你这个'环球'不仅是我这个'环球'的法律顾问，更是兄弟嘛。我还正想着约你晚上去喝一杯咧。"说着话，顺手从卧式冰柜里取出几支青岛啤酒用牙齿咬开瓶盖就倒进玻璃杯里招待客人，得知郑晓悟不会喝酒，便指着一大排不同牌子的饮料让他自己随便挑选。郑晓悟见有一种从没见过的"美年达橙汁"好像还很不错的样子，打开一试，果然甜酸可口，橙味浓郁，绝不像此前在内地喝过的橘子水，那简直就是白开水兑白糖加上色素。此后一段时间，每当陪吕菁华或者是亲戚朋友出去逛街，就会在"士多店"门前的凳子上坐下来，喝上一支冰镇"美年达"橙汁。

刘援朝和张经理边喝啤酒边谈起了公司法务上的事情，郑晓悟就坐在旁边品着橙汁认真地听着，这就是学习，这就是办案。

原来，临港这里到处打着"外贸""进出口""国际贸易"等商号招牌的公司，其实大多数都没有进出口经营权，更没有商品出口批文和指标，甚至他们的正式营业执照核准的名称根本就没有什么"外贸""进出口""国际贸易"字样和经营范围，但他们门口挂的自制招牌和对外发的名片就是这么写着，而且还都是中英文双语排版印刷，有些还套色、烫金，煞是正规，很显气派。无论是临港的同行业内还是社会大众都知道这个"内情"，而且也都认同这种只求目的和效果的"操作"，大家见面交换名片也都心知肚明，但仍然一起高谈阔论"国际贸易""进出口"和"外贸批文"，只要最后能做成生意就成，不管黑猫白猫逮住老鼠就是好猫。当然，在真正敲定交易、洽谈协议时，则必须是由名副其实的国营外贸公司做签约的出口商，或者再通过香港身份的什么人做掮客牵线搭桥才能做成生意，如此倒来倒去，全都要经过几道合同关系才能把自己企业生产或经营的产品出口出去，才能实际创收外汇。这些个情况，则和郑晓悟此前代表津港海洋石油公司与项目合作的外商直接面对面地谈判签约是完全不同的形式和打法，也就是说，各地设在临港的公司也好，办事处也罢，最后能真正做成一笔进出口生意需要明确多个不同身份的合法主体，更要注意理顺好几重的法律关系。这种李代桃僵的模式和曲线救国的渠道，毕竟是为那些急于期盼外贸创汇的企业开了一个隐约可见的偏窗，带来了一定的希望。眼前这个"环球进出口贸易公司"就是如此。

郑晓悟一边听着张经理提问、诉苦，刘援朝答疑、解惑，一边在自己心中按自己的理解和认知为他们所讨论的各种问题在做法律界定，并暗暗形成自己的专业观点。当然，自己现在还不能贸然发表意见，倒是茶几上放的一本杂志——《南风窗》，引起了他的翻阅兴趣。

第三章　甜蜜相聚

确如翟卫东在工作例会上所归纳总结的那样，目前每天接触的法律事务主要分为两大类，一类是纠纷最多的各种购销合同争议，再一类就是近期已经大量涌现出来的"三来一补"纠纷。不过就每宗案件的争议标的而言，多是几万元、十几万元或者几十万元，争议标的在上百万元的案件就是大生意、大买卖了，按照级别管辖就得到市中级法院去立案。当然也有几千元的经济案件和一些其他类型的民事案件，但基本都是"介绍"给市、区的法律顾问处或公办律师事务所，其实这些案件量大，也是可观的"财源"。翟卫东这段时间正在争取说服有关领导，是不是在临港环球法律咨询服务公司不占编制，不要拨款，实现自收、自支、自养试验成功的基础上，再进一步"摸着石头过河"，成立非公办的律师事务所，再通过改革闯出一条律师职业规范和执业示范的先行先试之路。

此时的临港已经呈现出全民经商的势头，而形形色色的购销合同纠纷可以说是很普通但又是很简单的案件，相互间多是纠缠一些用复写纸随意手写的实质要件不规范，形式要件不完备，"定金"和"订金"意思表达不准确，违约金和赔偿额度约定不明确的合同，更重要的是，总有一方是属于没有诚信、没有资质、没有能力、没有经营范围，甚至是不具备适格主体资格的当事人。所以说，先打程序，后打证据，续打无效，再说其他问题……这套把戏郑晓悟闭着眼睛都能玩得很溜儿。主管业务的刘援朝副总经理可以说是非常懂得"因才用人"，他拉着郑晓悟合办了一系列"三来一补"纠纷，这些作为内地还没有的新型案件似乎还算有一定的"技术含量"，也符合郑晓悟的"特长"。不过这种遍地开花的经济活动即具有涉外性，又具有政策性，更具有灵活性，还有一个非常大的"特色"就是具有地方性，也就是没有统一性，没有稳定性，即各镇有各镇的做法，甚至各村还有自己的一套"土政策"，只要引进了外资就是业绩，只要招来了外商就要特殊保护。郑晓悟因而觉得这些恰恰需要在理论上研究，在实务上钻研，在专业上总结，在规范上探讨，并最终形成了自己的一套观点体系，得以在后来几年不断为临港的有关部门和十几个镇巡回讲课，颇受欢迎，既赚了金钱，也赚了人气，还赚了案源，更赢得了专业名声。

工作轻松，环境轻松，心情轻松。公司虽然是统一收案、分案、计费、开票，没有实行个案分成或提成，但有奖金，平均月收入已是在津港海洋石油公司对外合作中心每月一百多元所谓"高工资"的五倍。郑晓悟了解到，临港开发区内的机关、企业包括外驻单位的工作人员，每个月都按规定有"开发区津贴"和"边防补贴"，加起来有两三百元，而大学毕业生在内地单位"转正"之后的工资还不到六十元。收入多少还在其次，关键是以自己对吕菁华性格的了解，直觉上认定，分处两地就意味着分手，这是无论如何都难以接受的结果。因而，无论如何也要争取让吕菁华毕业分配到临港来。经过认真考虑，便试探着给自己熟悉并信赖的楚天大学法律系领导陶建章主任和现在正担任吕菁华班上辅导员的师兄金明各写了一封情真意切的信，介绍了临港，汇报了自己，并诚邀他们能到临港来感受改革的成果，体验开放的空气，当然，核心内容是恳请陶主任和金师兄无论如何也要帮忙把自己的女朋友、他们的学生吕菁华分配到临港来，不要人为造成两地分居的不人道局面。令郑晓悟没有想到的是，系里还真的争取到了一家央企驻临港单位的名额，顺利如愿地将吕菁华分配到了临港。仅此一举，无论后来有何变故，郑晓悟始终都对陶老师和金明师兄恭敬有礼，感恩有加。

郑晓悟如期接到吕菁华来信中兴奋无比地告知如愿分配的喜讯，得知其所乘由武汉至广州的列车和自己那次来广州是同一班次，此时手头刚好有一宗临港市粮油贸易总公司的大米采购合同纠纷，管辖权属于广州市海珠区法院，需要前往立案，于是赶紧给菁华拍了封电报称"届时赴穗接站"。随后按照和当事人特意约定的时间，于吕菁华到达广州前一天的一大早，由该粮油公司办公室甘主任陪同并驾驶一辆货车前往广州，当天下午在法院顺利办好立案手续，凭粮油公司事先准备好的单位介绍信入住广州宾馆，等待明天一早去接站。

广州宾馆作为一座蜚声全国，众多港商、台胞中意入住消费的首批涉外饭店，昂然耸立的 27 层高度颇有鹤立鸡群之感，隔着热闹非凡的海珠广场俯瞰着浩荡奔流的珠江和车流不息的海珠大桥，特别引人注目，让人抬头即见。宾馆前面宽阔的海珠广场上有一尊面朝珠江、手持钢枪、怀抱鲜花、昂首前方的解放军战士雕像，雕像的基座上刻有叶剑英元帅题写的"广州解放纪念"，很具时代特征，很有象征意义。这个地方，在两个多月前的那天清晨，郑晓悟从广州火车站乘公共汽车去中山大学路过的时候，就留下了深刻的印象。所以，当他走进高大气派的酒店大堂，当他看到温馨舒适的双人大床，心里实在是感谢甘主任安排有方。满心喜悦地计划着明天凌晨接到亲爱的菁华之后先让她回到这里冲凉休息，吃完中饭再返回临港。

夜幕降临，华灯闪烁，霓虹灯争奇斗艳，珠江水流光溢彩，沿江大道已经陆续摆起了食摊夜市，好那么一口的当地居民和慕名而来的外地游客也慢慢地涌来了。作为广东人的甘主任说要带着郑晓悟去找广州特色美食，一路扫视选择，一路讨论品评，只见一处路边火光闪耀，煤烟升腾，居然有好多人在排队，好奇地赶过去一看，一溜摆着五六个红泥小煤炉，熊熊炭火之上放着被煤烟熏得黑乎乎的小瓦砵。"这是什么，这么脏！"郑晓悟闻着煤味，皱着眉头，心里嘀咕道。

"哇！好嘢！煲仔饭！"甘主任兴奋地大叫一声，似乎还不由自主地吞咽了一下口水，抢上前去询问，说是三元至五元钱一砵，于是扭头对郑晓悟说："太好了！这煲仔饭，好吃！好吃！"边说边满心喜悦地跑到队尾去排队，生怕被他人抢占了位置。

郑晓悟有些不高兴地想："就在路边吃这脏兮兮的玩意儿啊？"但又不好说什么，只好一脸无奈地一边等候一边观看那位身穿圆领汗衫和大花短裤，脚蹬人字拖，戴着辨不清颜色的线手套，拿着火钳满脸油汗的男子，熟练地一只小煤炉接着一只小煤炉依序观察火候，掌控时间。旁边的妇女——应该是他的妻子，在麻利地洗好瓦砵后熟练地朝砵子里放米并根据不同的价钱对应分类配料。

耐心等了二十分钟以上，终于轮到了。当热气逼人的瓦砵端到面前掀开盖子，一股沁人心脾的鲜香热浪令人无法抗拒地钻进鼻腔直窜肠胃，那白花花的松软米饭上覆盖有腊肉、腊肠、腊鸭、咸鱼干和几条青菜配姜丝，很显丰盛量足。郑晓悟学着甘主任的样子淋上少许酱汁，然后搅拌搅拌便迫不及待地开始大快朵颐。啊！真是前所未有的体验，从没品尝的美味，特别是附在砵底的焦香黄亮的锅巴，用饭勺耐心刮下来，脆嘣细嚼，绝对是精华。这个彻底颠覆感观和味觉的煲仔饭自此成为郑晓悟的美食保留节目，有煲仔饭必吃，尤爱锅巴。

本来这次借出差办案特意来接女朋友，却没想到事与愿违。

其实俩人才分开两个多月，算算再过几个小时就要见面了，但郑晓悟则怀着久别重逢的心情，激动得翻来覆去总也睡不着觉，半躺在床上百无聊赖地不断转换电视频道，以转移纷乱的心思，但还是压抑不住内心的躁动。差不多折腾到凌晨快两点，硬是强迫自己关灯睡觉，然而脑海里又像过电影一般，清晰地回忆播放着和吕菁华在一起时的点点滴滴，又臆想规划着俩人未来共同生活的方方面面。我的天哪！神智清醒得可怕！思绪信马由缰，纵横驰骋，完全不受控制。这是郑晓悟第一次遭受的几乎彻夜难眠的失眠痛苦。当然，这个痛苦是幸福造成的。不知强忍到几点钟，好不容易迷迷糊糊睡过去了，猛然一个激灵，强行睁开眼睛一看手表：天哪！六点半了！

一个鲤鱼打挺从床上跃起，顾不上洗脸刷牙，穿起衣服急急忙忙冲到楼下"打的"赶往火车站，一路上还侥幸地期盼火车晚点。心急火燎地赶到广州站出站口，正好有到站旅客蜂拥而出，趋前忙问："请问你们是从那里过来的？"有人随口应道："武汉。"心里悬着的一块石头落地，哈哈，好在火车晚点了，谢天谢地！

夏天早上的广州阳光已然灼烤炙热，扑鼻而来的是拥挤的旅客们长途乘车携带的闷酸汗味，但郑晓悟心绪安然地站在旁边，逐个盯视检票出站的旅客，想象着欣喜地见到春风满面的菁华，欢快地迎上去热烈相拥，然后回酒店喝早茶，回房休息休息……下午再回临港。但直到已无旅客出站，出站口的铁栅栏门已经关闭，也没有看见吕菁华，猜想她点子多，路数野，是不是和她那些分到广州、珠海的同学另从别的通道出站了？或者是有太多行李随车托运，现在去取行李了？于是，急匆匆地赶到行包房……没有，售票处……没有，小卖部、广场长途车发车点……各处寻找一遍，完全没有亲爱的熟悉的身影。心烦意乱，满头大汗中，突然觉得不对，赶紧找到车站工作人员询问吕菁华乘坐的列车班次，得到的回答是，这趟车是在一个多小时之前准点到达。慌乱之后，决定还是直接赶回临港。于是立刻再"打的"回到广州宾馆，找到甘主任退房，早餐没吃，坐车返回。

一路颠簸疾驰四个小时，郑晓悟坐在副驾驶位上摇摇晃晃地补了个好觉。中午十二点回到"国际轻工大厦"，跳下车匆匆和甘主任说声"Byebye"就冲进电梯，刚出十五楼电梯，好嘛！即刻就听见吕菁华同学爽朗的笑声，郑晓悟一颗悬着的心算是放了下来，但随即又激动得心跳加剧。换上满面的笑容走进去一看，只见吕菁华俯在接待大堂的桌子上正用自己的饭盒吃饭呢，而且简直像老同学、老朋友一般，和朱友华、郭建俩人嘻嘻哈哈有说有笑。总经理翟卫东照例在另一张桌上陪会计崔丽英吃饭聊天，并不时盯着吕菁华看。

吕菁华一看郑晓悟进来，立刻站起身来调侃道："哎哟，还虚情假意地说去接站呢，出了站连个鬼毛都见不到，好在分到广州的同学把我送上长途中巴，不然你女朋友被人拐走了你都不知道呢。我只好自己送上门来了，还是人家朱友华在下面的轻工食堂给我打来了这么美味的鸡腿饭吃，这种人做男朋友才实在呢。"

朱友华笑着咧开大嘴、摇着胖手说："哈哈，这也就是块把两块钱的事，不至于的啦。"

郑晓悟对女朋友分配的工作单位相当满意，这是一家由北京派驻临港的央企——华贸进出口总公司临港分公司，同时加挂有另一个牌子叫"华贸进出口总公司临港代表处"，办公地址就是离国际轻工大厦不远处的一座很有官威气派的"华贸大厦"。

女友如愿分配的开心，二人久别团聚的激情，自不待言。

第二天早上，郑晓悟强行拉起还想赖床不起的吕菁华，骑上单车载她到路边熟悉的早点档吃了一碗皮蛋瘦肉粥配叉烧包，再送她赶去华贸大厦报到入职。就在二十楼的人事部快要办完报到手续的时候，走进来两男一女，房间里的工作人员立马恭恭敬敬地站了起来。俩人正在惊讶这几位是谁？陪同进来的女士上前握住吕菁华的手用纯正的北京腔说："你好！是小吕同志是吧？我是公司办公室主任，姓郜，希望的'希'旁边加个耳朵。"指着身旁那位个头高胖的男子说，"这是咱公司的总经理兼代表处主任王松江同志"，又指着另一位五十岁左右，身材干瘦矮小的先生说，"这位是公司的总经济师赵总。两位领导得知咱公司首位法律专业的大学生来报到了，而且还是位漂亮的女同学，就一定要亲自下楼来迎接表示欢迎"。

王松江腰板挺直、笑容可掬地尖声道："欢迎欢迎啊！非常高兴你加入我们的行列。"并伸出手来与吕菁华热烈相握，眼中充盈着异常欣喜的亮光，脸上洋溢着非常欣赏的神情，忽然侧眼看到站立在吕菁华侧背后的郑晓悟，松开握着的手疑惑地问道："这位是？……"

吕菁华满脸骄傲的神态介绍说："这是我的男朋友，也是我们学校学法律的，从天津停薪留职过来，现在临港环球法律咨询服务公司工作，就在离这里不远的国际轻工大厦上班。"

王松江的脸上似乎掠过一丝不悦，对着郑晓悟似看不看地只淡淡说了声："哦，你好。"没有握手。

吕菁华毫无察觉，又兴高采烈地与赵总经济师握手问好。只听赵总用阴阳怪气的语调说："你这么小的年纪就谈上男朋友啦？会不会影响在我这儿的工作呀？唵？"也没有理会郑晓悟。

吕菁华此时方显得有点儿难为情。郑晓悟顿时觉得这家公司的这两位领导真的好怪异哦。于是也不便和他们继续交谈，礼貌告辞。

终于能与女朋友如愿地欢聚在一处，工作在一地，使郑晓悟觉得自己是天底下最幸运的人，是世界上最幸福的人，每时每刻心中都溢满了甜蜜，身上更充满着干劲，这段时间的案件办理可以说是所向无敌，工作业绩蒸蒸日上，并且很快就开始独当一面，甚至常常应同仁之请为他们的问题出谋划策，解惑答疑，提出方案，而朱友华、郭建现在还在跟着"师傅"跑，分得的案件也少一些。看得出来，翟卫东、刘援朝两位领导对郑晓悟很满意，那些"师傅"级的同事也忍不住对其专业能力多有赞誉。翟卫东曾私下跟郑晓悟说，公司正在为他们新招的三位争取户口指标，哪怕只有一个指标也一定给他郑晓悟。

吕菁华在单位分配有宿舍，是在一片新建的并仿照香港叫法名曰"港新新邨"的住宅区六楼，属于比较少见的四房一厅带厨房、洗手间的大套住宅，安排住有五男两女七个人，其中四个人是刚从上海、天津、广州分配来的大学毕业生。吕菁华是和一位天津财经学院毕业分来的东莞女孩子同住一间，但她却不愿意搬过来住，只是象征性地放了点东西在那，俩人就想天天恩恩爱爱地缠绵在一起享受二人世界，每天早上刚分手去上班，中间还会互相抽空打一通腻腻歪歪的电话；下午下班后也一定会在约定的地方碰面，然后手挽手甜甜蜜蜜地去附近的露天菜市场买菜回到郑晓悟的宿舍自己做饭。

记得俩人第一次去那个高坡上的"路南菜市场"买菜，刚走到污水横流、鱼鳞遍地的鲜鱼档附近就听到有人在吵架。这可是郑晓悟第一次在临港听到有人吵架呢，于是便好奇地拉着菁华凑过去看热闹，只见那位看上去面相敦厚、言辞短拙的"卖鱼佬"指着一位斯斯文文戴眼镜的男子很艰难地用普通话斥责道："你莫搞错啊，我这个样子便宜卖给你，你为什么还要那个样子骂我呢？"

吕菁华静着明亮而好看的眼睛颇觉好玩地盯着"卖鱼佬"看，大概是听他一个字一个字地蹦出来的普通话吵架怎么那么书面化呢？

这位眼镜男则很委屈地辩解道："我哪里骂你了嘛？我是对你

说'谢谢',是'谢谢',你听明白了没有？"一听，这位就是北方人。

"你们听听先，是不是？是不是？他就是这个样子骂我'黐线'的。你才是'黐线'呢，你才是神经病，真系太不像话了！"

旁边一位男士大概是广东人，听后笑出声来，走上前对"卖鱼佬"半用粤语半用普通话说："老伯，嗱位先生是北方人，他对你说的'谢谢'，不是骂你'黐线'，就系我哋广东话'唔该'多谢的意思啦。"

"卖鱼佬"梗着脖颈，瞪着莫名其妙的眼神，似信非信地听完解释，立刻不好意思地笑了，拱手向那位委屈的北方人道歉："冇意思冇意思！真系冇意思！听不懂你哋北方话。来，送你一把香菜赔礼啦！"

一场南方人和北方人的语言误会，其实也算是地域文化冲突吧，就这样喜剧般地化解了。但这句被吕菁华现场学会的第一句粤语却成了她此后"蛮不讲理"对付郑晓悟的口头禅，有好长一段时间，经常有事没事或者不管用得对不对，只要说不过郑晓悟或者是对他不爽，动不动就说他"黐线"。不过他俩也因此就认定了这位可爱的"卖鱼佬"，一直固定在他的鱼档买鱼，最喜欢在这儿买条鲤鱼回去清蒸，因为才五毛钱一斤，比其他的海鱼、淡水鱼都要便宜，很划算。在甚感疑惑之余一打听，原来，中意吃海鱼的临港人认为吃鲤鱼会"上火"，即使是要吃淡水鱼的话，也只喜欢鲩鱼、塘虱之类的，因而鲤鱼卖不出价钱。郑晓悟和吕菁华一致认为"吃鲤鱼上火"是无稽之谈，便宜实惠才是王道！所以，大多数时间都会挑一条一两斤重的鲤鱼，再买点儿肉类、青菜、小菜、配料，两个人每天的生活花费相当便宜。

用朱友华和郭建的玩笑说法，咱这集体宿舍的厨房、厨具，实际变成了郑晓悟和吕菁华"两口子"的专用私厨了。当然，你就是让这两个家伙自己也使用厨房去做做饭、炒炒菜啥的，他们也完全不感兴趣，一是懒，关键是不会做。郑晓悟最擅长的厨艺就是蒸鱼，把鱼剖好，在鱼身两边各划开三刀，在开刀处、鱼肚里、鱼嘴里塞进姜片、葱蒜等，再抹少许盐，淋上生抽，放在那个单头煤气炉上蒸几分钟，肉质白嫩，鲜香美味。而吕菁华确实是勤快而聪慧，属于天生能干这种类型，菜做得很好，并且很快就入乡随俗地学会了"煲汤"，还常常能想着法子变换花样搞出新的菜品"创新"，时常也会动作麻利地整出丰盛的"席面"请朱友华和郭建一起分享。这俩家伙自然乐得不劳而获还改善生活，甚至如果有几天没吃上，馋了，还会有意挑起吕菁华同学的厨艺显摆欲望而得以趁机大快朵颐。

这一天，郑晓悟收到大哥写来的信，除了讲讲自己工作上的事，谈谈家里现在的情况之外，其中说到他们江州市广播电台的编辑室主任段鲁华也办了停薪留职，应聘到了临港工人报社任编辑部主任，并附随写明了报社地址，建议晓悟有空方便的时候去结识结识段主任，并说能在异地他乡多认识些朋友总是好的。

郑晓悟之前已经知道有这么一家由市总工会主办的《临港工人报》，办报目的好像是为各个工厂的外来打工仔、打工妹提供精神食粮和文化消遣，同时也为他们发声，向他们传播知识和消息。得知有大哥的同事、好友来到临港这家报社工作，没有不去拜访、结识的道理，更何况置身这个仅有十几万人口的小城，其人口结构绝大部分都是近几年才陆续从天南地北移民汇聚而来的"内地人"，相互之间既无任何瓜葛，也无丝毫了解，几乎个个都是举目无亲，人人都是相聚无友，有缘见面互递名片之后的前两句问候语，基本都是"你是从哪里（哪个单位）招聘过来的？""你老家是哪里的？""听你口音好像是……"如此相问，既不涉及打探隐私，也不存在无聊八卦，更没有人觉得你不礼貌，因为每个人都想通过这几句话对对方或者被对方有个初步了解，开始熟悉交往，同时在潜意识里也暗暗期待能在千里之外偶遇老乡。所以，通过大哥介绍的这么一个间接关系能够在举目无亲友的临港搭上线，自然感到亲近无比。

星期六下午下班后没有买菜做饭，郑晓悟带吕菁华到一家刚开业不久的港式茶餐厅去体验了一把她从没吃过的美食做法，并按照自己的喜好分别点了牛扒套餐配奶茶和鸡扒套餐配奶茶。没想到俩人真能吃得到一起，吕菁华对两种扒餐各一试品，便赞不绝口，随后非常麻利地把这两份扒餐调配成"杂扒"混合品尝，在餐厅的大庭广众之中，毫无顾忌地你喂我一口、我喂你一口，秀起了恩爱。是的，在这个没有熟人相互打探"监督"，人与人之间不用设防的自由环境里，可以随时表达感情，可以任意举止亲昵，没人关注，没人好奇，没人侧目，没人非议，特别适合吕菁华无拘无束我行我素的性格。

饭后，两人骑着各自单位分配使用的单车找到临港工人报社，这是设在一片规模不小的住宅区里的报社，一座六层单元楼的楼梯口有一块镂有报社名称的方形金属牌，旁边还挂了一个"投稿箱"。一楼左边三房一厅"编辑部"和右边两房一厅"综合部"都还亮着灯，有人在赶稿加班。到编辑部打问段鲁华主任，被指引到四楼右边的两房一厅，上得楼去便见房门大开，里边传出男女交谈的欢笑声和锅碗瓢盆的碰撞声。郑晓悟示意吕菁华止步门外，礼貌地敲了敲门，一位高大、丰满、肤白的年轻女子应声出现在客厅，操一口标准的普通话："请问你们找谁？"

"我们找段鲁华主任。"

随之有一位个头中等，皮肤微黑，年龄稍长的男子手持小饭铲从厨房里走出来应答："我就是段鲁华。你们？……"

郑晓悟笑容可掬地自我介绍："我叫郑晓悟，郑晓忱是我大哥，他给我写信说……"

段鲁华兴奋地眉毛一扬，一边拉着郑晓悟的手把他们往客厅里迎，一边把小饭铲顺手递给那位女子，高声说："哎呀！知道知道！早都知道'江山'有个学法律的大学生弟弟，在我们电台评价可高哩。我来之前就听说你也从天津到临港来了，我还打算给'江山'写信问你的联系方式呢。"看了看吕菁华，询问道："请问这位是？"

"这是我女朋友叫吕菁华，也是我们学校学法律的，刚毕业，就分配在华贸总公司的临港公司工作。"郑晓悟略显骄傲地介绍道。

段鲁华赞道："华贸可是北京央企派驻临港的大单位啊！好哇！分的是好单位啊！快请坐，快请坐。还没有吃晚饭吧？"郑晓悟听出他的口音不是襄阳和江州的，带有很重的皖北腔或者山东腔。

吕菁华抢着回答："我们是吃完饭过来的。你们这么晚还没有吃饭呀？来，我过去看看你们在做些啥好吃的？需不需要我帮忙？"说着就很大方地自顾自地往厨房走去。

段鲁华笑着跟在她后面说："我们这简单，瞎弄，随便吃点儿。"

郑晓悟知道女朋友见啥都要插手帮忙的脾性，也只好跟了过去。

厨房里没有煤气，只见一只电饭锅已经煮好饭，另一只电饭锅居然是用来炒菜的，正在用小饭铲翻炒的年轻女子说她做的是荷兰豆炒广式香肠。但电饭锅本来就没法炒菜，所以也完全没有炒菜的香味，而这放了小半锅的东西简直就是在焖煮嘛。郑晓悟还是第一次看到这种搞法，心里想：这好吃吗？吕菁华也"咯咯"地笑着说"有创意"。

开饭了，段鲁华和年轻女子把那两个电饭锅直接搬在客厅的实木茶几上，再拿来一瓶"桂林蒜蓉辣椒酱"算是调料加味，另外还有一碟在酒楼餐厅吃饭都会预先摆上来的餐前开胃小菜，盛出了两碗米饭，但没有盛菜盘子，看来是准备直接就着菜锅就开吃。

段鲁华从随意摆放在客厅水泥地板上的纸箱里拿出两瓶"珠江啤酒"，用牙齿咬开，找出茶杯往里倒酒时才顾上介绍那位年轻女子："这位是我们报社的记者，叫殷虹，刚在一个月前从青岛的一家新闻单位调过来的，她本人是海军部队大院里长大的军队子弟。"

殷虹很自然地端起一杯倒满啤酒的茶杯，说："我和段哥是差不多同一时间来工人报社报到的，而且他是枣庄人，也当过兵，又和我是山东老乡，能在这个边陲小镇遇到老乡不容易呀！很有亲切感。今天算是吉日，段哥又遇到了他原来工作单位老同事的弟弟，值得庆贺。来，干杯！"说完，虚碰一下，一饮而尽，又指指对面开着门、亮着灯、传出女孩子说话声的宿舍对吕菁华说，"喏，我就住在对面的女生宿舍，你有空的话可以直接来我寝室找我玩儿。"

吕菁华接过殷虹递过来的一茶杯啤酒陪他们喝。郑晓悟喝着开水顺便翻阅旁边堆着的《临港工人报》，发现和公司订的《临港开发报》的风格一样，也是繁体字竖版印刷，由右往左阅读，这自然会给刚从内地来到临港的人以很大的惊奇感和新鲜感，看来这是为了对接和适应临近香港的习惯，也是开放的意思表达，同时也应该说是承继了原有的中华文化的传统。自己在没上学之前就翻看家里的繁体字书籍，而三哥晓慷所练的书法也是繁体字，因此，更觉熟悉、亲切。

段鲁华和殷虹边吃边喝边和两位客人随意聊天，说他们来到临港虽然工资收入比在内地高许多，但没想到这么艰苦，这么艰难，一家地级市办的报社竟然办公场地和住宿都是临时租的，编制很少，人员精干，单位没有食堂，附近也没有可以搭伙的地方，天天顿顿在外边买着吃不划算也不好吃，自己又不会做，只能凑合，生活几乎没有规律。大家都成年了还要挤住在集体宿舍里，而且条件也不怎么样。

"唉，离开了稳定的家庭生活，缺少了温暖的亲人环境，一切都不习惯呀！一切都要适应呀！这就是咱闯荡江湖要付出的代价哟！"殷虹感叹道，忽又引申而论，"这是不是也算是解放思想，改革开放理应付出的艰辛呢？必然经历的过程呢？"真不愧为是记者。

段鲁华半似感慨半似解释地说："我在江州家的条件算是不错的了，爱人的父母都是江州市一定级别的干部，她本人又在劳动局这么个众人求的单位工作，儿子在重点小学上学，一家三口住着三房一厅的大房子，关键是经常都有人请我出去撮一顿，有吃有喝有地位，不晓得有多逍遥自在了。而我的这位老乡殷大记者呢，本是青岛有影响的名记者，关键人家还是部队高干子女，住的是小洋楼，家里有保姆，还有勤务兵，每天过的都是衣来伸手饭来张口的日子，现在反而要开始自力更生，艰苦奋斗了，像我们现在这样的生活已经有一个多月了，她不但毫无怨言而且每天出去采访写稿的激情很高，不简单啊！"

郑晓悟边听边点头，心里在想：临港现在起步伊始，条件很差，市政建设和生活设施各方面都不配套，但却有一种无法言传的魅力，无法遏制的活力，无法抗拒的吸引力，自己不就是一来就深深地爱上这里了吗？而且每天的工作和生活都充满着无限的激情。

只听吕菁华正在好为人师地为他们"指点"道："你们宿舍里没有配煤气炉的确没办法搞出花样改善生活，你们这个电饭锅炒菜肯定不行，但是可以蒸鱼吃呀，煲汤喝呀，还可以炸丸子呀，又方便又有营养。"临了还不忘炫耀一下，"我们家郑晓悟就是蒸鱼高手"。

郑晓悟看看两只不大的电饭锅说："鱼稍大一点就放不进去。"

吕菁华快速反应地冒出一句不咸不淡的粤语："真是黐线啊

你！不会把鱼切成鱼段蒸吗？而且人家鱼档都有'开刀鱼'卖，你挑大挑小挑哪一段都行啊，还可以买些小鱼嘛，比方说果皮蒸泥鯭啊，清蒸石九公啊，用电饭锅煎煮沙丁鱼啊，豆腐炖鱼头啊，都很好哇。"

郑晓悟知道，她是最近跟着他们公司的王总、赵总工，可能还有那位郡主任一起到酒楼去吃了好几餐饭，喝了好几顿酒，应该都吃过她说的这些菜，因此就记住了，所以就举一反三做推介了。

段鲁华满眼欣赏地看着伶牙俐齿的吕菁华，边吃边听边点头称是，像是忽然间想起一件事来，扭头问郑晓悟，"哎？晓悟，你们单位有没有单身青年可以介绍给我们殷记者做男朋友？她现在还是单身呢"。

郑晓悟听他有此一问，一时没反应过来，也没有做什么过多考虑，脱口而出："我们公司的翟卫东总经理好像还是单身汉。"

殷虹喝了一口啤酒很大方地接过话头说："翟卫东啊，听说过他，听说在临港法律界还有点儿小名声呢，也听说有领导很欣赏他，说他是改革型人才，我这几天正在考虑怎么能跟他联系上想要去采访他呢。哦？他多大年龄了？怎么还是单身呢？那他……有没有女朋友？"

郑晓悟答道："我也搞不准他有多大年龄，也不知道他现在有没有女朋友。"想了想，自告奋勇地说，"段主任、殷记者，你们看这样好不好，我呢也不挑明说是帮殷记者牵线介绍男朋友，我就帮忙说服翟总安排接受采访，这本来就是殷记者的工作职责嘛，公事公办，这样双方见面都不会难为情。殷记者和他建立联系之后可以慢慢了解，慢慢发展，有缘就成功，无缘的话也互不尴尬"。

段鲁花当即夸奖郑晓悟这个点子高明。殷虹也认为很好。

正在聊得热火朝天的时候，走进来一位三十出头的瘦高个男子，径自走到茶几前勾着头看看菜锅里剩的菜底，又看看辣椒酱和韭头，喷着很重的酒气说："哎呀，你们又是在复习'老三篇'哪？天天重复吃同样的东西反不反胃呀？啊？"

段鲁华把茶杯里的啤酒一口干完，调侃道："是啊，我可不敢跟你比呀，恨不得天天都跟印刷厂啊，造纸厂啊，邮电局啊，还有什么企业的老板啊在一起有吃有喝的呀。我们只能吃自己的喝自己的。"

"哈哈，你算了吧，你们不也经常有采访对象和想登报的企业老板请吃请喝嘛？只不过我们的工作更繁琐一些。没办法，今天是和社领导去一家工厂拉广告，工作需要嘛，咱就得没日没夜地干哪。"

段鲁华此时给郑晓悟和吕菁华介绍道："这位是我们报社综合部的亓主任，是从上海调过来的，和我一起住在这套宿舍里。"见郑晓悟和吕菁华站起身来和亓主任握手问好，又对亓主任介绍说："这两位是我原来电台同事的弟弟和他的女朋友，俩人都在临港工作。"

亓主任礼貌地和两位握握手寒暄几句，径自进了自己的房间。

第四章　做媒之殇

郑晓悟对于段鲁华和自己才是第一次见面，就突然想起一出是一出地提出请他帮忙给殷虹介绍男朋友的事感到有些为难，一是因为完全没有这方面的经验，不知道怎么开口去跟翟卫东提起这个话题，二是在自己所读的很多文学作品描述中的印象，给别人牵线说媒者都是那些个媒婆神汉干的事。而且从理论上来分析呢，这种事说起来好听："办的是大好事""是功德无量的事"，但绝对是吃力不讨好的事，人家俩人好上了吧那是应该的，这两个人如果不好了吧，闹掰了吧，有了矛盾了吧，肯定要怪你这个介绍人。而且事实上也确实如此。您还真别说，郑晓悟的直觉从来就准，事后也不断证明他的这个直觉是对的，只要是"好心"沾上了这种事，或者是"心软"帮人牵线办了这好事，几乎从没落到什么好，甚至还会带来意想不到的后果。

不过呢，这种事却好像很能对上了吕菁华的胃口，你没看到她的那个样子哦，简直就像是自己要跟谁谈恋爱似的，兴奋得跃跃欲试，情绪高昂，两眼放光，恨不得当场就代替翟卫东和殷虹把这事儿给定下来。她见郑晓悟并不是很情愿的样子，在以后的几天里，一直都在鼓动他去促成这件好事，实实在在是真操心、真着急呀。是啊，这位吕菁华同学之前曾经拥有过"战绩"，做成过"功德"嘛，她不是在武汉成功撮合了高中同学赵佳和邝萌之间的好事吗？不是创造机会为大学同学郑怡和江汉艺专的赵运喜牵上线了吗？听说也曾考虑把她一位没上高中，因其母亲病退而顶职进棉纺厂上班的最漂亮的初中女同学介绍给她远方表哥钱任重……所以，我们有何理由阻止她再接再厉，在临港再创佳绩呢？

但郑晓悟的思路和目的主要想的是如何帮忙接洽采访报道的事，觉得这才是正事儿，而且既然是答应了人家那就得办到。所以，他还是决定只说采访的事。于是找了个合适的时间，就跟翟卫东报告说《临港工人报》的记者想要来采访他，问他什么时候方便安排接待。

翟卫东似乎对这个《临港工人报》不是特别感冒，皱着眉头说道："他们这个报纸不是主要针对打工仔、打工妹的吗？还有什么'三来一补'工厂和乡镇企业之类的群体吗？跟我们不怎么搭界吧？如果是《临港开发报》《临港青年报》来采访的话呢，我倒觉得还行。"

郑晓悟受人之托，承人之诺，当然要想办法尽量把事情给促成了，于是就向翟卫东游说道："从这个报纸的办报方向来看，打工仔和打工妹只是其中的一个方面，但如果说到他们所面向的'三来一补'企业，这不恰恰正是我们目前要在这一块扩大影响抓案源的重要领域吗？不能忽视呢。同时你看哈，我们临港的乡镇企业现在也是全面开花，异军突起，每个村几乎都有港商投资，这些乡镇企业经营活动的经济体量不比其他类型的工厂企业差呢。另外据我所知，这个报纸在大型公司企业也有发行，市里的领导包括一些政府部门也会通过这家报纸了解产业情况，掌握发展信息，影响不会小。不过话又说回来，即使是影响不大也总比没有影响好嘛，至少不会有副作用。"

　　翟卫东瞪大眼睛盯着郑晓悟在那高谈阔论，觉得就是商量这么一个是否接受采访的简单的事情，居然搞得好像是在进行案情论证、法庭辩论一般，界线清晰，逻辑严密，层层递进，句句在理。同时他似乎也突然发现，这位来到临港时间并不长的郑晓悟，除了业务水平突出之外，好像在社会活动能力和人际交往水平上也有过人之处，而与其同来的朱友华和郭建却一直还在适应之中。不过，翟卫东也的确认为郑晓悟分析得很有道理，便答应了下来，让他去通知报社记者。

　　郑晓悟即刻浑身轻松地给段鲁华打电话，让他叫殷虹直接与翟卫东联系采访事宜，这才总算是完成任务交了差。对于后来何时约定安排的采访，在何处进行的采访，采访报道文章是什么内容就没有再去关心了，而至于殷虹和翟卫东是否是一经采访交谈就当场对上眼成为了一对恋人呢？也不得而知。

　　不久之后，郑晓悟就从吕菁华激动而得意的神态之中，兴奋而骄傲的话语当中，得知殷虹给她打电话告知已经和翟卫东"谈上了"。再后来，连续有两个星期天也是殷虹打电话给吕菁华让叫上郑晓悟一起到白沙水库、石岗公园，陪她和翟卫东散步聊天喝咖啡，意图当然很明显，就是以郑晓悟和吕菁华作为调和剂和黏合剂，促成她和翟卫东的关系更进一步发展和巩固。不过郑晓悟却发现，每次翟卫东见到吕菁华都是异常开心的样子，总是额头发亮，脸庞泛红，两眼放光，炯炯有神地直直盯着吕菁华和她说个没完，而和殷虹对话的神情则总像是记者与被采访者之间公事公办的感觉。

　　吕菁华自己呢，好像是毫无察觉抑或是不以为意，一直都是那种没心没肺、大大咧咧的样子，始终保持那样情绪激昂、热情高涨的状态。比如在第二次到石岗公园"陪约会"的时候，吕菁华根据她这两次的观察和感受，针对殷虹言谈语气、肢体语言中的"毛病"，直言不讳地开始教训她这么大个人了还不会谈恋爱，嘲笑她约会时也一本正经地像在上班。于是便又好为人师地"指教"她说，要对翟总多说甜蜜的话而不是总说那些正儿八经的话，同时言传身教地走上前去"示范"，直接挽住翟卫东的胳膊显出亲昵无比的样子。此刻，郑晓悟看到翟卫东那种顿时很享受的神情，好像本身他俩就是这么一回事，而殷虹的眼神中已经不加掩饰地露出不悦来，但吕菁华居然毫不敏感，还在叽叽喳喳地发表高见，指手画脚地给以指点。于是便蓦然忆起在大学期间，俩人骑车陪其高中男同学魏金涛与女友到鄂城西山远游，惹得别人女友发飙，弄得自己恼怒的情形，不由得也相当不爽但又无可奈何地在心中叹道："还是这个老毛病呀，看来真是江山易改，本性难移啊！"

然而此后，殷虹再也没有约过吕菁华和郑晓悟去"陪约会"了。

忽有一日，翟卫东找到郑晓悟说他想在中秋节约上殷虹，并让郑晓悟叫上女朋友吕菁华一起，由小陈开车去深圳蛇口的海边赏月度中秋，并特别说明只是小范围聚聚，不必让其他同事知道。

郑晓悟早就听说过深圳改革开放"开山第一炮"的蛇口半岛，很是向往，也早就听说过开发蛇口工业区的传奇人物袁庚先生，很是崇敬，当即就很高兴地答应了。但想到此前两对恋人在一起时曾经出现的尴尬，于是就建议把段鲁华也约上，理由是段主任既是殷虹的领导又是老乡，而且还是他们恋爱关系的真正牵线人，加之他讲话也很幽默，有这么一个人在中间作调剂，可以使气氛更加随意、活跃。翟卫东一开始好像表露出一丝不是很愿意的表情，但最后说这样也好，既不受干扰也热闹些，还会冲淡私人用车出行的意味。并决定由他自己直接通过殷虹发出邀请，以表明诚意。

中秋节正好是个星期天，郑晓悟和吕菁华吃过早餐，按照约定的时间来到国际轻工大厦路边等车。

　　翟卫东是一大早就由小陈开车先送到办公室取东西的，返身下楼走出来见到郑晓悟和吕菁华，便兴致勃勃地走过来边聊天边等车。小陈去工人报社接到殷虹和段鲁华之后准时返回，车一停稳，郑晓悟主动上前拉开车门，先与副驾驶位上的段鲁华和坐在第一排的殷虹打招呼，随后握着吕菁华的手扶她先上车到后排坐下来。此时翟卫东站在车门旁，似乎是无意间，也可能是礼貌性地扶了扶正在弯腰登车的吕菁华的腰部，郑晓悟见状内心掠过一丝不快，但也没去想太多，上车后即拉住吕菁华的手紧紧地偎靠在一起。

　　诚如郑晓悟所言，段鲁华既有本身善于交友的豁达性格，也有记者见多识广的职业特点，经殷虹夸大其词地给他和翟卫东相互一介绍，他幽默地与翟卫东一对上话就觉得有共同语言了，再加上有郑晓悟和吕菁华趁机"捧哏"凑趣，车内的气氛顿时活跃起来。翟卫东同段鲁华你一言我一语地说起各自的老家，聊起各自的经历，谈起临港的感受，畅想着未来的发展。翟卫东说起他的老家那个县在历史上一段时间被划归山东管辖，一段时间又隶属江苏治下，总之吧，和你段主任和殷大记者也可以说是同为山东老乡。又说自己也是当兵的出身，是从部队上考上大学的，所以呀，和你段主任和殷大记者又可以说是都有部队渊源。如此这么煽情表达，大家的关系更觉得和谐融洽了。

　　车子向近百公里外的深圳蛇口半岛方向奔驰而去。

　　尘土飞扬的国道上，往来疾驰的多是工程车和大小货车，沿途闪过的都是脚手架和建筑吊臂。段鲁华以记者特有的职业习惯一边观察一边思考，忽然感叹道："我在部队搞通讯报道的时候，跑遍了我们那个师部所属的铁路、隧道、桥梁、机场还有秘密军事设施的建设工地，但是说老实话，都没有这两边的建筑规模和场面这么壮观。记得早些年我们一直都在说要缩小城乡差别，消灭'三大差别'，但也就是喊喊口号而已。你看看现在，这一路走过来的地方原本就是农村，既不用立志改天换地，也不必高喊战天斗地，只需要顺世势而为，随民心而动，脚踏实地埋头干，仅仅举一镇之功、一村之力，甚至某位港商一人之资就有这样的基建场面和规模，不得了啊！我坐在这儿一路看到这些场景，只有一个感觉，那就是这里真正是实现城乡一体化了，农民工人化了，农村工业化了。照这样发展下去，中国实现'四个现代化'还说只是梦想吗？"

殷虹也深有同感："我们青岛本来还算是座老海滨城市，老港口城市，老租界城市，老商业城市呢，可是我就是因为觉得它没有什么活力，也一直没有改革开放的得力措施，所以才离开了我原来那个还算不错的单位，离开我家部队大院，应聘来到临港。虽然《临港工人报》现在各方面很一般，吃住生活也没法跟我在青岛的条件比，但我很喜欢这里，因为啥？因为有活力，有希望，有不可想象的发展空间。"

翟卫东应和道："我呢是因为沾了当过兵、入了党的光，在大学时期当了班干部，所以毕业分配时令人羡慕地分到了国家部委机关。但我后来也是因为觉得在那里按部就班，论资排辈，毫无生气，难有成就，只能慢慢地排队熬资历，于是就义无反顾地扔掉'金饭碗'调到临港来了。在临港的感觉是，只要你愿意，你就有机会；只要你想得到，你就可以干；只要你实实在在地干，就能实现你的价值。我说的这些不仅指的是我们这些从各地招聘来的所谓'精英'，也包括打工仔和打工妹。我们现在再也不把涌到城里打工谋生的人称之为'盲流'了，还欢迎他们，这就是社会的进步，这就是生活的希望。"

郑晓悟和吕菁华被他们说得激情澎湃，内心产生了极大的共鸣，彼此交换着得意的眼神，觉得选择到临港来真是来对了！

一路颠簸，时快时慢，临近中午时分进入蛇口工业区，首先映入眼帘的是竖在一个十字路口的标语牌："时间就是金钱，效率就是生命。"几个人紧紧盯着这两句早已耳熟能详的著名口号，车开过了还动作一致地转着头看，路过现场看到了这块标语牌，仍然觉得它意思表达很新奇，思想内容很冲击，用语简单而直白，且又确实感觉到很有气魄！殷虹猛然反应过来大喊一声："小陈，调头！调头！我要把这幅标语牌拍下来。"说着，就从记者包里往外掏相机，检查胶卷，待调转头的车子刚一停稳，她便手持相机，从翟卫东身上一跨而过，冲出车门便从不同角度开拍。随后，又招手让大家下车合影，指导小陈以标语牌作背景为五个人拍下了具有纪念意义的照片。

上车后继续前行，车外又闪过一块"空谈误国，实干兴邦"的标语牌，只见连片建成的大型标准化厂房和正在繁忙施工的基建工地呈现在眼前，其中"三洋"电机的厂区标志令郑晓悟觉得很眼热，因为他在津港海洋石油公司对外合作中心和津港国际俱乐部看到过和使用过最多的电器产品，除了"日立""乐声"就是"三洋"，于是就悄声和吕菁华说，没想到日本品牌已经在这里投资设厂了。

看到路边一家"西南饭店"，大家一致决定先在这里吃午饭。

虽然郑晓悟在津港海洋石油公司期间，多次吃过同事加室友的颜肃在宿舍用煤油炉做的他们四川家乡菜，但如此成龙配套"菜系化"地吃川菜还是第一次，而且如此油大料足，不知道比颜肃偶尔整出的一两个菜要麻辣刺激多少倍，感觉完全顶不住，辣得只哈气，呛得只咳嗽，头上只冒汗，大口喝茶冲淡中和也不见效。在吕菁华的耐心劝诱下和其他人的极力鼓动下，郑晓悟皱着眉头壮着胆，第一次喝下一口冰冻啤酒，咦？解辣效果相当不错！

酒足饭饱之后，经漂亮的服务员小姐热心指点，车子从饭店开出去不远，就看到一艘白色的远洋巨轮突然出现在眼前，这景象不像是在海里，倒像是从陆地上拔地而起，很震撼！巨轮上方是国家领导人的题词"海上世界"鲜红醒目。翟卫东兴奋地扭头对殷虹说："我早就听说了深圳蛇口的'海上世界'，但一直没机会来过。"

"海上世界"是一艘退役的万吨级远洋客轮，技术性搁浅锚定在一处浅海湾里辟为集酒店、餐饮、酒吧、游乐和航海知识普及展览于一身的特色景点，船体四周海水澄碧，细浪粼粼，沙滩洁白，椰风吹拂，令人赏心悦目，通体舒泰。可能因为是中秋节，游人还不少。

停好车的小陈动作迅速地买好了门票，几个人刚走到舷梯旁的检票口准备排队，突然一位戴着眼镜，个头瘦小，皮肤白净，举止斯文的年轻人笑容可掬地迎上来和翟卫东打招呼。翟卫东也笑得张大嘴巴热情地快步走过去和他握手，然后回身介绍说："这位青年才俊就是《临港青年报》大名鼎鼎的总编晁青阳先生。"随之又向晁青阳分别介绍了他的同行段鲁华、殷虹，以及郑晓悟和吕菁华。紧随晁青阳身后的一众青年男女是《临港青年报》的记者、编辑，叽叽喳喳，欢声笑语，无拘无束，热闹无比。相聚是喜，相逢是缘，大家异口同声地建议以"海上世界"为背景来个大合影。虽然随着时光的流逝，世事的变迁，这张彩照上的人有的迁居海外，有的返回故里，有的名声显赫，有的销声匿迹，但此时的他们，脸上荡漾着纯真的笑容，眼中闪耀着激情的光芒，浑身散发着向上的激昂，多年后的郑晓悟每次看到这幅物是人非的照片，仿佛依然能够感受到当年那青春的激荡。

登船进入"海上世界"内部，便会知道这艘豪华邮轮航行世界各个著名港口留下的光辉印迹，可以看到很多国家为欢迎其到访停靠而赠送的各色礼品，既能明显感受到海上邮轮客舱与陆地酒店客房的不同，也能了解区分船长、大副与其他不同职位、级别的船员不同住舱的差异。内部居然还辟有一处小小的博物馆，布置了各种令人新奇的海洋生物标本，在这里还可以学习到航海知识。

一行人在各处参观完毕，来到高大的船头环视四周美景。已经和自己的同事分开而一路相陪的晁青阳似乎对此地相当熟悉，他指着海湾对岸连绵的青山跟大家说那里就是香港，引得个个翘首眺望，一副向往的神态。正对船头不远处一座碧玉似的小山旁，面海耸立着一幢新奇的船帆造型的漂亮建筑，介绍说是蛇口第一家五星级"南海酒店"。俯瞰近处，棕榈树掩映、簕杜鹃烘托着一排排漂亮的碧涛别墅，便又透露说据传闻其中有大明星的一栋。吕菁华和殷虹不听则矣，一听到偶像明星的居屋近在咫尺，就鼓动着赶快下船到别墅边上的沙滩去踏浪玩水，感受偶像的气息，沾沾明星的灵气，口口声声地说保不定这沙滩上还留有大明星的足迹呢。

老话说，海边的天，小孩的脸，说变就变。吕菁华和殷虹正撩着裙子奔跑戏水玩得不亦乐乎，天上的云层开始急速翻滚，地上的风力慢慢加速横扫，海上的波浪已经不安涌动，空气中的气压在下降并伴随着燥热泛潮的气味。已经在临港经历了几场台风的郑晓悟知道，这是台风来临的前兆。说时迟那时快，骤来的暴雨在劲风的裹挟下先是在干燥的沙滩上砸出铜钱大的坑，接着便是倾盆而下形成的雨幕，猝不及防的游客们高声尖叫，急忙跑去"士多店"躲雨，慌乱地去拦"的士"逃避。翟卫东叫小陈赶紧把车开到"碧涛中心"大楼门前。

和吕菁华手拉着手嘻嘻哈哈奔跑着的郑晓悟感到最好玩的是，路边"士多店"的老板显然是在看游客们的笑话，故意大声播放着台湾歌曲《雨中即景》凑趣：

哗啦啦啦啦

下雨了看到大家都在跑

叭叭叭叭叭

计程车它们的生意是特别好

你有钱坐不到

哗啦啦啦啦

淋湿了好多人脸上失去了笑

无奈何望着天

叹叹气把头摇

......

　　小陈把车开过来了，郑晓悟冲过去拉开门叫吕菁华赶紧先上去，此时只见翟卫东又来扶住了吕菁华被雨水淋湿的衣裙紧贴着的腰身，被吕菁华猛地躲闪开了。翟卫东的脸色一变。

　　暴风骤雨抽刷着车身。也可能是大家都累了困了，也可能是车外风大雨大，也可能是其他原因，总之大家都没有说话。车厢里的气氛变得很沉闷，很压抑。

　　查阅完一叠卷宗材料并作了必要的阅卷笔记，郑晓悟起身站在窗前伸了伸懒腰。这是十一月下旬的上午九点多，但烈日骄阳犹如夏天，看到街上的行人大都还穿着夏装，对面基建工地上的建筑工人更是挥汗施工，便情不自禁地喃喃自语道："这个时候天津应该很冷咯。"

　　"郑先生，您的信，天津寄过来的。"前台小姐梁梅送进一封信。

　　郑晓悟心里一惊：真是说到曹操，曹操就到。自己打从离开天津从来没有想起过天津，也从来没有提起过天津，今天莫名其妙地随口说到天津，这话还没有落音呢，天津的信就到了，看来有时候忽然冒出来的意念并非完全是空穴来风呀。这么一边想着就撕开信封，果然不出所料，是津港海洋石油公司人事处催告返回原单位的简函：

郑晓悟同志：

我处经领导批准同意为你办理的停薪留职时间为半年，即1985年5月1日至1985年10月31日。经与对外合作开发中心联系确认，得知你至今未归，属于违规超期。现通知你务必于12月2日（星期一）前来我处登记注销此次的停薪留职手续，返岗上班。特此通知。

津港海洋石油公司人事处（章）

一九八五年十一月十八日

手持这字数不多、薄薄一页纸的来信，郑晓悟却觉得异常沉重，心在不断地往下沉。说老实话，从打离开津港登上南下的列车那天起，自己就没有打算要再回去。到了临港之后，觉得自己在这里恰是如鱼得水，如意自在，对广东，对临港，认识得越深就感情越深，生活得越久就越发亲近，完全铁了心要留下了，好像已经忘记了自己只是停薪留职而已，也从来没去考虑自己还是一名大型央企的正式职员，还要受到单位管理规章和人事制度的制约。现在已经争取把女朋友正式分配过来了，自己反而要再返回北方原单位，这可是个大麻烦呀！即使要正式申请调来临港，目前这个环球法律咨询服务公司有没有调入编制和名额呢？即使有，原单位放不放人呢？而且调动本身还有一系列繁复的程序和手续，时间也难以确定。真是令人作难啊！

郑晓悟心里顿时烦躁无比，正在愁眉苦脸地思忖着是否给吕菁华打个电话讨论主意，办公桌上的电话铃声就不失时机地响了起来，拿起话筒，果真是吕菁华打来的电话，只听她口气急促地说她的那位远房表哥钱任重打来电话称，今天早上一出广州火车站就被人把身上的钱骗光了，目前正在流花派出所等她赶紧过去接人，而她自己现在正陪着公司领导有事离不开，让郑晓悟现在立刻赶去广州火车站把钱任重接来临港。到时如果确实需要她再过去的话就赶紧打电话告知。

郑晓悟二话不说，放下电话和刘援朝副总经理急急忙忙说明情况，就下楼乘公共汽车向临港火车站赶去。

出了广州火车站急匆匆冲进流花派出所，只见钱任重一脸晦气百无聊赖地呆坐在派出所大厅的长条椅子上，见到郑晓悟，先是本能地流露出一丝不好意思的神情，随即又摆出一副不愿见到他的神态。郑晓悟没顾上搭理他，直接去找大厅里的值班民警了解情况。

原来，第一次来广州的钱任重一走出火车站就被骗子盯上了，前面一个貌似匆匆忙忙赶车的行人"不小心"从一个蛇皮口袋里掉出来一包东西而不自知，并很快消失在人群中，紧随其后的一个人"疑惑"地捡起来好奇地撕开外边裹着的厚纸查看，旁边又来个人立刻一把扯住捡东西的人惊讶地叫起来："哇！金戒指！"并招呼"刚巧"走近的钱任重说："兄弟，见者有份，这是规矩，不能让他一个人独吞。"

好奇心重的钱任重凑过去一瞅，原来是一包金光闪耀的金戒指，透明塑料包装上印有外国字和中国繁体字，注明一包200只，包装封口精致并有防伪标签。这位后来者很内行地说："这是从香港走私进来的999足金戒指，现在广州的金店抢着收购，特别值钱。"并对钱任重说，"不能让他一个人独吞，得咱们三个人分，不然就报警。"

捡拾者显得很紧张也很无奈地说："唉，算我倒霉。反正是捡的，分就分吧。"说完，作势要撕开塑料包装。

后来者一脸正色地立刻制止："不能撕！一撕开人家金店就不认这是香港货了，也就不收货了。"

捡拾者一脸憨厚相地问道："那怎么办？我还要赶车呢。"

"这些原装金戒指整包转卖给金店，每个至少要卖两三百块钱，那这一包金戒指就是四五万块钱哪。这样，既然是你先捡到的，就让你多分一点，你拿两万块钱给我和这位先生分，这包金戒指全部都是你的了怎么样？"后来者很公正地建议道，钱任重觉得很合理。

捡拾者无奈地说："我来广东打工刚下火车，那有钱嘛？"

后来者掏出一本存折说："我刚好要去银行给老家寄钱，你把金戒指交给我，我去银行给你取钱，你俩在这儿等我。"

捡拾者瞪着后来者，争辩道："那我可不干，你拿着这包金戒指跑了，我还有这位先生到哪去找你？你以为我们傻呀。"

钱任重严肃地点点头。

后来者沉吟片刻，建议道："如果你们俩拿着走私戒指都陪我到银行取钱会引起怀疑。我说这样好不好？你盯着我去银行取钱，这位先生交点押金保管金戒指等在这儿。你说你要多少钱押金才放心？"

捡拾者想了想说："至少也得三千块。"

钱任重犹豫了一下说："我身上只有两千八百块钱，这不是我的钱，是帮我女朋友家里买彩电的钱。万一……"

"哎呀！临时垫几分钟，转头就翻两番了，够你买好几台彩电了，十几倍价钱的金戒指在你手里押着呢，如果不是看你像个读书人，我还不放心你呢。来，我身上刚好还有两百块钱一起先凑上。"后来者说着就爽快地掏出二百块钱拍在捡拾者手里。

钱任重觉得大头掌握在自己手里没什么好担心的，这种便宜不占白不占，难怪说广州遍地是黄金呢，于是掏摸了好一会儿拿出2800元钱交给捡拾者。后来者郑重其事地交代钱任重一定要待在原地千万不要走动，免得等会儿回来找不到他了，然后，就带着捡拾者往银行方向走去，走了几步，还不忘回过头来朝钱任重笑笑并竖起大拇指。

钱任重老老实实地等了一个小时也不见那两个人回来，有些不耐烦了，本想一走了之顺手牵羊占个大便宜，但想想觉得不对，就试探着问一位过路的车站工作人员，哪里有金店去卖他手里的金戒指。这位车站员工斜眼朝他手上瞄了一眼，嘲笑道："又是别人捡到的金戒指要和你分钱吧？你押了多少钱保管这包废铁圈啊？"

钱任重一听就懵圈了，赶紧跑到派出所报案。

"事情的基本经过就是这样。这类案件在我们辖区不少，主要是车站人口流动量太大，往来人员复杂，很难破案，除非抓现行。这次被你亲戚撞上了，算是花钱买教训啊。"接待民警最后对郑晓悟说。

向民警致谢之后，郑晓悟得知钱任重从清晨出站到现在还饿着肚子，就带着他到红棉大酒店中餐厅好好吃了一顿。临上火车返回临港之前，在路边的"士多店"打长途电话给吕菁华，简易说明了事情的来龙去脉并告知回去的车次时间。

一路之上，郑晓悟和钱任重基本上没有什么话可聊。

到达临港火车站乘上公共汽车，在华贸大厦附近的巴士站刚一下车，一位浑身邋遢，两腿干泥的黑瘦汉子手里拿着涂满泥巴的物件就凑近了钱任重，神秘地说他是附近工地上的工人，施工的时候挖出了这件文物，并说弄到香港去卖值上百万港币呢，以前就有人从他们工地买了出土文物转手就成了百万富翁，但他们是泥腿子不懂，也没有这门路，做不了这个发财梦，只要能给两千块钱买酒喝、买烟抽就行了，大钱是你们这些有本事的人赚的。

钱任重一听，顿时两眼放光，很感兴趣地扶着那个人紧抓不松手的"宝贝"贪婪地端详着，随后嬉皮笑脸地把郑晓悟拉到一边问有没有两千块钱可借。

郑晓悟告诉他自己身上没有这么多钱，即使有也不能借，因为这些骗人的把戏在临港并不少见，叫他不要上当，赶紧走吧。

这个人听到了郑晓悟的话，走过来用湖南口音的普通话争辩："我这当然是真货咯，就是我们工地上挖出来的文物咻，而且还不止我这一件的略。如果不是我们几个工友急着换点小钱，怎么可能这么便宜卖给你咧？我告诉你，这东西随便由哪个弄到香港就是几百万嘞。"

郑晓悟知道他是信口胡说，懒得跟他争辩，就说："你这即使是真东西，倒卖文物、走私文物也是犯法的。"

钱任重横了郑晓悟一眼，对那个人坚定地说："你不用理他这个书呆子，就知道装腔作势。我自己的事我决定，你这个东西我要定了，我妹妹就在旁边的华贸大厦上班，现在就去给你拿钱，你在这儿等着别动哈，我马上就回来。"

郑晓悟紧跟着钱任重疾步走进华贸大厦找到吕菁华。吕菁华一听，柳眉倒竖地训斥起钱任重："这种鬼事在临港经常会遇到，这么简单的骗术你也信？而且你上午在广州刚刚受完骗，到这儿一下车就又主动送上门？没想到还真有你这种记吃不记打的傻瓜！"

钱任重固执地说："你没亲眼见到你怎么知道是假的，你们这儿可能真有搞假文物骗人的，但凭我的感觉，那个人手里拿的是真文物，这个我还是很自信的。要么你跟我下去一看就知道出这两千块钱绝对赚。"接着还嬉皮笑脸地扯扯吕菁华的胳膊说："其实我没有那么傻，今天上午那两个骗子要三千块押金，我就骗他们说我只有二千八。我这儿还有两百块钱没被他们骗去呢，嘻嘻。"

吕菁华不想跟他在办公楼走廊里胡扯这些，影响不好，就勉为其难地和郑晓悟陪他下楼去找那个人，但左右不见那人的踪影，便说："这绝对是个骗子，心虚了，跑了。"

钱任重眼睛一瞪："你凭什么说人家是骗子？一看这个人就是在工地上老实巴交干苦力的劳动人民，又没见过什么世面，估计看到你刚才气势汹汹像是来兴师问罪的样子，就吓跑了。哼！还有啊，有的人觉得自己学了点法律就动不动到处卖弄，说人家什么倒卖文物、走私文物是犯法的，所以人家宁愿不做这单小生意也不想惹麻烦。有人就是心眼坏，嫉妒心重，有意堵我的财路，坏我的好事。"

听到钱任重毫不讲理的指责，郑晓悟心里觉得烦透了。

第五章　暗流涌动

　　已经临近元旦了，但临港的气温依然是在 10℃左右，相当舒适，想想就是，在天津的这个季节则是完全不可想象的。听说，这座南方滨海小城偶尔也有气温降到只有三五度的时候，如果再遇到天阴下雨，体感上还是觉得相当寒冷的，只不过最多两三天就过去了。所以，领略了南国冬季这一优势的郑晓悟就更加不想再回北方了，公司人事处的那封催告函虽然会时不时在心头掠过一道阴影，但他下定决心无论如何都不返回原单位，只要能留在临港与吕菁华相厮守，甚至决定不惜破釜沉舟，自断后路，绝不离开临港半步。与此同时，他也怀着一种掩耳盗铃的心态，假装自己没有收到这封信，因为它不是寄的挂号信，没有签收登记手续嘛。于是至今都未予理睬，也不回信。与此同时，不知道是怕给吕菁华增加心理负担会节外生枝呢，还是有其他的考虑和担忧，总之，郑晓悟最终也没有向吕菁华就此事讨主意，对她只字未提。

　　这天下午下班后天色灰暗，还下起了毛毛细雨，感觉相当阴冷湿寒，俩人不想买菜做饭，便披上塑料雨披、骑上单车先到老街的那家经常去的港式茶餐厅，每人来了份杂扒，再叹杯奶茶，随后躲进人民电影院看了一场《黑炮事件》才回宿舍，赶紧洗漱，钻进温暖的被窝，甜甜美美地相拥而眠。

"咚咚咚咚！咚咚咚咚！"睡梦中似乎听到有粗暴的敲门声。

"谁呀？……这么半夜三更的！……"吕菁华睡意蒙眬地嘟哝了一句，侧翻过身来，一只胳膊搭向郑晓悟又睡着了。

"咚咚咚咚！咚咚咚咚！"坚定而粗暴的敲门声。

郑晓悟听出是有人，而且感觉还不止是一个人，在敲这三楼的外门，接着听出朱友华和郭建先后打开自己的房门，吼问："谁呀？"

外边的人答非所问地同样吼道："开门！"并继续粗暴地敲门。

随着开门声，又听到一句："派出所的！检查证件！边防证！"接着有人又问："那间房有人住吗？是什么人？"

朱友华和郭建参差不齐的声音："有人住，是……同事……"

郑晓悟赶紧推搡着吕菁华："快！快！快起床穿衣服。警察。"

俩人手忙脚乱地往身上套衣服，随即便听到自己的房门"咚咚咚咚"被敲击着，"开门！"外边人命令的口气。

"来了，来了……"郑晓悟一边回应着一边扭头看吕菁华已经差不多穿好了衣服，拉开门闩，门外站着三个穿警察制服的人，一脸严肃。领头的重复同样的话："派出所的！检查证件！边防证！"

郑晓悟和吕菁华赶紧把各自的证件掏摸出来递给他们，领头那位的接过边防证但并没有"检查"，甚至连看都没看，始终直直地审视着他俩："你俩的结婚证？"

"没……没有……我们还没有结……结婚……"郑晓悟有些慌。

吕菁华试图解释："我们正准备结……"

领头的警察打断话头："没有结婚是吧？是非法同居啊？那就跟我们去派出所解释清楚吧。"说完，很权威地转身向楼梯口走去。

郑晓悟从来没有过这种经验，也没想到会碰到这种事，此时俩人的边防证还攥在警察手里呢，不知如何是好。倒是吕菁华显得相对镇定一些，扯了扯他说："走，去就去吧。"说完，昂首往门外走去。朱友华和郭建站在走道上，一副茫然莫解的样子目送他们下楼。

楼下停着一辆没有喷刷任何标志，没有安装警灯的普通面包车，四周黑黢黢的夜，静悄悄的，只有自己住的这栋楼的三楼亮着灯。三位警察低声命令郑晓悟和吕菁华先上去坐后排，随后，两个坐在了前排，一个坐到副驾驶位，拉上车门，疾驰而去。郑晓悟看着寂静的窗外，无灯的马路，心里闪过一个念头：怎么好像很有目标地只检查了他们住的这一栋楼呢？而且好像是专门来查他俩有没有结婚证的？

车子开进了白沙派出所的院子。郑晓悟此时则怀着相当无所谓的心态随他们钻出车门，刚好看到院子里一位穿便服的年轻人，正吼叫着把手中的纸质物撕得粉碎往夜空中一撒，对站在他面前几个缩头苦脸的人喊道："你说你们有边防证？我怎么没看到呢？在哪？拿出来给我看看？"很多碎纸片在湿润的空气中歪歪扭扭地飘到湿地上。

他对面的一位矮个中年人哈着腰，带着哭腔用四川话说："同志，你撕掉的那个就是我的边防证噻，你哪个硬说我没有嘛？我是花了钱在我们老家的县公安局开后门才办到的。我这好不容易才到这里的工地上找了个扛水泥包的活，晚上加完班刚回工棚就被你们捉来咯。"

旁边有几个老实巴交，灰头土脸的汉子应该是这个人的工友加老乡，也都七嘴八舌地说："是噻。我们是一起花钱办了边防证过来的，你把我们的边防证这个样子给撕咯，你说让我们哪个办嘛？"

"吵什么吵？什么怎么办？没有边防证可以按规定向派出所

申请缴费办证，还要交罚款。"没穿警服的年轻人继续大声呵斥。

"我们刚刚来这里打工还没得几天得，身上的钱都交押金了，一毛钱的工资都没领到手，唧个还有钱嘛……"又是七嘴八舌地哀求。

从车上下来的领班警察似乎注意到郑晓悟站在那非常注意地观察着这一幕，而且脸上露出了不解、鄙夷和愤怒的表情，于是赶紧走过去训斥那位没穿警服的年轻人："你们这些联防队员能不能专业一点？院子里是办案场所吗？去，把他们带到那边房间里去解决。"然后转回身对郑晓悟和吕菁华做了个手势，"请吧"。

进入办公楼，两人便分别被带到不同的房间。郑晓悟看吕菁华进入另一个房间，不放心地伸长脖子扭头看着，迟疑着，另外一位中年民警对他说："看什么看呀？不放心啊？最好还是不放心你自己吧。来吧，进来吧。"说着，扯了扯郑晓悟。

进去坐下来，无非是先例行公事地询问和记录诸如姓名、性别、年龄、籍贯、工作单位、职业、职务、政治面貌、家庭关系之类的，然后切入"正题"：和女方是什么关系？有没有结婚证？为什么住在一起？在一起有多长时间了？住房是谁租的？有没有干过其他什么违法乱纪的事？等等。想到哪儿问哪儿，似乎是在很随意地聊天，当然也有细节性的询问。此时的郑晓悟其实并不怎么紧张了，平静而实事求是地讲了他和吕菁华的关系，和吕菁华的感情，甚至在语气上觉得自己和吕菁华住在一起名正言顺，理所当然。就这样"闲扯"了一个多小时，询问的民警最后并没有给他们俩的行为作定性、下结论，也没有按惯例让郑晓悟在笔录上签字。

"他在那写写画画的可能并不是做笔录？"郑晓悟后来在想。

询问结束在无话可问、无话可说之时，这位民警最后好心地告诫他，男女之间没有结婚尽量不要先住在一起，他们在例行检查证件的时候遇到未婚同居的一般也不说什么，但若遇到有人举报就不好办了，大家都是在外地举目无亲，无依无靠的，两个人关系要是真好的话就结婚吧。末了，没头没脑忽然来了一句："你可以走了。"

郑晓悟问："刚才和我一起来的女朋友呢？"

民警说："我也不知道。你自己的事完了你就先回去吧。"

郑晓悟走出来一看，走廊没人，大门口没人，院子里没人。想到吕菁华绝对不会没见到自己就自顾自一个人离开这里的，于是便坚定地站在大门靠院内的一侧等着，派出所办公楼只是一楼有两三间办公室还亮着灯光。此时已是黎明前的时辰，更加阴暗的夜空中细微的雨丝似有似无地在飘洒着，更觉湿冷。就这样又过了约二十分钟，郑晓悟欣喜地看到吕菁华走出来了，赶紧迎上去把她抱住，很觉心疼和难过。吕菁华也回抱了一下，扭头往后看了一眼，淡淡地说："走吧。"

没有车，只能在深深寒意和毛毛细雨中步行回家。一路上，两人都在有意避免去碰今天的话题，谁也没有开口，更没有互相询问，就这样默默地疾步而行。两个人这是第一次没有手拉手。

走回白沙围出租屋宿舍，东方的天边已经泛出了鱼肚白。吕菁华上楼走进房间就开始往箱子里收拾衣服、物品，并平静地对郑晓悟说："我还是搬到我们单位宿舍去住吧，不能再搞出这样的事情来了。"

郑晓悟板着脸没说话，当然也不知道说什么好，被折腾了大半夜的他只觉脑袋昏昏沉沉，只是看着她收拾东西，然后帮她把箱子提到楼下绑在单车后座，又一路无语地各自骑着单车，顶着寒风往她单位所在的港新新邨宿舍而去。

本来郑晓悟想要找个地方吃早餐，但看到吕菁华一脸冷峻地埋头奋力骑车，好像没有要吃早餐的意思，就忍住没提。

到了华贸公司宿舍楼下，郑晓悟从车后座解开箱子，吕菁华过来果断地拎在自己手里，对郑晓悟说："我自己拿上去，你先回单位上班去吧。"说完，头也不回地走进单元门上了楼梯。

也可能觉得是一次羞辱性的经历，也可能确实是一道心理上的阴影，吕菁华自打搬离之后，再也没有踏进白沙围那处农民房的宿舍半步，而郑晓悟自己呢，一方面是觉着去华贸公司这种好几个人挤在一个套间的集体宿舍待不住，不便去；另一方面也对华贸公司王松江和赵总经济师这两位领导无来由地对自己有成见的样子感到耿耿于怀，不愿去。如此，几乎没有了二人可以单独相处的空间和时间。最初每天上午和下午俩人还有一通照常腻歪的通话，下班之后依然约会、逛街、吃饭、看电影，但之后电话渐渐中断了，约会渐渐减少了，每次打电话过去，得到的回复总是"吕菁华没在办公室""吕菁华在开会""吕菁华陪领导出去了"。若是吕菁华接到电话，则是通知"公司有活动"，"公司有接待"，"公司领导安排有任务"，使郑晓悟每次都感受到一种疏离，再到后来，则是没有啥事就互不打电话了。原本那种朝夕相处、形影不离的生活模式彻底变成了"过去式"。

五个多月早已习惯了的你侬我侬的生活节奏就这样突然被打乱了，郑晓悟一时间感到很不适应，但又觉得必须理解这种暂时的调整，毕竟深深相恋的两个人已经如愿在一个城市里工作和生活了嘛，"两情若是久长时，又岂在朝朝暮暮？"郑晓悟如此宽解自己，吕菁华好像也这么说过。总之吧，只有尽快争取把自己的人事关系、户口关系调来临港，再等吕菁华一年的毕业见习期一结束，工作一转正，就结婚，这样就名正言顺，理所当然了，再也不用分开了。美好的期许是甜蜜的，但不管怎么说，每天下班之后总感觉孤苦伶仃，形单影只，茫然无序，每天晚上都耗在宿舍里和朱友华、郭建看电视、聊天打发时间，如此无所事事也不是办法呀？

写文章。对，写文章！

郑晓悟终于发现了自己的业余爱好，找到了可靠的精神寄托，他根据自己的办案心得、专业认知和理论思考，开始写典型案例分析、社会热点评析、法律知识普及、理论问题探讨，写完之后，一般的短文就寄给《临港开发报》《临港青年报》，也曾寄了一篇给《临港工人报》，稍长的论文就寄给相关杂志、专刊、学报，没想到采用发表率居然还挺高，既填充了自己时间上的空虚，还有一点儿稿费可拿。这给了郑晓悟以很大的鼓舞，热情高涨，一发而不可收。

毕业分配如愿以偿的吕菁华想回家过春节，这是她最期待的事了，老早就在念叨，老早就在谋划。虽然按照各单位的规章制度，刚毕业的一年见习期没有年休假，也不给报销路费，但她还是和郑晓悟商定，自费回去过年。郑晓悟于是特地换了点儿港币，去公安局办了特别通行证，俩人专程到深圳沙头角采购一些新奇物品回去送亲戚朋友，其中布料、味丹和港式点心礼盒是最受内地人欢迎的东西。

不出所料，临近春节，果然又收到了津港石油公司人事处的来函，这次寄来的是挂号信，而且言辞相当严厉，说是不按来函规定的时间返回原单位上班，将作除名处理。这下，就不能再装作没收到、不知道了。但郑晓悟已经"吃了秤砣——铁了心"，坚决不想离开临港，坚决不要离开吕菁华，但也坚决不能给人事处回信，因为不知道该怎么回复，而且写了回信也没用。于是他想到给钟晓山总经理和张楚阳副总经理写信求助，倾诉了自己对津港海洋石油公司和两位领导的感恩之情，告知自己现在和女朋友的实际情况，同时暗示了哪怕放弃组织关系在临港打工也不可能再返回北方的坚定意愿，希望公司成人之美，不必强留。不过，郑晓悟也考虑到两个人这段时间以来关系相处的微妙变化，依然没有将此事告诉吕菁华。

这次回家过年，并不是想象中过得那么温馨和自在。好不容易两人可以单独相处了吧，但一路的火车卧铺，俩人并没有亲密无间地相拥而眠，相携而坐，郑晓悟明显地感觉到吕菁华再也不像原来那样热烈和热闹，反而有些沉默和沉闷。即使不断找话题逗她、哄她，也回不到从前的状态了，再找不到从前的感觉了。

到达襄樊火车站是大年三十的一大早，自然要先护送她回到卧龙镇的家。一进小院，正在准备团年饭的一众家人闻声迎了出来。哦？居然钱任重也在，还带着位漂亮女孩，据介绍是他的女朋友，只不过钱任重这次见到郑晓悟竟然露出了讨好的笑容。郑晓悟帮着吕菁华把大包小包拎进屋，看着她欢天喜地地往外掏礼物，自己也觉甜蜜无比。大家看到当地还没见过的易拉罐香港"生力啤"和易拉罐"可口可乐"，煞是新奇和兴奋，吕建华、吕延华和钱任重也等不得吃团年饭时再喝，各人兴高采烈地打开一罐"生力啤"就灌上了。吕母拿着包装精美的香港造塑胶菜板打量了好一会儿，问这是年画么？怎么挂起来？惹得吕菁华一阵大笑。这是她一路上到现在，笑得最开心灿烂的时刻。

忽然听到在一旁品着"生力啤"的钱任重似乎有意在说："我这次去临港到了菁华单位算是长见识了，那可是有钱的大机关，他们那个长得很帅的总经理兼办事处主任还专门请我吃了餐饭。菁华在单位很受重用，前途不可限量，我看她到时候嫁个处长完全没有问题。"

吕延华颇显官威地沉吟道："现在国家提拔年轻干部，不拘一格，有很多非常年轻的干部都提上去了。菁华这个条件我认真分析了一下，至少可以考虑嫁给局、处级领导。"

他们好像是在随意聊天，但郑晓悟听得清清楚楚，心里非常不是滋味。此时却又听得在身旁帮忙清理东西的钱任重的女朋友忽然对吕菁华讲："我看人家郑晓悟斯斯文文，稳稳重重的，怎么会帮着钱任重搬个电视机就把它摔烂了呢？"说完，微笑地看了郑晓悟一眼。

吕菁华一听，诧异地一扬剑眉，疑惑地扭头朝钱任重看去。郑晓悟不明所以，莫名其妙地询问："什么……什么电视机？是在哪里搬电视机？我没有帮忙搬过什么电视机呀？"

猛然间，大家都盯着钱任重看，此时钱任重的脸色由红变白，甚为尴尬，屋内的气氛也顿时凝重起来。只见女孩款款地朝钱任重走去，大家都以为会发生什么事，但她只是很平静地对钱任重说："咱们不要在这儿打扰人家了，到我家去吧。"随后，很有修养地给大家提前拜年，头也不回地先行离去。钱任重把啤酒罐狠狠地往茶几上一顿，气急败坏地瞪了郑晓悟一眼，匆匆地追了出去。

郑晓悟感觉自己无意中闯了祸，不便久留，也赶紧告辞。吕菁华把他送到门口说，假期时间太短，这边的亲戚太多走不过来，而江州又比较远，就不专程过去拜年了，代问郑力仁老师好。

父母二老看到儿子并没有偕吕菁华一起到家里来，又听说她没有时间过来拜年，父亲郑力仁什么话也没有说，只是微微皱了下眉头。母亲则轻叹了一口气。

要返回临港的前一晚是大年初三，母亲不理小儿子的劝阻，执意要往行李包里塞些腊味、特产，满眼都是不舍，满脸都是疼爱。但儿子终究是要走了，要回到遥远的南海之滨打拼事业去了。

郑力仁觉得还是应该在儿子走之前谈谈心，话题自然是吕菁华："作为在大学里仰慕你、崇拜你，并且一直对你表现得热情如火的吕菁华，这个春节没有到家里来，甚至连面都没露，我和你妈妈其实并不挑这个理儿，而你虽然什么都没有说，和兄弟姐妹们、亲戚朋友们都过得开开心心的，但据我观察，你的心思很重，看来是俩人的感情有裂痕了吧？吕菁华呢，漂亮，聪明，能干，证明你很有眼光，但她也有令人担心的地方，我所听到的风言风语无论是嫉妒栽赃也好，空穴来风也罢，这些在我写给你的信中都已经谈过，所以，尽管我不是特别看好她，我也并不反对你们谈恋爱，更希望你们能真心相爱，不过我要说的是，如果是不成熟的恋爱观，必然会在现实中碰得头破血流。我呢，不知道你和她遇到了什么事或者是什么人，但听说临港那个地方过于自由化，这对吕菁华这个性格的人来说是致命的诱惑，也是巨大的考验，也许临港这个地方正好适应和释放了她那奔放无拘的性格，这样的话，你就要有充分的思想准备了。嗯？"

郑晓悟觉得父亲点穴点得很准，而且一语中的，分析到位，这恰恰就是自己一直以来的心病，但毕竟只是直觉，毕竟没有证据，毕竟没成事实。此时临别之际，说些宽心的话吧，骗不过父亲，谈出自己的揣测呢，又怕令父母担心，因而便不知道说什么好。

郑力仁喝着茶，静静打量着自己的小儿子，看他一直苦着脸沉默不语，便拿起开水瓶往茶杯里续上水，有滋有味地呷了一口，以他惯常的哲学思辨和文学思维教导儿子："你不想说就不说吧。其实恋爱是恋爱，婚姻是婚姻，理想是理想，现实是现实，更何况婚姻也会有变故，现实也会有变化。无论你们俩的关系最后会怎么样，也无论未来的生活会怎么样，我送你一首李白的词，你要好好体会体会诗仙的豪迈激情和豪放胸襟，这里边还有很深的人生哲学，有很值得品味的生活态度：'弃我去者，昨日之日不可留；乱我心者，今日之日多烦忧。长风万里送秋雁，对此可以酣高楼。蓬莱文章建安骨，中间小谢又清发。俱怀逸兴壮思飞，欲上青天揽明月。抽刀断水水更流，举杯消愁愁更愁。人生在世不称意，明朝散发弄扁舟。'把它背下来。"

次日赶到襄樊火车站一见面，郑晓悟第一次看到吕菁华对自己发飙，而且是不由分说，劈头盖脸："郑晓悟你干的好事！竟然不动声色就把钱任重和他女朋友的关系搅黄了。不像是人干的事吧！"

郑晓悟被这突如其来的斥责，不知所云的栽赃，搞得无名火起："我都没有和钱任重和他女朋友说一句话，我也不认识他女朋友，我怎么搅黄他们的关系了？太搞笑了吧？"

"他女朋友说你摔坏了他们买的电视机，你承认不就行了吗？"

"我当时都不知道她在说什么？忽然听到她说这个根本都不存在的事，我怎么知道是咋回事？而且当时你不也觉得莫名其妙吗？"

"那……那……那你当时随口含糊地应一句，这事不就过去了吗？非要说个清楚，辩个明白，搞得像在法庭上一样。这倒好，这女孩和她爸妈一致认定钱任重人品不好，骗他们，俩人现在彻底吹了，还得把那被骗的买电视机的钱还回去。"

郑晓悟大概搞明白是怎么回事了，原来钱任重把女朋友托他到临港买电视机的钱在广州火车站被骗之后，不好意思告诉女朋友被骗，于是就谎说电视机已经买了，在请郑晓悟帮忙搬运的过程中，不小心被他把电视机摔烂了。便觉得又好气又好笑地对吕菁华说："那只能说明钱任重自己很蠢，你不好意思说被骗，你说广州小偷很多，一出火车站就被掏了腰包也行啊。如果非要栽到我头上，那他也应该提前跟我通个气，或者至少也应该先让你知道，交代我一下不就行了吗？不过不管怎么说，搞这种把戏都不是君子所为，的确涉及人品问题，"

"就你是君子，别人都是小人。其他人的人品都有问题，就只有你郑晓悟人品好。哼！也不想想自己有啥本事，有啥能耐，还瞧不起人家钱任重呢，真不晓得你为什么老是对人家有成见？"

吕菁华说这话时显得有些歇斯底里，但郑晓悟倒是没有特别在意她的态度，而是忽然发现她不仅是不讲逻辑，而且是完全不讲道理。他本不想在大庭广众之中让别人注意到这一对恋人在吵架，但却又忍不住要把话说清楚，于是就压制情绪，压抑声音说："吕菁华，你自己凭良心说，我什么时候对钱任重不是客客气气的？我什么时候对他挑过事？我和他不仅有天壤之别，而且还天远地隔，我有必要对他有成见吗？你自己说说看，每次是不是都是他对我没事找事？而我是不是都忍下来了？我为什么会这样忍让？我凭什么要这样忍让？不都是因为我爱你吗？因为爱，所以我能忍。是的，你现在终于说出了真心话，终于发现我郑晓悟其实没什么本事，其实没什么能耐，也终于使我明白了近来为什么会发生一些微妙变化的原因，也终于使我明白了我爸爸讲的一些人生之道和人性之道。"

"你……"吕菁华想要反驳什么，最终却表现出一副不屑一顾的样子什么也没说，此后在一路之上都是冷若冰霜，而郑晓悟也是情绪低落到了极点，这是两人在一起从来没有过的情况。本来按照原定计划，是要在武汉稍作停留，利用中转候车的半天时间去学校看望老师和留校的同学，去汉阳与邝萌、赵佳两口子见一面，给孟伯伯和邝阿姨拜个年，但看现在这个样子也没法与人欢聚畅谈，只得直接赶回临港。拟送给邝阿姨的香港产塑胶菜板，也原封不动地又带了回来。

到达临港已是年初五的傍晚，郑晓悟提出到吕菁华最爱的茶餐厅过小元宵节"破五"，但她急着回单位，说是有事。郑晓悟形单影只地回到白沙围宿舍，无精打采地走上三楼，客厅里传出朱友华和郭建看电视聊天的声音，只听朱友华用尖细的声音神秘地说："其实郑晓悟这家伙对人很不错，尤其是对翟总那是忠心耿耿，还专门写了一篇文章在《临港青年报》报道他呢，而且听说他跟他女朋友小吕还很热心地给他介绍了一位记者女朋友，据说是军队的高干子女呢。但是不知道为什么翟总还是要整郑晓悟。你知道吧，那天夜里派出所来查证，把他俩弄去关了几个小时，就是翟总鼓动派出所熟人干的事……"

郑晓悟听到这里，脑袋"嗡"地一炸，完全觉得不可思议地呆立在楼梯上。又听得郭建似乎用早有所知、毫不意外的冷静语调评论道："郑晓悟其实是个书呆子，翟总跟我们公司的财务崔丽英的关系是人都看得出来啦，他还二乎乎地去掺和这事，吃力不讨好啊。人老翟跟崔会计那是青梅竹马，中学时期就私订终身了，但崔家瞧不上翟家，把闺女许配给了当地的干部子弟。老翟考上大学后，俩人的关系又死灰复燃了。这不，人崔丽英也够狠，跟她老公不辞而别，直接赶来临港跟老翟同居圆梦，每天形影不离，谁人不晓啊？好在临港这地儿没人咸吃萝卜淡操心地去管别人的闲事。那天晚上，警察根本不查我俩的证，我就猜出来了。不过我想啊，也不排除是崔丽英干的。"

郑晓悟听不下去了，心乱跳，手发颤，但又怕被朱友华和郭建发现，蹑手蹑脚地走下一楼，平复了一下心绪，才故意弄出很大的响动重又走上三楼宿舍。他回想"出事"当晚的情形和细节，毫不怀疑这两位同事闲聊话题的真实性，由此也断定，想通过这家公司调进临港几乎是不可能的了，因而在内心深处去意已决，得赶紧另谋他处。

巧又巧在，殷红回青岛过年多待了几天返回临港，出其不意地出现在翟卫东的住处，发现了他和崔丽英的秘密，当即就和翟卫东、崔丽英大闹了一场。过了几天，郑晓悟和吕菁华在单位分别接到怒气未消的殷红的电话，她在电话中似有责怪他俩介绍过失的意思，并大骂翟卫东不是人，声言要找市政府领导告状。紧接着，翟卫东也给郑晓悟打电话，言语之中也同样似在责怪他介绍的这个女朋友不是玩意儿，并责令郑晓悟和吕菁华必须阻止殷红干告状的蠢事。

郑晓悟本已对派出所事件感到窝火至极，恶心之至，再听到这无理埋怨、凭空指责，便更觉怒火中烧，直接在电话中就予以顶撞。也可能语言确实失当，语气过于失礼，翟卫东气急败坏地扔下电话，随即赶回公司，暴跳如雷地当众宣布郑晓悟在一周内移交所有案件材料和办公用品，"立马滚蛋！"郑晓悟则冷眼以对，鄙夷之态尽显。

也许确有天助。恰在此时,一个偶然的机会,郑晓悟听说临港市政府下文成立"涉外法制研究所",正在招贤纳士,便即刻前往应聘。接待面谈的是从外商投资服务协会常务副会长任上调来搞筹建的吴振东所长,虽然他是当地土生土长成长起来的干部,也未曾在法律领域工作过,但对于有过涉外工作经验的郑晓悟大有相见恨晚之感,求贤若渴之情尤炽,当即拍板录用。令人不得不感慨的是:人生的某些转机往往出于偶然,而当一个人想睡觉的时候恰巧有人递来枕头的好事更是少之又少。有了接收单位,但原单位是否放行呢?正在郑晓悟焦虑如何解决这个矛盾的时候,收到了津港海洋石油公司人事处的第三封信,内容很简洁:请携接收单位商调函即时回公司办理调动手续。郑晓悟知道,这是钟晓山总经理和张楚阳副总经理相助之功德。

自从年后回到临港,郑晓悟和吕菁华表面上似乎相安无事,各自工作按部就班,但互相之间,不,郑晓悟觉得是吕菁华单方面与自己的心距渐行渐远,就在这么同一座小城,有时候一个星期都难见上一面,实在忍不住去港新邨的宿舍找她,多半也找不到,她的室友也不知道她到底去了哪儿。不过,这天下午下班后在华贸大厦楼下倒是等着了,只见她与王松江并肩走出电梯,见到郑晓悟先是一愣,然后便带着询问的表情款款走近。王松江则对郑晓悟视而不见,昂然而过。

郑晓悟见到好多天没见的女朋友,心中居然还怀着初恋的激动,怦怦狂跳,笑容满面地迎上去,兴奋地告诉她,公司那边同意放人了,这边的商调函也拿到手了,接收单位是临港市涉外法制研究所。

吕菁华淡漠地听完,应道:"哦?是这么一个单位呀?那你找时间赶紧回天津去办手续吧。那个……是这样……我跟总经理出去还有事,晚上要接待北京总公司来的领导,我得赶紧走,不然迟到了不好。"话音未落，就急匆匆小跑而去。郑晓悟呆立原地，茫然看着并肩远去的吕菁华和王松江，还以为吕菁华听到这个好消息一定会开心得手舞足蹈，会兴高采烈地拉着他找个餐馆去庆祝一番呢，可是……

唉！不管那些了。

郑晓悟次日一早就乘火车往天津赶去。

星期六的上午到达津港，得抓紧时间直接赶去公司人事处。还估摸着会受点儿折腾呢，没想到各种关系手续办得出奇地顺当，只是最后在人事处盖最后一个章的时候，那位盖章大姐絮絮叨叨觉得不解："我们这么好的单位你都舍得离开呀？我爱人去过临港，听说就是个小镇，根本不像是城市。真不明白你们这些年轻人是怎么想的。"

郑晓悟当然无法跟她说明白，也不想去解释，只是含糊支吾地笑着应付以对，拿齐调动手续，道谢而去。其他人实在没有时间去探望话别，但钟晓山总经理和张楚阳副总经理一定得去拜访。钟总上北京去了，不在。张总见到郑晓悟很是热情，也毫无疑问地对他的调离表达了惋惜之情，但又似乎还想作最后的说服争取："晓悟同志，没有看到钟总吧？他去北京开会了，我呢，已经被调到北京参与筹建天然气开发公司，过几天也要离开津港了。钟总在去北京之前还跟我说了，如果你还想调去北京工作的话，咱们今天这个调动就先不办，你想去总公司或者天然气公司都没问题。但依我个人自私的想法呢，还是想让你跟我去天然气公司，那你跟我就是筹建元老了。而且，这可是个进京的大好机会呀。"

对于张总的游说和期许，郑晓悟并非完全不动心，但吕菁华好不容易分配到临港和自己在一个城市了，现在吕菁华就是自己的一切理由之所在，就是自己的一切寄托之所在。所以，任何其他条件和许诺都无法改变现有决定。

第六章　爱到尽头

　　郑晓悟时隔近一年才回到天津，但他并没有作任何多余的停留，当天办妥一切手续，拜托张总代向其夫人万医生致意，就马不停蹄地乘上火车往回赶，他要尽快回到吕菁华所在的城市，回到吕菁华的身边，只有感觉到吕菁华就在自己附近，离自己不远，心中才有安全感，才有安定感，哪怕并不是每天，甚至一个星期都见不上一面。

　　听着车轮铿锵，随着列车飞驰，郑晓悟一路都在美美地谋划着：再有三四个月，吕菁华的见习期满一转正，就立刻申请领证结婚，甜甜美美地过好自己的二人世界，踏踏实实地经营美满的爱情小窝，勤勤恳恳地发展各自的事业，未来的生活将是多么幸福美好啊！

　　走出临港火车站已经是夜幕降临，郑晓悟心急火燎地拦了一部"的士"直接赶往港新邨，车内开着足足的冷气，很凉爽，但他的手心却在冒汗，内心也觉躁动：组织关系、户口关系终于尘埃落定了！相爱的两个人终于都是名正言顺的临港人了！这可真是历史性的人生转折呀！必须首先见到亲爱的菁华，哪怕她现在已经吃过晚饭了，也一定要把她拉到餐馆去欢聚庆祝！自己还有多少浓情蜜意要对她倾诉呀，自己又有多少美好规划要对她描绘呀。郑晓悟这么想着，自己激动得两只手都有一点儿微微发抖了。

车在港新邨华贸宿舍单元楼口停下，郑晓悟推开车门，眼镜片立刻被车外潮热的湿气蒙上了一层雾气，赶紧摘下眼镜掏出手绢擦拭，朦胧中隐隐约约觉得有两个人影走出单元楼，紧接着一个熟悉的声音诧异地问道："咦？是你呀？怎么这么快就回来了？都办好了吗？"

郑晓悟欣喜异常地戴上眼镜，首先看到擦身而过的是王松江，心里"咯噔"了一下，甚觉别扭，但还是笑脸相迎地回应吕菁华说："都办好了，办得很顺利。所以我就没有停留，当天就往回赶，想早点见到你，谈谈我的一些打算，商量商量咱俩都安顿下来以后的好多事情。走吧，我们找家酒楼边吃边聊吧。我还没吃饭呢，你吃了吗？"

"我已经吃过饭了，正好要和公司的总经理出去有点事……"说到这儿，吕菁华忽然警觉到，郑晓悟正用怀疑的眼光上下打量她一身家居睡裙，像是出门散步的样子，随即转换口气淡定地解释道，"哦，不是办什么公事……其实也算是有公事要商量吧，而且还是比较重要的一件事，在办公室在集体宿舍里谈都不方便，所以就出来边散步边讨论决定下来，明天必须回复北京总公司。嗯，这样吧，你自己赶紧找个地方去吃点东西，别饿着了。我们定在明天晚上一起吃个饭吧，正好我也有事情跟你聊。"

郑晓悟看着浑身散发着洗发水、沐浴露香气的吕菁华渐渐走远，心里特别不是滋味，好一会儿都呆立在那没有动弹。

次日上午，先到市涉外法制研究所办理报到入职手续，并领到一辆崭新的"五羊"牌单车用于上下班和外出办事，当即便骑着它去办理粮油入户，但只是做了登记，并告知临港现在没有规定粮食指标，既不发粮票，也不用粮票，郑晓悟再次感到与内地的重大变化。随后到派出所办妥了机关事务管理局集体户口簿的入户手续。下午由研究所办公室安排面包车帮忙搬运不多的行李，住进了一处外走廊结构的集体宿舍，两人一间，靠近政府机关食堂，还方便。

办完这一切，心定了。郑晓悟不动声色地前往环球法律咨询服务公司移交了所有业务资料和案件手续，退还配发的单车，并结算工资，结清费用。整个过程仅以微笑回应要好同事的关心询问。总之，人生聚散如潮汐进退，的确需要吃一堑长一智，多一事不如少一事。这不，段鲁华此后不久离开了临港，回去原单位继续做他的编辑部主任。殷红不再同郑晓悟、吕菁华有任何联系，随后便不知去向，如在人间消失一般。翟卫东后来又在背后对郑晓悟使阴招，使得二人虽然身处同城，但终生没再来往。郑晓悟有时候偶然也会想起他和翟卫东之间因莫名其妙的事而成为一生中唯一真正结仇的人，始终觉得很不值得。也因此，郑晓悟在后来的生活中，对于别人请他再干这种扯媒牵线的烂事，总是唯恐躲之不及。不过，躲得过这种事，又免不了热心帮助多人调进临港，依然还是遇到些不思感恩甚至过河拆桥的人。

事情办妥，一身轻松。郑晓悟在差不多快要下班的时间，满面春风地骑着新单车，依约来到华贸大厦门口等候吕菁华。

吕菁华准时下班从电梯里走出来，看了一眼郑晓悟推着的新单车，不似原先那样，见到有新变化、新东西就开心、激动，只是淡淡地问他想去哪儿吃晚饭？郑晓当然表示完全听从她的意思，于是她便做了个"跟我走吧"的示意表情，走到楼前单车棚里取了车，二人相随骑行而去。天空开始转暗，起风了，好像要下雨的感觉。

郑晓悟骑着骑着就发现："哦，这是去老街茶餐厅呀！这可是我第一次请她吃牛扒、喝奶茶的地方呀。"心中涌起一阵温暖与甜蜜。

走进茶餐厅，时间还早，客人不多，吕菁华径自找到一处角落靠窗的卡座，对郑晓悟说："今天这一餐我请。"随之便不容置疑地招手叫来服务员小姐。

"冇问题。"郑晓悟朗声应了一句不咸不淡的粤语，开心地想：嘻嘻，你请我请不都一样么？都是花的咱家的钱。

完全复制的是俩人第一次来这里吃饭的菜式：一份牛扒套餐，一份鸡扒套餐，配送两杯港式热奶茶。也还是和第一次一样，吕菁华精明地混搭成"杂扒"，但却没有像第一次那样，切下第一块喂给郑晓悟，而是放下了刀叉，似乎才想起问他回天津办调动的事。郑晓悟眉飞色舞地讲起回临港海洋石油公司办手续何其顺利，何其高效，当天办妥当天往回赶，也谈到张楚阳副总经理如何挽留他，还在游说他利用这次机会跟他一起调去北京，总公司或者天然气公司随便挑，否则就再也难以调进北京了。末了，郑晓悟状若表态似的说道："我的确是一门心思地想回北京，但现在你已经分到临港来了，这里才是我们成家立业的地方，只要有你在，其他任何地方，打死我都不去。"说完，两眼充满深情地注视着自己心爱的人，期待她有热情的回应，同时也在大脑中组织思路，想要好好跟她畅谈一通他的幸福规划。

"如果我要调去北京怎么样？"吕菁华冷不丁地来了这么一句。

"什么？北京……不是……你在临港好好的，怎么想到要调到北京去呢？"郑晓悟脑海中的美好画面瞬间化为乌有，彻底懵了，语言惯性和思维逻辑完全扭不过来也跟不上这突如其来的颠覆性反转。

"其实有可能不算是正式调动，只是临时抽调到总公司帮忙吧。因为我现在毕业一年的见习期没满，还没有转正，随时要听从公司的安排调遣。即使转正之后，总公司系统内调整调动也是分分钟的事。"

"那……不会是今天刚决定的吧？"

"……嗯……春节之前就有这个传闻，我也只是听听而已。过年回来后，总公司就来人见面谈了话。那天晚上我和王总陪总公司的领导出去吃饭就是为这事儿。在你前两天回天津办调动手续……"

"在我回天津办调动手续之前，其实你就已经决定去北京了是吗？这么大的事，而且这么长时间，你为什么一直不告诉我呢？嗯？否则我不就可以直接调去北京等你吗？也不枉费人家张总的一片好心。"郑晓悟有些气急败坏。

"我不是昨天晚上才决定的吗？"吕菁华陡然提高嗓门，柳眉倒竖，"昨天晚上你回来看我和王总出去就是要商量这件事"。

"你和他商量？为什么一直不和我商量？"

"现在不是在跟你商量吗？"

"你这是商量吗？是通知，是最后通牒！而且你们总公司并没有人认识你，不可能直接指名道姓要上调一个小城市的见习生，除非是你们临港公司某个人决定的，而你自己也很愿意。"

"……是这样。"但吕菁华满脸却是"是又怎么样"的表情。

郑晓悟看着她这种破釜沉舟的表情，明显感到这表情后面有一个人，一个男人，此刻只觉得嗓子干涩，他艰难地咽了咽口水，但为了证明自己内心的猜疑，还是追问了一句："你们华贸临港公司就你一个人调去北京总公司吗？"

"是……不是……还有王松江……总经理。不过他不是调动，他是属于回原单位总公司作为后备提干梯队培养。"

噢，原来他要带她走。她要跟他走。郑晓悟内心痛苦地呻吟。

一道闪电撕裂了天上的乌云，憋闷了很久的雨水迫不及待地倾盆而下，狂风吹舞着窗外芭蕉呜咽摇动，水柱冲刷着窗户玻璃哗哗泪流，茶餐厅的背景音乐伴随着疾风骤雨正在播放台湾流行歌曲：

（男）在雨中，我送过你

（女）在夜里，我吻过你

（男）在春天，我拥有你

（女）在冬季，我离开你

（男）有相聚，也有分离

（女）人生本是一出戏

（男）有欢笑，也有哭泣

（女）不知谁能，谁能躲得过去

（合）你说人生艳丽我没有异议

你说人生忧郁我不言语

只有默默地承受这一切

承受数不尽的春来冬去……

三天后，吕菁华离开了临港北上进京，走之前也没顾得上和郑晓悟再见一面，只是打了个电话通知一声算是告别。而郑晓悟也没能赶去送行，因为一是吕菁华在电话里坚决不要他去送，说他们公司安排了专人和专车送。二是她含糊其辞地没有告诉他具体哪天走，没有告诉他是从临港坐火车走还是赶去广州白云机场乘飞机。

郑晓悟这下子可真是丢了魂，失了魄，像无桨的船，像断桅的帆，失去了方向，更失去了动力，他顿时茫然无措起来，不知道当时为什么要来临港？不知道现在待在临港还能干什么？但是，这怪不了别人啊，更怪不了吕菁华呀，自己求人想办法把吕菁华分来临港，又以破釜沉舟的态度，怀着"壮士一去兮不复还"的满腔豪气，果决地调离了石油系统，现在刚到一个新单位，不能失态，不能无为，否则，不符合自己死要面子活受罪的虚荣心，不符合自己撞了南墙也不回头的牛脾气。当然，在自己内心深处，他不相信吕菁华会突然变心，多么深沉的感情呀！多么浪漫的恋情呀！多么缠绵的柔情呀！多么令人难以忘怀的激情呀！甚至写成一部长篇小说都写不完、道不尽，那简直是让所有的人都艳羡不已的爱情经典啊！怎么可能说移情别恋就移情别恋呢？说见异思迁就见异思迁呢？太草率了吧，太不自重了吧？心爱的菁华她不可能是这样的人，绝不可能！

郑晓悟就这样痛苦而又反复不断地在心中否定任何对于吕菁华负面的想法，其实是在极力否定对于自己所有不利的设想和结果。同时，他还把她给自己写的信全部从专用密码箱中翻出来，一封封按照时间顺序重新整理一遍，慢慢地读，细细地品，久久地回忆，深深地回味，并以此作为"证据"来证明吕菁华的爱没变、情没移，她的确只是因为单位需要，临时赴京帮忙。至于那个王松江，也可能就是作为领导仅仅是欣赏她聪明能干而已，就像张楚阳副总经理一直欣赏自己，总想拉着自己跟他一起干是一样的。况且，听说这个王松江没有读过大学但精明，当年和下放到他们黑龙江老家县里的上海女知青谈恋爱，在那疯狂的岁月结束之后，这位女知青的父亲得以平反并调到北京经贸部，王松江也借此"东风"被招干到华贸公司且顺风顺水。如此说来，王松江应该和那位上海女知青已经结婚了吧？

反复这么推演、推理加推导，郑晓悟最终不容置疑地推断：吕菁华不可能，也没必要为王松江而变心。结论一下，心，慢慢也就安定了下来。神，也就渐渐平静了下来。好吧，那就继续鸿雁传书吧，不就是临时分开一阵子嘛，等她一回临港就结婚。

丢掉了思想包袱，减轻了心理负担，心情顿时畅快起来，即时全情投入到新的工作之中。临港市涉外法制研究所设有办公室、第一研究室、第二研究室和法律服务处，可能考虑到郑晓悟此前有商务谈判的经验和在临港出庭办案的经历，就被定岗在法律服务处。不过郑晓悟认为，第一、第二研究室才是研究所的嫡系主力，是主业务处室，而这个服务处只是个附属部门，属于为研究所创收的"第三产业"，所以心里多少有些不情愿。但通过一段时间的观察，发现那两个研究室的同事们天天要么务虚空谈，要么无所事事，目前只是还在摸索要研究什么、如何开展研究的入门探路之中。而服务处这边呢，一是因为有个政府官方牌子的名头，再就是给人感觉是专业研究的机构，这年头，在这个毗邻港澳的开放之地，"涉外"两个字，既很神秘又很引人仰视，况且，《涉外经济合同法》颁布实施将近一年，国家以立法态度和法律之手，推进了所有与"涉外"有关的活动如火如荼地展开，此值最"时髦"的时期。所以，法律服务处除了有关方面推介或"指定"办理的法律事务之外，海内外社会人士慕名而来的也有，几乎每天都有接待，每天都有事做，反而比在研究室更加有所作为。

　　这天，研究所办公室主任林淦生如往常一般哈着腰，笑眯眯地走进服务处找郑晓悟，他那深度近视眼镜后边的一双眼睛都快眯成了一条缝，他用浓重难懂的客家口音请郑晓悟到他办公室去一下，说有一位香港来的先生有"涉外"法律问题要向他请教。

　　跟着林主任走进他办公室，果然有一位不怕天热还穿着西装，打着领带，足登浅色花纹皮鞋，头发梳得油光水滑的年轻人，个头不高，与林主任相仿，再仔细一看，长相也接近。林主任笑呵呵地介绍说，这位香港人是他亲侄儿，叫林皮特。

　　握手寒暄后，林皮特坐下来就直截了当地讲开了，他出生的地方就是在离临港市区不远的沙涌村，本人是在十多年前随着逃港人潮游到香港的，开始是在建筑工地当小工，后来就成了专业搞装修的包工头。但现在看到大陆有很大发展，有很多商机，有很多香港小老板带着终身积蓄回大陆投资办厂，比他搞装修干辛苦活要赚钱得多，他因而也就很有心地摸到了一些门路，找到了一些渠道，想在香港和大陆之间做一些牵线搭桥的中介生意，也算是有力出力，有钱出钱，推动扩大国家的进出口贸易。但苦于对国内政策性和法律性的东西不懂，特来请教。郑晓悟边听边想：这个"林皮特"的名字肯定是逃港之后改的，不过他的普通话倒是比林主任讲得强多了，人好像也爽快。

林主任夸张地对他侄儿吹嘘道："郑先生可以说是我们研究所真正的涉外法律问题专家，他原来可是在北京专门代表中央企业跟外国人谈判的，哪个国家的人都打过交道，跟北京各个部门的关系都很熟的啦，那些什么法律呀政策呀就更不用说啦。所以我把他给你找来绝对没错，找别人没用的啦。"

郑晓悟闻言笑一笑，问林皮特："请问林先生您到底是什么案件？要解决什么问题？需要我提供什么法律帮助？"

林主任即刻乍开两只手，咧开嘴推崇地对他侄儿大声笑道："你看，你看，我们郑先生一下子就直接抓住你问题的核心了吧，而且专业性、逻辑性很强，知道厉害了吧？"

林皮特望着林主任也笑了笑，用香港式的表达跟郑晓悟说："其实我来找您请教的 Case 不是要打官司的法律案件，是想要做一单进出口业务，需要了解国内的法律和政策规定，也需要在关系上能提供帮助。是这样的，听说国内现在每年要进口大量的玉米，新闻纸的进口需求量也大，这两种进口生意我都可以做，有货源，有渠道，而且很正规，很保险，你尽管放心。但就是需要进口批文，这个我在国内完全没有办法，没有门路，想听您指点。如果您能帮我搞定一单的话，以后有大把的合作机会。有钱大家一起赚啦。"

"在中国大陆无论是搞出口还是搞进口，都需要有进出口资质的企业才能做，而且基本都是国营企业。"郑晓悟提醒道。

"哦，是的，这个我知道，这些都需要国家批准搞外贸的大公司才有资格做。现在这个玉米进口呢，我已经搞定了一家本地公司同意和我合作，他们也有消化进口玉米的大客户，就是深圳的外资企业正大饲料厂，而且不需要用他们的外汇指标，我们负责在境外付款采购，国内可以用人民币直接结算，但需要搞到进口批文。不知道郑先生有没有这方面的门路，或者就以您的身份陪我们去趟北京，在法律方面和政策方面协助我们和国内这家公司申请办批文可不可以？"

"是本地的哪家公司？有外贸资质吗？"郑晓悟问。

"有外贸资格，是临港市粮油贸易总公司，国营的。"

郑晓悟一听，居然是老客户，公司办公室甘主任还是老朋友哩。一听此话，当即就用林主任办公室的电话接通了甘主任，先作了一通说明，随后把话筒递给郑晓悟，甘主任分外惊喜，在电话中极力鼓动一同出差进京，费用他们公司出。林主任看到如此亲近的关系，欣喜地当场表示他去跟所长说，这单业务签合同接下来。而郑晓悟也想到，自从吕菁华去北京之后，至今没有收到她的只言片语，他正好可以借此到北京去看望她，当然也是要去探个究竟。

购买由广州白云机场飞往北京的飞机票，林皮特作为香港人可凭回乡证直接用外汇券或者港币随时购买，而郑晓悟和甘主任则需临港市粮油贸易总公司这个相当于处级单位出具介绍信，而且还必须要盖刻有五角星公章的那种介绍信才行。这是郑晓悟第一次坐飞机，既激动又新奇，激动之情更在于可以见到日思夜想的吕菁华了，新奇的则是飞机上有免费餐，居然在茶水、汽水、咖啡之外，还有白酒、啤酒、葡萄酒免费喝，白酒是茅台，闻着真香，可惜当时不懂酒也不会喝酒。而林皮特和甘主任则又吃又喝，酒足饭饱，无比开心。若干年后，当郑晓悟学会了喝白酒，而且坐飞机出行成为家常便饭时，飞机上随餐供应的，已经没有了在市场上都难得一见的茅台酒了，其他酒精饮品也渐次不见了，再后来，连每次乘机期待领到的各种精美的航空礼物、纪念品也没有了，都变成了需要用钱买的商品，或者得用所乘航空公司的飞行里程的积分来兑换。

北京之行需要办的公事进展得还算顺利，拜访了外贸部有关司局，请教了中国粮油食品进出口总公司有关部门，摸清了业务门道，了解了申请程序，取得了阶段性成果，为下一步具体由临港市粮油贸易总公司办理玉米进口批文奠定了成功的基础，同时也顺便问清楚了华贸总公司的地址，就在长安街周围的区域内。

正事办得差不多了，林皮特和甘主任首选去天安门广场和王府井大街，郑晓悟则搭乘出租车来到华贸总公司找吕菁华。到了目的地一下车，嗬，的确是家大单位，大院迎面可见一座规模不小的四层苏式建筑，厚重方正，简直就是中央部委机关的架势嘛，就差有武警战士站岗了。在门口"警卫室"办理登记进入大楼，只觉得门厅宽大，走廊宽大，楼梯宽大，楼层很高。本以为吕菁华是在二楼的"合约条法处"或者"政策研究室"，一问，原来是在三楼的"综合办"。

"跑到北京来打杂？没干法律本行？"郑晓悟心里嘀咕着找到综合办。吕菁华所在的办公室是个大通间，应该只是一般职员合用的办公室，宽宽松松地摆着八个油漆斑驳的办公桌，几个同样油漆斑驳的木制文件柜，迎门靠墙是一排皮革皲裂的老式长短沙发。听到敲门声，办公室里正在埋首办公的五个人同时抬起头来，用询问的表情看着站在门口的郑晓悟，就是没有吕菁华本人。

"请问吕菁华是在这间办公室吗？"郑晓悟礼貌地问道。

"请问您是谁要找吕菁华？"一位中年妇女问。

"噢，您好！我是吕菁华的同学，从临港到北京出差，来看看她。"

"噢？噢……你是小吕在临港的同学啊！"中年妇女从座位上站了起来，"来来来，请进来坐吧。小吕随我们公司领导王松江总经理助理到哈尔滨和双鸭山出差去了，要过几天才回得来"。

郑晓悟一听"王松江"三个字，又听还是去这个人的老家双鸭山，心里一声"咯噔"，胸中一阵酸楚，对于满怀期望来到北京，不但见不到渴望见上一面的心上人，而且还听到心中最忌讳的人和事，内心感到失望而痛苦，失落而悲辛，但他还是尽量避免失态，压制情绪说："哦哦，是这样啊！那这次见不上面了。我给她留个字条吧。"说着，征询地望向那位和蔼的大姐，随着她手势所指，走向一张空办公桌，桌面上摆着两本什么书和一个简便的记事台历，没有纸也没有笔，但又不便拉开她的抽屉找。正在犹豫间，中年妇女微笑着拿过来一张纸和一支红蓝铅笔，拍拍他肩膀说："来，写吧，小伙子。"

斟字酌句写留言时，郑晓悟注意到记事台历上写着"随王总助赴黑出差10天"，这几个伸胳膊伸腿的字，一看就是吕菁华写的，时间是前天。不由自主地再看了一眼台历上那几个字，一个念头泛起，假意随便一问："大姐，就是吕菁华和王总助两个人去黑龙江出差吗？"但他并没有抬眼看那位中年妇女，埋首写字，怕她看出自己心虚。

"应该是吧。怎么啦，小伙子？"

"没……没什么……"

郑晓悟懵头懵脑的，既不记得有没有跟人家大姐和办公室的人礼貌告别，也不知道自己是怎么离开华贸总公司回的宾馆。本来，按照原定计划，今明两天还准备去曹兴旺伯伯家、高飞叔叔家一趟，再去石油工业部看望文华姐姐和父亲的几位老同事，甚至还想着去天然气公司拜访张楚阳总经理。但是，他现在完全没有了这个心情，他哪都不想去，谁也不想见，甚至懒得兑现此前对林皮特和甘主任的承诺，说陪这俩第一次到首都的广东人游览北京城内的各大主要景点。

心事重重，情绪低落地回到临港，真正体会到了什么叫举目无亲，什么是茕茕孑立，在这个谁也不认识谁的地方，连个可以挂念的人，值得相思的人，哪怕是有个老和你闹别扭，总不跟你见面的人都没有。特别是在一个为了爱情，为了爱人，为了爱巢铺平了道路的地方，对于爱情，对于爱人，对于爱巢最值得期待的地方，忽然间，一切都成为过眼云烟，一切都变成虚幻梦境。郑晓悟的心情降到了冰点，不要说青春的激情，奋发的斗志，即使是生活的乐趣，工作的动力都没有了，整天无精打采，完全判若两人，上班时总会无缘无故地跟别人发火，下班后老是有事没事地拿自己撒气，整夜失眠，食欲不振，头发脱落，牙齿松动，身体急剧消瘦，气色日渐变差。但他潜意识里还在盼望着吕菁华来信，至少会在回到单位之后，看到他去北京看望她的留言会感动，会解释，会安慰他，会告诉他很快就回到临港。

在望眼欲穿中，在胡思乱想中，在心力交瘁中，差不多等了近一个月，终于等来了信封上印有"华贸总公司"字样的北京来信，还有一张包裹单，郑晓悟顿时像被打了一针强心针一样活泛了起来："哈，到了北京的大单位的确不自由，又是新人，只能好好表现，所以顾不上写信呀啥的。看，不但写信来，还寄了包裹，看来自己想多了。"

郑晓悟两颊泛红、双手颤抖地撕开信封，满怀喜悦地读起信来……啊？感觉不对呀？什么意思？再匆匆复读一遍，顿时像被雷击一般，呆了！傻了！好半天才回过神来：不可能！这不可能！为什么会这样？……为什么会这样呢？都是些什么玩意儿……郑晓悟差点儿没控制住自己喊出声来，但他还是理智地扫了一眼办公室的其他同事，强忍住憋屈，强压住怒气，强顶住意想不到的心灵重击，赶紧附身趴在了办公桌上，顷刻间泪水便流出了眼眶，他绝对没有想到会收到这种内容的信，如此的绝情寡义，还如此的轻描淡写。

吕菁华来信的第一层意思是礼貌：她从黑龙江出差回到单位，非常惊讶地在办公室看到了留言，真的很遗憾失去了一次在北京尽地主之谊接待他的机会，而且因为工作太忙，杂事太多，迟复为歉……客气而且保持距离；第二层意思是关键：根据总公司领导的决定和自己对事业、前途的通盘考虑，在见习期满将直接转正为华贸总公司机关干部，留京发展，不再返回临港，至于将来有没有机会再到临港，则由总公司决定……果决而无回旋余地；第三层意思是摊牌：鉴于此前发生的很多事情和将会面临的诸多实际问题，两人继续携手走完未来的人生路难度太大，希望正视现实并且接受这个结果。为了避免将来产生不必要的麻烦，有些敏感的东西现予寄回，请自行处理，也请把她写的信和照片寄还或者最好销毁……周到而又不留后路。

趴在办公桌上想着来信内容，越想越难过，越想越气愤，随时都可能控制不住自己的情绪，还是赶紧回宿舍吧。于是，郑晓悟缓缓抬起头用手绢遮挡住眼鼻，跟办公室面对面的同事曾宪才说："哎呀，不好意思，忽然感到非常难受，又流眼泪又流鼻涕，我得赶紧去医院看看，然后回宿舍休息。"

"是哦，眼睛、鼻子都红了，怎么搞的？"曾宪才惊讶地应道。

正在里边的办公桌埋头看材料的欧阳伟副处长闻声抬起头，从老花眼镜上方望向郑晓悟，用惯常缓慢的语调说："可能是感冒或者是中暑了吧？天气非常潮闷湿热，气压很低，容易得病。"又望望窗外，"看来马上会有台风雨。要不要小曾送你去医院？"

"不用不用，我自己可以。"郑晓悟急忙婉拒，拎起公文包，匆匆走出办公室，迎面碰上林淦生主任，可能看出他的脸色不对，便关切地问："小郑怎么啦？"

"很不舒服，现在去医院。"

"哦？这样子呀？要落大雨了，我让司机小胡送送你啦。"

"不用不用，真的不用，我自己可以搞定。"并不是要去医院的郑晓悟不好意思与林主任对视，低着头急急忙忙冲下楼梯。

外面的天色昏暗几近入夜，街道上的车辆都已在开灯行驶。郑晓悟在楼前单车棚里推出单车，刚骑上去，忽然感到一阵晕眩，便赶紧跳下车来。一道闪电撕开乌云，一股劲风迎面袭来，瓢泼大雨紧随而至，但他并没有把单车后座上常备夹着的塑料雨衣取下来披上，而是任由雨水浇淋，反而感到很舒坦，很畅快，他需要清醒清醒。

顶风冒雨推车而行，只见风雨交加之中，法国梧桐的树叶被吹落在雨水横流的路面，或是打着旋随着雨水流向低处流入下水道，或是被雨水击打着粘在路面上、车身上。郑晓悟全身湿透却完全没有在意风吹雨淋，也完全没有在意穿着雨衣或打着伞走过身边的人奇怪地看他的眼神和表情，他竟然被这些随波逐流，随风而舞，无力抗拒，认命随缘的飘落的梧桐叶给吸引住了，不知道为什么会在这种天气里，这种环境下，在无奈的冷笑中，居然想到宋代诗人晏殊的词句：

> 别来音信千里，
> 恨此情难寄。
> 碧纱秋月，
> 梧桐夜雨，
> 几回无寐。
>
> 楼高目断，
> 天遥云黯，
> 只堪憔悴。
> 念兰堂红烛，
> 心长焰短，
> 向人垂泪。

第七章　涉外谈判

只能说是山不转水转，多年之后，吕菁华终于还是回到了南方在深圳发展，当然她不是被华贸总公司安排调动的，而是自己孑然一身辞职离开的。此时也已在深圳成家立业而且几乎不再想起吕菁华的郑晓悟，在某一天突然接到她的电话并提出想见面聊聊的要求时，甚感意外也颇觉为难，这么多年过去了，说老实话，彼此之间都已经很陌生了，相互的印象都有些淡忘了，能谈些什么呢？会聊些什么呢？回忆俩人的过去？好像不大可能再有这个激情和兴趣了吧？说说各人的现在？似乎无论是好是坏都不合适跟对方倾诉吧？不过，郑晓悟还是勉为其难地答应请她喝早茶见面。当看见她依旧打扮入时，风姿绰约地姗姗而来时，听到她坐下来后的第一句感叹是"唉，那时候年轻不懂事"且眼含泪花时，发现她还是那样明亮的眼，漂亮的脸，以及无意间瞥见坐在对面的她酥胸半露时，却并没有在内心引起波澜，准确地讲，甚至没有泛起涟漪。他只是礼貌性地听她在说，不，感觉她在说，自己的脑子里却一直在走神，在疑惑：这位就是当年自己为她彻夜失眠，茶饭不思，寻死觅活，破罐破摔，失去生活勇气，爆瘦犹如骷髅的分手女友么？这位就是很多同学、校友至今还津津乐道在大学期间浓情蜜意，挚爱不渝，卿卿我我，海誓山盟，令人羡慕无比，遭人嫉妒干预的深爱情侣么？郑晓悟知道自己也和她说了话，但说的是什么，表达的什么意思，则完全不记得了，就像是在接待一位很久没有怎么联系的一般熟人，就像是在会见一位经人介绍慕名来访的陌生朋友，直到最后两个人礼节性地握手道别，继续各走各路。

但是，当年接到吕菁华绝交信后的实情却是，郑晓悟无论在情感上还是思想上，无论是情绪上还是理智上，都完全无法接受一直浓情蜜意的双方突如其来地绝情分手，于是大病了一场还住了院，但却查不出来到底是什么病。"病"好之后，两颊深陷，身体瘦弱，心绪不定，萎靡不振。好在涉外法制研究所这个包容度很大的单位，从吴振东所长、林淦生主任、欧阳伟副处长到各处室的同事，都予以同情、宽容和理解，给了他温暖、信心和坚守，使他挺过来了。

上天也可能真的会有意识地搞密集性"培训"，要让郑晓悟在这种事上多经风雨，多见世面，多些书本理论之外的知识体验，多些自我认知以外的社会经验。伤痛还没完全自愈呢，一直还和他保持联系的环球法律咨询服务公司的老同事朱友华这天下午办案路过，便到研究所找他聊天，并顺便捎来一封寄到老地方的信，依旧腆着肚皮，咧着大嘴说："看信封上的英文字是'西北大学'，应该是西安来的信，嘀，牛！连大学的中文名都不印，这是摆国际化的谱啊。不过邮戳好像是美国的。好奇怪的啦。"

郑晓悟一听是从西北大学寄来的信，也感到奇怪：自己没有和西安的西北大学什么人认识啊？会是谁的来信呢？接过来一看还是个国际航空信封，又看中文书写的收信人即自己姓名的笔迹很有些熟悉，赶紧撕开，竟然里面还夹带装有另外一个已封口的小信封，更加奇怪！展开自己可以看的那页信纸先注意落款，哦，原来是好友邓世荣的来信，他在信中首先向郑晓悟报喜，他现在已经是美国西北大学领取奖学金的中国留学生，学校就在距"世界城市建筑典范"的芝加哥不远，位于浩瀚如大海般的美丽的密歇根湖之畔。看到这儿，郑晓悟抬头带着自嘲的笑容对朱友华说："哈哈，哈！是我在天津的好友同事从美国写来的信，他刚刚考去美国留学，是美国的西北大学，不是咱西安的西北大学。咱们都孤陋寡闻，孤陋寡闻啊，哈哈。"

朱友华搔搔他肥大脑袋上卷曲的头发，又咧开大嘴："啊？美国的西北大学？我咋从来没有听说过？丢丑了！掉价了！"说完，还不好意思地红着脸扫一眼郑晓悟所在办公室的其他人。

邓世荣接着在他的信中郑重地告诉郑晓悟：既然好不容易出国了，他已经决定，完成留学任务之后将不会回国，会在美国发展或者也可能去欧洲寻找机会，这样一来就不可能在国内成家立业，因此，他和女朋友季红的关系就不可能再发展下去了，也没有必要再继续保持联系。所以，他出国之后一直没有给季红写信，也不想让她知道他的确切信息和联系地址，虽然觉得这样很对不起她，但也是没有办法的事，"开弓没有回头箭"。为了不耽误她的青春，他在封口的小信封中有给她的长信说明和解释，委托郑晓悟用临港的地址转寄给她。最后当然是客气地邀请郑晓悟有机会到美国旅游一定要去西北大学找他。

读完这封信，郑晓悟在惊诧不已之余，内心非常不是滋味，感觉邓世荣和吕菁华这两个人像是商量好了似的，一个刚给自己上完了一堂《情变学》，另一个紧接着就补上来一堂《情断术》。虽然说自己对季红本人并不是很了解，但他不会忘记一年多前在广州，人家季红的接待之诚和殷勤之意，印象颇佳，而且还了解到他俩的恋情是从中学到大学到毕业直到现在，看得出来，季红对邓世荣那是很痴情的。现在怎么说分就分，说断就断呢？自己本是情变的受害者，刚刚遭遇到失恋的打击，也知道内心的伤痛很难痊愈，更知道这种事对身心摧残的烈度和强度，难道现在反而要成为干这种事的"帮凶"吗？

但话又说回来，自己其实并不真正了解人家邓世荣和季红之间到底是怎么回事，也并不知道那封套在小信封里的信到底写的是什么具体内容，再者，邓世荣写信向自己坦露心迹并委予重托，表明他对自己的坦诚和信任。而从朋友的道义来讲，受人之托，理应办妥。想到这里，同时也为了赶紧丢掉这个烫手的山芋，郑晓悟顾左右而言他地应付走了朱友华，立刻以不知内情的普通朋友的口气，字迹潦草地给季红写了几句话，回忆与她和世荣在广州欢聚之乐，告知是受世荣之托而转寄此信，欢迎她无论公务或私事来到临港的话，一定要给自己一个接待她的机会。不用说，季红既没有回复只言片语，此后也没有给过郑晓悟接待的机会。至于和邓世荣呢，毕竟是相隔千山万水，跨越万里重洋，慢慢也没有再联系了。二十多年后，郑晓悟去探望已经在芝加哥工作的女儿，曾特意专程前往西北大学一游，领略了国际学生在密歇根湖边岩石上颇具风格的各国文字的涂鸦，欣赏了校园里造型别致的雕塑作品，参观了图书馆、大教堂、音乐厅和体育馆，漫步在学校的林荫大道和绿茵草地，也的确想过要去打听寻找邓世荣，但最终还是放弃了："已成过往不再的相识相交，乃是人生长河的萍水相逢，何必再回头寻觅呢？"

有了自己的切身之痛，有了朋友的现身说法，使郑晓悟真的开始领悟书本上学不到的"人生真谛"，深感人生的过程就是修行，也深刻领会了何谓"曾经沧海难为水，除却巫山不是云"。总之吧，随着时间的推移，郑晓悟对那个不可能再重获其爱的人也就慢慢死了这条心，于是乎，日常心境逐渐恢复平静如初了，工作激情逐渐回到昂扬状态了。这段时间，研究所接到市政府下达的任务，对各区、镇结合"三来一补"和各类涉外经济活动开展《涉外经济合同法》普法巡回宣讲，讲课主力自然是郑晓悟，这个任务，正合其心意，正扬其所长。半年多来的繁忙巡回讲课，没想到效果之轰动，反应之热烈，完全出乎意料，有的区、镇甚至安排在大礼堂里上课，依然座无虚席，有乡镇机关干部，有企业老板和外商，有个体工商户，还有普通老百姓。郑晓悟看准时机，趁热打铁，系统性地把讲稿进行必要的理论提升，整理为《涉外经济合同法基础讲话》书稿，很快由开放出版社出版，很快就畅销一空，也因此获得了第一桶金，尝到了甜头。

《涉外经济合同法》的颁布实施，掀起了临港对外开放、对内搞活又一波新的高潮。市政府基于长远发展战略的能源开发规划，借鉴深圳大亚湾核电站建设中与外商合资合营的既有做法，计划引进国外先进技术和管理经验，合资建设本市的下沙涌火电厂，并就系列涉外重点项目召开了全市有关部门和有关行业的动员大会。郑晓悟随同吴振东所长、办公室林淦生主任、研究一室蔡正光主任、研究二室赖志福主任和欧阳伟副处长前往临港大礼堂参加大会，但没想到的是，在会场上意外地碰到了翟卫东。翟卫东在这个场合见到郑晓悟也感到很诧异，此刻二人已然形同路人，只是擦肩而过，均无任何表示。但郑晓悟发现这个翟卫东特别留意他坐在哪个单位的座位区段。

在市政府系列涉外重点项目动员大会召开不久，就听到传闻说，政府已明确指定涉外法制研究所参与下沙涌火电厂的对外谈判业务，而具体参与办理者必是法律服务处无疑，也必有郑晓悟无疑。所以，这天下午，当林淦生主任一走进服务处办公室，郑晓悟就知道，是具体落实任务来了。但奇怪的是，林主任今天的表情却不像每次来处里找自己介绍业务、分派任务时笑眯眯哈着腰的惯常模样，而是严肃地站在办公室门口扫视了一圈，然后，镜片后面的眼神异常冷峻地直视着郑晓悟走来："郑晓悟同志，请跟我到吴所长办公室一趟。"

郑晓悟心里觉得好笑：不就是要分配个对外谈判的业务嘛，交代交代基本原则啊，注意事项啊，外事纪律啊，交往礼仪啊什么的，这我都很熟，至于把氛围搞得这么紧张、严肃吗？

笑嘻嘻地随着林主任来到吴振东所长的办公室，只见吴所长并没有像往常那样满脸含笑地站起来打招呼，而是端坐在办公桌前没动，也是眼光冷峻地扫了一眼郑晓悟说："坐吧。老林你也坐。开始吧。"

郑晓悟感到气氛不对劲，这完全不像是要谈工作的样子嘛，出了什么事吗？随即便收起了笑容。

林主任清了清嗓子："咳咳，嗯，郑晓悟同志，今天是所长和我找你谈话，是关于你个人的问题，目前呢还算是内部谈话，我们会为你保密，希望你如实回答问题，如实反映情况。明白我的意思没有？"

郑晓悟冷不丁听到这话，顿时紧张起来："我个人的问题？到底是啥事儿呀？"说着，也用询问的眼神看向吴所长，但吴所长绷着脸，毫无表情地望着某处，眼光不与他接触。

林主任问道："你调来我们研究所之前是留职停薪应聘在临港市环球法律咨询服务公司对吧？"

"是呀。我提交的简历都有如实填写呀？"

"翟卫东是环球法律咨询公司的总经理，是你的直接领导对吧？"

"是的呀。他……"

"他应该对你在公司的工作，在公司的情况都比较了解对吧？"

"那是肯定的。我……"

"翟总如果向研究所领导反映你的情况，应该不会有错误吧？"

郑晓悟感到这话事出有因，心里一惊，而且明显觉得这句问话用"是"或"不是"回答都有问题，便稍稍斟酌了一下，回答道："一般来说不应该有错误，除非他……"

"那好。请你直接回答，你在环球法律咨询公司有没有干什么违法乱纪的事情，或者犯过什么错误？"

"没有！我这一辈子都没有干过什么违法乱纪的事情！我在环球法律咨询公司不仅没有犯错误，连失误都没有，而且为他们公司做的贡献最大，创收最多，不要说那两个一起新来的同事和我没法比，就是那些老同志也没有我做得好。"郑晓悟说得有些激昂起来。

"你要仔细想想，认真回答。这不是件小事，你不应该会忘记。"

经林主任这么"提醒"，郑晓悟一下子意识到这可能是说他和吕菁华被带到派出所的事，但又想：翟卫东干的这么让人恶心的龌龊事，他怎么可能还有脸当正事儿跟别人说呢？再者，我们一对正儿八经的恋人未婚同居是不太妥当，但也不算什么大错，更不能上纲上线到违法乱纪的地步，于是坚定回答："我没有任何问题！"

林主任微微皱了皱眉头，看了吴所长一眼，忽然露出一丝不易察觉的微笑说："嗯，好，那我就直接点明了问你吧，你和一位叫吕菁华的女孩子被抓到派出所是怎么回事？你和吕菁华到底是什么关系？你是不是因为这件事还是有其他什么问题而被环球法律咨询公司辞退的？人家来反映情况的就是认为，研究所招进来一个有'前科'的人，应当即刻除名。我和吴所长要听听你到底给我们什么说法？"

果然是此人！果真是此事！

郑晓悟本想将此淡忘，抛诸脑后，但没想到翟卫东竟如此小人，不仅不以为耻，就此罢休，还继续在背后使阴招，不由得激起了满腔义愤，两眼冒火，呼吸急促，嗓门提高，语速加快，一肚子的怨气倾泻而出。他讲到他和吕菁华是高中的师兄妹、大学的师兄妹，在大学期间俩人建立了恋爱关系，虽然受到一些波折和干扰，但一直坚持下来了，而且感情真挚、深厚；他讲到是他把女朋友吕菁华争取分配到了临港，因为怕影响她的前途，才决定等她毕业见习期满一年转正后就结婚，并非不负责任地同居，是准备结婚的恋人，也不是什么生活作风问题；他讲到那天晚上派出所突击查证是有目的地专查他俩的结婚证，但带到派出所后既没有立案，也没有做笔录，只是把他俩分别耗在两个房间里有一搭没一搭地随意"聊"了一两个小时，就叫他们走了，他当时还觉得很奇怪呢。"但是，这次派出所的经历应该说是导致我和吕菁华分手的其中一个因素，或者起码是个导火索。吕菁华可能因为这个经历认为我没用，觉得跟着我丢人，慢慢地就和我疏远了，慢慢地就不想在临港这个小城市待了，她是个很自尊、要面子的人，也许是继续待在临港心里有阴影，也许是有了更好的其他什么选择，所以调到北京后就有了你们大家都知道的结果了。我感谢各位领导和同事对我前些时工作上失态、消极的包容和帮助。"

说到这里，郑晓悟稍作停顿，咽了咽口水，下定决心要把不便说的话也说出来："这个翟卫东不是个东西！吕菁华曾告诉我，他老是找机会拉拉她的胳膊，搂搂她的腰，吕菁华后来就躲着他，心里很反感他，我也看到翟卫东趁吕菁华上车时去扶她的腰，被吕菁华躲开了。但是，我却从来没有对不起他翟卫东，给他在单位创业绩增光，给报社写通讯稿宣传他，联系报社记者采访扩大他的影响，还给他介绍高干子女的女朋友……但他妈的翟卫东到底想把老子怎么样？"

郑晓悟已经顾不得说话的对象和场合了，情不自禁地骂出了粗话。接着，他讲到他是怎样因为一个偶然的原因，通过联系采访的方式给他介绍了记者女朋友，而这位记者女朋友又是怎样因为一个偶然的原因，发现了翟卫东同时在和一个有夫之妇同居而闹将起来，而自己当时在接到翟卫东的电话时，出于所谓的"正义感"而在电话中痛骂这个龌龊小人，因而被翟卫东恼羞成怒地让他"立马滚蛋"；他还讲到有很多人在议论，而他自己也发现，翟卫东在和有夫之妇非法同居的同时，在和那位女记者谈恋爱的同时，还跟好几个女性都有来往，有暧昧关系。"我都没说要到市委市政府去告他，他反而揪住我和我女朋友的事不放，那我也不会放过他。哼！看着吧！"

郑晓悟义愤填膺，气哼哼地说。但同时他也发现，一直绷着脸的吴振东随着他的大篇陈述，随着他的愤怒控诉，表情反而逐渐地缓和了下来，随后还温和地注视着他，偶尔好像是在表示同情似地点点头。再后来居然像是被郑晓悟精彩的故事所吸引，率直的态度所感染，笑呵呵地看着自己的部下满腹委屈地诉苦、抱怨甚至骂脏话。

林淦生一直在注意着吴振东对待郑晓悟的态度，并随着所长表情的变化而转变，末了，又恢复到眼镜片后面一双笑眯了缝的眼睛，说道："晓悟同志，听你这么讲的话呢，我和所长就放心了。是这个样子的，我们突然听到对你的情况反映之后呢很重视，前几天我就受所长的委托，专门去到白沙派出所找他们的所领导了解情况，因为当时的确没有正式立案，也没有笔录和其他案件材料，根本查不到，后来就到治安组一个一个地问才问到，整个情况跟你向我们反映的是一致的。老实讲呢，我们还怕有其他案底，也查了，没有。但是吴所长和我还是担心你有其他我们没有掌握的问题，这个样子的话呢，这个……这个责任就大了，所以就让你自己主动坦……咳咳……主动谈出来。当然了，我们作为一个行政事业单位，主要还是要对自己的同志负责任的嘛，这个呢，还希望晓悟同志你能够多多理解、包涵哈。"

吴振东这时语调轻松地插话了："好了好了。事情搞清楚就行了。老林，你去把蔡正光、赖志福和欧阳伟都请过来，开始谈正事吧。"

如此说来,严肃认真地谈了一个多小时的话都不算正事?

正事儿还真就是政府指定安排的下沙涌火电厂对外谈判任务,用吴振东的话说,这是咱们研究所当前的主要工作,头等大事,核心任务,要严密组织,缜密计划,周密安排,紧密配合,圆满完成上级下达的这项重要任务。

鉴于蔡正光、赖志福两位主任虽然是"文革"前的法律系大学生,但一直都在内地行政部门工作,欧阳伟是那个时期的老中专生,还是不久前才从华侨畜牧场的场部机关调来的干部,而吴振东所长本身就是当地从基层成长起来的老干部,他们都没有对外谈判经验和涉外工作经历。于是大家一致建议先听听郑晓悟的意见。

郑晓悟的性情特点就是,刚才还在满腹牢骚,满腔委屈,满怀愤怒,但一说到工作任务,马上就转换频道,进入状态。他已深知各位领导的性格、作风和研究所的风气、特点,也就老实不客气地谈了自己的基本思路:第一,咱们研究所首先要和市规划局进行沟通座谈,详细了解下沙涌火电厂的选址目标、建设规划、投资规模、技术规范、施工标准、建设工期、年发电量概算等情况,做到心中有数。第二,根据总体情况的掌握,研究所要和市电力发展公司下沙涌火电厂筹备组尽快举行工作会议,就谈判小组的人员构成,谈判事项的分工合作,谈判技巧的协调配合,谈判环节的侧重点和节奏掌控等,要做到步调一致。第三,本所出席谈判的人员要进一步熟悉《中外合资经营企业法》的法条和主要精神,还要做好应对外方在谈判中可能提出的刁钻法律问题的准备,建议特别注意资本构成、投资比例、组织机构、外汇平衡这些问题,尤其要突出税收优惠政策这个吸引外商投资的最大亮点和谈判优势。要做到有的放矢。最后一点就是,英语翻译是市外事办统一配备的,不一定有法律专业背景,所以我们要先将提前考虑拟定的谈判大纲和可能涉及的法律条文提交给他们，让翻译提前熟悉专业术语、专门用语和谈判背景，要做到未雨绸缪。

不用说，大家都没有不同意见和修改意见，一致通过。

研究所与有关部门配合协调的所有准备工作，都是按照郑晓悟的建议按部就班地进行并完成，真正做到了"不打无把握之仗"。研究所内部拟定的谈判小组组长是一室主任蔡正光，副组长是服务处副处长欧阳伟，基本没有争议地确定了现场谈判法律顾问的主谈发言人是组员郑晓悟，一室、二室各抽调两名组员做好幕后资料配合工作。办公室面包车司机陈宝生负责交通保障和后勤服务。

谈判场地选定在荔枝湖畔的荔枝湖宾馆。

荔枝湖宾馆地处市区东北边缘的一座小山坡上，四周生长着大片挂满果实的荔枝树，下临本市饮用水重要水源地荔枝湖，远处是郁郁葱葱的青山连绵起伏，确属山环水绕，鸟语花香，景色宜人，环境舒适之地，宾馆的会议用房和商务设施配套齐备，既是临港市档次最高的接待酒店，也是此次前来谈判的外商的下榻处。

谈判的中方人员有市电力公司总经理王亚军率领的四名专业技术人员，涉外法制研究所蔡正光、欧阳伟、郑晓悟参与。外方是美国加利福尼亚州的一家电力设备建设公司，由其副总经理与四位专家和三位律师出席。美方的首席法律顾问是加利福尼亚州立大学法学院国际投资法教授瑞恩，还是个"中国通"，虽然有比较重的外国人口音，但中文讲得很流利，他态度和蔼地谈到自己十多年前就来到中国，在北京语言学院留学进修中文，因而也有幸见识了那场轰轰烈烈的运动，并说自己有不少的中国朋友，对中国很有感情。说得大家原本拘谨严肃的表情都变得放松了，会场气氛顿时轻松起来。郑晓悟心想：这难道是跨洋之缘么？瑞恩教授当年就在北京石油学院对面的语言学院留学，与父亲的工作之地仅一路之隔。而自己在两年前本被指定去加利福尼亚州立大学法学院进修国际经济法，却无端被人顶替而没能成行，否则，这位瑞恩教授有可能就是自己的导师。当这些"可能"已经成为不可能之后，冥冥之中似乎又有一双无形的手，将远隔重洋，互未谋面的中外同行拉在了一起，为同一项目谈判"共事"。

在彼此寒暄、交换名片之后，相互介绍认识程序算是结束了，作为东道主的市电力公司王亚军总经理整整领带，左右环顾一圈，清了清嗓子准备他的"开场白"。没想到瑞恩教授一改刚才的风趣幽默，颇有些不顾礼节地截停了王总按预定安排要率先发表的致辞，直视王亚军并把两只手做出往下按的手势，态度严肃，语气坚定地说："Excuse me! 王先生，请你先不要讲话，我们从美国来到你们临港，不是来开会的，是来谈判的。我了解中国人的习惯，但请原谅，我们真的不需要听领导讲话，没有必要浪费时间，应当讲效率。我在深圳参加大亚湾核电站核岛和常规岛建设谈判时就知道，他们蛇口有一句口号叫做'时间就是金钱，效率就是生命'，我很赞成。所以，我们作为外商投资方，必须站在自己的立场先提出六个问题，必须而且只能由你们的律师回答，能够回答，能够解决，我们就正式开始谈判，如果不能回答，不能解决的，我们现在就终止谈判，打道回府。"

瑞恩教授的这段话完全在中方的预案之外，谁也没料到会是这么个开头，而且他要提出什么样的棘手问题谁也不知道，居然威胁会直接导致终止谈判的后果。于是，中方人员面面相觑，有些茫然，王亚军作为技术干部第一次遇到这种场面，忽有被打乱节奏，手足无措的尴尬表情。郑晓悟当然也摸不着头脑，心情有些紧张地定定地看着瑞恩教授，总之，兵来将挡，水来土掩。

瑞恩教授自顾自地接过助手递来的几页很考究的纸张，"哗哗哗"地翻了两下，然后很正规地用英语讲，再由一位华裔女译员节奏缓慢地用中文翻译给中方人员听：第一个问题，本项目作为中外合资企业的设立、审批程序；第二个问题，规定外方的出资方式和投资比例；第三个问题，合资公司的管理机构和双方人员安排；第四个问题，合资公司的法律地位以及本合同及其合资公司经营活动的法律适用问题；第五个问题，对于外商投资者的税收优惠、税收抵免的条件和规定；第六个问题，外汇收支以及外商收益如何汇往国外。

瑞恩教授及所有外方人员待女译员翻译完，表情各异但皆是以逸待劳地静等中方法律顾问回答和解释。

郑晓悟在对方提问、翻译时，就边听、边记、边思考、边列出解答要点，此时见到对方的架势，就想："看来这可能是对方策略性的'下马威'，关键是想摸摸我方人员的法律水平和谈判能力。"于是，就略带微笑地侧头看了看蔡正光主任和欧阳伟副处长，此时他俩也都用探询的眼神看着郑晓悟，这么一对视，心里似乎有底了。蔡正光主任的反映相当不错，很快组织语言，胸有成竹地缓缓说道："瑞恩教授代表美方先行向中方提出的六个问题，我权且称其为本次谈判必须首先解决的'六大难题'吧，很有意义，很有必要，对我们双方接下来的谈判中一系列问题的解决都有引导性作用，我同意先回应和解释这六个方面问题。下面，就请我方法律顾问组的组员郑晓悟先生逐一解答吧。"说完，向郑晓悟和外事办翻译作了个手势。

郑晓悟点点头，重新扫了一眼自己的笔记要点，再行理了理问题思路，深吸一口气，把瑞恩教授提出的每个问题都结合现行法律规定、政策要求和基本做法，逐项通过翻译向外方阐明要点。

在郑晓悟就每一个问题的解答过程中，谈判的双方都对他的要点明确、重点突出的回复加说明内容本身没什么异议，但几乎毫不例外的是，美方对每个问题的结论都要讨论所谓的"合理性""公平性"。其实，他们也早已搜集、了解到中国的有关法律规定和政策精神，只是想在具体问题和细节约定时尽可能钻钻空子。比如他们也质疑政府用红头文件替代法律，却又明白所有在场参与谈判的中方人员对此都是无能为力的，不仅不能变动，而且必须遵守。

就这样，开始谈判第一天的整个上午时间，便是在针对瑞恩教授提出的六个谈判前提问题的探讨争论中、交锋磨合中度过了，大家都感到效果很好，扫清了前提障碍，后续谈判可以进行下去了。而蔡正光和欧阳伟可能觉得外方并没有把他们是否是领导看在眼里，放在心上，同时也可能觉得待在这种枯燥又紧张的谈判现场没什么意义，起不了什么作用，此后就再也没有参加了。市电力公司王亚军总经理作为专家型领导则以技术干部身份自始至终全程参与。

郑晓悟却从瑞恩教授提出的六个问题中大受启发，结合自己的发言内容和过往谈判经验，很快就写出一篇《中外合资经营"六大难题"的探讨》发表在《涉外经济与法》的杂志上，又以此为突破口，继续积累案例素材，系统深入思考，完成了一部专著《外商投资实务指南》，由岭南大学出版社出版，令人欣慰的是，该书竟然在上海国际书展上脱颖而出，被海外购买版权。当然，这是后话。

第八章　重获爱情

二十多天的唇枪舌剑，各自耗尽了气力。三个星期的针锋相对，双方耍尽了心机。长达两百多条主合同中的每章、每节、每条、每款、每项和每个细目，双方逐字抠、逐句争、逐条过，翻来覆去，反复研磨，有些条款要考虑的问题，要规定的事项，要确定的细节，的确是中方完全没有想到的。美方的认真和较真让中方人员大为佩服，美方的专业与敬业令中方人员大受教益。

好不容易谈判就要结束了，合同就要达成了，中方人员个个都感觉松了一口气，颇有大功告成的喜悦。但是真所谓好事多磨，没想到在最后关于"合同使用文字"这个原以为是附属性的条款，完全不是问题的问题，却反而导致双方发生了争执，而且始终僵持不下。按照已有的成例和惯常的做法，合同文本中通常会约定如下意思：本合同以中文和英文两种文字的文本签订，两种文字的合同文本具有同等法律效力。当对不同文字的文本条款理解出现不一致，存在歧义或者争议时，应当以中文的文字表述和意思表达为准。

那位样貌上颇似"白求恩同志"，平时颇具幽默感的瑞恩教授，此刻的情绪颇为激动，他涨红了脸站起来，一边用美国音很重的中国话指手画脚地说着，一边下意识地把老花眼镜取下来戴上去，表达着强烈的不满，而且还运用了不知从哪儿学会的"上纲上线"的搞法，用词激烈地指责这种约定是不公平的，不合法的，是文字歧视，是文化歧视，是中文高人一等的思想在作怪等等。当然，他在情绪表达之外，也进行了逻辑分析："既然你们说两种文字的合同文本具有同等的法律效力，为什么当大家对不同文本文字的理解出现分歧时，却又只能以中文的表述为准？这种'同等法律效力'体现在哪？这里有基本的法律常识吗？这不是'以其矛攻其盾'吗？这不是'自欺欺人'吗？这不是'口是心非'吗？"还颇有炫耀意味地连用了好几个成语来加强他说话的力度。

王亚军总经理向美方解释，这是参考借鉴了所有在中国大陆设立中外合资经营企业的合同文本，无一例外都是这种说法。

瑞恩教授显然觉得这种说法苍白无力，便不屑一顾地回应道："嗯哼？所有合同都是这种说法？那说明他们统统都是错误的！而且他们任何人的说法都不能强加于我，我只想请你给我解释，为什么你们中文就必然优越于我们英文，而且还要通过合同条款确定下来？"

对于这种明显带有原则性误导的诘问，王亚军无法回答上来，只好求助似地望着郑晓悟。

通过一段时间的谈判，郑晓悟对这位心里认定有可能成为自己留美导师的瑞恩教授的为人、学识和严谨认真的负责精神，甚为佩服，非常庆幸能有这么一个难得的学习机会，当然在情理上、法理上也认同瑞恩教授的观点推论，但自己确实没有考虑过这个问题，假使忽然有人问起自己，估计也会是王总那样的回答，虽然这种答案不值一驳，但自己无权也不敢擅自变动这条已经约定俗成的内容。看到大家都在盯着自己，便急速思考着对策：双方辛辛苦苦地谈了这么久，肯定都希望合同尽快签订生效，那么……对！就从合同生效方面作解释吧。于是说道："其实在谈判一开始针对瑞恩教授所提出的六大难题，我在解答中就说过，依照中国法律，中外合资经营企业合同及其公司章程必须报外经贸部门审查批准才能生效，据此，方可向工商行政管理机关办理营业执照，并于领取营业执照之日，该合资公司才算依法正式成立。因此，这个条款的这种固定表述应该属于程序审查时的格式，行政审批中的要求，我们在场的任何人都无权也无法进行更改，否则，过不了审批关，我们大家都白谈了。"

瑞恩教授的脸色有所缓和，但还是表情疑惑地盯着郑晓悟："郑先生的意思是说这也是在法律之外的政府红头文件的规定吗？"

郑晓悟听话听音，感到是否能获得审批算是抓住了要害，便回答道："是不是有政府红头文件的明文规定或者内部要求我没有看到过，但审批权在政府手里，我们必须按他们的要求办才能通过审批。"

"嗯哼？是这样吗？那好，我建议暂时休会，今天下午各方派出三个人一起到市政府咨询确定这个问题。"瑞恩教授站起身来。

郑晓悟也站起来解释道："瑞恩教授，我说明一下，我们和外商一起不能随便进市政府大院，需要提前办手续。可以帮我们解答和解决这个问题的是市外商投资服务协会，属于市政府的专责部门。"

"好吧，下午就去这个部门。"瑞恩点头回应，离场而去。

听说美方要前往外商投资服务协会寻求解决谈判中的问题，作为曾任常务副会长的吴振东中午给老同事打了电话，通知他们做好接待服务工作。郑晓悟和王亚军总经理偕翻译按照约定时间，提前等候在协会楼下的大门口，瑞恩教授、陈港生律师和华裔女翻译准时抵达。

根据协会给吴振东所长的电话回复，负责接待服务的是位于二楼的服务三部，也叫欧美服务部，和服务二部即日资服务部在同一层楼。郑晓悟在前面带路走上二楼，正在逐个房间扫视寻找服务三部一科的门牌号，惊讶地发现从一间办公室里走出一个熟悉的身影，虽然走廊较暗，对方背光而行，但能确认无误："是吕菁华？"郑晓悟惊奇万分地在心里低呼一声，但又觉得难以置信，"她怎么可能在这儿？"

而这位迎面而来的"吕菁华"似乎也愣住了，呆立在他面前，随即惊喜地叫了一声："你……郑晓悟！哎呀！真的是你呀？"

一听声音不对，郑晓悟定睛一看，更加觉得不可思议："哎呀？这……这怎么可能呢？真是神了！怎么会是你呢鲍萍萍？你不是调去上海了吗？怎么会在临港？怎么会在这儿呢？"

"我是追你追到临港来的呀，不行吗？"鲍萍萍半开玩笑地说了一句，看他旁边有其他人还有外商，便轻声问道："你是到我们外商服务协会有事要办的呀？"

郑晓悟看瑞恩等人站在旁边礼貌微笑地注视着他俩，便压住心中的疑问，告诉她是带一个合资项目的外商过来拜访欧美部一科，咨询一些事情，随即礼节性地给她介绍了同来的这几位。鲍萍萍很职业化且熟练地用英语和瑞恩教授一行打招呼，通过她的自我介绍和交换名片，得知她现在是外商投资服务协会日资服务部三科的咨询顾问。

鲍萍萍周到地把他们引导到欧美服务部一科门口，先和该科办公室的同事热情地招呼一声，随后礼节性地与各位来访者握手道别后，转身要了郑晓悟的名片，又递给他一张自己的名片说："你有事先去忙吧，我现在要到一楼的港澳台部就是我们的服务一部去协调一些事情，这两天有空的话约个地方见个面好吧。没想到刚来不久就在这儿跟你碰面了，这就是缘分晓得吧？"说着还拉了拉郑晓悟的胳膊。

　　总之，在外商投资服务协会的咨询协调很顺利，无论美方是不是同意协会作出的和郑晓悟基本相同的回复解答，但他们至少认识到，合资合同最终获得审批，合资企业最终得以成立，这才是至关重要的。于是，中美双方很快就在新开张的"大上海国际酒店"二楼"浦江海派大酒楼"的"外滩厅"举行了简单而热闹的合同签字仪式。

　　重大项目的谈判顺利完成，紧张应对的神经得以放松，研究所暂时没有给郑晓悟再安排什么新的任务。和其他从"内地"来到临港的绝大部分人一样，除了本单位工作关系的同事，社会上工作联系的熟人，没有家人，没有亲戚，没有同学，没有朋友，在人口刚刚令人欢欣鼓舞地达到二十万人的这个城市，到了晚上，四周传来的声音是打桩机有节奏的撞击声，指挥建筑吊臂升降的吹哨声，发电机组马达的轰鸣声，汽车驶过楼下的喇叭声。郑晓悟每天的习惯是下班后在市政府机关食堂吃完饭，一回到集体宿舍就不想动，哪儿也不想去，当然也没有什么地方可去，他不像同住集体宿舍的单身同事林卓然、曾宪才、冼耀民、陈宝生那样，每天晚上都出去，是不是约会谈恋爱不知道，但肯定是去找人下棋、玩扑克、打麻将。而这些游戏他一样都不会。所以，有时会去机关食堂的大饭厅看看香港电视的娱乐节目和港产片、外国故事片，有时就一个人待在宿舍里看书、构思、写文章，最近他正雄心勃勃地准备动手写一部外商投资法律方面的专著。

　　上周意外地在外商投资服务协会遇到了鲍萍萍，知道她现在已经调来临港工作，但并不知道她为什么好不容易争取调到了上海，怎么又突然出现在临港呢？而且也不知道她个人现在是个什么情况。虽然很高兴在临港这个地方多了一个比较熟悉的老同事，也曾想着给她打电话约她见面聊天，八卦一下问问她的变故，不过考虑到人家星期天或是晚上可能都不一定方便，就没有冒昧去电话，也没再想这事。

星期六的下午，办公桌上的电话铃声响起，坐在对面的曾宪才因为经常在周末有人找他，便习惯性地抢先拿起话筒接听，"喂"了一声，又回了一声"请等等"之后，把话筒递向郑晓悟，满脸充满暧昧询问的笑容，双眼露出抓住把柄的目光。郑晓悟莫名其妙地看着他这种表情和德行，接过电话一听，哦？是鲍萍萍。

鲍萍萍约他在下班后到外商协会楼下接她，一起出去吃晚饭。

当鲍萍萍和她的同事们谈笑风生地从办公大楼下班走出来，此时推着单车、站在单车棚下等候的郑晓悟猛然发现，她的打扮正是在津港海洋石油对外合作中心宿舍单独相处那天，她为他弹奏琵琶曲《春江花月夜》时穿的那件半袖紧身浅花连衣裙，虽然人看上去略显消瘦了一些，但仍然是胸肩轮廓圆润，腰臀线条柔美，此时脚蹬奶白色高跟凉鞋，愈显身材高挑匀称，脖子上戴了一条细细的金项链，衬着白皙的颈项洁净而雅致。恰巧下午六点钟金色的阳光斜照过来，更增添了一种让人不得不多看两眼的立体之美。郑晓悟恍然间有置身于江湾中学大门口看到吕菁华迎面走来的感觉，而她眉飞色舞地与同事们交谈甚欢的那种神采，简直与吕菁华毫无二致，以至于完全看呆了。

鲍萍萍看着郑晓悟一直痴痴地盯着自己，已经走到他跟前还在目不转睛地傻看，脸有些红了，娇嗔地低声说："怎么？不认识我啦？是不是觉得我变丑了呀？"

郑晓悟一愣，回过神来，语无伦次地应道："哦，没有变……嘿，没有变，越来越美了。"

"又说'没有变'，又说'越来越美了'，同志，你是搞法律的啦，这话说得不严谨晓不晓得？一听就是假话啦。嘻嘻。"鲍萍萍笑着拉拉郑晓悟的胳膊，"走，你骑车载我，我带你去一个不错的地方"。随后很大方地跟几位在单车棚里取车的男女同事扬手说"Byebye"，那几位同事也起哄似地挥手仰着脖子喊："玩儿开心一些！"

鲍萍萍发出银铃般的笑声跳上单车后座，随即便很自然地轻搂住了郑晓悟的腰。郑晓悟顿时有一种似曾相识的触电般的感觉，但的确又是一种很享受的感觉，吕菁华曾经也是这样坐在车后座搂过他的腰，搂的方式和力度几无二致。他强行按捺住内心的激动和紧张，尽量控制好车把骑稳一些，并尽量用轻松自然的语气问她去哪儿吃饭。

郑晓悟怎么也没有想到，鲍萍萍选定吃饭的地方竟然是他请吕菁华第一次吃饭，当然也是俩人分手前夕最后一次吃饭的那间老街港式茶餐厅，而且也挑选的是角落靠窗的那个卡座，更令郑晓悟惊讶的是，鲍萍萍自作主张地为两个人点了一份牛扒套餐和一份鸡扒套餐，只是在选配了一杯港式奶茶后问他："我特别喜欢喝这里的港式奶茶，但我记得你喜欢喝咖啡，是不是给你配一杯咖啡？"

郑晓悟告诉她，自己也是来广东之后喜欢上了港式奶茶，尤其是这家的热奶茶。

鲍萍萍又是一阵欣喜，借题发挥地说，在天津的时候她就发现她和他之间真的有很多共同的喜好，而俩人能吃得到一起，更是一种缘分，"是天定的缘分你晓不晓得啦？"

郑晓悟心里不由自主地想，她带自己来的竟是同一间餐厅，坐的同一个座位，点了同一样套餐，要喝同一款饮品，的确是缘分不浅。他定定地观察着鲍萍萍的言行举止和表情语调，总是难以控制地想着是和吕菁华在一起吃饭。而鲍萍萍则并不知道郑晓悟在想什么，见他一直怔怔地看着自己，甚感欣慰，甚觉甜蜜，她也像吕菁华在大学时期那样，知无不言言无不尽地对他说开了，说她两个月前来到临港，科里的一帮年轻人自发约起给她接风就在这间茶餐厅，觉得这家的东西特别好吃，尤其是港式奶茶，一下子就喜欢的不得了。有时候不想在单位食堂吃，就自己骑车过来，享受一份牛扒套餐配奶茶或者是鸡扒套餐配奶茶。又说在上海好像还没有流行港式茶餐厅和港式奶茶。

说话间，两份套餐送到，只见鲍萍萍非常熟练地把两份扒餐搭配成"杂扒"。郑晓悟简直就魔怔了：天哪！难道是吕菁华的化身吗？

虽然已经有两三年没有见面了，但俩人这么一起吃饭聊天的感觉却丝毫没有违和感，自在、融洽而愉快。郑晓悟自然很想知道她曾挖空心思要到上海去工作，而且还曾极力鼓动自己随她同赴上海，坚决反对他到临港这个"南蛮"之地，怎么突然就出人意料地来临港了呢？于是，聊着聊着就转到这个话题上来了。而一触碰到这个问题，鲍萍萍的情绪即刻就大受影响，顿时显得异常低落。

原来大约在半年前，鲍萍萍的父亲作为一家涉外单位的负责人，带队赴日考察，在春光明媚的季节里考察了东京、神户、横滨、名古屋等几个大城市，在热情接待的氛围中参观了几家大型电器生产商和著名汽车制造厂，然而就在经大阪乘机返回上海的前夜，这位鲍副局长和年轻的未婚女翻译竟然同时失踪了，顿时成为相当轰动的一次对外交往事故，一个重大涉外事件，一个月后的通报定性为"叛逃"。而在丈夫"平反"之后一起来到上海，并在同一个系统工作但一直被蒙在鼓里的鲍萍萍母亲，对丈夫这种"背叛家庭""背叛祖国"的行为羞愧难当，愤而提出了离婚请求。作为在很大程度上因父亲的关系调到上海从事日语翻译工作的鲍萍萍，也因父亲的"叛逃"而被暗示不再适合继续待在敏感的涉外岗位上，随即便被晾到了一边。父母间的变故，事业上的落差，令鲍萍萍只想赶快离开上海这个伤心之地、难堪之所，母亲也赞同她的决定。经由《光明日报》驻上海记者站的亲戚推荐联系，就这样在两个月前顺利地调到临港市外商投资服务协会，在日资服务部继续干着与日语有关的老本行。

随着鲍萍萍缓缓而低沉的讲述，郑晓悟听得惊心动魄，觉得完全不可思议，简直就是天方夜谭，但却实实在在发生在曾经的同事身上，他屏住呼吸静听，同情地看着鲍萍萍，只见她停下来喝了一口奶茶，神情黯然地呆望着窗外随风摇曳的芭蕉树，便想转换这个沉重的话题，打破这种沉闷的气氛，于是就问："那你不想继续留在上海，可以就近回老家南京啊，其实也照样可以通过石油系统内部调动，或者回天津，或者去北京这些大城市都好啊？怎么会想到来临港呢？"

鲍萍萍从窗外的芭蕉树上收回了眼神，好像也转回了心神，苦笑着深深看了郑晓悟一眼，叹了口气："唉！我爸爸这件事，咱们系统内谁不知道呀？还好意思在系统内折腾吗？南京这个城市嘛我太了解了，我哥就留在南京工作，没什么发展，也没什么意思……"她换了个说话的姿势，身体稍稍前倾，左手撑在餐台上托住下巴，右手中指无意识地弹着奶茶杯，两眼怔怔地又似乎迷蒙地直视着郑晓悟。郑晓悟先是被她盯得莫名其妙，转而感到很不自在，正要张口问她的时候，只听她幽幽地说："我是因为你才来临港的晓得吧？你来到临港后并没有给我写信，我也猜到你可能不会给我写信。后来听原来的同事说你正式调到临港来了，那我想，我到临港来总算还有个朋友吧？虽然不知道怎么能联系上你，但在临港这个小地方总会有机会遇到你的。刚好这段时间我把这里的工作都基本熟悉了，正想着找那些跟法律有关的单位去打听你呢，没想到就偶遇上了，这不是天意吗？真的，我特相信缘分的，不晓得你相不相信？"

郑晓悟内心似有触动，也有些感动。

其实那年夏天在津港海洋石油对外合作开发中心饭堂，鲍萍萍见到过吕菁华，也知道他俩的那种恋爱关系，但此次在临港和郑晓悟意外重逢之后，她从来没有问起过吕菁华，甚至连这个话题碰都不碰，好像她并不知道有吕菁华这个人的存在，好像她早已知道他俩现在是怎么回事，也或者她有意不去触碰郑晓悟心中的这个隐痛。反倒是郑晓悟自己有时想要跟她提提吕菁华这个人以及他们之间的事。

鲍萍萍是个心高气傲的主，虽然父亲抛家离国的"叛逃"事件对她是个意想不到的打击，并在她心中一直留下了挥之不去的阴影，但在平常与同事们的交往中，表现出来的却都是开心愉悦与热情洒脱。的确，只有在临港这个并非由"熟人关系"组成的世界里，这座几乎是"陌生相处"往来的城市里，她可以毫无压力和忌讳地生活着，她可以无须提防和顾忌地工作着。郑晓悟非常能体会到这一点。也正因为如此，这两个曾已相识，业已相知，同样在临港举目无亲的年轻人，两颗孤独的心顺理成章地在慢慢靠近，几乎每个星期天，俩人都会相约到公园散步，去海边游泳，找新开的酒楼或者大排档品尝美食，或者在下班后进电影院看场电影。只不过这两个爱好文艺的人都有一个共同的"遗憾"，就是临港从来没有什么有名的文艺团体来举办音乐会或者大型演出，也可能是因为全市都没有一所符合设施条件的演出场地和音乐厅，难怪被人们讥讽为"文化沙漠"呢。

鲍萍萍去过几次郑晓悟的办公室，很快就和涉外法制研究所的大部分人都混了个脸熟，特别是在见到吴振东所长后，坚称吴所长在自己心目中依然是外商投资服务协会的领导，自己和郑晓悟现在理所当然都属于他的部下。虽然吴所长离开外商协会时，鲍萍萍还没有到岗，相互之间并不认识，但这个说法令吴振东非常开心。

元旦刚过，研究所根据市里的安排，由吴振东所长带队去香港考察，队员有：一室蔡正光主任和林卓然，二室赖志福主任和冼耀民，法律服务处欧阳伟副处长和郑晓悟，共七人。听说要到香港去考察参观七天时间，对于曾与出国留学失之交臂，至今从未迈出边境线一步的郑晓悟来说，自然是兴奋异常，得知消息后即刻在第一时间电话告诉了鲍萍萍。鲍萍萍的第一反应就是提醒他，去香港考察有免税购物指标，回来时可以带进一大五小的免税电器，而且政府按规定给赴港人员的补贴是每天一百七十五元港币，算下来共是一千二百二十五港元，肯定不够买东西，她去想办法再换点港币。

由于吴振东所长和三位处、室领导都曾去过香港，所以，郑晓悟、林卓然、冼耀民这三个人的赴港政审手续在审查通过之后，还被安排到有关安全部门参加出境纪律培训：自进入香港之时起，必须集体行动，不得擅自离队，不得自行活动；严格按规定的时间、规定的路线、规定的地点进行参观考察；除非所乘车辆经过，不得私自前往上海街、油麻地等在资料目录中列明的地方游览逗留；不得进入夜总会、俱乐部、酒吧等场所，对于招牌广告写有"别墅""别馆""小筑""春舍"等处所要提高警惕；外出必须随身携带并保管好《港澳通行证》，随时接受香港警察的查验和询问；牢记证件不慎丢失后的解决途径和联络方式；不得在考察过程中随便与人搭讪，注意对接触和交往人员的甄别，谨防成为香港黑社会的目标，严防被敌特分子、敌对势力拉下水……总之，半天的学习，认真聆听了安全教育人员的重点案例介绍和严肃告诫，向往之余又有些害怕，搞不清相距不远的香港到底是个什么样的地方。培训完毕，三个人一再互相提醒：过去香港后一定要特别小心啊，大家外出要互相关照，千万不要离开视线。

第一次出境，难免紧张而好奇，一路上都在细心看，用心记。从深圳罗湖口岸的联检大楼过关，即跨上距离很短但却富有传奇色彩的罗湖桥，桥的中间划有两道明显的粗线，北边站着一名大陆武警，南面立着一位香港警察。但绝大部分的人并没有注意到这些，每个人都是急急忙忙甚至奔跑着要抢时间赶到港方查验大厅排队，人们几乎都是毫无感觉地迈过了这条边境线，进入香港地界。望着桥下只是一条窄窄的水沟而不能称其为"河"的深圳河，望着迎面而来的繁体字和英文提示语，以及身着英式制服的港方人员，作为学法律的郑晓悟忽然间好像对于"边境"有了新的感悟。

在香港工作人员礼貌而耐心的导引下，内地访客须在访港专用通道区域排队，并要填写好访港查验单、物品申报单，夹在《港澳通行证》中一并交验，这个环节搞得很多人手忙脚乱，不断有人茫然地询问，不时有人慌乱地填错，地上丢了不少废单。吴振东这几位领导很有经验，事先取好单，边排队边一对一地指导郑晓悟等人填单，从容而有效率。郑晓悟也慢慢发现，除了组织出境旅游的旅行社导游在游客集结点大声宣布注意事项之外，海关大厅候检过关的人虽然不算少，但排队井然有序，无人大声喧哗。香港入境事务处人员很有规律地查验放行，即使发现有什么问题，也是由其他工作人员过来引导到房间谈话，不影响后面排队的人；即使现场验证询问什么问题，说话声音也不大，没有训斥指责和相互争吵的情形。偌大的场面居然很安静。

吴振东作为本地成长起来的干部，又有亲戚在香港，一路轻车熟路，带领考察小组成员乘港铁、转巴士、走近道，很顺利地就到了早已联系安排好的住处。这是位于九龙塘界限街的一家由私宅改造成的小小客舍，据说也是临港市政府安排一般干部赴港考察的固定招待所，房东本是当年"逃港"到香港的临港人，见到老家来人自然很是热情，宣称他的客舍不对外营业，专门用于接待内地访港代表团，这两年一拨接一拨，几乎没有空当。此次刚好只住进了他们七个人，郑晓悟和林卓然、冼耀民同住一个房间，虽说面积很小，仅够摆放两张上下铺的铁架床和一个衣柜，但整洁。一楼客厅配有二十英吋的新款大彩电，茶几上摊放着几本中外画报和香港报纸，角落处的小吧台整齐摆放着"雀巢"速溶咖啡、"麦氏"速溶咖啡和咖啡伴侣，以及"立顿"袋泡茶，可以随便取用。空调二十四小时开启，很干净，很舒适。

吴振东还是个很实在的领导，他也知道大家好不容易来一趟香港，肯定不会浪费难得的免税指标，至少要买上一两件主要电器，尤其是"大件"，而郑晓悟他们几位小青年，收入有限，没什么积蓄，务必能省则省。所以，除了事先确定的考察日程中的公务接待和工作餐之外，他就利用自己曾在惠州地委办公室长期工作积累的人脉资源，尽量去联系在港的熟人、老乡安排请大家吃一顿饭，不在乎吃什么。

郑晓悟只在到达香港的第二天早上，就近在界限街一处"慈善青年会"的公益早餐店，自己掏钱吃了一顿由肠仔、单面煎蛋配公仔面的"肠蛋面"早餐，花了十几块港币，煞是心疼。后来就在吴所长的"启发"下，到"惠康超市"花三五块港币买那种长条包装切片的"生命方包"。这一长条面包可以吃四顿，在没人请吃饭的时候也不必自己花钱到外边去吃，就在客舍里冲一大杯速溶咖啡吃面包。吃到最后两天，面包塞进嘴里只想呕，完全咽不下去，只好用咖啡硬"冲"进肚子里。随后又有几次到香港，也是用这种办法省下钱来买免税电器。正因为如此，郑晓悟后来虽然还是习惯吃面包、喝咖啡，不过再也不去碰这个"生命方包"了。再到后来经济条件好了，香港也回归了，可以"自由行"了，遍尝香港美食，就没有这个困扰了。当时令郑晓悟至今记忆犹新的香港美食体验，是司法部设在香港的中国法律事务中心于座谈结束之后，请他们在维多利亚港"东方明珠"邮轮上吃海鲜自助大餐，美味品种繁多，令人眼花缭乱，在随取任食的同时，观赏着维港两岸、太平山顶那令人神往、美不胜收的夜景。

首次到访香港，直观感觉就是每一处地方，哪怕是背街小巷都非常干净，虽然人口密度较大，显得比较拥挤，但在巴士站、轮渡码头或者是过人行斑马线，人们不仅很守秩序，而且都会礼让、照顾长者和残障人士，似乎颠覆了自己以前对香港社会想象中的认知。而令郑晓悟在专业上收获最大的，是跟随吴所长走访参观的香港证券交易所、华润公司、粤海公司、深业公司，还有设在金钟大厦的中国法律事务中心，总之，日程满满，马不停蹄，感触很深。

在香港考察的最后一天临行之前，大家按照预先计划，一起前往中资机构的免税店选购免税商品，名目繁多的各类进口免税商品真是让人大开眼界。同时也看得出来，各省市组织赴港考察的活动现在也不少，店内熙攘喧闹，操各地口音的内地人主要集中在各种品牌的电器展示柜前，互相商量着挑哪种，买哪款。谦和礼貌的店员们能够无障碍地转换普通话、粤语乃至英语，非常专业地为顾客推介不同产品的各自优点和独特功能，然后动作麻利地收钱开提货单。

郑晓悟扫视着价目表，权衡着性价比，估算着所带的港币，最后拿鲍萍萍兑换的港币，用唯一的"大件"指标为她选购了一台虽非最新款，也非最高价，但卖得最火爆的十八英寸"乐声"彩电，然后又用"小件"指标，给萍萍买了一台立体声收录机，自己则买了一个新奇的科技产品——电动剃须刀。

第九章　喜结连理

元旦已过，又一个春节即将来临。

自打来临港后的那次第一个春节，有了和吕菁华一起回家过年不愉快的经历，以及随即而来的便是俩人关系的结束，郑晓悟对于过年，尤其对回家过年，有一种掩耳盗铃般的心态。所以，去年春节就没有回去和家人过年，今年春节也还是不想动，不单是提不起兴趣，主要是怕睹物伤情，见景伤感，而一路往返孤独地来回更是会伤心。

鲍萍萍就像绝大多数在临港工作的"内地人"一样，会在刚来的第一个春节兴致勃勃地赶回老家过年，跟家人汇报新奇事，畅谈新鲜感，况且她早已和妈妈约好，一起去南京的哥哥、嫂嫂家团聚，并且已经提前把在香港买的那台免税电视机，没有拆封就直接托运去南京送给哥嫂。虽然她半开玩笑半认真地和郑晓悟商量，说干脆跟她一道"回南京拜年""见见家长"，但郑晓悟则仍然觉得时机不成熟，不合适，跟她去南京过年有些名不正也言不顺，便十分认真地拒绝了。

临港的外来人口几乎占了百分之九十以上，整个春节期间大都放假返乡，这里几乎成了"空城"，商店全面停业，饭馆全部关门，机关食堂在大年三十的中餐就是节前的最后一餐，在为很少几位留守的单身汉提供了免费的团年饭之后，师傅们也就封灶拉闸，锁门回家了。但郑晓悟却很享受这种安静得不能再安静的氛围，好在鲍萍萍走之前很细心周全地给他买了对付过年几天的面包、熟食、鸡蛋、水果和方便面；也好在那次林卓然从香港买的免税彩电就放在寝室里共用，可以随心所欲地看电视、看春晚打发时间；又也好在还有没写完的《外商投资法律实务指南》要赶稿，可以在这种没人打扰的环境里提高写作效率；更好在每天抽点时间在几乎空无一人的街道上肆无忌惮地骑车飞奔，可以让人产生完全不一样的城市观感。最重要的是，自己心中有一个幸福的牵挂，有一种甜蜜的期待：鲍萍萍过几天就会回到自己身边。所以，郑晓悟虽是一个人在临港，但内心很踏实地过了个年。

鲍萍萍如期返回临港，郑晓悟早早赶到火车站接站，送她回到宿舍，只见她手忙脚乱，献宝般地向郑晓悟展示了她带来的南京特产，诸如南京板鸭、盐水鸭、桂花鸭、状元豆、秦淮河素鸡、夫子庙糕点等等，林林总总塞满了一纸箱，说这些都是哥哥、嫂子特意买给他表示感谢的。郑晓悟想，鲍萍萍真会为他挣面子，其实买那台电视机的港币是她兑换的，只不过用的是自己的免税指标而已。随之，又见她面含桃花，一脸羞涩地透露了一个甜蜜信息，她向妈妈和哥嫂汇报了两个人的关系由来和恋爱现状，大大夸奖了心上人的品德为人和能力水平，无论是妈妈还是哥哥、嫂子，都完全赞成和支持，没有反对或质疑的声音，只希望两个人在异地他乡互相照应，共同进步。

郑晓悟自己是与同事林卓然同住一小间集体宿舍，没有办法开小灶做饭，而鲍萍萍则是和女同事小沈住在一套不大的两房一厅的单元住宅里，各有自己的一间房，共用一个洗手间，还有厨房，只不过没有灶具和厨具，没有条件做饭。于是，郑晓悟就想到了段鲁华和殷虹在临港工人报社宿舍的做法，买来一个"三角牌"电饭锅，每到周末趁小沈回淡水老家时，俩人就自己动手蒸一碟鸭，煮半锅饭，再到协会食堂买一两样现成的小菜，试着过家家，煞是有滋有味。

鉴于郑晓悟此前在津港海洋石油公司对外合作中心的职级和央企的工资定级，以及调来临港市涉外法制研究所的表现，春节后不久，研究所宣布提拔郑晓悟为主任科员，林卓然和冼耀民两个人为副主任科员。也正因为如此，此前一直以兄长姿态对郑晓悟和蔼相待的冼耀民，态度突然发生了一百八十度的大转弯，开始冷面以对，继而冷言相向。也难怪，冼耀民比郑晓悟大两岁，当过下乡知青，后被招工到广州铁路局当工人，经多年重考，终于上了一所大学的法律系，却比郑晓悟晚两届，而且他在研究所二室从来没听说有过什么业绩和贡献，但他毕竟有一定的社会经验，也的确比郑晓悟稳重、老练，言谈举止和待人接物都表现得非常到位，深得领导和同事们的认可。只是郑晓悟觉得自己既没有得罪他，也并不对他构成什么威胁，而且两个人又不在同一个处室，也不存在工作上的冲突或牵扯，工作各干各的，大可不必对自己是这么个态度。当然，郑晓悟心里也清楚，他跟自己在法律专业水平和本职业务能力上的差距，既没有竞争性，更没有可比性，因此也就假装没有意识到他的变化，一如既往地和他坦然相处。

刚刚还沉浸在事业进步的欣喜之中，又迎来了父子相聚的幸福时光。当郑晓悟在办公室意外地接到父亲打来的电话，说他此刻已经在临港市委党校时，恍然若在梦中一般。两年没见到父亲和家人了，而且父亲在春节来信中并没有提到要到临港来呀，怎么突然就大驾光临了呢？郑晓悟随即语调兴奋地打电话给鲍萍萍，告之父亲来临港开会学习的消息，鲍萍萍当即高兴无比地建议下午下班后一起去党校接"爸爸"，晚上请他老人家去吃海鲜。 所以，鲍萍萍一下班就从协会大楼跑出来，见到郑晓悟的第一件事，就是略带羞涩地征询，见面后是不是可以叫爸爸？郑晓悟瞪了她一眼。

临港市委党校坐落在风光秀丽的荔枝湖畔，离去年火电厂合资谈判的荔枝湖宾馆不远，基本都是新建筑，院内也都是栽种时间不长的小树和花草。这是临港市委党校第一次承办全国性的"马克思主义哲学（春季）研讨班"，郑力仁作为湖北省"马克思主义哲学理事会"的理事，因其提交的《自然辩证法在马克思主义哲学中的位置》一文，被邀请参加此次研讨会并宣读论文。这篇论文在这次研讨会之后不久，就发表在《自然辩证法报》上。

听到敲门声，仍在党校宿舍埋头修改论文的郑力仁应声拉开房门，惊讶万分的不是小儿子这么快就赶来了，而是他身后笑脸盈盈地站着……站着……吕菁华？他知道曾经的学生吕菁华已经到京城发展去了，而且也已经和小儿子分手了，这个结果本是郑力仁预料之中的事，他认为他了解这个学生的性格，但是他并不认识，更不知道小儿子现在身边的这位姑娘是叫鲍萍萍。的确太像吕菁华了！所以，猝不及防的惊疑之态展露无遗。郑晓悟早都预料到父亲会有这种表情，有些淘气地笑道："爸爸是不是误以为她是某个人？"

鲍萍萍爽快地说："郑叔叔您好！我叫鲍萍萍，是晓悟原来在天津的同事，现在也在临港工作。嘻嘻，您是不是以为我是那个……嘻嘻，吕菁华？她去过我们津港海洋石油公司，我认识。当时那些见过吕菁华的同事都说我俩长得很像，只是我比她胖一些的啦。"

郑晓悟瞪了她一眼，她笑嘻嘻地习惯性地拉一下他的胳膊说："不是吗？好好好，我晓得的啦，广东人不说'胖'，说'肥'，肥小小行了吧？这好像也蛮难听的啦，应该是丰满一点。"

郑晓悟又瞪了她一眼。郑力仁则被她逗得情不自禁地咧嘴一笑。

除了研讨班安排的会议研讨、参观考察、临港市委宣传部的酒会，以及有关学术单位的宴请等活动之外，郑晓悟和鲍萍萍都在上班之余，全程相陪，或去海边踏浪观海，或到酒楼品尝美食。鲍萍萍还自作主张地在商场为"爸爸"选购了一套西装，同时配上衬衣、领带，郑力仁觉得很满意，整个会议期间，几乎天天穿，还跟与会人员炫耀是小儿子的女朋友买的。

周日休息，研讨班自由活动，鲍萍萍突发奇想，和郑晓悟一起带着郑力仁前往一处风景区里的寺庙敬香礼佛。当郑力仁在"崇法寺"内看到郑晓悟和鲍萍萍一路虔诚规矩，恭恭敬敬地烧香跪拜，见佛即敬，好像不太赞成他们的举动，但只是面无表情地随意跟着走走看看。

离开寺庙，在景区旁边的一处酒楼坐下来吃饭的时候，郑力仁才开始发感慨："人们现在都在议论说你们临港是资本主义风气盛行，我也有这个担心啊，这也是我当时极力反对晓悟离开石油系统来临港的原因。这次我是临时决定来临港参加研讨班，一是顺便看看晓悟，但是更想了解研究临港的改革开放和社会发展的实情。你们那个市委宣传部的杨部长不愧为是北京来的干部，很能讲，不过我对他的很多观点还需要思考和消化。我今天跟你们一路走来倒是还发现，这里的封建迷信之风也很盛行，寺庙的香火很旺嘛，跟我们内地还是有很大的不同啊！我呢，还是认为你们年轻人要追求进步，要培养正确的人生观，不要搞这些虚无缥缈的玩意儿。"

鲍萍萍快人快语："郑叔叔，您是大教授，我只是个中专生，我们其实也学过《政治经济学》，而且又当翻译搞外事接待，接触过不少西方国家的人，但说老实话，我真的没弄清楚资本主义是个什么样子。我家是南京的，老家在无锡，又在天津和上海待过，来临港这个小城市才一年的时间，但我跟很多年轻人一样，就是喜欢临港的工作节奏、生活方式和宽松环境，难道我们天生就有您说的那种思想倾向？"可能她突然意识到贸然接话不合适，就有点紧张地偷偷扫了郑力仁父子俩一眼，郑力仁微蹙着眉头在认真听，郑晓悟心里很赞同鲍萍萍的意见，只是自己不敢跟父亲大胆阐述，所以没有阻止，也在偷偷观察父亲的表情。于是，鲍萍萍便放心地继续说："就比如说郑叔叔您哈，穿上西装打上领带老帅的啦，而且看得出来您自己也蛮喜欢的啦，但这西装可是资本主义世界发明和流行的服装呢？"

郑晓悟听到鲍萍萍有点放肆地拿父亲举例子，并且看到父亲有些不好意思地下意识扯了扯所穿的西装，便赶紧插话转移话题："其实呀，这烧香拜佛只能说是中国老百姓几千年的习惯或者是习俗，反正我不认为这些见佛也拜、见神也拜、见鬼也拜的人是基于什么信仰，我自己烧香拜佛就并不是因为宗教信仰，可能是实用主义，也可能是求得内心宁静。从另一层意思来说，就算是封建迷信吧，只要老百姓都在祈求保平安，社会不就安定团结了嘛。记得您曾经给我讲过一个故事，说是你们当年从武汉投奔解放区路过鹿门寺时，您还嘲笑刘易昌叔叔烧香拜菩萨、捐香油钱的举动，当时庙里的和尚不是说'信则有，不信则不一定就没有'吗？"

郑力仁后来私下对儿子说，鲍萍萍伶牙俐齿也像极了吕菁华。

在临港半个月的研讨学习结束，来自全国各省市自治区的研讨班学员将"转场"继续前往深圳、广州参观考察。

星期天的一大早，郑晓悟约上鲍萍萍骑车赶到市委党校去为父亲送行。清明前后的潮闷湿热，是滨海小城临港在这个季节最明显的气候特征，人们甚至觉得抓一把空气就能攥出水来，此刻已是乌云翻卷，阵风加大，像是马上就要下雨的样子。依依不舍地挥手目送爸爸乘坐的党校大巴疾驰远去，便紧赶慢赶地往回骑，还没骑到鲍萍萍的宿舍呢，只见一道雨幕奇观，如烟如雾，梦幻般齐刷刷地迎面"拉"了过来，俩人顷刻之间就变成了落汤鸡。

冲进宿舍，鲍萍萍手脚麻利地从衣柜里拿出一套崭新的淡蓝色男士睡衣，说："喏，这是我这次回南京给你买的上海丝绸睡衣，本来是想在特殊的日子才送给你穿的，今天就让你提前穿上吧，看来这也是天意啦。小沈回她老家去了，不在宿舍，你赶紧把湿衣服脱下来，到洗手间冲个凉，换上睡衣，千万别感冒啦。"

郑晓悟此刻湿衣贴身，感到难受至极，也不推辞，迅即脱得只剩短裤，穿上拖鞋进到洗手间，利利索索地从头到脚冲洗个遍，舒舒服服地换上这身柔滑的睡衣，清清爽爽地回到温馨的卧室。鲍萍萍也已把湿透的衣裙换下，裹着一方大浴巾跑进了洗手间。

当鲍萍萍湿发披肩，香气袭人地重新返回卧室，只见她一袭淡红印花、蕾丝绣边的真丝睡衣裹身，写真般地展示出她的丰润性感，郑晓悟第一次如此真切地观察到她的美，第一次如此确切地发现了她的艳，只觉得如嫦娥降临，似仙女下凡，完全看傻了眼。鲍萍萍预料之中地看到了他的傻样，于是反手关上房门，定定地看着他，美目盼兮眼波闪动，巧笑倩兮面含桃花。何谓心有灵犀？当是心灵相应。坐在床沿的郑晓悟不由自主地站起身来，身不由己地迎上前去，神差鬼使地张开双臂，鲍萍萍即刻投身过来，两个人紧紧地拥抱在一起，甜甜地亲吻在一处，郑晓悟感受到了压抑太久的能量，鲍萍萍体会到了从未有过的享受，青春的热血在激荡，火山的熔岩在喷张。

"轰隆隆！"今年的第一声春雷滚过天际陡然在耳边炸响，"哗啦啦啦……"倾盆大雨借助一道闪电撕裂云层，倾泻如注，风借雨势，雨助风威，更猛烈地击打着那随风顺从摇曳的美人蕉……

鲍萍萍提出想要结婚。郑晓悟虽然觉得比较突然，好像还没有做好心理准备，但考虑到俩人都是孤苦无依地在这里拼搏奋斗，而结婚之后，互相也好有个依靠，精神也会有所寄托。像现在这样每天约会见面，然后各回宿舍休息，还不如结婚后住在一起，吃在一起，而且鲍萍萍无论从哪个方面都令自己很满意。于是也就欣然同意。

周一刚上班，收到一封寄自岭南大学的会议邀请函。岭南大学法律学系与省法学会、省经济法研究会即将联合在该校召开全国性的外商投资法律问题研讨会，诚邀郑晓悟拨冗参会，并希望与会人员最好能向大会提交相关论文。郑晓悟刚好完成了《外商投资实务指南》一书的定稿，并在成书过程中，又衍生出了一篇论文《借鉴香港及国外经济法律规范问题的探讨》，正好可以作为大会论文提交，并且灵感一动地想到，岭南大学有自己的出版社，而且应该是以学术研究类的出版物为主，这样就可以利用参加研讨会的机会，顺便把《外商投资实务指南》的书稿拿到出版社，看看他们是否可以出版，岂不一举两得？想到这里，便手持邀请函，找吴振东所长请假，希望能够批准他去岭南大学参加这次会议。

吴振东接过邀请函看了一遍，对郑晓悟说："好事呀！肯定支持你去。这个会议及其研讨的内容就和我们研究所本身的业务息息相关，所以你应该是作为所里的业务出差，而不是请假。"

郑晓悟自然很是高兴，随即向吴所长汇报了拟向大会提交论文的基本框架：一、借鉴香港及国外经济法律规范的必要性；二、借鉴香港及国外经济法律规范的可能性；三、借鉴香港及国外经济法律规范的指导思想；四、借鉴香港及国外经济法律规范须相应改革管理体制；五、借鉴香港及国外经济法律规范必须解决特区立法权问题；六、借鉴香港及国外经济法律规范后的法律冲突问题。介绍完之后，还特别向吴所长说明，论文将注明作者单位是临港市涉外法制研究所。

吴振东听得很认真，并指出有关部分需要强调的内容和观点。

末了，郑晓悟随口提及自己正考虑要和鲍萍萍结婚。吴振东双手一拍，哈哈而乐："好事呀！这又是好事呀！你小子总是有好事！"

来自全国各主要高等院校的法律学、社会学和政治学方面的专家、教授，部分省市的法律专业干部，汇聚在美丽的岭南大学校园一座功能齐全、设施先进的大礼堂里，这是一位香港知名企业家、慈善家捐资兴建的现代化建筑。会议第二天上午，给了郑晓悟十分钟的发言机会，他撇开论文，谈的是深圳经济特区立法权问题。这个新问题的抛出，最立竿见影的效果是引发了在场媒体记者的高度关注。郑晓悟一走下发言席，立刻就有大小报社和杂志的记者围了上来争相提问。因与《岭南法制》月刊的栏目主持记者陈海曾有一面之缘，算是"熟人"，于是他直截了当地跟郑晓悟说："请你干脆就把刚才的大会发言整理成一篇文章交给我，我今天就在这儿等，赶最新一期发表。"

于是匆匆吃完中饭，赶回会议安排居住的外国留学生公寓——紫园三楼的宿舍，靠在床头整理一下思路，便奋笔疾书，一挥而就，当即交给陪坐在旁边，喝水等稿的陈海。不久就刊发在当月最新一期《岭南法制》上，成为一个具有历史意义的见证。

在会议的规定动作之外，联系出书当然是个大事。趁分组讨论的茶歇休息间隙，郑晓悟怀揣书稿，赶到早已探知其位置所在的岭南大学出版社，小楼内挺安静，各个编辑室都有人在伏案看稿，便没有贸然询问其他人，悄悄找寻到二楼的"总编室"，敲了敲虚掩的房门，随着一声"请进"，一位中年男子从桌面的稿纸堆中抬起头来，看清来人，惊讶地起身相迎："哦？你就是今天上午大会发言的那位……郑先生。欢迎欢迎啊！您怎么想到到访我们出版社？来，请坐。"

"您……您怎么认识我？"郑晓悟也很讶异。

"我们出版社也参加了这次的外商投资法律研讨会，以便跟进抢抓出版课题呀，而且中国吸引外商投资正是目前国内外的热门话题。上午我坐在下面听了你的发言，口才很好，也很有逻辑性，精彩！因为有稿子催得急，要看，下午就没有去参加分组研讨。"

中年男子边说边倒了一杯茶端过来，又从办公桌上取来一张名片，郑晓悟双手接过一看：蔡仁杰总编辑。便也回敬了自己的名片。由于听到蔡总编说到外商投资正是他们关注的重点，便即刻有了信心，开门见山地说明来意，并奉上《外商投资实务指南》书稿请他审阅，请教能否在他们出版社出版，随后又把一本此前在开放出版社出版的《涉外经济合同法基础讲话》送给蔡总编，算是自己的学术能力推介。

蔡仁杰接过《涉外经济合同法基础讲话》看了看，随手放到茶几上，便开始认真地翻看《外商投资实务指南》书稿，大约过了半个小时左右，抬起头欣喜地对郑晓悟说："好！好！你这二十万字的稿子我不可能一下子看完并作决定，但我可以告诉你，第一，你这个内容的书现在国内还很少，而且又非常迎合改革开放的需要，我们正在考虑联络这次来开会的专家教授写这方面的专著呢，这个书稿真是太及时了。第二呢，我简单翻看了一下稿子的目录和大概内容，实务和理论相结合，觉得相当不错，而你此前又出版过专著，所以对于你的专业水平不会怀疑。我把你的稿子直接留下来，正式走选题和审编校程序，应该没有什么问题，而且我决定亲自做你这本书的责任编辑，怎么样？编辑出版中的具体事宜，我们随时保持联系沟通。"

带着多重喜悦返回临港，直接赶到鲍萍萍寝室想要和她分享，没想到她却让郑晓悟首先分享了他俩的大喜讯。只见她一看到郑晓悟，迅即像变魔术一般，从小梳妆台的抽屉里取出一个小红本，神秘搞怪地递给他，嘴里还哼着小曲《好一朵美丽的茉莉花》。郑晓悟满腹疑虑地接过来一看："啊？结婚证？你自己一个人怎可能去把它办下来呢？"边说边翻看内页，"哇！还是两个人的单身照片！"

鲍萍萍带着胜利者的喜悦，得意地说："怎么样？我厉害吧？我先在我们协会开好结婚介绍信，又去找你们吴所长开你的介绍信，吴所长说你去广州开会之前跟他说过要结婚的事，所以，就让林主任给办了。我又到民政局婚姻登记处咨询，他们说只要男女双方单位都有介绍信，手续齐，不一定非得结婚合影照，只要是两个人的照片就成，我就把你放在我这里的证件照和我的照片剪成一般大小就行了。还有啊，我今天已经专门到我们单位和你们单位都发了喜糖了哩。"

郑晓悟注意到，两张单身照片上骑缝压盖着钢印，觉得鲍萍萍真能想得出这些点子来。不过，在内心深处总感到这结婚证拿得也太突然了，好像一下子还接受不了自己现在是"已婚"的事实。同时也好像猛然发现，鲍萍萍这个人很喜欢出其不意地搞些个出人意表的事情，而且想到哪儿干到哪儿，说干就干，很有自己的主见。

隔壁房间的小沈闻声过来凑趣："哟，新郎官返来了？恭喜恭喜！"她是用的广东话道喜，并笑嘻嘻地拱手致贺。

当晚，郑晓悟就理直气壮地把这里当成了新房，名正言顺地住了下来。那么，既然已经结婚，就没有必要再分开了，次日就把单位的单身宿舍给退掉了，用单车把自己不多的行李，再就是一些书籍、文稿都搬到了鲍萍萍的寝室。

依萍萍的建议和安排，不在临港摆酒请客，俩人向各自单位请了婚假，利用五一劳动节"旅游结婚"，具体行程是先飞到上海接她妈妈，然后一同去南京她哥嫂家，再回她的老家无锡走亲访友、拜见族人。郑晓悟认为这个线路非常理想，关键是，这几个地方他都没有去过。首次到上海，最深的印象并不是外地人心中的"圣地"——南京路，而是在外滩看到黄浦江对岸的浦东一派荒凉，于是深刻理解了上海人为何会"宁要浦西的一张床，不要浦东的一套房"。

鲍萍萍是在南京出生、南京长大的姑娘，可能是因为时间太紧来不及，只住了一晚，待了两天，所以她并没有通知她中小学和中专的任何一位同学。郑晓悟从容如愿地瞻仰了中华门，拜谒了中山陵，得以从中追忆虎踞龙盘的帝王都，得以从中体味钟山风雨的石头城。记得从上海乘火车抵达南京的当天，一出火车站，首先映入眼帘的就是烟波浩渺的玄武湖，顿觉美得炫目。次日，俩人手挽手地从石头城遗址下来，到"金陵第一名胜"莫愁湖的"胜棋楼"小憩品茗，惬意地闲看着温柔的碧水，湖中的泛舟，含笑的花儿，欢快的游人，耳边传来的是歌唱家朱明瑛甜润的歌声，"莫愁啊莫愁，劝君莫忧愁……"

到了无锡才知道，鲍萍萍父母双方的家庭都是大家族，需要走动拜见的直系近亲还真不少，除了她妈妈事先郑重地联系好两边家人共同为二人举行新婚宴会之外，关系更近的亲戚又分别再请吃饭，每天都排得满满的。到了无锡才知道，看上去性格温和，说话软糯的江南人，喝起酒来居然相当得厉害，完全颠覆人们的认知，所以当后来有人在酒桌上说"东北虎，西北狼，不如江浙的小绵羊"时，郑晓悟丝毫没有新鲜感。到了无锡才知道，什么是江南水乡的传统习俗，什么是江南水乡的美满富足，在见面送红包礼之外，每每宴席之高档，厨艺之高超，席面之丰盛，菜品之丰富，还一再谦虚地声称是"家常便餐""接待不周"。天天都有各种美食美味大快朵颐，只是被称之为"无锡美食排名之首"的无锡小笼包和无锡肉排骨，实在甜腻难忍，至今无法接受。而每当她的家人们很享受地喝酒品尝太湖螃蟹的时候，郑晓悟却是无所适从，鲍萍萍于是就会不失时机地，动作熟练而优雅地拆出螃蟹肉，体贴地放在郑晓悟面前的餐盘里。每当此时，她的家人都会停住手中的筷子，停住端着的酒杯，停住嚼动的嘴巴，不可思议地盯着鲍萍萍的举动，然后又瞅着不会吃螃蟹的郑晓悟。

在高中学《地理》时，只是非重点一般性地知道有无锡这座城市，但到了无锡才知道，这里不仅有古老的京杭大运河穿城而过，而且至今依然舟楫往来，航运繁忙；这里还有与瞎子阿炳的二胡名曲《二泉映月》传奇相关的"天下第二泉"，站在泉水叮咚的泉眼池边，俩人都想起在天津时，郑晓悟曾用小提琴为鲍萍萍拉过《二泉映月》，便不约而同地哼了起来。而闻名遐迩的寄畅园则另有一番景象和气场，这座建于明代的园林所展现出来的"自然的山，精美的水，凝练的园，古拙的树，巧妙的景"，吸引着清朝的康熙、乾隆两代皇帝每下江南之时，因爱其幽致，均数度游历。郑晓悟置身其内，无法不感叹确有与其他园林不可同日而语的超凡脱俗之巧，别出心裁之妙。

曾无数遍地听过二炮文工团的歌唱家张暴默演唱的"太湖美呀太湖美，美就美在太湖水……"心中想象的太湖一定是江南特征的巧雅之美。但当站在伸入太湖波涛、三面湖水环抱的神话般的鼋头渚时，望着烟波浩渺，听着春涛拍岸，迎着阵风袭面，看着渔船远航，终于领略到太湖的壮阔之美，慷慨之美。因而，郑晓悟此后每到无锡，必来鼋头渚，而每来鼋头渚，必定是流连忘返。

满怀幸福，满载而归。蜜月归来一上班，就和蔡正光、赖志福被叫到吴振东所长办公室开会，告知香港工业总会委托香港中文大学校外进修部为香港的中小企业家开办"中国改革开放法律实务"课程，邀请临港市涉外法制研究所指派专家支持，经双方磋商确定，香港已发来正式函件：请蔡正光处长、赖志福处长、郑晓悟科长按照来函的日程安排，前往香港授课。而其间，刚好吴所长要参加市政府组织的两次赴港考察，也需要他们三人在讲课的同时，参与考察活动。其中，指定郑晓悟的讲课题目恰巧又是"外商投资与涉外经济合同法律规范"，如此，只需把两本专著的内容，依照课时安排的时间表，结合课程要求和授课对象，进行必要的整理备课即可。而令郑晓悟欣喜无比的是，课酬基本是参照香港标准，不算低，而且还可以利用赴港讲课和考察活动，每次都可以有免税家电带回临港，正好可以解决新婚应予购置的彩电、冰箱、洗衣机之类的用品，添置小家庭所需。

于是乎，鲍萍萍的宿舍客厅里摆的是自家的彩电和冰箱，阳台上放的是自家的洗衣机。对此，她的同事小沈完全没有意见，反正是空着没有用的地方，摆满了反而热闹，还真有家的感觉。只是小沈除了偶尔和鲍萍萍、郑晓悟一起坐在客厅看看电视聊聊天，虽然这两口子一再声称电器共用，但她从来没有借用过他们的冰箱和洗衣机。

第十章　情感微澜

不知不觉，又一个春节来临。鲍萍萍很体贴也很聪明，主动提出陪郑晓悟一起回湖北江州过年，看望父母和兄弟姐妹，并且理所当然地以儿媳妇的身份给"亲爱的爸爸"写了封信，热情地通报了回家过年的消息，并提前告知了到家的日期，同时也在信中大大地秀了一把对郑晓悟的爱，并保证会把"晓悟养得棒棒的，喂得胖胖的"。

不知道是父亲和哥哥们都迂腐不懂人情世故呢，还是对晓悟与鲍萍萍这么快就结婚并非特别赞同，抑或是要等到大年三十贴对联时一并体现热闹喜庆。总之，当鲍萍萍满怀喜悦、欢天喜地地随郑晓悟回到婆家时，并没有看到她想象中的譬如他俩回到无锡时的那样，鞭炮相迎，大门上早已贴上了大红"囍"字。因此，感觉上就有些不大得劲了。于是就在当天下午，自己一声不吭地跑到街上买回一张红纸，又自己不声不响地动手剪了一个"囍"字，再自己不动声色地涂上胶水"唰"地贴在了门上。搞得郑晓悟和在家的人都颇为尴尬，从来不主事的母亲只是习惯性地坐在旁边叹气。从办公室下班回来的父亲迎门看到这个"囍"字，似乎也有所触动，但却什么也没有说。

因为大哥郑晓忧结婚时，家里还很困难，在孟营盖房子欠的一屁股债还没有还清，当时根本搞不起婚礼，也摆不起婚宴，所以为公平起见，父亲决定随后无论哪个儿子结婚，家里都不专门为此请客摆酒，各人自行解决。对于这一点，几个儿子也都理解并同意，郑晓悟也已有意识地事先给鲍萍萍打过预防针，以便让她有精神准备，同时也觉得自己这次回来恰逢过年，算是和结婚之事凑在一起，反正都是个热闹喜庆，一举多得，应该不会有什么问题。但没想到是，家里人竟一点儿口头上和表面化的意思都没有，哪怕形式上说是为祝贺他俩结婚的一餐饭也没有，更没有婚庆红包，好像这两个人并非新婚。鲍萍萍愈加失落，任何一点期待感都没有了，与在无锡的反差也太大了！

也许是鲍萍萍的性格使然，她心里的不爽快好像转眼就烟消云散了，依然是每天跟郑晓悟的父母、哥哥、姐姐和妹妹们谈笑风生，耍笑逗趣，或者当仁不让地参与到各种问题的争论中，本来就是个人多闹腾的大家庭，有她的加入，每天更是叽叽喳喳吵得人头晕。而且她不仅非常自觉主动地帮助婆婆做家务，还鼓动郑晓悟到江州中心商场给爸爸妈妈买了一台 18 英寸的国产名牌"熊猫"彩电，这样，在大年三十晚上就可以挤在一起热热闹闹看春晚了。哥哥们都说，这鲍萍萍不仅和吕菁华长得很像，而且也是属于生性豪爽、个性张扬的人，不过很懂事，比家里这几个女儿要勤快得多。

父亲则私下与郑晓悟谈及，他曾经建议吕菁华有空多读书，尤其是读经典名著。但吕菁华却不屑地笑着回应道：我才没有那个闲心去读这些无用的书呢，我可不当书呆子。所以，父亲向郑晓悟郑重建议："我感觉到鲍萍萍和吕菁华性格相近，性情相通，但吕菁华曾是我的学生，可以以老师的身份跟她提这个要求，若要跟鲍萍萍突然说这些，似乎就不大妥，我还是认为她应该多读书，当然，绝不是因为她只是个中专生才让她多读书。我的意思呢，你在适当的时候劝她读读名著，提高素质和修养。"

回临港后，郑晓悟专门去书店买了成套的世界名著，曾数次有意无意地诱导鲍萍萍多读书，哪怕像自己一样，睡觉之前躺在床上阅读助眠。不出所料，鲍萍萍的回答和吕菁华如出一辙：我才没空去读这些无用的闲书呢，我可不像你一样要做个没用的书呆子呢。

虽然父亲自觉不宜"指点"新婚儿媳应该读什么书，但趁着过年家人聚得齐，却是很有激情地与包括鲍萍萍在内的众多子女一起争论和探讨诸如社会现实、人生价值之类的话题。这天晚餐酒足饭饱之后，郑立仁习惯性地泡好了一杯茶，得意地拿出一本刚收到的《学习月刊》给在座的儿子、儿媳们看，内有一篇他的大作《当代两种人生观的对立》，文中分别谈到了资产阶级个人主义人生观基本特征和历史根源，论述了无产阶级集体主义人生观产生的必然性和基本特征，还阐明了必须正确认识个人和集体、个人和社会之间的关系，结论是：当代两种人生观的斗争将会长期继续下去。

郑立仁一边让大家传阅，一边绝不专美地介绍说，他的这篇文章有很大一部分要归功于鲍萍萍，于是讲到那次在临港的崇法寺之行，正是鲍萍萍的话引发了他的思考，触发了他的灵感，因此就构思了这篇文章，并表扬了鲍萍萍思维敏捷，敢于发表自己的观点。鲍萍萍闻言，显得颇为得意，罕见地对这种枯燥的文章翻看了好几遍。

鲍萍萍是第一次到湖北，所以到了大年初四，郑晓悟一定要带她到襄阳古城去看看。这座有着两千多年建城史的古城，这座在《三国演义》中浓墨重彩描写的古城，存有不少古迹，留下很多传说，的确给童年和少年时期成长于此的郑晓悟心中留下了永不磨灭的烙印。因此，他要给新婚妻子讲述那难忘的经历和精彩的故事，让她能进一步地了解自己。他要给亲密爱人展示襄阳古城与南京古城、江南无锡不同的魅力，使她能对此处留下深刻印象。不用说，俯瞰汉水悠悠、眺望江北樊城的临汉门和夫人城肯定是游览的首选，鲍萍萍果然惊叹，真没想到襄阳竟是这么美的一座古城，虽然城墙没有南京的古城墙高大，但保存完整，东、南、西三面护城河宽阔环绕，北边浩浩东流的汉江形成天然屏障，依水而建、据山雄峙的襄阳，确实不同凡响。

走下城墙，明清风格的襄阳北街上人头攒动，喧闹异常，趁着过年出来赚热闹钱的各色临时摊点摆满了青石板路的两旁，倒是固定店铺开门营业的并不多。边走边看，挤过摩肩接踵的人群，郑晓悟熟门熟路地带着鲍萍萍来到十字街东侧，打算乘襄阳城至泥咀镇的6路公共汽车去古隆中，但见排队候车的人确实太多了，估计再等三五辆车都挤不上去。旁边就有大声吆喝、招揽生意的电动"蹦蹦车"，可以直接送到隆中景区门口，一问价格，虽然比坐公共汽车贵好多倍，但比临港的"的士"便宜多了，而且自由自在。于是也不讨价还价，欣然登上了一辆"蹦蹦车"。

可能是因为过年，大家都忙着拜年走亲戚，或者是因为天气比较寒冷，到群山深处的隆中来游玩的人并不多，售票处没人排队。看清告示牌上标明门票是五块钱一张，郑晓悟递进去十块钱，用自认为地道的当地话说："同志，麻烦给两张票。"

"还差两块钱。"女售票员不耐烦地提醒，语气斩钉截铁。

"咋还差两块钱呢？不是五块钱一张票吗？"

"差两块就是差两块，每个人还有一块钱的旅游保险你晓不晓得？有啥好问的？"女售票员的语气更加不耐烦了。

郑晓悟一听这语气，心里就很不爽，立刻跟女售票员论起理来："买不买保险应该是自愿的。虽然一个人只有一块钱，但你也要先征得我的同意才行嘛，为啥要强制我买你们这个旅游保险。"

女售票员颇为权威地宣告："为啥？就是没得为啥！这是我们

隆中管理处依法推出的保险项目，是保障游客生命安全的必要措施，每个人都必须遵守。"

郑晓悟听明白了，这其实是旅游景区设计的额外赚钱措施，也是近年来一些单位联合保险公司推出的合作项目、新生事物。但他的牛脾气上来了，理直气壮地回应："我是学法律的，买保险自愿是法律规定的基本原则，你们强制规定游客买旅游保险就是非法的。"

听到里面好像还有其他人悄悄说了句什么，女售票员恼羞成怒地扔出两张门票："给给给！哪个强制你买了？不买也就算了，哪儿来那么多废话？"

郑晓悟拿了门票转身离去，只听那位女售票员还愤愤不平地喊了一句："外地人还在这儿撒野！"看来他们依然以说话口音来判断你是不是外地人，因而可以区别对待，于是即刻就想起小时候在孟营被别人逼在家门口跳起脚来骂"滚回北京"的情景。

这一下，郑晓悟觉得自己难堪之极，本想在新婚妻子面前显得自己当地话说得很地道，却还是被认为是外地人，感到既丢了面子，又引起痛心的回忆，所以进到景区后一直情绪低落，闷闷不乐。鲍萍萍则一再宽慰他说："这有什么值得不高兴的呢？说你是外地人就是外地人，有什么大不了的？你们本来就是外地人，我们现在也就是外地人。而且你跟他们说的话，我根本听不出来有什么区别。"站在隆中牌坊，她指指上面的字又说，"看到没有？'淡泊明志，宁静致远'，'淡泊'很重要，何必去计较这些小事？"

鲍萍萍怀孕了，郑晓悟要当爸爸了！《外商投资实务指南》也由岭南大学出版社顺利出版，春节后一回到临港就收到了样书和赠书。双喜临门！

市政府对研究所的领导班子成员进行了补充和加强，研究一室主任蔡正光被提拔为研究所副所长。可能因为郑晓悟是研究所唯一一位出版过两部专著，并受邀参加全国性学术会议的人，说明其有一定的理论功底和研究能力。而蔡正光担任所领导之后，研究一室目前行政级别最高的是副主任科员林卓然，同时，一室也的确需要充实和强化理论研究力量和对外影响，于是，就将郑晓悟从法律事务服务处调到一室暂时主持工作。这又是一喜！是个非常强烈的提拔重用信号。郑晓悟立刻认识到，为了配合重用并且能有更好的发展前景，必须要进一步提升自我。此刻恰巧得知，中国人民大学拟在临港招收民商法律专业的在职研究生，正接受报名并可为报名者举办考前辅导班，这是一个极好的机会，终于可以弥补当年为毕业分配早点参加工作拿工资减轻家里负担，而没能继续读研究生的遗憾。

从现在开始，郑晓悟在工作之余，就不再忙着构思写文章了，而是全身心地投入到复习考研之中，每周规定有三个晚上准时前往考前辅导班听课，重点当然是英语考试的重要考点和答题训练。如此一来，对于尚属新婚激情延续之中，且又处于怀孕妊娠反应当中的鲍萍萍，亲热和关心就少了。虽然自己不大会干家务，但若是陪伴在侧有一搭没一搭地说说话，鲍萍萍总是显得很开心很快乐，心甘情愿地一会儿忙这，一会儿干那，温馨而不寂寞。现在倒好，每天下班回来包括周末在家，只是闷声不吭地埋头复习！复习！而且每周还有三个晚上很晚才回来，连聊聊天的时间都没有，更不要说能够在一起甜蜜地畅想孩子是男是女，到底要取个啥名字，是漂亮还是……漂亮！

本来因怀孕而情绪不稳定的鲍萍萍，慢慢显得不高兴了，逐渐变得不耐烦了。她试图说服郑晓悟不要去考什么在职研究生，没必要去做这些无用功，她总在他耳边絮叨："你都已经是堂堂的大学毕业生了，难道还感觉自己的知识水平不够吗？我只是个中专生，但我在工作中的水平就绰绰有余呢。""你都已经出版了两本书，还发表了好多篇文章，名利都有了，还考啥研究生呀？难不成还想回学校当老师？""你现在应该多考虑些实际的东西，多为家里、为将来的孩子多赚钱。搞什么研究生啊硕士啊这些虚头巴脑的东西，能当饭吃呀？""我在我们协会遇到好多港商大老板和广东的一些富豪，几乎都是初中毕业、高中毕业，还有的才是小学毕业，但人家不是照样赚大钱、发大财吗？""你这读研究生拿学位既没有什么实际的好处，还要自己倒贴时间倒贴钱，傻的啦！"到最后则讽刺嘲笑地说，"你这八字还没有一撇，只是临时主持一下工作，就激动得以为自己就是处级干部了？得赶紧弄个学位才好衬得起来呀！哎哟！我看你们那个清水衙门，当不当处长、所长都没有啥意思的啦。""是的哟！我忽然觉得你这么坚定地要去读研究生，是不是在动什么歪心思，有什么其他不正当的想法啦？是不是又可以去结交漂亮的女同学啦？老实坦白！"

针对最后一句，郑晓悟会很反感地瞪她一眼："莫名其妙！胡说八道！"但复习考研的决心一点儿都没有动摇。

这天晚上是人大的一位老师作英语考前辅导。课间休息时，邻座一位穿着公安制服的女同学，把凳子朝郑晓悟这边挪了挪，拿出两本书问："不好意思，您是郑晓悟同学吧？请问这是不是您的大作？"

郑晓悟一看，正是自己的《涉外经济合同法基础讲话》和新出版的《外商投资法律实务指南》，心有少许得意，但假装谦虚地说："是我瞎写着玩儿的。请多多指教。请问您是……"

"噢，我姓庄，叫庄晓帆，是汕头大学83级第一届法律系的学生，毕业分配在荔湖区公安分局治安科工作。我正在考虑如果考上了人大研究生，主攻的研究方向就是外商投资企业方面的法律问题，现在外商投资越来越多，这方面的治安管理问题也越来越多。没想到您这两本专著居然都已经在研究中提到了我考虑的一些问题，真是太超前了，佩服！所以，我今天带过来就是想请教其中的几个问题。"庄晓帆说着，又挪了下凳子。

郑晓悟扭头凑过去看她翻到的内容部分，简要地解答了几个提问，并告诉她，其实还有些衍生问题，当时写的时候还没有成熟的思路和观点，只是点到为止。所以建议她在未来进一步的研究中，可以根据形势的需要和发展的趋势，在这些方面有所深入有所突破。聊着，不经意地抬眼瞟了一下讲台边的教室门，猛地发现一个熟悉的面孔正朝着自己这边甜甜地微笑，旁边有几位同学也好奇地看向自己。啊？居然是妻子鲍萍萍，腆着凸起的孕肚站在门口。

"她怎么找到这里来了？"郑晓悟在诧异之余，和庄晓帆说声"对不起"，赶紧跑过去关心地询问出了什么事？

"没出什么事。我看天气突然转阴转凉了，怕等会儿你回去会淋雨感冒，就赶紧给你送风衣和雨衣过来。我在教室门口站了一会儿了，怕打扰你们谈话，就没有叫你。这就是你们上课的教室啊？"鲍萍萍一边柔柔地回答着，一边扫视着教室的环境，并有意无意地把目光在庄晓帆的身上稍作停留。

直觉令郑晓悟感到鲍萍萍这么黑灯瞎火地骑车几公里到这里来，绝不仅仅是为了送衣服，考虑到接下来的一节课是做模拟考的习题练习，同时让她一个人现在骑车回去也实在不放心，就和站在讲台上正和几位学生讨论的老师请了个假，陪送妻子回家。

回家的路上，鲍萍萍一言不发地在前面加速猛骑，郑晓悟在后面加紧追赶，并紧张地一个劲地提醒老婆："这里没有路灯啊，看清楚路。""骑慢点儿！""小心点儿！"但她却理都不理，应都不应。

怒气冲冲地进到卧室，随即开始发飙："果然没有猜错！难怪我一再说不要去读什么研究生，却置之不理呢？真的是有艳遇啊！"

郑晓悟赶紧解释："你瞎说什么啊？哪有什么艳遇？我跟这个庄晓帆是今天刚刚才认识的，人家是买了我的书来问我问题，说考上研究生也打算研究这方面的课题……"

"哼！今天才认识的就知道人家叫庄晓帆？而且叫得好顺口，叫得好甜哦。你如果不在女孩子面前吹，别人会知道你的书，而且还要和你研究一样的问题？真是志同道合呀！"

"你在说什么呢？我出书就是出书，有什么好吹的？封面上不是有我的名字吗？所以庄……所以人家先问这个作者是不是我。你别胡思乱想好不好？"

"我胡思乱想了吗？我胡思乱想了吗？我都亲眼见到了，在现场抓了现行你还不承认，还狡辩。"

"我狡辩什么？你亲眼看到我们什么了？我们做了什么见不得人的事被你现场抓到现行？真是！"

"哎哟！啧啧啧，还一口一个'我们'，一口一个'我们'，好亲热哦！大庭广众之下两个人的头都靠在一起了，还想要怎样？还要亲上去？我看就差……唉！我实在是说不出口哦。"

郑晓悟听她愈发口无遮拦，也忘了她在怀孕期间，忍无可忍地吼了一句："鲍萍萍！你越说越不像话了！你……"

鲍萍萍也突然歇斯底里地爆发了："是我不像话还是你郑晓悟不像话？趁着我怀孕就耐不住了，就出去打歪主意去了。你们男人没有一个好东西！郑晓悟！我肚子里怀的可是你的孩子呀！呜呜呜……"边喊边哭边捶打着自己的肚子。

郑晓悟吓得心都要跳出来了，心疼得直发抖，赶紧扑上去死死抓住她的手说："萍萍，萍萍，对不起！对不起！我不该跟你吼，是我的不对，我不去了还不行吗？我不读研究生了还不行吗？"

待在自己房间一直没露面的小沈听到闹得动静有些大了，此时赶紧走过来劝解，并批评郑晓悟要有做男人的气度，要懂得体谅自己怀孕的老婆。

郑晓悟说到做到，彻底放弃报考人大的在职研究生。

　　临近预产期，鲍萍萍的妈妈根本不信任临港这个边陲小镇的医院，更不放心临港医护人员的医疗水平，关键还考虑到女儿坐月子没人好好照顾那可不行啊！因此就写信让女儿回上海或者最起码到南京去生孩子。一切行动听指挥，郑晓悟依照计算好的预产期，提前半个月，小心翼翼地护送着妻子赶去广州白云机场飞往上海，岳母大人已经请好了一部小汽车早早地等候在虹桥机场接机，见到女儿那个心疼啊，那个呵护啊，搀扶慢行，关怀备至，母女之情无以言表。

　　岳母指挥车子直接开到徐家汇的绿杨村酒家，她要让女儿回来先美美地享受一顿正宗的"本帮菜"，当然，也要让还没出生的外孙或者是外孙女在娘肚子里就先要开始体验、接受淮扬菜的味道和气息。这顿饭，岳母一边悉心观察女儿的气色，仔细询问女儿的胃口，不断为她夹菜、添汤，一边和女婿商量着几件事，征求女婿的意见，一是说她最后还是决定让萍萍回南京鼓楼医院去生孩子，因为那里的关系更加熟络一些，更重要的是萍萍的哥嫂可以帮忙和她一起照顾月母子。对于这一点，郑晓悟完全没有意见；二是说孩子出生后回到临港没人带也不行，你们小两口还要上班忙事业，又没有带孩子的经验，叫人不放心，所以决定提前办退休到临港去帮忙带小孩，自己也好趁机离开上海这个伤心之地。对于这一点，郑晓悟当然求之不得；接下来就是操心萍萍坐月子前后差不多得两个月才会回临港，这段时间郑晓悟作为一个大男人没人管可是要遭罪了，千叮咛万嘱咐，一再交代郑晓悟要自己照顾好自己，关键是要注意饮食营养，注意身体健康。搞得鲍萍萍在旁边假装吃醋地用上海话说"丈母娘看女婿，越看越欢喜"。对于这一点，郑晓悟很感动，也一再保证自己会煮鸡蛋，还会煮面条，还可以在机关食堂尽量吃好点儿，让她老人家放心。

　　把妻子交回到事事周到、样样能干的岳母手里是最放心的啦。郑晓悟当天就从上海直接乘火车坐硬座返回临港。

　　这段时间，整个东南沿海关于设立证券市场、发行市政债券、技术交易市场化这方面的讨论尤为热闹，有些地方已经按捺不住，先行先试开始有所动作了。在临港，国有企业股份制改革问题被市政府提到了议事日程，并把它作为一个重要课题交给了研究所，而这个课题任务毫无疑问地被吴振东所长指定由郑晓悟现在主持工作的研究一室承接，蔡副所长分管。同时，在政策导向上和社会舆论上，受深圳经济特区已经有几家公司搞股份制试点成功的鼓舞，更是受到深圳发展银行以自由认购形式向社会公众公开发行股票的冲击，特别是又听说珠海经济特区也已经在探索发行公司内部股的搞法，使得临港的很多领导完全坐不住了。好多公司，但听说主要是些有一定规模的私营公司都在跃跃欲试。于是，郑晓悟便把全副精力和工作重心放了股份、股权、股票、股市、股指、股价这方面的研究上，但毕竟这是一个突然火爆起来的新概念和新生事物，而我们又没有这方面现行的法律和现成的政策，甚至都没有系统的理论，只能利用赴香港考察和讲学的便利，参考、借鉴香港的已有法例、既有制度、现有做法和拥有的大量资料，从中找出在临港可用的、实用的、好用的东西来。

　　在带领研究一室的几位活力四射的年轻同事，共同协助政府研究一揽子方案，提出推进股份制改革措施的同时，郑晓悟自己边学习、边思考、边研究、边提高，逐渐深刻地认识到股份公司乃是商品经济发展到一定阶段的，较为科学和完善的一种商业组织形式，它的组织形态和营运模式的核心问题更在于其法律性和规范性，于是另从学术的角度，以学者的态度，写出了《国有企业股份制改革的法律思考》《法律前提尚未确立，谨防企业股份化过热》《股份公司设立之法律原则》等文章，在当地报纸的"新思路"栏目上不断登载。由于非常强调在股份化改制过程中、在股份制确立环节中、在股权设立和行使程序中的法律特征和法律原则，引起了一些企业老板的格外注意。

这不，这天慕名前来研究所拜访的不速之客，就是临港市远山实业有限公司的两名高管，说是特地通过报社打听到郑晓悟单位、地址后找过来的。走在前面的是一位头发黑亮、面容油亮、皮鞋锃亮、西装闪亮的精壮年轻人，自称是公司的总经理黄宇坤，紧随其后的是个高大帅气、明眸皓齿、举止洒脱、着装时髦的年龄相仿者，被介绍是总经理助理兼综合开发部经理高志国。他俩是被林淦生主任带到一室办公室来的，见到要找的郑晓悟之后异常客气，双手紧握，满脸堆笑，并郑重声明，受公司董事长彭思远先生的委托特来拜访请教。

郑晓悟早有耳闻，这家远山实业公司被一帮以潮汕籍为主的年轻人搞得风生水起，而且听说这家公司的董事长只是初中毕业，但特能干，特有魄力，也听说他们正在向政府有关部门上报可行性研究方案，申请股份制改造。但不知这两位专门来找自己所为何事，是有什么案件纠纷吗？那就先听听，然后移交给法律事务服务处经办。

为避免影响办公室其他同事的工作，便把他俩请到旁边的会议室，落座互相交换名片之后，郑晓悟看着始终露出客气而恭敬笑容的黄宇坤和高志国，又扫了一眼他们的名片，赞许道："嗬！你们公司的这个名称很不错嘛，司徽设计得也很有意境，跟整个临港市现在一窝蜂流行的什么'环球'啊'寰宇'啊'宇宙'啊，还有什么'太平洋'啊'银河'啊之类的叫法有很大的区别，很有点味道。"

这样开聊让人很放松，也很能带入话题，黄宇坤高兴地趁机介绍道："我们公司原来不是叫'远山'，是在收购了一家要倒闭的小型国营企业的基础上，董事长改的名称。原来是'惠康商场'……"

"哦？是不是火车站旁边那家惠康商场，这家商场的商号一听就是模仿人家香港'惠康'的。记得倒闭之前搞大甩卖，我还去凑热闹抢购了一些东西呢。原来是被你们给收购了？"郑晓悟插嘴道。

高志国哈哈一乐，拍了一下手，说："哎呀！看来我们公司跟郑科长有缘啊！都还没有认识就已经为我们公司作贡献了。嗨！那次大甩卖就是我们把这个惠康商场盘下来之后搞的活动，很轰动，也是我们哥儿几个同心协力合伙经营这家公司淘得的第一桶金。我和黄总当时都在甩卖现场，说不定咱们之间还有一面之缘呢。"

黄宇坤也兴奋得满脸泛红，用崇敬的语调说："是的，我们彭思远董事长力排众议，决策的这个收购很成功，策划的这个活动也很成功，把惠康商场当时滞销积压的商品全部处理干净还赚了一笔，租的场地也结清租金退场，然后，董事长根据原来那个'惠康实业有限公司'营业执照的经营范围，重新决策规划公司的经营方向和经营重点，进行工商变更登记。目前我们集团公司整体经营结构主要有贸易公司、服装公司、牛仔布纺织公司、广告公司、出租车公司和惠康酒楼、火锅城这几块，总的经营情况还不错。当时公司研究改名的时候，董事长的观点跟您的说法一样，就是不想随大流，太俗气。这个'远山'呢，含有彭思远董事长名字中的一个'远'字，同时也可以说是董事长看了日本电影《远山的呼唤》受到了一定的启发。"

"嘿嘿！我陪彭董事长看了两遍《远山的呼唤》，我告诉你哈，其实彭董是迷上了电影里的女主角，叫啥子？……叫那个倍赏千惠子，所以说嘛，公司名称很有纪念意义的嘛。"高志国开心地调侃道。

郑晓悟想：这个高总助果然是快人快语。而且听出来他是四川人。

谈笑间搞清楚了远山公司的来龙去脉，然后言归正传，问他们来此有何见教。原来，他们正是看到郑晓悟在报纸上发表的一系列有关股份制改革的文章，彭思远觉得很对他的胃口，就派总经理和总经理助理前来请教，关键是想弄明白、搞准确他们现成的有限责任公司和想要改制的股份有限公司到底有什么不同，现在和将来需要特别注意哪些问题才能使公司运营规范正常，才能长久生存发展下去。

郑晓悟一听，冲着他俩转述其董事长提出的这些问题，和基于公司发展所考虑的思路，就对这位素未谋面的彭思远顿生敬佩之心，觉得这样一位学历不高的董事长竟然这样有远虑，有远见，还有远谋，不简单！于是对这家公司也产生了好感。想到刚好在前些时，《经济与法》杂志发表了自己的一篇《股份有限公司与有限责任公司的十大区别》，便条理清晰、耐心细致地向他们讲解了这两类不同法律形态的公司，两者之间存在着成立程序上的不同；股东人数组成的不同；认缴出资程序的不同；出资缴纳方式的不同；股权确认形式的不同；股权转移方法上的不同；合资公司与人合公司两者性质的不同；章程订立要件不同；组织管理模式不同；社会公开度和开放度也不同。

高志国姿态潇洒地靠在座椅上，静静盯着郑晓悟听他讲解说明，并频频点头。黄宇坤则埋头在认真地记笔记。

末了，黄宇坤带着收获颇丰地满意笑容站起来，再一次双手握住郑晓悟的手说："太专业了！太清楚了！真是收获匪浅啦！"然后扭过头又跟高志国说，"志国，郑科长要是能到我们公司去干就好了。"

高志国朗声应道："那是。咱们三个绝对能成好哥们儿。"

郑晓悟闻言，客气地轻轻一笑。

第十一章　千金降临

郑晓悟对于研究所给每位干部都配备一辆单车做交通工具，现在又给科级以上干部配备新潮流行的通讯工具BP机，已经觉得福利很好了，却绝对没有想到，吴振东所长竟然不动声色地从市里为本单位争取到了三套住房，而且还把唯一那套九十多平方米三房一厅的套房指定分配给了郑晓悟，冼耀民和林卓然各分得一套两房一厅的住房。说老实话，郑晓悟事前完全没有拥有一套住房的概念，能有一间独立自用的宿舍给他和鲍萍萍住就很满意了。这下好了，直接到手就是一个大套，引起了好多人的羡慕啊！后来成为邻居，住在隔壁两房一厅的公安局治安处的伍科长说，他们市公安局的处级干部才有资格分到这三房一厅的房子。而冼耀民呢，当然对这个分配方案很不满意，曾以自己年龄比郑晓悟大，实际工龄比郑晓悟长为由，找吴振东和蔡正光两位所长申诉抗议，未果。也因此，他对郑晓悟更加不爽了。

此时，妻子鲍萍萍也在南京鼓楼医院顺利诞下一位可爱的"千金"，郑晓悟真可谓双喜临门！他总觉得这套房子是宝贝女儿降生带来的礼物，所以从林淦生主任那儿领到房屋钥匙之后，就即刻兴冲冲地骑车赶去看房子，并想着要在老婆孩子回家之前，把房子布置好迎接她们娘俩以及岳母大人。房子所在的"荔香村"住宅区是政府统建的福利房，共有十几栋同时建成交付使用，虽然分给自己的套房在八楼，是顶层，爬上去一趟就气喘吁吁，但视野好、结构好、宽敞实用，关键是毕竟有了自己的房子。

房屋交付时的入户门、房间门、阳台门和洗手间门都已安装好，屋顶天花也粉刷一新，墙壁下部三分之一为淡绿色内墙漆，上部三分之二为纯白色内墙漆，地板是抹平的水泥地，厨房也已固定砌好灶台、操作台并镶好瓷砖，若是不讲究，便可直接搬家入住。想想自己存折上那少得可怜的存款，还有老婆孩子回来后的花销，绝不可能像少数有钱人家那样大兴土木搞装修，郑晓悟就参照隔壁伍科长这位广东人的做法，请家私店派人上门量好尺寸，选好花样图案，直接在客厅和房间的地板上铺上一层PVC塑胶，价廉物美，简洁干净，看上去美观，踩上去舒适，郑晓悟很满意。接下来，又在同一间家私店成套购置了两架实木大床带床头柜、拐角布艺沙发带实木茶几，还有实木电视柜、方圆可变的折叠餐桌带六把折叠椅。那间最小的房间是必须留给自己作书房的，这可是自己最在意的空间，于是骑车跑遍了临港的家私店，终于选到一款实用、实惠的书桌连书架的整体柜。但在往八楼搬的时候，可把家私店送货的工人折腾得够呛，辛苦得不轻。

大体上打理停当，郑晓悟便去求办公室主任林淦生派司机陈宝生开上单位的面包车，又叫上一室的几个兄弟帮忙，来到鲍萍萍单位的宿舍，把电视机、洗衣机、冰箱、锅碗瓢盆、衣物用品、书刊杂物和席梦思床垫等，一股脑清理打包，分两趟搬运去新房。好在楼下有几位绿化工人在种草栽树，便偷偷过去找到两个人商量，每人给他们十块钱，他俩便欢天喜地地把第一车运的那些电器、重物很快就搬上了八楼。否则，这几个文弱书生加上一位司机可是实在没有办法的。

完全彻底布置完毕，一眼看过去还真是有了家的模样，那种满足感，那种安定感，还有想象着萍萍母女俩回来欢聚新家的幸福感，即刻就在心中不住地荡漾。当晚，顾不上调好天线看电视，郑晓悟美美地坐在书房里，拧开那盏精心挑选的台灯，给爱妻还有尚未见面的宝贝女儿写信，详细汇报新家的情况，并述说自己这些天如何尽心策划，如何奔波辛苦，如何花小钱办大事，最后还认真地画了一幅新家平面图，详细注明主人房、父母房、书房、客厅、厨房、洗手间，以及阳台的位置和大门的朝向，装进信封显得厚厚重重的，要贴两张八分邮票才能寄出。虽然在妻子回南京待产和坐月子期间，郑晓悟每周都会给她写一封激情洋溢的信，述说思念，回忆美好，倾诉寂寞，期待相聚，关心她的身体，问候她的家人，祝福母子平安，但对鲍萍萍总共才回过两封信总是感到很失望。不过他也理解初为人母的她能回两封信已经很不错了。写好信，冲完凉，巡视一遍自己亲手布置的家，舒舒服服地躺了下来，很快就进入了甜蜜的梦乡。

黄宇坤和高志国自从来到研究所拜访郑晓悟，有了相互联系的方式之后，便差不多每个星期都会打个电话过来约见面，当然并非都是为了谈工作说事情，而纯粹是觉得三个人有缘相识，更愿相交，只是想约在一起吃吃饭、喝喝酒、聊聊天，且每次聚会必选两家在临港名气很大，一般人不敢问津的高档潮州菜酒楼，一家是"韩江潮都大酒楼"，一家是"鮀岛名都海鲜城"，而每次相请都是特色汤羹、名贵海鲜，多是郑晓悟在北京、天津以及来到广东之后，无论是公务宴请还是涉外宴会，未曾品尝过，或未见识过的东西，可谓大开眼界，也因此养成了"名馔只识潮州菜，佳肴仅认海鲜池"的饮食癖好。此前也听说潮汕老板喝洋酒是一种时尚，而黄宇坤尤爱 XO，每天无论应酬、在家或者在办公室，必饮，而对 VSOP 这档洋酒则不屑一顾。经不得黄宇坤婉言相劝，受不了高志国豪言忽悠，郑晓悟自此破戒，从 XO 开始识得烈酒滋味，虽然一喝就过敏，满脸起红斑，但每喝之后顿觉我心飞扬，举止豪放，于是体会到杜甫"宗之潇洒美少年，举觞白眼望青天，皎如玉树临风前"的意境和感觉，竟然从此养成了钟爱XO，犹喜在自己家晚餐之后斟上一杯，独自细品慢酌。大概是在三年之后，才第一次经人劝说喝下孔府家酒、水井坊，居然不能适应。

每次只要是三个人在一起聚会喝酒，黄宇坤和高志国就一定会做郑晓悟的工作，用各种理由和说法劝他离开政府部门，跟他们一起在远山公司闯出一番股票上市的事业天地。而郑晓悟志不在此，也就每每趁着酒劲敷衍一笑，支吾而过。当然，郑晓悟已经得知黄宇坤总经理是彭思远董事长的妹夫，更是从粤东一个小县城一路打拼出来的铁杆兄弟，所以有一次趁着黄宇坤被他老乡拉到另外一间包房去闹酒的间隙，就问高志国，远山公司的这帮创业高管在收购惠康并更名为"远山"之前，是在哪淘得的第一桶金？做什么生意完成的原始资本积累？高志国闪烁其词地说"不清楚，也说不清"。

得知郑晓悟把老婆送回老家生孩子去了，一个人待在临港无牵无挂，黄宇坤和高志国更加频繁地约他出去喝酒聊天。又听说郑晓悟分得了一套房子正在忙着布置，更因为经济能力有限，在到处打听哪里能买到便宜的空调或者是二手空调，黄宇坤就大度地说："就这点儿小事还要你这么操心？买什么空调啊？我送你几台就是了！"

"那可不行！这样很不好。"郑晓悟断然拒绝，觉得真的不合适。

高志国则无所谓地劝说道："嗨呀！我说郑晓悟同志，黄总送你的是几台二手空调，不要白不要，要了还帮我们减少麻烦。"

"是吗？这是这么回事？"郑晓悟疑惑地问道。

"是这样哈，我们收购的惠康公司，下属实体有一家经营客家菜的'惠康餐厅'，走的是大众化的路线，我们接手之后继续按原来的打法搞了一年多，不行，玩儿不下去。考虑到潮州菜在临港的餐饮市场越来越受欢迎，经彭董决定，停业更名，进行豪华装修，安装中央空调，重新打造成中高档的潮汕风味酒楼。从原来惠康餐厅拆下来了二十台窗式空调，有一些装到下面工厂的办公室去了，还有十台左右没有处理完，也没想到要拿出去卖，有人需要就送呗。"

"就是志国说的这个情况。你以为我会花钱给你买新的呀？想得美，哈哈。"黄宇坤调侃了一句，举杯扬脖吞下一大口XO，接着介绍道："我们正在装修的酒楼取名叫'思缘潮汕风味大酒楼'，借用的是彭思远董事长名字的谐音，装修方案都是我跟志国商量策划的，彭董过目同意的，很漂亮，很新潮。将来我们自己吃饭喝酒或者是搞接待，就可以在自己的大酒楼里解决了，你可以天天在那吃哈。"

高志国也说："就是嘛。以后我们就不必再到这些地方花钱了，自己的钱当然让自己公司赚噻，免得我们经常去'名都''潮都'吃饭，公司车队的那些司机师傅心里不平衡，就编顺口溜讽刺说'司机天天嘟嘟嘟，领导晚晚都都都'。"

黄宇坤把一直端在手中摇晃着的酒喝了一口，解释说："我们从第一次找你到现在，每次都会请教一些问题，从来没有向你付过咨询费，这几台就算是报酬吧，你也不用客气，没有什么不合适的。"

高志国对郑晓悟说："我看你明天就跟我去仓库挑选……"

"他是三房一厅，得挑四台。"黄宇坤插嘴道。

"对，得挑四台，到仓库先插上电，试试机。选好之后，我让酒楼的装修队直接给你送到家里安装好。"高志国干脆利索。

老婆孩子今天就要回来了。郑晓悟在家中激动得走来走去，抓耳挠腮，坐也不是，站也不是，检查了好几遍家具是否摆整齐了，床铺是否搞整洁了，看看电视天线是否调正常了，而且总听到门外有动静，几次跑去开门，外边空无一人。是啊，和萍萍有两个月没见面了，这可是结婚之后分开时间最长的一次，实在受不了啊！女儿出生后已经满月了，还不知道小家伙长得像爸爸呢还是像妈妈，乖不乖呀？但萍萍来信说是从南京乘飞机到广州白云机场，然后坐机场大巴直达临港的航空售票处，准确的时间没法把控，她们到了之后会"打的"回家，所以不要去接，在家静候即可。

想想自己居然当爸爸了，这爸爸应该怎么当才对呢？郑晓悟习惯性的午休都没有心思睡，中午下了一碗素面吃了，坐在客厅里痴痴想着这个问题，想一想就搓搓手傻笑起来。猛然想起，自己这样坐立不安，晃来晃去的，连开水都还没有烧呢，孩子回到家是要冲奶粉的。刚在厨房拧开煤气罐点着炉子烧开水，就真真切切地听到门外有敲门声，还有人说话的声音，便三步并着两步冲过去，猛地打开门，只见……只见萍萍产后更加漂亮了，光洁红润的脸庞泛着母性的光芒，又见……又见她怀中的褓褓中包裹着一个粉嫩可爱的婴儿，正瞪着明亮、美丽的大眼睛好奇地看着自己，这是……这是自己的女儿吗？郑晓悟出神地盯着女儿，恍然感到有些手足无措，甚至有些扭扭捏捏起来，想要抱又不敢抱，其实是不知道怎么抱。

"哎哟！这到了家还不让进门啊？我的妈呀！爬这么高的楼，累死啦！你赶紧把妈妈手里的东西接下来。"鲍萍萍娇嗔地怪罪道。

哎哟！真是的！这才看到岳母大人就站在后边，满脸是疲惫的笑。顿时醒过神来，赶紧闪开身让老婆孩子进屋，亲热地叫了声"妈，您辛苦了！"即刻接过东西请老人家进去，然后把放在地上的大行李包也拎了进来，不算太轻啊，于是就心疼地说道：

"哇！这么多东西，还这么重，你们这一路是怎么弄过来的呀？"说着赶紧从冰箱里拿出一支"美年达"橙汁，撬开瓶盖双手递给岳母，又打开一支萍萍爱喝的"沙示"饮料放在她旁边的茶几上。

"是哥哥嫂子送我们到机场办的托运，在广州白云机场转大巴的时候有一位先生挺热心的，帮了大忙。坐'的士'的时候倒是有师傅给拿上拿下，只是到了楼下往上拿的时候可就惨了，只能靠我妈，搬一层歇一歇。嗯，这房子倒还不错，就是楼层太高了。"萍萍抱着孩子坐在沙发上，一边扭头环视房间评价道，一边拿起饮料喝了几口。

"那你们到楼下也不喊一声？真是的。"郑晓悟埋怨道。

"哎呀！就怪我妈死要面子活受罪，不让我扬着脖子大喊，说有损形象，显得没教养。那就自己慢慢挪着搬吧。不过楼层这么高，喊了你也不一定能听见。"鲍萍萍说着，自然而然地解开衣服给孩子喂奶。郑晓悟哪见过这辣眼场景，不好意思地瞥了一眼，心就如同小鹿乱撞一般怦怦跳个不停，同时还情不自禁地咽了一下口水。

住在八楼的确是不方便，不要说是老年人，就是年轻人每天这么上下几趟也会觉得比较辛苦。临港正在加快开发扩张，但市政配套设施建设却跟不上，稍高一些的楼层，水压就上不去，尤其是新建的住宅小区，不是停电，就是停水，机关事务管理局已经通知说要在每栋楼顶加建水塔。这不，吃过晚饭，岳母和萍萍还没来得及冲凉呢，就停水了，跑到楼下一问，是用水高峰时间，四楼以上的水压上不来。郑晓悟只好拎着两只塑料桶到楼下浇花的水龙头处排队接水，拎了两趟，然后再把一大堆换洗衣服装在塑胶水桶里，骑车带到已经空无一人的办公楼，自己在公共洗手间里爽爽快快地冲好凉，甩开膀子洗好衣服。回到家里，辛苦折腾一天的老少三个早已入睡。

不用说，孩子回到家的第一件事肯定是商量取名报户口，而给小孩取名这件事的决定权也肯定是在家长尤其是父亲，如此一来，取名不仅仅是给孩子一个终生相伴相随的姓名符号，同时也是父母长辈们通过取名而希望给孩子的一生赋予美好的期许，而一个人姓名的确定，其在冥冥之中就给孩子与父母的关系，与家人的关系注入了生命的密码和难以言说的信息。按照鲍萍萍和妈妈在南京期间初步商议的名字是叫"郑雨萍"，其中有意包涵着一个"萍"字，小名也可以叫"萍萍"。郑晓悟虽然觉得这个名字不算太差，但隐隐感到有"雨中浮萍"难以安稳的意味，但他还是顺着她们母女俩的思路，建议叫"郑心雨"，既有温馨的画面感，也比较雅。"关键是，"他解释说，"妈妈的名字本来叫'萍萍'，当然就需要有雨水来浇灌滋润，那咱宝贝女儿就用心灵的春雨回报妈妈的养育之恩，是不是意境更好也很好听？"

岳母立刻点头赞许："嗯，还是晓悟有学问，这名字好！"

"嗨呀！郑晓悟！老实交代！"鲍萍萍却猛然半真半假地吼了一声，"什么时候背着我出去鬼混唱卡拉OK去了？是哪个妖精陪你去的？是不是每次都在一起深情地对唱《心雨》呀？看来对这首歌印象很深嘛，还拿来给我女儿取名。坦白！必须坦白！"

郑晓悟被鲍萍萍的跳跃性思维搞得一头雾水："什么卡拉OK？你在胡说什么？还什么妖精跟我对唱《心雨》。《心雨》是什么歌呀？"

鲍萍萍真有些生气了："装！郑晓悟你就会装！真虚伪！我们出去逛街你还跟着商店的音响唱过呢。"说着就提示性地哼唱，"我的思念是不可触摸的网，我的思念不再是决堤的海。为什么总在那些飘雨的日子，深深地把你想起……就这，你……还说你不知道。哼！"

"噢？这个歌名就是《心雨》呀？很好听啊！天天听到街上到处在放就听会了，但我确实不晓得它的歌名。现在听到的好多流行歌曲我也会哼几句，但就是不知道歌名是啥。再就是我真的告诉你哈，我知道临港现在开了很多什么夜总会啊，歌舞厅啊，的士高CLUB之类的，但我不知道那里面有什么东西，从来不敢进去，也没想到要进去，不感兴趣，所以从没跟人去过卡拉OK。"

鲍萍萍似信非信地盯着郑晓悟。岳母则根据她到临港这段时间所观察到的女婿每天两点一线的生活规律，也非常肯定地劝解女儿说："晓悟不会是你想的那样，莫要自己在那瞎猜忌啦。本来是好好地在商量给我们宝贝取名的事，哎哟，又被你扯到别处去啦。"

确如人们所说：家有一老，如有一宝。岳母本人其实并不老，是属于提前办了退休手续离开上海，特地跟随女儿到临港来照顾刚刚出生的外孙女，照顾女儿、女婿的这个家。所以，郑晓悟对于岳母的到来确实如获至宝，不仅是因为宝宝有她老人家专心照看，日常生活也有她老人家规划安排，而且一日三餐都有她们母女俩共同打理，无须自己操心，真正有了家庭的热闹氛围，真正有了过日子的安逸感觉。忙完单位的事回到家里，郑晓悟完全就是个"甩手掌柜"，每每开心地把宝贝女儿抱一抱、逗一逗、亲一亲，满足地吃上现成的饭菜，更多时间就是待在书房这个自己的天地里，安静地读读书，专心地写写文章，或者呆呆地盯着窗外远处的笔架山发呆、构思、冥想。

郑晓悟对于岳母的感恩戴德，不仅仅是因为她老人家退休过来为自己照看孩子，照顾这个家，减轻了自己作为家务"菜鸟"的负担，更重要的是，他有一个基本的"信念"，就是人家把自己的女儿都托付给你了，你还有什么理由不感激，不感恩的呢？同时也因为自己单身的孤独经历，以及这两个月只会清水煮面条、白水煮鸡蛋的亲身感受，郑晓悟还形成了一个朴素的"原则"，那就是对于每天给自己做饭的妻子和岳母必须感恩！无论其做出来的饭菜是好是坏，是咸是淡，是否可口，那都是自己的福气！只要是食物，就没有什么不可以入口下咽的，这一顿没能狼吞虎咽，大快朵颐，还有下一顿嘛。所以，绝不会因为饭菜问题挑三拣四，更不会为此不高兴甚至发火。自己不做，而且不会做，那就应当尊重人家的劳动！这是本身虽然性子急、爱对外人发脾气的郑晓悟坚守了一生的原则。

"妈！妈！这又是你干的好事？是不是？我这么好的衣服，是你丢到洗衣机里洗的吗？"刚下班回家，进房间放手提包的鲍萍萍大叫一声，拎着一条裙子从卧室冲了出来，对着在厨房炒菜的母亲就吼了起来。抱着心雨在客厅看电视的郑晓悟和小心雨都被吓了一跳。

手拿锅铲的岳母一脸困惑地走过来说："是呀，我看你换下来是要洗的嘛，就放到洗衣机洗了。洗的不对吗？"

"我这衣服是牌子货，不能用洗衣机洗你晓不晓得？只能手洗！只能手洗！懂不懂？谁让你多事了？你看这都皱成什么样子了，唵？"把手里的裙子抖抖，完全是训斥的口气。

"嗨哟，这是多大的事呀？你又没有告诉我说要手洗。"岳母仔细看了看她手里的裙子，"我看这也不是很皱嘛，等会儿我用蒸汽熨斗给你熨熨好就行了。这丫头。"

"你去熨？这衣服你会熨吗？还不晓得会把我这裙子糟蹋成啥样子了呢。这裙子我不要了，看到就恶心。"说着就把手中的裙子恶狠狠地摔在地上。小心雨被妈妈的言语举动吓得哇哇大哭。

郑晓悟觉得萍萍这个样子对待自己的母亲非常不好，更何况岳母又要带心雨，又要做饭，这样辛苦，这么尽心，又这么能干，自己佩服、敬重都来不及呢，做子女的怎么能够这样对待长辈呢？而且还发现萍萍最近经常会莫名其妙地为母亲做的饭菜不合口味而摔筷子生气，或者毫无来由地对母亲乱发脾气而出言不逊，于是便会在实在听不下去的时候出声制止，或者把她拉到房间指出她的不妥和不当。但她却满不在乎，或者虽然觉得有道理，此后依然故我。而岳母呢，有时候反而会为女儿打圆场，解释说萍萍打小就被娇纵惯了，家里人，包括老家的亲戚都一味让着她，大家都习惯了，没事儿。或者悄悄跟女婿说，萍萍这可能是产后忧郁症。

鲍萍萍倒是一直很体贴地关心着丈夫，郑晓悟下班回家一进门，她必然会问"饿了吗"？她知道他非常疼爱宝贝女儿，一回到家就会抱一抱、亲一亲、逗一逗，并会在周末幸福爆棚地带着女儿、伴着家人去公园玩。她也知道他很爱自己亲手打造起来的这个家，一下班就回家，一脸满足地陪着家人聊天、看电视，然后进书房，除了单位偶尔加班，除了黄宇坤和高志国相约，几乎哪里也不去，也没有什么应酬。她当然也不怪他从不干家务、菜场也不愿去，甚至连厨房也不进，有时候妈妈还要帮他盛饭。她知道他不会干也不愿干，却并不勉强。但她逐渐对郑晓悟不耐烦、不满意，是从"钱"开始的，她不断有意无意地聊到她在外商投资服务协会迎来送往中，每天都会遇到有钱有到不可思议的大老板，时时都会接触发财发到难以置信的投资人，而从他们上报的材料来看，很多人却是学历没有什么学历，背景没有什么背景，但他们到哪儿都是前呼后拥，到哪儿都是令人羡慕。话里话外似乎在提醒郑晓悟，不要总对什么科级啊处级啊这些不赚钱的虚差事太感兴趣，不能老整什么写书啊发表论文啊这些挣不了几个稿费的虚头巴脑的东西。

鲍萍萍在女儿满周岁之前的哺乳期内，每天的上午和下午都要间中抽空骑车赶回家给孩子喂奶，但分内的工作丝毫没有受到影响，甚至显得更加干练、利索、出色，因而这段时间反而不断有外商投资企业给她所在的科室送锦旗，向协会甚至报社投感谢信，也因此在女儿一周岁生日刚过，她就被提拔为日资服务部三科的副科长。提拔后的鲍萍萍显得更加自信，因而工作上也变得更加忙碌，按规定不再需要上午和下午必须赶回家奶孩子了，随之很快也就给孩子断了奶，于是中午饭也就很少回家吃了，而且晚上的加班也越来越频繁，总是说外商老板请协会领导或者是所在日资服务部的领导吃饭，要陪。领导安排应酬也算是工作需要吧，只不过这越来越晚地回家，令郑晓悟觉得难以理解，他在协助岳母哄女儿入睡之后，会一直待在书房里看书或者写文章，等着爱妻归来。只要一听到门外开锁的声音，他就会立马起身迎过去，并一定会心疼地埋怨"怎么又回来得这么晚呢？""有什么事情一定要搞到这么晚才能回家呀？"每每满身酒气的妻子有时会讲讲事情经过和吃饭趣闻，但更多的时候则只是疲倦地简单应一声："唉！没办法。"

此时，临港的对外开放如火如荼，内地的国企改革也风起云涌。

星期六下午下班刚到楼下，郑晓悟意外地碰见准时回家的妻子，俩人放好单车，手拉手恩恩爱爱地上楼回家。一进门，就见岳母一边抱哄着心雨在客厅兜圈，一边心情沉重地唉声叹气。萍萍还以为是孩子不听话，闹腾，惹妈妈心烦了，赶紧上去要把心雨抱过来。岳母摇摇头，扭头示意茶几上和报纸放在一起的一封信，已经拆开。

萍萍过去拿起信，坐在沙发上看，看着看着也皱起了眉头。然后递给了郑晓悟，母女俩用上海话你一句我一句地议论起来。

原来，萍萍的哥哥和嫂子分别工作的机械厂和纺织厂，也跟随着国企改革大潮改制裁员，其哥嫂虽为厂里的干部，但却都在被精简裁员之列，只得到了一笔规定的买断工龄的补贴，两口子都还年轻，往后得自谋生路，还要抚养孩子，负担不轻，压力很大。所以来信通报生活发生的"巨变"，也是来诉苦讨主意的。不过萍萍的哥哥在信中也透露了一个信息，说是他中学时期的铁哥们儿同学很有预见性，半年多前从国企"下海"，自己创办了一家"石油商贸公司"，听说他"下岗"之后，诚邀其一起创业发展，而他觉得自己只是在国营机械厂干过行政工作，没有一技之长，怕去了给同学添乱增加负担。

岳母还在怨气难消地骂道："哼！不是你那个见色忘义的负心鬼爸爸搞出那出恶心人的'叛逃'事件，哪里会有这些事情？哪里有人敢叫你哥哥嫂嫂下岗啦？也不至于害得你从大上海跑到这个南方小城市来的啦！"可能忽然意识到女婿就在旁边，最后这句话似乎有些不妥，便随即补了一句，"好在你还找了这么好的一个女婿。"

萍萍好像并没有听她妈妈在唠叨些什么，只是呆呆地盯住某处在想着什么，突然对郑晓悟说："欸？你说我哥到他同学的石油公司不是正好嘛？我们正好可以利用咱们原来在天津单位的资源帮到他的。不过，我当时只是对外合作中心的小翻译，还真的需要你出面帮助他才行的啦，你跟我们公司的大领导关系都不错，而且都说得上话，特别是钟总，还有调到石油天然气销售总公司的张总，你只给牵个线搭个桥，那比他们没有门路地摸索生意渠道要强一百倍你说是吧？对！我看这一招就能让我哥在他同学的公司立大功。"

郑晓悟觉得萍萍的脑袋瓜子反应真快，提出的这个思路不错，可以试一试，而且在这个时候帮帮大舅哥也是应该的。

岳母一听，也顾不上骂她那个死鬼前夫了，眉开眼笑地把心雨递给萍萍，说："饭也焖好了，汤也煲好了，红烧肉下午就烧得烂烂的，我再把鱼蒸上，炒个小菜就吃饭啦。吃完饭你马上给你哥写封信。"又对女婿说："晓悟你先休息看电视，饭马上就好。"

大舅哥鲍满满以最快的速度回信，特别感谢妹夫，并转达了他的同学老板朱政的意思：一是希望能尽快安排时间去天津和北京拜见领导，一切费用由公司承担。二是牵线成功一定会有重谢。

郑晓悟随之与天津的钟总和北京的张总进行了电话联系。

吴振东所长这几天去省里开会，郑晓悟便找副所长蔡正光请假，并如实向他报告说要回一趟原单位找找关系，为下岗的大舅哥谋生创业牵线搭桥。蔡正光本身的性格比较优柔寡断，平常的工作也是瞻前顾后，一听说这来来去去需要请四天假，便迟疑了好半天才吞吞吐吐地建议郑晓悟等吴所长开会回来后找他请假。

郑晓悟因为已经跟各方都定好了时间，解释道："蔡所长，最近我们没有接到市政府安排的什么新任务，我这边的工作计划也都一一落实了，离开三四天不会受影响，正好可以利用这个空当。而您就是分管我们一室的，我找您请假是最直接的了。况且这事也比较急，又是求人的事，已经跟北京、天津的几位领导都约好了。"

蔡正光温和地笑笑，似乎欲言又止，最后犹豫不决地说："呵呵，即使没有什么大的工作任务嘛也不好请这么长时间的假嘛，嗯……你这个……你这个……是这样的，你的副处，还有冼耀民、林卓然两个人的正科，都刚上报到市人事局，你这个时候请假离开，而且是为了私事，好像不太合适是吧？唵？你想想看。"

噢？居然有这么一个天大的好消息？郑晓悟觉得蔡所长提醒得有道理，在这个关键时刻，即使天天在办公室没事干，喝茶看报聊聊闲话，也不能离开单位半步，要守着候着，直到任命文件下达。于是便回家和萍萍商量可否等一等，帮忙拉关系也不急在这一时嘛。

鲍萍萍这些天一直都在为哥哥的事操心、着急，她的意见是，既然都已经联系好了，钟总和张总也都正好有时间满口答应接见，那就应该赶紧趁热打铁，一鼓作气把事情办了，否则，不仅钟总和张总会对你郑晓悟有看法，朱老板也会对哥哥有看法，怀疑我们说大话。再者，副处的上报程序都走完了，只是等着市里按部就班地审批、下文件，跟你人在不在，请假不请假，一点儿关系都没有，更何况就你郑晓悟的业绩和能耐，这副处它也跑不了。"哎呀，不过要我说呀，这提不提副处其实也没有什么大不了的！

值不了几个钱，说不定还把你捆死了动不了了哩。现在社会上包括我们那些同事，谁还会关心你是什么级别？个个都是羡慕谁谁谁现在是什么身价晓得吧。"

郑晓悟终于明白自己期盼的提级升职的想法已经很落伍了，自己满足的安贫乐道的生活已经和社会脱节了，自己追求的目标价值和妻子的价值观是大相径庭的。心里顿时有些惭愧。虽然岳母大人并没有催问自己，也没有说什么，但看得出她老人家内心的焦急。于是就义无反顾地当即下楼骑车赶到邮电局，给大舅哥鲍满满发电报确定先到天津碰面的时间，并于次日再次找到蔡正光，直接"通报式"地请假说，已经买好当晚赴天津的火车票，最多就是四天时间，一定按时返回。完全没有把蔡副所长满脸愠色放在心上。

第十二章　擅离职守

　　此次天津和北京之行都异常地顺利。

　　郑晓悟完全是以访客身份，而且是以业务合作事由回到天津的。滨海津港一带的自然环境和设施建筑基本上还是老样子，但入住的原津港海洋石油公司招待所现在改称"津港客舍"，里里外外都重新按正规酒店的样式进行了装修，有不少外国专家长期在客舍包房，内部设施和服务水平都有很大提高，尤其房间里的整体卫生间据说是从日本进口的，给郑晓悟和随行的鲍满满、朱政以非常新奇的感觉。

　　钟晓山总经理对朱老板的业务来访很重视，与事先安排好的相关部门负责人热情接待了郑晓悟一行三人。市场开发部经理此前和曾在对外合作中心工作的郑晓悟有过公事往来，其他两位部门的负责人也对郑晓悟有所耳闻，因而，会见座谈的气氛很自在、松快。对于朱老板所汇报的自身的经营思路、未来的发展设想、期待的合作愿望，以及他在南京及其周边地区拥有的社会资源、土地资源和潜在的市场份额等有利条件，使津港海洋石油公司这一方都很感兴趣。

在认真仔细地听取了朱政的全面介绍和此行目的之后，钟总说："目前改革开放形势从国家层面一是提出了'两头在外，大进大出'的国际开放格局，二是明确提出要逐步建立'国家调节市场，市场引导企业'的社会主义市场化机制。我们虽然是作为资源开发型的大型央企，旱涝保收，但也要与时俱进，与时同行，而且时不我待，所以我们最近也正在考虑，如何更好地牢牢抓住这个契机，充分利用这一时机，扩大国内市场份额，拓展各省地方商机，疏通油品流通渠道，实施多元化的发展战略，我们也同样希望跟各地有实力的企业家开展多方面的合作，尤其是打开南方市场。说句实在话，东南沿海一带的几个重要省份是我们比较看重的地方。朱总介绍的情况很是振奋人心，也很符合我们的国内市场发展战略，我们打算近期派个考察小组到江苏、广东实地调研，甚至可以现场办公敲定合作项目。"

座谈临近尾声，津港海洋石油的几位经理和朱政开始了自由式沟通，探讨合作细节。钟总走过来坐到郑晓悟身旁，关切地询问他和鲍萍萍在临港发展得如何，最后问他在广州、深圳或者临港有没有看到建筑外立面新潮的帆船造型的大厦？因为公司计划建造一栋新的办公大楼，要跟渤海湾的环境相衬，要跟本行业的背景相称，要体现时代感和现代化，一定要避免方方正正灰土土的传统建筑感观。

郑晓悟告诉钟总，在深圳好像有这种建筑风格的大厦，欢迎他前往深圳实地考察、观摩，自己和鲍萍萍届时将专程赶到深圳接待。

到了北京见到张楚阳总经理更不消说，他主持筹建的石油天然气销售总公司，本身并非勘探开发之生产企业，成立公司的目的很明确，主业就是搭建各种平台来促进石油天然气商品销售，任务就是利用各地关系拓宽石油天然气流通渠道，诚如钟总所言，南方省份城市同样是张总关注发展的重点区域，要大刀阔斧地先在国内市场撒网，比如已经在面对海珠大桥的广州宾馆设立了办事处，正在着手筹建华南销售分公司。同时颇具海外市场眼光的是，张总已准备向香港派出工作小组，筹建石油天然气总公司香港代表处，代表处主任选定的是津港海洋石油公司对外合作中心的开发合作处处长侯杰。那么，对于江苏这么一个富裕地区，左右可以辐射长江南北，上下可以贯通武汉、上海，而且又是由自己颇为认可的郑晓悟牵线介绍，鲍萍萍又曾是对外合作中心的日语翻译，所以，张总用他那湖北荆州口音的普通话对鲍满满说："那有什么说的哩，你这说起来都还是海油的家属呦。晓悟同志这是不忘老感情嘞，继续在为我们海油系统作贡献嘛。"

所以，张楚阳安排了几个部门的负责人与朱政谈得更深，议得更细。朱政也根据需要和规矩，不断让公司从南京及时往北京传真所需的资料、证照，并在当天下午就签订了合作意向书。

一方面是为了祝贺双方合作的初步成功，同时也是为了招待自己曾经的部下郑晓悟，张楚阳偕几位中层干部，当晚在王府井的全聚德烤鸭店宴请三位。这些北京人始料不及的是，江苏小绵羊的酒胆和酒量令他们大开眼界。朱政的确没想到，这是自己公司拉上的级别最高的客户关系，也是签订的最大单的一笔生意，而且是长久有保障的生意。鲍满满借妹夫之光，当然是旗开得胜，里子面子都挣到手了，朱政当场决定回去就开会任命鲍满满为公司的业务副总经理。所以，这两个人在晚宴上兴奋得无法自抑，敬了这位敬那位，感激不尽；彼此之间也敬个不停，互相吹捧。居然第一次喝二锅头就喝到了极致。

朱老板已经提前为郑晓悟订好了星期天下午由北京始发的特快列车的软卧票，这样可以美美地睡上一晚，如果不晚点，周一早晨即可回到临港，不影响准时销假上班。鲍满满是第一次来北京，还想和朱老板再待两天，到天安门、王府井、故宫、天坛、颐和园、什刹海，甚至十三陵去玩一圈，而且还念叨着"不到长城非好汉”。

郑晓悟实在没时间陪大舅哥在北京转转，他原本想趁着这次来北京的机会逐个拜访父亲的几位老同事，但日程安排得太满，没顾上，只剩下今天大半天时间了，却又是星期天，石油部机关不上班，见不到人。曹伯伯现在在搞房地产开发，有可能待在项目工地上，不一定在家，而且他家住得比较远。想来想去，还是去石油学院家属楼的高飞叔叔家比较稳妥。细心周到的朱政特意为郑晓悟买了烟、酒、特产作为登门拜访的礼物。郑晓悟呢，压根儿也没有想到要去看看来到北京的吕菁华，虽然既没有怨，也没有恨，但他既不想寻无趣，也不想找无聊，更不想生出无端，往事不可追，覆水难回收，他想到了李商隐的诗句“此情可待成追忆，只是当时已惘然”，还想到了司马光的一句词“相见争如不见，有情何似无情”，更是想到了欧阳修的“今年花胜去年红，可惜明年花更好”。不必强求最终并不属于自己的东西包括感情，各人自有各人的追求，各人将有各人的安好。

进入老石油学院校园，郑晓悟熟门熟路。

在政法学院任书记的高飞叔叔和在高校当会计的张阿姨果然周末在家，高旭和高辰姐弟俩却不在。老两口对于郑晓悟的突然到访甚是意外和高兴，温良贤淑而又能干的张阿姨整出了几盘集江南风味与北方风格于一体的拿手菜。能有人在周末陪着聊天、吃饭，高叔叔兴致很高，拿出老家的衡水老白干要郑晓悟陪他尽兴：“呵呵，你爸爸和你妈妈上次回北京，在我这儿住了几天，又去曹兴旺那儿住了几天。没想到你妈妈的酒量依然是不错呀，她很喜欢我老家的这个酒啊，中午和晚上都要喝两杯。哈哈。”

郑晓悟一闻这倒出来的酒味异常浓烈，拿过酒瓶一看，居然有六十多度，吓得赶紧解释自己刚学会喝酒，而且喝的还是外国的白兰地，才四十度，这个酒真不敢碰。张阿姨心疼地阻止，专给晓悟开了一支通化红葡萄酒倒上。嗯，甜，好喝！

吃喝间，聊到了南方的风土人情、社会风气和沿海的发展，张阿姨突然问起郑晓悟，广东的几个沿海城市是不是有暗娼现象？郑晓悟闻所未闻，便断然反驳道："这是污蔑！"

高飞和老伴对视一眼，流露出不相信的神色，随之取出一支烟似乎不经意地递给郑晓悟，郑晓悟赶紧摆手说不会抽烟，他说："学会了就抽哈，在高叔叔这儿不用客气。"说完，自己点上了一支。郑晓悟感觉到了一种试探，试探自己到南方是不是学坏了，不诚实了。

高飞喷出一口烟，呷了一口老白干，说道："我们学院有一位年纪不算年轻的女教授，前不久到你们临港出差，住在火车站附近的什么宾馆，夜里竟然有人打电话问她要不要陪，吓得她一晚上都没睡。回北京后就很气愤地跟我这个党委书记说了这事，说是乱得很。"

郑晓悟的确是第一次听人跟他说临港有这些个乱七八糟的事情，第一次亲耳听到自己的亲友评价说临港乱得很。

列车于清晨到达临港。郑晓悟马不停蹄地往家里赶，顾不上向岳母和妻子详细汇报事情的经过，只是匆匆忙忙告知已经办成的结果，吃了几口早餐就骑车赶往单位上班销假。在办公楼下的单车棚里遇到也在停放单车的林卓然，便赶紧询问，自己离开的这几天，所里有没有给咱们一室安排什么紧急任务？有没有影响什么工作？

林卓然回了一句："啥事儿也没有，影响啥？"随即凑过来悄声说："不过我告诉你呀，那天我到老蔡那儿送一份材料，刚走到他办公室门口，就听见冼耀民在里面'教训'蔡副所长呢，我不便贸然进去，只好站在走廊的门外等着。"

"冼耀民教训蔡所长？他凭什么？"

"嘿嘿，凭什么？他那个腔调就像是老蔡的上级，阴阳怪气地说，'老蔡呀，不是我批评你呀，你们两位所领导对那个郑晓悟也太放纵了吧，过于重用提拔他，分房也分给他最好的，导致他嚣张到眼里根本没有你们这些领导，你不准假，他照样外出。至于你们说他有才有贡献，那我就说说我的真实观点吧，那是他这个人爱出风头爱显摆，捞取的是个人好处，你敢说他发表的那些论文，出版的什么专著，不是利用在咱们所工作期间完成的？有署你的名吗？有署我的名吗？唵？你们还到处宣传他。搞错了啊老蔡同志！所以，如果所里对郑晓悟这次不辞而别，严重违反组织纪律的行为不作出严肃处理，我会在办公会议上提，在党小组会上提。'你听听，怎么样？厉害吧？"

"蔡所长没有向他解释我并不是没有请假吗？"

"老蔡是跟他解释了，说你并不是不辞而别，而他也不是不准你的假，只是说缓两天，等吴所长开会回来向吴所长请假比较好。但冼耀民反驳说，作为一个处室的负责人，未准假而擅自外出，这个性质是严重的，必须严肃处理，并且说不但要等吴所长回来提出这个建议，还要向市委组织部反映。你可要小心哦。"林卓然提醒郑晓悟。

郑晓悟心情烦乱地进到办公室，桌面上放着市政府每月一份下发的学习简报，还有一封信，从信封上的字迹认出是邝萌的来信。

倒了一杯白开水坐下来，对面办公桌的林卓然探身递过来一份会议通知，蔡正光在上面签批指定郑晓悟、林卓然参加。这是省政府有关部门组织的一次外商投资政策座谈会，时间是下周，会期两天，提前一天报到，会议地址在白云宾馆，除中午和晚上的工作餐，差旅费由各单位自理。看完会议通知，还没有来得及翻翻学习简报，就看到平常总是眉开眼笑的林主任又是一脸严肃地走了进来，通知郑晓悟去吴所长办公室。对面的林卓然闪了一个"不出所料"的眼神。

走出办公室，在走廊迎面就碰上了那位习惯性微微哈着背，抬头纹很重的冼耀民，他笑容满面地跟郑晓悟打招呼："哟，晓悟同志终于回来啦？事情办得还顺利吗？辛苦辛苦。"

郑晓悟随口应道："谢谢谢谢。"走出几步，本能地扭头去看冼耀民，刚好要进洗手间的冼耀民也回头而望，脸上是幸灾乐祸的笑意。

果然不出所料，吴振东大发雷霆，严厉斥责郑晓悟不尊重领导，不听从劝告，不遵守规章制度，不服从组织纪律，不经批假而强行离岗外出，是自由散漫的行为，是自我膨胀的表现，尤其是在当前处级干部审查期间，入党申请考察期间，居然犯这样的低级错误，授人于柄，更是典型的政治上不成熟，行为上不稳重的极端幼稚。郑晓悟低着头听着，但认为吴所长的指责太过严苛，言语太过严厉，感情上不能接受，但还是实事求是地坦承了事情的突如其来，请假的来龙去脉，以及无法推脱的家庭义务感，当然也在口头上承认了自己组织性欠缺，检讨了自己纪律性不强。但吴振东最后还是要求郑晓悟写出书面检讨。对此，郑晓悟的内心相当抵触，一方面觉得写检讨面子上过不去，二是认为这个检讨书将是自己有据可查的污点，如果放进档案里，将会跟随自己一生。所以决定不写，拖。

忽然收到了发小邝萌从武汉的来信，信里说通过这几年对于郑晓悟在通信中总是充满激情的感受，也通过这些年对于沿海改革开放和城乡飞速发展的了解，他觉得继续在武汉和父母待在一个厂里也就是那么回事了，而在工厂夜校做个中文老师一直这么做下去也只能是那个样了，所以很不甘心，想趁着还年轻，打算步郑晓悟的后尘，也到沿海地区去闯一番新天地。没想到他母亲对于他欲到广东自己的故乡去发展的想法甚为高兴，设想自己将来退休后，可以随儿子回老家颐养天年，于是就给惠州老家的亲戚写信，请他们届时多加关照。他父亲呢，本来就是个开放包容、随和大度、适应性强的人，而且也从没想到在老了之后所谓落叶归根，要返回汉宜孟营家乡，因此也很支持。尤其是妻子赵佳，可能是受到海子诗句的蛊惑，总是憧憬着"面朝大海，春暖花开"的生活，早就在动南下的脑筋了。所以，他已经决定于近期先到惠州，拜见母亲的族人和亲戚，然后再到临港和老朋友会面，听取建议，寻找机会，打个前站，最终希望能成功地在广东这片改革开放的热土上扎下根来。

郑晓悟对于邝萌下决心离开安乐窝，南下闯世界寻找发展机会的举动异常激动，这不仅仅是因为发小老友之间以后继续有更多的交往、交流、交心的机会，而是感觉到越来越多的人在顺应这个伟大时代，人们的人生观、社会观、价值观都在获得不同程度的飞跃。所以他一回到家就很兴奋地把这个消息告诉了萍萍，并且商量着把书房整理一下，买个折叠床让邝萌就在书房里住下来，同时还商量着看看邝萌本人来了之后有什么想法，以便到时给他推荐介绍什么单位。

郑晓悟和林卓然于省外商投资政策座谈会的前一天下午坐火车到达广州，按照额定的差旅费标准，办公室林主任让人联系的是位于环市东路的"南粤酒店"，距同样位于环市东路的白云宾馆也就两站路的距离，乘公共汽车或者步行都不远，方便。

手持单位介绍信办理好入住手续，俩人进到房间放好行李，斜靠在各自的床铺上边看电视边闲扯，欲休息片刻，慢慢逛逛街走去白云宾馆报到，然后就在那吃完工作晚餐之后去转转广州的夜市。

正有一句没一句地聊着呢，突然，床头柜上的电话铃声响起，郑晓悟疑惑地拿起听筒："喂？请问哪位？"

"先生，请问要不要做生意？"一个女性甜腻腻的声音。

"做生意？"郑晓悟疑惑地回问了一句，又疑惑地抬头询问似地看了看林卓然，林卓然似乎被这番对话吸引住了，兴趣盎然地盯着电话。"做什么生意？"郑晓悟莫名其妙地追问了一句。

电话里的女子回答了一句郑晓悟完全听不明白的像是暗语，用的也是郑晓悟完全听不懂的像是黑话。

"你说什么？"郑晓悟语气茫然地回应。

"哎呀！你知道是干什么啦，还装！讨厌！"电话里传出女子娇嗔的声音。

完全没有闹明白是怎么一回事的郑晓悟，被这女子的说法搞得有些生气，义正词严地回复道："我们是市政府的干部，不会做生意。"

侧耳倾听的林卓然已经整明白是怎么回事了，看到郑晓悟一本正经生气的样子，自顾自地捶胸顿足，龇牙咧嘴，拍床打被，乐不可支。郑晓悟感觉到蹊跷，很恼火地压下电话，斥问："你搞什么搞？"

林卓然一时笑到还平复不下来，用双手顺自己胸口不断往下捋了捋，顺了顺，才像是上气不接下气地笑道："哎哟，老郑……老郑，你……你是真不知道还是假不知道啊？这个女的就是那种……那种……干那个事的……知道了吧？嗯？"说完，还眨巴着眼睛并把下颏往下点两点，意思是"你总该懂了吧？"

郑晓悟心里"咯噔"一下，不可能不明白是咋回事了，而且亲自遇上了。但他还是不甘心地问："现在真有这种女的？"

林卓然点点头："还不少。"

"我们临港也有？"

"是有啊。"林卓然肯定地回答，觉得他少见多怪。

郑晓悟立刻回想到前不久在高飞叔叔家里吃饭时，高叔叔和张阿姨对他就这种社会现象予以断然否定地回答，所流露出来的完全不信任的表情，看来是认为自己在有意遮掩，甚至是心里有鬼。

邝萌是在星期六的下午直接找到了郑晓悟的办公室。郑晓悟虽然从信中已经知道邝萌近日会来临港，但猛然间看到几年没见的发小笑容可掬地突然出现在自己的办公室门口，恍然间依然有一种难以置信的感觉，他几乎是愣住了并忘记了打招呼，然后又怕是个稍纵即逝的梦境，站起来迎到门口抓住他的膀子才似乎确认了真实性，兴奋地说了一句："哎呀，哈哈！果然过来了。"

有很多话要说，有很多事要讲，办公室肯定不方便，好在没什么事情要处理，手忙脚乱地收拾收拾办公桌，和办公室的同事打个招呼，下楼取了单车，载着邝萌回家去。

岳母和萍萍，这些年总是听到郑晓悟跟她们聊到邝萌，可以说算是熟人了，只是没见过面，对于邝萌的到来当然是非常欢迎，热情接待，岳母更是以上海人的精细，把书房里的床铺布置得整洁舒适。而此前对吕菁华相当熟悉的邝萌呢，也从郑晓悟多次写信描述中，早已获知鲍萍萍形似、神似亦即各方面都酷似吕菁华的资料信息，一见之下，言之不虚。所以，虽然仍有惊讶之意，但彼此并没有陌生感。

当晚，兴奋无比的两兄弟有聊不完的话，先是在客厅，后来到书房，天南海北，古往今来，聊到大半夜。

次日是星期天，一家人专程安排陪着邝萌去海边踏浪追风，品尝海鲜。天空中是悠然漂浮的白云，大海上是欢鸣翱翔的海鸥，浩浩海潮涌动，蕴藏着巨大能量；层层海浪追逐，显示着无尽活力。这里是上沙涌海滩，较之前面再绕个山嘴过去的下沙涌海滩，离市区更近一些，人也更多一些，各种卖饮料、百货的商店，各色租泳衣、泳圈的摊位，把这处海滨渲染得五色斑斓，五彩缤纷；操着各地口音的叽叽喳喳的欢笑声，身着各款泳装的花花绿绿的年轻人，把这片海滩衬托得意兴盎然，气氛喧腾。《大海啊，故乡》那优美的歌声和悠扬的电子乐伴奏，与欢乐海岸交相辉映，成为海边度假的背景音乐。

郑晓悟交代萍萍和岳母带着心雨去戏水玩沙，自己则同邝萌俩人赤着双脚，挽起裤腿，踏着浪花，听着海风，慢慢走，细细聊。毫无疑问，今天能够梦幻般地在这个南海之滨相聚相叙，的确是想都不敢想的事啊，不，是再丰富的想象力也不可能想象得到的事啊。两人不由得感慨万千，两人禁不住唏嘘感叹，当然，两人也都自然而然地想起多年前郑晓悟刚到武汉上大学时，在警校晚饭之后，郑晓悟和孟向阳、邝萌三人一起，漫步在汉江与长江交汇的汉水之畔，也曾异口同声地说真是如同做梦一般，不停地感慨时空的转变，不住地唏嘘身份的变幻。今天又何尝不是呢？

邝萌动情地说："记得我当时真是仰望星空，满怀感恩地跟你和向阳说，我们算是有福气的一代人了，我们有幸赶上了一个伟大的时代！"言罢，仰头凝望蓝蓝的海空，深深地吸了一口气，然后极目向大海深处望去，定定地注视着海平面的尽头一艘正在航行的巨轮，好像在想象巨轮驶向的太平洋何等辽远无垠。

郑晓悟顺着他的眼光看过去，也深有感触地说："我们在武汉充满激情和理想的那几年，这个伟大时代的中国航船正在预热引擎，拨正航向。难道你没有发现，我们的国家现在就像那艘远洋巨轮一样，其实才刚刚启航吗？前面会是更宽阔的航程，更辽阔的海洋。"

邝萌收回目光，点点头："我这次南方之行一路走过来，有个最大的感受就是，我们整个国家的发展形势就像这大海的浪潮一样，正一浪一浪地拍打着内地，一波一波地冲击着内地，而沿海地区呢，却一刻也没有停步，还在不断探索，持续发力。所以，我在想啊晓悟，你真的是很有眼光啊！高考，你考了一个热门专业；跳槽，你跳到一片改革热土。我想我不能再浪费青春了，跟着你后面走总不会有错吧？所以我毅然决然地决定到南方来，而且绝不能半途而废。"

邝萌是个很有想法的人，他不想一来就麻烦郑晓悟两口子帮他找个什么单位去上班，他想自己先去试一试，找一找，一方面是要更深入地了解临港，瞅瞅到底有什么机会。另一方面也是想更真实地认识自我，看看到底能干些什么。郑晓悟理解他，当然也就不勉强，只是把自己的单车借给了他，让他每天骑着随便去跑单位，随意去碰运气，只是到点回来吃饭、睡觉就行。

一个星期过去了，开始是充满自信，后来是低调理性，最后是垂头丧气，总之一直没有结果。

这天晚餐的饭菜已经摆上桌，邝萌并没有在往常的那个时间点回来，鲍萍萍和郑晓悟猜测他是不是找工作有希望了。随着敲门声，邝萌显得有些狼狈地走进门来，见到郑晓悟就说："晓悟，不好意思！真的很不好意思！你的自行车被我搞丢了。我到白沙工业区去应聘行政文员，没谈妥，转身出来，发现车就没了。我到处去找，见到墨绿色的'五羊'自行车就拿车钥匙捅进去试试，没用，还差点儿被人家误以为我是偷车贼呢。唉！得不偿失，得不偿失！简直就是偷鸡不着蚀把米啊。"末了，还忘不了幽默地自嘲一把。

郑晓悟说："嗨呀！单车丢了也不是什么大不了的事，我出去办事已经丢了两辆单车了。你看我给你骑的这辆单车比较新是吧，是我刚买不久替赔我们单位分给我的那辆一模一样的单车的。来来来，不去管它，赶紧洗手吃饭吧。"

邝萌非常不好意思地说："那你不是又得给单位赔一辆新的？"

鲍萍萍一边把心雨放在餐桌旁边的宝宝凳上，一边笑着说："邝萌你知道吧？在我们临港，没丢过单车的就不能算是临港人。你现在已经有资格自豪地说你已经是临港人了。"

岳母给心雨喂了一口饭说："我们萍萍这么小心的人也丢过单车的啦。我听楼下小区的老太太说，有人开着无牌人货车到处晃悠，看到没人，拎起一辆单车往车上一丢就跑掉了晓得吧，你追不上的。"

吃饭间，郑晓悟与邝萌商量，像这样盲目地找单位、"扫楼道"，不是办法，即使找到的工作也不一定太理想，所以还是帮他介绍单位靠谱些。鲍萍萍也说跟她有工作关系的比较熟悉的外资企业老板可以推荐，待遇也比有些单位、企业要好点。

邝萌说，通过这一个星期到处跑着找工作的经历，也算是上了人生中的一课，学到了不少东西，其实也隐隐约约朦朦胧胧地感觉到自己想要什么，追求的目标是什么。

郑晓悟第一个想到的是市体改办主任许大安，这位许主任虽然曾是著名高校大名鼎鼎的教授，但和自己一见如故，也很聊得来，郑晓悟平常只要有空，就会兴趣盎然地跑到体改办的小楼许主任的办公室去聊大天。许主任说他并不随便跟人聊天，一聊胜读十年书。许主任当然是很有创新思路的人，所以他也首先在自己单位内部搞"体制改革"，设立了一个不要编制名额，不要财政拨款的"准事业单位"——蓝海中心，主要人才来源就是他教过的本科生、研究生，妥妥的一众才子加俊男、才女加美女的智囊组合，其中能入许主任法眼并符合其衡量标准者，即为中心的研究员或者助理研究员，其他便是资料员、文员。许主任这个以俊男美女为标准的举措，在当时有很多风传。

没想到的是，郑晓悟上午向许主任推荐介绍了邝萌，让下午就带去见见，面谈一聊，材料一看，就说蓝海中心正好在招资料员，而这个邝萌嘛，看上去比较细心、稳当，而且也有一定的文字功底，又有你郑晓悟做入职担保，比较合适，于是当场签字，让即刻过去蓝海中心办手续。还没想到的是，蓝海中心的新任主任竟然就是曾经帮忙争取名额将吕菁华分配到临港的师兄金明，他是从楚天大学法律系经济法教研室主任任上应聘而来，见到师弟郑晓悟，热情接待自不必说，很快就指示把邝萌的入职手续办妥了，当即就安排上岗并配备了 BP 机，这就是效率。还没想到的是，蓝海中心租用的办公场地就是远山公司所在的"远山大厦"二楼，而听金师兄介绍，市体改办许主任和远山公司的彭思远董事长交情不错，并且已经在操作想把远山公司作为第一家私人企业股份化改革上市的试点，蓝海中心现已为其完成了前期的方案评估工作。

郑晓悟此前没有来过远山公司，于是握别金明师兄，趁便要去见见黄宇坤和高志国。在七楼的总经理办公室，坐在外间秘书位置上的是一位修身长腿、明眸皓齿的美女，听到郑晓悟的自我介绍，好像已经对其熟知，立刻就去敲响里边套间的房门进行通报，同时出来迎接的正是黄、高二人，他俩正在里面谈事。见到郑晓悟，不免意外加激动地握手寒暄，然后不约而同地说陪他先到楼里转转看看。

这里是远山公司总部大楼，共有八层，一楼是广告设计公司、商务中心、车队司机与保安值班用房，以及一家银行分理处和一间重庆火锅店，二楼的一部分租给了蓝海中心，其余各楼层均为远山公司所属的物业管理公司、出租汽车公司、国际贸易公司、时装模特队，以及有关部、室和领导办公室，公司下属的衬衣厂、牛仔布厂和思缘潮汕海鲜大酒楼不在这栋楼里。给郑晓悟印象最深的是大楼入口大堂及各楼层电梯口摆放的，还有走廊里张贴的设计精美的广告牌，广告词是"远山呼唤，美好明天——远山股票是丰收的保证。"为计划上市的远山股票造势。

"郑科长这是第一次到访咱们公司，肯定不能放过，晚上一定要聚。蓝海中心的金明主任为咱远山公司'股改'立下了汗马功劳，当然请。你的那个发小兄弟既然是兄弟的兄弟，那当然也就是我们的兄弟，一起请。"黄宇坤和高志国几乎又是异口同声地做出了当晚聚餐喝酒的决定，并说出了同样的理由。

业已装修一新的思缘潮汕海鲜大酒楼的菜色风味和出品质量确实不同凡响，每天都有远山公司的一众美食家领导光顾品尝提意见，而面对其他包房闻讯前来敬酒的远山公司另外的几位领导，金明师兄喝酒的水平和闹酒的风格也不同凡响，白的、红的、洋的、啤的，照单全收，来者不拒，大杀四方，豪气干云，令黄宇坤只喊佩服，令高志国大呼过瘾。而刚学会喝洋酒的郑晓悟和完全滴酒不沾的邝萌，则只能当观众，看热闹。

第十三章　去意已决

鲍满满到临港来了，整个人那可真是旧貌换新颜呀！

郑晓悟的这位大舅哥一眼看上去，已经不再是国营工厂普通政工干部那种谨言慎行、一本正经的举止，而是挥洒自如、潇洒自信的风采，也已然不再是内地大众普遍保持着夹克衫、中山装的穿着，而是西装革履、金表金戒的行头，而且这身条纹套装、斜纹领带的穿着打扮，一看就是大上海的剪裁工艺，上海滩的搭配风格，加之抹了头油的铮亮发型，愈加突出了江南男子精致、讲究的特质。崇尚新潮的鲍萍萍大概也是第一次看到哥哥如此新颖的包装，在新鲜感和新奇感之外更多的是赞赏。这段时间一直在为儿子操心的岳母，看到满满这副从未展现过的新面貌，老人家的欣喜、欣慰和欣然之情溢于言表。

鲍满满此次是以"江南石油国际商贸公司"副总经理的身份，陪同津港海洋石油公司几个部门领导，前往惠州淡澳半岛，也就是后来的大亚湾开发区实地考察石化产业与房地产配套项目用地，这是当前各大企业兴起的"多元化经营、房地产支撑"的营运新模式，江南石油国际商贸公司参与操作。钟晓山总经理和李刚总工程师将于数月后，前来参加这一石化项目的正式签约仪式。圈地谈判基本工作结束后，津港海油公司的这些领导按原计划转道深圳特区参观学习，鲍满满则顺道来到临港探亲，住进了临港刚落成不久的五星级"兴港国际大酒店"，不仅衣食住行今非昔比，而且还带着朱老板委托"重酬"其妹夫郑晓悟的任务。郑晓悟觉得就是给亲戚帮帮忙嘛，应该的，不好意思接受，而满满和萍萍都说"这是应有之份，不要白不要"。

从萍萍后来喜形于色的满意度来看，朱老板应该是出手不凡。但郑晓悟却问都没问。

鲍满满又说一定要在临港最高档的馆子请大家吃一顿，并特别强调"是公司报销"。郑晓想到，思缘潮汕海鲜大酒楼虽然并不是最高档的，但是属于正宗地道的潮汕风味，非常合自己的口味，就请高志国帮忙订了一间包房，同时把已经搬到单位宿舍去住的邝萌叫来一起聚。

既然大舅哥一再交代说不怕花钱，郑晓悟便放开手脚，驾轻就熟地照搬黄宇坤、高志国之前多次请自己在这儿吃饭的菜式，有样学样地先点了木瓜炖燕窝（这个主要是照顾岳母和妻子），然后就是伊面焗龙虾、果皮蒸鲍鱼、豉汁蒸带子、清蒸东星斑、潮州打冷冻红蟹、盐水煮琵琶大虾王（还要带膏的）、潮式卤水拼盘、普宁炸豆腐、豆酱芝麻叶、潮州牛肉粿条、菜粒粥等，总之吧，把自己最爱吃，印象最深的潮汕菜的"贵嘢"都点了，感觉有些点多了。但鲍满满还一个劲大方地说："点吧点吧！随便点吧！不多！这不算多的啦。"

正在讨论喝什么酒水时，黄宇坤和高志国勾肩搭背地笑眯眯地进来了，高志国的右手还帮黄总拎着"大哥大"。郑晓悟一见到他俩，很是开心，便把鲍满满、鲍萍萍兄妹俩和岳母大人介绍给他们相互认识。黄总随后把所点的菜单认真地审阅了一遍，叫道："哇！行啊郑科长！内行啊！完全就是潮汕通'佳宁娜'嘛！

以后就不用我来操心点菜了。"黄总说的"佳宁娜"是潮汕话"自家人"的发音。他听说大家正在讨论喝什么酒，便豪气地说："郑太太的酒量怎么样我还不知道哈，郑科长这兄弟的酒量呢也就一般般提不上嘴，但这位鲍总我看应该是还可以的吧？我的意思就不用另外点酒了，把我们包房的洋酒先倒半壶过来，不够再说。"

高志国插嘴说："咱们郑科长的这位发小邝先生呢，就和老人家、小朋友划归一类吧，想喝橙汁还是西瓜汁？"邝萌内敛地一笑。

鲍满满没有把握地说："洋酒哇？洋酒可是从来没喝过……"

高志国把头一仰："哈哈！这我们就放心了。"旋即大着嗓门朝包房外喊着："服务员！服务员！小燕在吗？去把隔壁我们房间的XO先倒半壶送到这个房间来。"远远听到有女孩子清脆地应了一声。

邝萌入乡随俗的适应性很强，也可能因其母系血统本是来自于广东之故，所以已经学会并形成了见人就发名片的习惯性动作。郑晓悟见他发给鲍总、黄总、高总之后也要了一张，拿过来一看，头衔是"临港市人民政府体制改革办公室蓝海中心资料专员"，地址、电话、BP机号码都印在上面，很正规，但是猛然发现，名字却并不叫"邝萌"，而是"邝盟"了。邝萌，噢不，是邝盟看出郑晓悟的诧异神色，醒目地解释说，自己在武汉的时候就有心把这个"萌"字改掉，但没机会，趁这次来临港换个新环境的机会就赶紧改了算了，先给大家一个慢慢习惯的过程，如果到迁户口时候，就直接在户口簿上办妥改名。还说，改这个"盟"字，也是许大安、金明两位领导共同建议的意思："在现代，不管做什么工作，都要体现团队联盟合作理念。"

邝盟对这顿高档海鲜大餐的印象深刻，他后来一直说，是郑晓悟给了他第一次山珍海味的豪华体验，而且这一餐的价格之贵，令人咋舌，自己这辈子就是再有钱也不敢这般消费，也舍不得这么请客。他当然也真的做到了，即使后来在股市纵横驰骋，收割颇丰，并成为股评名嘴，著书立说，但至少在吃吃喝喝方面，无论是自己吃饭，还是次数不多的请客吃饭，都始终保持着节约、俭朴、实惠、低调的风格。这其实是对自己劳动所得的珍重，对自己辛勤积累的珍惜。

说老实话，岳母本身也是见过世面的富庶地生、大城市长的人，虽然对这种系列配套的正宗潮汕菜是第一次品尝，但她仍以上海人特有的精细和品位，在对食材、菜式、出品、厨艺进行了认真的品鉴之后，最终对其色、香、味、形均赞不绝口。鲍满满作为豪爽请客的东道主，能在妈妈和妹妹、妹夫面前露一把脸，自是兴奋异常、得意非凡，加之他的确是酒量不错，而且可能天生很能接受洋酒的口味，竟然越喝越觉得甘醇香浓，回味绵长，并在妹妹、妹夫酒量有限的协力之下，居然又再加了半壶洋酒才算尽兴。搞得黄宇坤和高志国被闹到严重怀疑他其实是"东北虎""西北狼"，而不是什么"江苏小绵羊"。

家庭聚餐，朋友聚会，在高档酒楼也好，去排档食肆也罢，本来都是以热闹为目的，以喧闹为效果，但求其乐融融，皆大欢喜。但看到前些时被裁员下岗、走投无路、写信求助的哥哥，今天在此高消费出名的南方城市，出手阔绰，豪掷千金，却能面不改色的举动，大大刺激了鲍萍萍，于是乎，她突然真真正正地体会到金钱的魔力和有钱的魅力。于是乎，她也突然确确实实地发现了自心的失落和内心的不满之根源所在。于是乎，她开始絮叨老公有资源不会赚钱，有门路不懂赚钱，待在一个虚头巴脑的单位干些个虚头巴脑的工作，就拿点少得可怜的死工资，却能让别人赚到大钱，真蠢！

邝盟还正儿八经地跟她讨论道："其实每个人的能力会体现在不同方面，每个人的才华都展现在不同方面，关键是，每个人的兴趣爱好也表现在不同方面，不可能一概而论地以赚钱多少来作为衡量标准。就拿你老公来说，我们从小学到现在，一路走来，他搞啥都成，学啥都行，简直就是我们仰慕的标杆似的人物，嘿嘿，也包括你们家晓悟和女同学交往的本事。没有听到哪个敢把'蠢'字用到他头上。"

本来最后一句话是邝盟想要幽默一下，但鲍萍萍并没有注意到，或者是没想去听这句话，她把酒杯往餐桌上一顿："本事？哼！我告诉你啊邝盟，正因为你是郑晓悟的好朋友，我今天才把话跟你说说清楚，我现在才算是晓得啦，这个郑晓悟除了整天趴在桌子上写写画画搞些个没用的东西，你说他还能有什么本事啦？啊？没用的啦！"

也可能鲍萍萍说的是郑晓悟写的那些东西"没用"，并不是指人，但郑晓悟听出的意思，是自己深爱的妻子在说自己"没本事""没用"。而当一个女人说一个男人"没本事""没用"时，那比把他当众吊死还要残酷，那比让其当众脱光还要残忍，他只觉得万箭穿心，他只感到无地自容，他原本还自以为是地认为心上人一直崇拜、爱慕自己，没想到自己在妻子心目中的形象是"没本事""没用"，一钱不值！

不管是不是说者无心听者有意，但作为一个男人，被自己的老婆用上了"没本事""没用"这两个词，便成为一个巨大的阴影，一直留在心中，始终挥之不去。而每当邝盟也提到这个话题时，就会说鲍萍萍的这番话当时也深深地刺激到他，搞得他也担心起自己在赵佳心中的印象，会不会也是类似的评价，于是，机敏灵动如邝盟者，在这两个词的激励和警示下，未经几年的摸爬滚打，便精准地找到了自己的位置——写股评、讲股评，名声大振，财源滚滚，婚姻稳固，家庭和睦。他说他其实应该感谢鲍萍萍的忠言逆耳。

已近年尾，一直没有等到自己提升为副处长的任命，倒是先看到了批准冼耀民和林卓然为主任科员即正科职务的文件。总之吧，不知道是内心作祟呢，还是本能的心态，反正看到冼耀民在成为和自己"平级"职务之后的那个神态和语调，就特别地不舒服。本来心中就够不畅快的了，办公室主任林淦生却还在时不时地代表吴振东所长过来催问何时交书面检讨，这令郑晓悟感到是可忍孰不可忍，真心萌动了去意：看来这次未经准假而擅离值守，给大舅哥帮忙的事确实影响到提级升职了！那么，既然升不了职，继续在这个单位待下去就没有什么意思了。而且，不能升职还要写书面检讨，那就更加得不偿失了。与其失位子还要裁面子，不如以此为借口潇洒离去，既可躲过内心绝不接受的检讨存档之屈辱，亦可化解妻子毫不认同的岗位价值之质疑。于此，离职决定已经无可撼动地深植心中，只需择机而动。

岳母家本族在上海市南汇县驻临港办事处任副主任的亲戚，是从南汇县纺织工业局业务股股长任上提拔起来的，在临港快两年了，主要负责以政府办事处名义，向港澳和广东各地推介本县的轻工产品、纺织原料、服装加工，同时也做内地其他地方特产名品的中介生意。提到南汇县，其实更多的人并不知道它在上海的什么地方，而郑晓悟也是很久之后才知道是在浦东的某处。但无论是外商还是广东的企业、临港的公司，只要看到冠以"上海"这个名头，那还是有相当高的认可度和信任感的，所以，这位亲戚一直都是业绩不错，春风得意。今天呢，他是因为准备元旦前回上海，过完春节才返回临港，特来道别。岳母准备了一桌上海菜加淮扬菜来招待，郑晓悟拿出一支黄宇坤送的"长颈FOV"法国白兰地与其对酌相陪，这是郑晓悟最喜爱的绵柔型洋酒，没想到这位亲戚也在临港适应了这口，开怀畅饮。

推杯换盏，吃喝到兴头上，副主任亲戚先是感叹广东这个地方，尤其是深圳经济特区和临港开发区，的确到处都是赚钱的机会，只要肯用心，能吃苦，只要找对地方，找准对象，钱简直就是哗哗地往腰包里流。接着感慨"人挪活，树挪死"，觉得自己在上海远郊南汇县那几十年算是白活了，在纺织工业局机关里更是瞎混。随后又自豪地聊到现在的他：在内地的工资基本不动，在临港的补贴也还可观，此外还有业绩提成和奖金等等，但即使这样也不能发挥他个人最大的价值，也没能实现他个人最大的效益，他正在考虑适时辞职，自己开公司，资源自己用，有钱自己赚，争取在几年内成为千万富翁。

亲戚的话令鲍萍萍煞是艳羡并产生共鸣，因而，她也就自然而然地把话题转到了郑晓悟身上，不用说，她当然是对既不懂赚钱也不会挣钱的老公恨铁不成钢，讽刺他每天待在那个虚得不能再虚的清水衙门，挖苦他每月领的那个低得不能再低的纯粹死工资，嘲笑他那唯一擅长的写写画画这些无用之功，贬低他那特别在意的科级处级这等无聊之事。副主任亲戚顺着她的话头说："这个我晓得的啦，临港的这个主任科员啦，也就是所谓科长什么的，只是个地方粮票你晓得吧，到外面去是不作数的，在我们上海只能算个股级干部啦。要我说啊，你们家晓悟现在想要提拔的这个副处长这个位子吧，其实就是我们上海的科级干部啦。没意思，没啥意思的嘞！来，干！"

萍萍举杯一碰说："就是。我每次看到外商老板来接我们的都是世界顶级的豪华轿车，吃饭的地方都是金碧辉煌的高档场所，张口闭口的生意那都是几千万、多少亿的，搞得我们这些为外商服务的人，心里都很不平衡。说老实话，有人家这种生活，给再大的官也没啥意思的啦。不过，我这辈子算是没有这个命哟。唉！"仰脖一灌。

郑晓悟此时听着他们这些针对自己的议论和评价，已经不再有上次跟大舅哥吃饭时那种颜面无存、心中刺痛的感觉了，虽然还不至于说是心如止水、心意消沉，但也基本上没有什么中听不中听，舒服不舒服的意识了。虽然并不同意这位亲戚关于临港的处长只能算是上海的科长这个贬低说法，但已觉得这些东西现在跟自己一丁点儿关系都没有了，因为，他此时已经完全下定决心，要与萍萍指责的写写画画划清界限，要与萍萍鄙夷的科级处级彻底决裂。随着他们话题的深入，郑晓悟决心愈发坚定，决定立刻向吴所长提出调动或者干脆辞职。

次日上班，便只奔吴振东所长办公室。

吴所长每天总是早于其他同事来到单位，见郑晓悟敲门走进来，便开心地从正在阅看的资料上抬起头来，用调侃的表情笑问："怎么？晓悟同志？终于想通啦？来交书面检查了？"

"吴所长，我今天是专门先来口头向您提出调动申请的，过两天就交书面的请调报告。"

吴振东有些许震惊地坐直身体："嗯？怎么是这样？不会就是因为让你写份书面检讨书，就作出这个冲动的决定吧？"

"也不完全是因为写检讨书的事。总之，书面检查，我肯定不会写，但申请调动，我肯定要求办。不给调动，辞职也行。"

吴振东感觉相当诧异："不是……你这搞得很突然也很决绝啊！到底是对我有什么意见还是对单位不满？"

"吴所长，我对您绝对没有任何意见，而且我还特别感激您对我的信任和栽培。只是现在各处室有能力的干部也都提拔上来了，所里的专业岗位安排跟进都没有什么问题了，我留不留下来，意义都不大，所以还是离开比较好。而我自己确实也想出去闯一片新天地。"

吴振东闻言，释然而放松地往椅背上一靠："哈哈！我明白了晓悟，你是对你的副处长职务还没有下文任命有意见吧？哈哈！这应该没有什么问题的，而且你这个事吧，跟你交不交书面检查也没有什么关系。只是我也很奇怪，你们的升职报告是一起报上去的，为什么正科的任命文件下达快一个月了，而你的事还没有动静呢？要不我这两天去了解一下吧？这个我看你不用担心，也不要意气用事哈。"

"不是，吴所长，我现在对这个提拔任命副处长的事已经完全不感兴趣了，即使是任命文件下来，我也会走，决心已定，绝不是意气用事。今天特地先过来向您请示汇报，如果我不打招呼突然打正式报告就说要走，那是对您不尊重，也对不起您。所以，也请您给我几天宽松的时间，我会尽快联系好正式的调动单位，马上办商调。"

"晓悟啊，我还是没有完全搞明白啊，不过我认为？……"

郑晓悟此时特别害怕吴所长说服他、规劝他，把自己劝得回心转意了，以后就不好意思再走了。吴所长在工作支持上给了自己宽松的施展空间，在个人家庭上也给以予了充分的关心关照，他心中在感激的同时，还有敬佩和爱戴。所以他听不得劝，赶紧插嘴打断说："吴所长，我现行手头的文件，还有您给我们一室安排的任务，在我调离之前绝对圆满完成，请您放心。"说完，逃也似的匆匆离去。

郑晓悟一辈子都忘不了，就在自己转身离开的那一刻，他真真切切地看到了吴振东所长直瞪瞪地望向自己那无法掩饰的，令人心生酸楚的复杂表情，充满了不解、失望、惋惜，还有痛心。

多年之后，当郑晓悟作为一名执业律师，在代理一宗仲裁案件时，该案的首席仲裁员正是当年曾参与筹建这家仲裁委员会，现在已经从某局长职位上退休的吴振东。休庭后，这位当年的领导在走廊上依然惋惜地跟郑晓悟提起往事："晓悟啊，你当年的确不应该离开政府系统啊！可惜呀！真的可惜了呀！唉，你这脾气哟。"郑晓悟的脑海里立刻就浮现出当年自己转身离去的那一瞬间，这位领导的表情。

又是几年过去了，当郑晓悟作为市政协委员见到已经是市政协副主席的林卓然时，这位当年可以称之为部下的好友同事又开双腿，挺着并不明显的肚腩，拍着郑晓悟的肩膀，笑呵呵左顾右盼地跟在场的领导和委员们介绍："这位可是我当年的顶头上司呢。哈哈！" 郑晓悟脑海里又立刻显现出了当年在吴振东办公室提出调离请求，自己转身离去时所看到的吴所长那复杂的表情。刻骨铭心啊！

郑晓悟正想着要去找黄宇坤和高志国呢，没想到他们竟也心有灵犀般地打来电话约郑晓悟晚上吃饭，说是顺便想要和他讨论一些股份制的具体细节。呵呵，恰巧你想睡觉就有人递来枕头的好机会。

吃饭议事间隙，郑晓悟告诉黄宇坤和高志国，对于他们多次鼓动自己到远山公司来一起干的建议，经过深思熟虑和充分权衡，现在终于下定决心离开政府部门，准备"下海"和他们并肩战斗。

和郑晓悟一样对酒精过敏，但自制力却很强，极少放开畅饮的高志国，闻言兴奋地端起一杯XO，自顾自地往郑晓悟的酒杯"叮"地一碰，又自顾自罕见地仰脖一饮而尽，高声大嗓地说："太好了哥们儿！我和宇坤向彭思远董事长汇报了几次，说想把你给弄到我们公司来。而且我跟宇坤也总在说，远山公司如果有我们'三剑客'，那远山公司就是所向披靡的'三套车'，无往而不胜！咱哥仨能在一起，那就是天意，同样也是远山的福气。宇坤，宇坤，你赶紧给彭董打个电话，告诉他这个好消息，他听了说不定有多高兴呢。哈哈！"

"好！"黄宇坤快乐地喊一声，把握在手中正摇晃着的酒，潇洒地一口干完，拿起"大哥大"，习惯性地走出包房去打电话。片刻返回，眉开眼笑地跟郑晓悟说："彭董刚从香港回来，听说你要来我们公司，的确很高兴。他请你明天上午九点到他办公室见面。"

彭思远在临港是个传奇人物，他从潮汕老家初中毕业就出来闯世界、做生意，一路闯荡江湖，直到带着家人兄弟和一帮亲戚、朋友、同乡、同学，在临港"盘"下了一家打着国营招牌但已气息奄奄的公司，更名"远山"，重整旗鼓，一切从头再来，搞得风生水起。当然郑晓悟在决定调到远山之前也了解到，目前这家公司各主要部门的领导，各重要岗位的人员，大多都是彭家自己的家人亲属，或者是和他曾一起打江山的战友，这似乎又不太符合现代企业的标准和时代发展的潮流。不过，郑晓悟基于自己跟黄宇坤、高志国之间业已建立起来的情谊，关键是，远山公司有萍萍最看中的较高收入和上市前景，所以，到远山公司是目前最好的选择。何况从地域特色来看，广东的风气，特别是潮汕地区的风气和内地不大一样，有特别多的家族企业模式，更体现同乡互助相帮，很讲究族群尊卑有序，都崇尚彼此和气生财，族内极少吵架分家，家中难见兄弟拆台，总之，人情味很浓，亲情感很重，这就是岭南文化，更是潮汕文化，自然也是由历史文化传统和地域方言特色所形成的一种比较独特的经济现象，这又恰恰是郑晓悟很感兴趣，想要融进去体会和研究的社会人文现象。

郑晓悟的家离远山大厦并不远，步行十多分钟就可以到。次日早上，提前半个多小时，郑晓悟走进远山公司，随后由黄宇坤、高志国引导，来到位于远山大厦八楼的彭思远董事长办公室。

这座大厦的第八层实际只有西边半层，这整个半层都属于彭思远专用的办公室、接待室、休息室、董事会的会议室和秘书室。通过外间的秘书室，进入里边一道暗红色樱桃实木雕花门，便是装修豪华，摆设精美，面积有一百多平方米的董事长办公室，宽大的西式写字台南北横卧，黑色的欧式大班椅坐西朝东，东面整个是一面无遮无挡的落地玻璃墙，显得视线非常开阔。"这应该是迎合'旭日东升，紫气东来'的吉祥寓意吧？"郑晓悟边参观边想。

落地玻璃墙外面是大厦八楼东边半层数百平方米的露台，被设计建成了空中花园，有曲径通幽，小桥流水的布局；有古松盆景，南洋花木的种植；有闽南风格的镂空石柱亭阁，有西洋风味的铁艺铸花台椅，美观而舒适，养眼而舒心。郑晓悟随着黄宇坤和高志国的引导介绍，心里思忖道："传说中的这位只有初中毕业的董事长，看来很有品味，很有格调，而且很大气哩。不知道见面会怎么样？"

"黄总，董事长到了。"随着女秘书的一声甜甜的招呼，只见一位身材敦实，颇有气度的年轻男子已经笑容可掬地走到花园里来了，后面毕恭毕敬地紧随着一位不苟言笑、高大魁梧的男子，姿态很像军人，手里拿着一个"大哥大"。黄宇坤和高志国即刻恭敬地对着前面的这位叫声："彭董好！"快步迎上前去。郑晓悟也立刻紧趋向前。

彭思远老远朝着郑晓悟伸出右手，脸上犹如此刻东升的阳光般灿烂："哎呀！这位就是郑科长啊？久闻大名，欢迎！欢迎！"

"董事长您好！"郑晓悟握住彭思远的手，首先感觉到的是他的手掌厚而软，随之趁着九点钟柔和的冬阳迅速地一打量：寸头精干有型，炯炯双眼有神，面相饱满有福，皮肤白皙有光，身穿挺括的西装不打领带，青春而时尚；脚蹬锃亮的皮鞋一尘不染，讲究且洁净。

彭思远热情地握着郑晓悟的手，也在上下打量着他，说："早就听到宇坤和志国介绍你呀，今天终于见到真人了，好啊！好啊！"然后微微歪着头征询道，"来杯咖啡？"

见郑晓悟欣喜而肯定地点头，立刻对微笑侧立的女秘书吩咐道："雪莉，给郑科长、高总和我各来一杯'蓝山'，还是给黄总冲一壶'乌龙'吧。"然后舒出一口气道，"阳光正好，空气清新，今天是个好日子，我们就坐在花园里聊怎么样？"

高志国情绪高涨地朗声呼应："彭董的这个建议好得很啊！坐

在这户外的空中花园里，边喝咖啡边聊天，非常有情调。"

彭思远稳重地笑笑点点头，打着"请"的手势把大家引导到西式雕花靠背椅处，围着铁艺圆台坐了下来，首先就是感谢郑晓悟前段时间以来对远山公司股份制改革工作的支持和指点，说这很有必要，是公司管理经营规范化的必要前提和基础。随后便是解释自己这段时间总在澳洲、香港和内地之间来回跑动，主要是为了配合公司股改，要摸清、理顺、规划好总体的家底、资产，所以就很少来公司本部。

女秘书先端上来浓郁醇香的咖啡，在圆台几上摆好。

彭思远微笑地注视着女秘书范式化地摆放之后，征求了一下郑晓悟的意见，周到地往他的咖啡杯里夹了一块咖啡方糖，又很了解地为高志国咖啡杯里夹了两块。但说自己不放糖，喜欢喝"斋啡"，随后端起杯来深嗅一下，轻轻啜了一小口，美美地品，慢慢地咽下，舒泰地往椅背上一靠，眼望着郑晓悟，促膝谈心般地进入正题："郑科长，昨天晚上听黄总打来电话，说你同意屈尊来我们公司，我非常高兴，而且是无条件地欢迎啊。之前呢，我听了黄总他们关于你的情况汇报，就曾指示他们能否想办法把你给挖过来。你可能也了解到，我们远山公司原本是个家族性的公司，上上下下的确用的都是自己的家人、亲戚、朋友、同学、同乡，不仅给人的印象很排外，因此也影响并阻止了很多人才进入远山公司。我自己其实早就认识到了这一点，所以从接盘原来的地方国营企业更名为远山公司之日起，我就在思考着想要改变这个状况，改变这个局面，改变这个印象。但是，这种传统的习惯势力啊，家族势力啊，同乡势力啊，当然主要是小农经济的思想根子，并不是那么容易挖掉的，阻力不小啊。那么我呢，就正好利用这次改制股份公司的机会，来彻底打破固有的传统规矩和思维模式，要求一切都必须按照政府规定改制的规矩来办，否则，公司的路走不长，必然被淘汰。所以我最近有几个动作，就是从各地招聘引进优秀人才，比如从北京的研究院招聘了一位经济专家，从浙江一所大学招聘来一位管理学副教授，从深圳一家央企'挖'来了一位财务高手，一批优秀人才要来。而你郑科长作为外商投资和公司法方面有成就的专才，一直是我们公司引进人才的重点对象之一。这样的人才结构搭建起来，我觉得才基本像个样，远山的长足发展才有希望。"

郑晓悟却在认真倾听中惊叹："这位彭董事长哪像个只是初中毕业的人呢？如此高瞻远瞩，如此胸怀远大，如此深谋远虑，如此卓识远见，不是一般的人物啊！太令人佩服了！"并在感佩之余，深感自己只有听教的份，点头的份，完全插不上嘴，也无法插嘴。

彭思远呷了口咖啡继续说道："远山公司如何趟出一条新路子，打开一个新局面，人才最重要，并且只能拜托大家的共同努力才行。从这次引进的人才中，我考虑一部分安排在董事会决策系统，一部分要充实到经营管理系统。你郑科长的情况我考虑过，同时也征求了一些人的意见，是跟宇坤、志国他们搭班子呢？还是考虑做其他的安排呢？总之，就是要帮助远山全面掌控和把握对外经营、对内管理中的法律问题……"

郑晓悟猛地插了一句："董事长，我不想做法律顾问。"

彭思远微笑着做了个往下压的手势："放心，绝不会把你放在法律顾问这个位置，那太浪费了，而是要给你压担子，要让你负责包括法律问题在内的经营管理与发展问题，具体我们还要再研究。但你作为专家比我们更清楚，公司的一切活动，尤其是作为计划上市的公众公司，一切对内对外活动都离不开法律规范，不是吗？嗯……你的岗位和具体职务嘛，等董事会开会研究决定后正式下文。"

此时，军人姿态的高大男子走过来，双手捧着"大哥大"递给彭思远，躬身道："董事长，市长秘书的电话。"

彭思远接过"大哥大"走向花园的另一处和对方通话。黄宇坤、高志国这俩人兴高采烈，分别端起各自的茶杯和咖啡杯，与郑晓悟的咖啡杯脆声相碰，低声欢呼，相庆三人如愿成为远山"三剑客"。

片刻，彭思远返回来握住郑晓悟的手说："市长和体改办的许主任在等我过去谈一些事情，我现在要赶去市长办公室，就不陪你了。宇坤、志国，你们再和郑科长聊聊，需要办手续的话，交代人事部抓紧办。"说完，快步离去。高大男子接过"大哥大"紧随其后。

不用说，黄宇坤和高志国绝不会放过这么一个可以一起喝酒庆祝的"借口"，所以又安排了晚上欢聚，而且还一定要把"公司家属"鲍萍萍请来。郑晓悟知道，其实是黄宇坤觉得鲍萍萍喝酒的水平比自己和高志国都要厉害，又是美女，且喜欢闹腾爱斗酒，喝得有意思。

的确如此，当晚的这顿美食加美酒，再加上好消息，使得鲍萍萍最为尽兴，因为她如愿以偿地规划和改变了老公的事业导向和人生道路，而且感觉已经看到，前景一片金光灿烂，满眼皆是金山银山。

回到家里，尽管时间已经很晚，萍萍却在酒精的作用下性趣大增，风情万种，不断跟老公挑逗示意，投怀送抱。而郑晓悟呢，既然已经决定改变自己，既然已经丢掉萍萍看不上、瞧不起的东西，于是便忽然有了身心都松弛下来的感觉，并且有了一种要彻底放飞自我的潜意识，甚至在心中升腾出了放任感和放纵感。此时，面对自己如此美艳性感、魅力四射的妻子，自然有了"身无彩凤双飞翼，心有灵犀一点通"的迎合之态，似乎是为了给永不再来的过去划个句号，需要有种"归鸟恋丛林，池鱼思碧潭"的仪式感，也似乎为了让激情奔放的妻子心满意足，更要有些"须作一生拼，尽君今日欢"的新花样。

当欢畅淋漓之后的郑晓悟酥软地躺在床上，睁着双眼进入"静夜思"，心中却莫名其妙地充满了失落感和无助感，但到底是什么？因为什么？却说不清楚，也难以明言。

第十四章　辞职下海

吴振东这些天没有来单位，可能是出差开会或者是有其他的什么事在忙，也可能是刻意要在郑晓悟调离前不想再见到他，但也听说吴所长很快就要调任什么局去做局长。总之，具体调动手续找林淦生主任办就行了。

这天上午，郑晓悟手持远山实业股份有限公司的商调函，欲找林主任在上面签批盖章确认，以便凭此到市人事局办正式调令。上得楼来，还没有走到主任办公室门口，就听到里面传出冼耀民义正言辞的声音："我说老林呀，你是做办公室主任的，像你这样老是不讲原则地和稀泥怎么行呢？在郑晓悟这个人的处理问题上，我也批评了老吴、老蔡两位所领导，啊。既然他要走，那他就必须把房子退回所里进行重新分配，对不对？啊，这是咱们研究所在市里好不容易争取来的住房，而他郑晓悟也正是因为属于研究所的干部才有资格分到这套住房的嘛。所以，啊，他调走了就不再是我们研究所的一员了嘛，那就必须把房子退出来才能给他办调动。这就是我的意见，啊。"

只听得林淦生嗫嚅半晌，支支吾吾地解释："这个……这个……住房可是人家一家人的大事哦，不是……不是这个……你说收回来就收回来的。郑科长也是因为在我们研究所的工作能力和岗位职务才有权……啊，对哦，是人家有权分得的住房哦。而且呢，在所里的办公会议上，班子成员也是按市政府文件的规定，逐条慎重对照，才做出了把这套房子分配给郑晓悟同志的决定。至于……至于你提出的这个意见呢，这可是大件事哦，既不是我有权可以改变所里的这个分房决定的，也不是我们研究所可以自行撤销决定，随意改变的事……"

"既然所里有权决定分给谁，那就有权决定收回来。我不相信我们堂堂的政府研究机构连这个自主权都没有？啊？"冼耀民气急败坏地强行插嘴质问。

"冼科长……冼科长，别急……别急嘛。你说的这个事情呢，我可以同吴所长和蔡副所长汇报一下，但是呢……这个要收回住房呢，一是要征求房管局领导的意见，二呢，还是要开个办公会议再作决定的嘛。"林淦生被冼耀民一激，结结巴巴之中，客家口音更重了。

郑晓悟从来没有偷听别人说话的喜好，更不屑于有鬼鬼祟祟听墙角的行止，尤其讨厌有人在别人背后说三道四的毛病。"而且老子是来堂堂正正地办调动的，是正事，凭什么要在老子背后议论？有什么屁话当着老子的面直说！"心中恼怒地想到这里，便"当当当"用力敲了三下门，随即便昂然而进，既不说话，也不和人打招呼，轻蔑地直视冼耀民。

背门而立的冼耀民闻声一惊，扭头一看是郑晓悟，略显尴尬地想要打招呼，但看到郑晓悟的表情和眼神，又意识到不合时宜，便识趣地侧身往外走去，嘴角阴阴地扯出一丝冷笑。郑晓悟则挺胸昂头，傲然俯视状地目送冼耀民微耸着肩背走出主任办公室。

这次，竟是郑晓悟最后一次见冼耀民，直到离开临港到深圳去执业，就再也没有见到过此人。作为交友范围甚广、交谊活动颇多的郑晓悟，居然再也没有从任何人的口中听到过此人的任何信息，或者是提及他的名字，似乎无端消失。偶尔想起，深感奇怪。

林淦生见郑晓悟进来，满脸堆着笑容从座位上站起来握手："呵呵，是郑科长来了？请坐，请坐。"

郑晓悟礼貌地回握一下，说："林主任，我是来办正式调动的，就不坐了。麻烦您在商调函上签批盖章，并请开一张研究所的介绍信，我自己去市人事局办手续就行了。"说着，把商调函递给林淦生。

林淦生笑着接过商调函，做出很认真审核的样子，但他眼镜背后的细小双眼并没有落在商调函的文字上，似乎在走神，脸上的皱纹也时不时地轻微颤动一下。好一会儿，林淦生抬起头来，展开笑颜，说："郑科长，是这个样子的，吴所长现在不在，我要等他有空向他请示之后才可以办，也就是一两天的时间，好不好？你等我通知哈。"

郑晓悟知道，林淦生是受到冼耀民说法的影响，他其实是要向吴所长"请示"收回房子的事情。同时也知道，就住房这件事，跟这位办公室主任讨论也好，争论也罢，完全没有必要，也没有任何意义，于是便坦然地说："那好吧，我静候佳音。"说完，转身下楼，骑上单车就直奔市房管局而去。

市房管局的曾秉根局长也是客家人，是一位从惠州地委调过来的干部，直爽、果决但却为人厚道，此前与郑晓悟曾有数次公务交往，在房改试点方案座谈中更有几次面对面的交流，曾秉根对这位学法律的北方仔颇为认可，觉得他很有才干，思维敏捷，点子多，说话率直，为人诚实。而郑晓悟呢，也对这位普通话讲得特别不怎么样的曾局长很有好感，开会、活动时见到他就开心地凑过去，有事没事还喜欢跑到他办公室去坐一坐，聊一聊，有时候还模仿他那浓浓的客家口音的普通话跟他开玩笑，说他是"房管购"的"购长（ZHANG）"。

此时，曾局长正埋首办公桌前认真地审读、批阅临港市的房改方案讨论稿，见到郑晓悟敲门进来，他那黑红的脸上顿时堆满了村干部式淳朴的笑容，站起来先扩扩胸，又扭扭臀，说道："哎哟，是我们的郑大专家大驾光临呀，来来来，坐坐坐，正好过来陪我饮杯茶先啦。真嗨呀，看了一上午的文件，嗬，把我这个脑袋瓜看得晕坨坨。坐低，整杯'乌龙'先。"一边熟练地煮水冲茶一边继续说，"现在很多人都给我介绍，说这个乌龙茶在日本很流行，有健身效果，还可以防癌哦。来，请茶，我这个'乌龙'真还是不错的哦，品品看怎么样？"

郑晓悟无心品茶，单刀直入，说明来意。

曾秉根全神贯注、循环有序地烧水、烫杯、洗茶、冲泡、斟茶、嗅杯、细品，好像显得漫不经心，没怎么认真在听郑晓悟说些什么。等他话音一落，先做一个"请"的手势，然后往椅背上一靠，望着天花板，呼出一口气说："呵呵，这个又不是什么大不了事，这是我房管局分下去的房子他们知不知道啊？我说归谁就归谁啦，你们那个研究所有什么权力收回你的房子？啊？真是。我马上给你们那个……那个林淦生打电话，他是我同乡你知道吧？这个家伙。"说着，站起身就走去办公桌打电话，接着便是一通客家话。

曾秉根打完电话，回到茶几处坐下来，很仗义地跟郑晓悟说："好啦，没事啦。喝茶，喝茶。"端起一盅茶喝完，又说，"如果你到人事局办调令的时候，还有人跟你说这个事，你马上跟我说就是啦。"

郑晓悟深表感谢，又略略扯了些房改方面的话题，便告辞出来，随即赶往外商投资服务协会找鲍萍萍，中午就在协会食堂吃饭，同时向妻子汇报了上午的情况，重点当然是房子问题。饭后和萍萍继续讨论着，评论着，规划着，谋划着，一直待到下午上班时间，郑晓悟骑车回到研究所，像什么问题都没发生一样，什么情况都不知道似的，心绪释然地复又来到林淦生办公室。刚要敲门，就被林淦生看到了，又是满脸堆笑地热情招手："来来来，郑科长请进，请进。这个，啊，我上午就同吴所长打了电话做了请示，没有问题了，我已经签字盖好章了，转给市人事局的介绍信也开好了。哎呀，你非要调走，真是我们研究所的损失呀……"没有再提住房的事。

郑晓悟顾不上听他在说什么，也顾不上探究他是怎么请示的吴所长，但可以肯定，曾秉根局长的那通电话所起的作用最大，但不管怎么样吧，自己只要这个结果就行了。而且今天已经是12月30号了，下午必须得赶去市人事局办好正式调令，元旦后就可以直接到远山公司上班了。他突然觉得很期待换个新环境，所以并没有搭腔，接过林淦生手中的那几张纸，审视着上面的内容，忽又听到林淦生在说："单位发的那个单车……"便迅速从口袋里掏出早就准备好的一套车钥匙递给他，说："请林主任给我打个收条。"

临走前还是想和所领导告个别，但吴所长和蔡副所长的办公室都是门紧闭，人不在。于是又专门回到研究一室的办公室，和林卓然等几位老同事，还有半年前专赴北京前往人大和法大亲自面谈选定的两位民商法硕士，以及专程去湘潭大学定点招聘的一位讲师，与他们一一握别。办公室里属于个人的书籍、资料，早已清空搬回家了。

市人事局就在市委市政府大楼后院的一幢三层小楼里，干部调配处的万鄂生处长外出开会，不在。副处长方鹏程也和郑晓悟认识，握手欢迎之后，得知他现在过来是要办理调离手续的，惊讶得半天没有说出话来，接过郑晓悟的商调函和介绍信愣了很久，说："郑科长，你这赶潮流赶得很及时也很时髦啊，公务员队伍里刚刚兴起'下海'经商潮，你立马就跟上去身体力行啊。不过，这个时候过来办调离，好像对你个人来说有点儿不合时宜哦？"

"嗨哟，方处，我倒不是为了追潮流'下海'赶时髦呀，本人真还没有那个胆量和能力哟，纯粹是为了换个环境。说好听点呢，也是想去直接接触研究一下股份经济，这个东西才是现在真正的时髦啊。哎？方处，就算是'下海'赶时髦，我为什么就不合时宜了呢？"

"嗯……你等我一下哈。"方鹏程说完，便走出了办公室，片刻返回，手中多了一个黄色牛皮纸的大信封，他从里面抽出一张纸朝郑晓悟抖了抖，"本来呢，一过元旦就会通过文件交换站送达你们研究所，正式宣布任命，但你现在赶在这个点要调走，我想还是让你知道比较好。来，你自己先看一下吧，然后再作出决定比较稳妥。"

郑晓悟疑惑地接过来一看，原来是自己的副处长任命通知。

方鹏程继续说道："科级干部的升职任命权在我们人事局，但处级干部的审批任命则要报市委组织部，多了一道程序，这是很慎重很严格的哦，不是那么容易就能提拔你为什么处长副处长的。"

郑晓悟怔怔地盯着任命文件上自己的名字，瞬间激动得心里怦怦跳个不停。这，就是自己为之奋斗，为之追求，为之向往，为之烦恼的一张纸啊。这，就是体现自己能力、水平、贡献和价值的权威认可啊。现在终于变成了现实，现在就握在自己手里啊。可是……

方鹏程还在颇具煽动性地游说："我跟你说啊，不仅是不容易，而且是很难得哦。你知道吗？过了元旦一宣布，你就是目前由我们临港市自己任命的最年轻的副处长了，不到三十岁的副处长，呵呵，这可是我们临港建市以来极少有的啊，请你自己看清楚咯，你手里拿着的是一张破纪录的任命书哈，非常非常有意义呀郑晓悟同志。"

郑晓悟听明白了，方副处长这是在好心地提醒自己，何去何从，自己的命运就如同这张任命文件一样，此时正掌握在自己手里。但是……但是，单位那边已经表现得很决绝了，不好回头了；远山那边已经答应得很干脆了，不便食言了；妻子那边已经表达得很坚决了，不能改变了。而自己这边呢，凭良心说，对已经到手的任命，多有不舍和后悔；对是否即刻调离，也有更多尴尬和犹豫，因为这确实就是自己想要的。郑晓悟觉得很煎熬也很恼火，这任命文件下达得太不是时候了，哪怕再晚几天自己根本不知道也就罢了，而且这样的话，还会有一种单位负我而我不负单位的自在感，有一种此处不留爷自有留爷处的自豪感。现在倒好，无论如何，定将因此对研究所有负疚感，更对自己有负心感。思来想去，委实左右为难。而方鹏程好像是要让他有充分的时间思考，静静翻阅材料，没有干扰或者催促。

最终，面子战胜了理智，妻子心中的价值超过了提拔体现的价值，郑晓悟回回神，回到现实中来了，语气坚定地对方鹏程讲："方处，谢谢你的好意！既然调动的事已经办到这一步了，我就'好马不吃回头草'了，还是麻烦你把调令帮我办了吧。谢谢！"

方鹏程闻言，笑容中隐隐微露嘲讽："嘿嘿，好马不吃回头草？"随之拨了个电话，片刻，一位中年妇女走进办公室，方鹏程把手中的商调函和介绍信递给她，指示道，"去把这位郑晓悟同志的调令办一下。"然后便与郑晓悟握别，送客。

在旁边的办公室办妥手续出来，方鹏程的办公室紧闭。

路向改变了，当然志趣也要改变。定位改变了，当然思维也要改变。身份改变了，当然行为也要改变。郑晓悟顿时好像在自我感觉上彻底地松弛了下来，常需思考的问题再也不用去费脑筋了，早已习惯的规矩再也不用去受约束了，曾经倾心的写作再也不用伏案苦思了，两点一线的作息再也不用一成不变了。但不知道为什么，郑晓悟的这个元旦假期却并不是在轻松愉快中度过的，他不能确定未来的路到底走向哪里，未来的目标到底定在哪里，不像待在政府部门，一步一步的台阶自己看得很清楚，一级一级的职位心里想得很明确。那么到了远山呢？再往以后又如何呢？……"唉，走一步算一步吧，走到哪儿是哪儿。好在临港的机会多，希望真的是萍萍说的'人挪活，树挪死'吧。"最后，既然怎么也想不出个所以然来，郑晓悟干脆自我宽慰地叹息一声，懒得再去想了。

正式成为了远山集团的一员，每天都手提公司配发的咖啡色牛皮公文包，穿过贴有"远山呼唤，美好明天"的彩色招股宣传画的大堂、电梯、走廊，不断和已经认识的、刚被介绍认识的、迎面点头认识的同事打招呼，特别是美女居多，尤为赏心悦目，最后在七楼走出电梯，心情愉悦地走进711室。这是郑晓悟在远山实业股份有限公司的办公室，是个面积适中的单间，大班台椅背靠着书架，左手靠墙辟有沙发接待区，配有单独的洗手间，感觉像是酒店标准房间的设计，用高志国的话说，"还是很安逸的"。而隔壁的709房就是总经理助理高志国的办公室，配置相同。

郑晓悟还没有经公司下文正式任命具体职务，每天的工作都是由黄宇坤总经理的女秘书钟小红，或者是办公室副主任刘慧娟送些文件过来阅看，但不做签批，只是了解和熟悉情况，若有什么意见和看法可直接告知黄总。因此，几乎每天都是处于悠闲状态，更多时间是和高志国一起，到走廊东头黄宇坤总经理的办公室谈事、争论，或者是闲聊。有意思的是，同楼层的两位从外地招聘来的副总经理，则比较少和高志国、郑晓悟一起到黄总办公室齐聚，也可能是他俩的职责分工的原因，多在下面各自分管的子公司、分公司、工厂、实体店进行巡查、指导，或者是在办公室接待前来汇报工作的对口分管的下属负责人。而且，除了在本楼层的会议室或者是到八楼的董事长会议室开会之外，他们相互之间也很少串门。

黄宇坤的办公室是几个房间连通的套内套，要先从706房门进去，秘书钟小红迎门而坐，她这间房除了电脑、打印机、电话机、打字机、复印机等办公摆设之外，还有茶台、小立柜、小圆桌，都分别摆放着潮汕茗茶、进口咖啡，以及冲泡茶叶、咖啡的器具、杯具等。每次一进门，哪怕早已知道黄总就在里面的办公室，高志国还是会故意中气十足地对笑容可掬、款款起身的钟小红调侃道："亲爱的钟楚红小姐，宇坤在不在？"或者是"亲爱的钟楚红小姐，老板在不在？"郑晓悟也已经注意到，这位钟小红小姐无论从其眼眉相貌，还是身型特征，都与香港明星钟楚红颇为相似，言谈举止也都具备广东美女的性情优点和性格特点，而且钟小红多数时间喜欢穿牛仔裤，很能显出丰臀美腿的优势。每每见到她，往往会在郑晓悟脑海中浮现出香港电视里播放的钟楚红那个令人销魂的牛仔裤经典广告。可能是她有意模仿之。

随着钟小红调皮的抿嘴微笑，漂亮的"请进"手势，兄弟俩穿过一处两间房打通后的铺有华丽地毯、摆着高档沙发的会客室，再进一道门，便是黄总的办公室，内里还有一个暗门，暗门后面是间不大的休息室。最能引起郑晓悟注意的是，透过那些并没有什么书籍和文件的文件柜的玻璃门，可以看到里边摆满了多款洋酒、水晶酒具，而洋酒则以 XO 居多，还有一些收集来的各种品牌、各种造型的小小支的"酒版"，很是好看。而每当黄总说要喝酒谈事，钟小红进来挺胸扬臂地取酒，风姿绰约地倒酒，郑晓悟便会从黄宇坤那毫不回避、目不转睛的欣赏眼光中悟出点儿什么，当然也就因此很自然地融入这种无所顾忌的氛围，进入这种身心放松的状态，惬意地斜靠在沙发上摇晃着水晶酒杯，和他们或认真讨论，或随意闲扯着各类话题。此时，他已经隐隐约约地意识到，自己原来的那个他正渐行渐远，而有一个陌生的他正在试探而来，心中原有的那种固有的向往被压了下去，另一种潜在的欲望正缓缓升起。郑晓悟觉得这样真的挺好的，很喜欢，自由，自在，且可以很自我。舒坦呀！

放松自在的还在于，几乎是每天晚上，最多也就隔一天，郑晓悟便会与黄宇坤、高志国多在思缘潮汕海鲜大酒楼里，燕、鲍、翅的吃，红、白、洋的喝，或是公务接待，或是业务聚餐，或为增进关系，或为要事密议。一般性的晚餐聚会，郑晓悟也会把邝盟约上。而邝盟也会经常从二楼跑到七楼郑晓悟的办公室闲坐、聊天，而他们蓝天中心与远山公司之间合作事务的公务交流，则在会议室里进行。

远山实业股份有限公司董事会经开会研究决定，为配合公司股改和上市的需要，在董事会系统内增设成立财务委员会、审计委员会等几个机构，郑晓悟担任审计委员会的副总审计师，如此，则并没有和黄宇坤、高志国他们搭班子，而是和香港恒通银行的董事梁家英先生搭班子。梁先生是被董事会聘为远山公司的总审计师，但属于兼职，他只是在任命就职的当天才和郑晓悟见面认识，两个人做了深入的沟通。梁家英说，是他事前了解并调看了他的简历，专门"点将"强烈要求董事长任命郑晓悟任副总审计师做其助手的，因为公司内部审计的核心和关键，不单单是财务会计的账目问题，更主要的，也是最重要的，其实是法律问题，需要的是法律专家来掌舵、把关。梁先生虽然祖籍是上海人，但他是在美国受的教育，并长期在香港工作，所以，他的思维习惯和内地人有很大的差异，其对于公司内部审计工作的一些观点、说法、概念、理念，还有一些表达方式等，也使郑晓悟感到新鲜和陌生。但是，在加强公司内部审计的基本理念上，郑晓悟与梁先生三观一致。由于梁家英每个月从香港过来的次数有限，因此，审计委的日常工作自然而然也就由郑晓悟来负责和主持。

审计委员会还加挂了一块"内审部"的牌子，如此一来，便是对公司董事和公司管理机构双重负责，在业务关系上，一条线通彭思远董事长，另一条线通黄宇坤总经理。郑晓悟想：反正都是对他们远山家族负责。全部人员配备了五女二男，其中五女一男都是财经学院或是中专财校毕业的员工，或者是从下面公司财务部挑选上来的，或者是向社会新招聘进来的。只有一位被人叫做"阿华"大名是彭新华的，则是刚从华南工学院毕业不久的大学生，也是彭董的族内亲戚，被安排专门负责审计委的行政后勤工作，用这位机灵无比的阿华自己的话说，他其实就是"郑总的秘书"。所以，他每天都会从对面的那套大办公室来到郑晓悟的办公室，泡茶端水，"听从吩咐"。而郑晓悟呢，除了定期跟"内审部"的人开会学习、研讨业务、处理审计难题之外，在每月的内审工作量相对较少的时段，也比较愿意走到对面的审计办公室和各位聊聊天，说说轻松的话题。

　　工作起来严格要求，闲暇空间大可放松，这是郑晓悟持之以恒的原则。时间长了，彼此的脾性也慢慢摸透了，那五名女下属就有些"放肆"了，特别喜欢叽叽喳喳地拿郑总开心。尤其是那位湖北省商业学校毕业的性格开朗的章玲，戴着一副紫色边框眼镜，两眼生动多情，说话嗲声嗲气，身段丰润性感，举止妖娆多姿，一是她早已了解到郑晓悟是在湖北长大的，也曾在武汉上大学，二是她看到这位个头瘦高，身材比例尚可的上司比自己大不了几岁，于是就会在工作之余，当着大家的面，拿自己的丰满身段跟郑晓悟开玩笑："小郑，走，咱俩去找个房间比比小蛮腰吧。"那位兰州来的高个子丫头马兰兰，则动不动就和郑晓悟背靠背地比高矮，并故意会用臀部撞撞他，"调戏"他。而喜欢买零食吃的重庆美女任欣雅呢，则每每拿出各种零食"挑逗"从不爱吃零食的郑晓悟："老大，吃一点嘛，这可是在我们楼下你自己的便利店买的嗦，不吃白不吃哈。不敢吃那就说明你的便利店卖的是假货。"原来，任欣雅这姑娘是拿郑晓悟办公室的"711"房间号，跟楼下的"7-11"便利店相混淆来逗趣。

公司的内部审计业务于郑晓悟而言，其实是个全新的领域，但依他的性格脾气，既然接触了这个业务，担负起这个担子，就要钻研进去，不仅要弄懂，而且还要精通。很快，他就清楚地知道，建立企业内部审计制度是企业管理规范化的重要一环，乃以1941年美国内部审计师学会成立为标志逐渐在全世界兴起，但在中国大陆还是新课题，在学科上应属于经济法的范畴，跟自己所学的法律专业是相通的。建立健全企业内部审计制度，就是企业在营运管理中进行自我约束，自我控制，自我完善，自我提高，堵塞漏洞，补救失误，在管理中争效益、求发展的一种内部监察控制手段，这对股票上市的公众公司尤为重要。看来，彭思远董事长已经精准地把握到股份公司的命脉。

郑晓悟与同事们达成共识：作为集团内部的专职审计人员，要明确地认识到内审性质是独立行使专业职权，对本公司经营管理、资金往来、业务拓展、依法纳税等一系列活动进行审查、评价与控制，并提出改进意见。也就是应通过内部审计查明：公司整个系统在经营管理上，哪些领域有效益，哪些方面有缺点，需要采取哪些改进措施，从而提出能够提高效率和降低成本的改进方案，以确定或修正未来的工作计划和发展导向。也就是说，这些都属于管理导向的审计，包括经营审计、管理审计、合同审计、财务审计等，其作用乃是衡量和评价所有管理措施和经营手段的有效性。因此，他一再叮嘱各位，咱们内部审计不是指责性、对抗性的工作，而是建设性、对策性的工作。末了，他形象地跟大家说：咱们就是远山集团的"总参谋部"。

郑晓悟和同事们边学习，边研究，边总结，边归纳，大家的专业思维和业务眼光，逐渐从单纯的会计活动延伸到非财务领域，尤将重点放在管理审计，不仅限于公司的会计、财务，而且包括生产、销售，以及公司的发展战略、经营方略、管理策略以及规章制度的推行与监察等各方面，由此确定了"内审部"的工作范围为：查核公司内部资财数据是否真实可靠；审查公司资产核算是否健全；审查财务、会计、出纳和其他控制职能是否健全和充分，是否能有效地、合理地控制成本；审查公司的规章制度和其他办文程序是否规范并得到切实地贯彻执行；考核公司各部门及下属单位是否高质高效，按时完成了目标管理所确定的各项任务，最后提出改进经营管理的建议。

基于一段时间的摸索和思考，更是基于自己的专业习性，郑晓悟向董事会提交了一份报告。在面呈彭思远董事长之前，郑晓悟让章玲另用繁体字打印了一份，先交给总审计师梁家英先生审阅。梁先生那天没有返回香港，据说晚上在酒店里非常认真细致地反复读了好几遍，并作了批阅。第二天早上一上班，便让彭新华"请"郑晓悟到他八楼的临时办公室，梁家英那油亮的少发头顶因兴奋而显得更加光亮，他电话通知雪莉送两杯咖啡过来，高兴地夹杂着英语、粤语、普通话对郑晓悟大声说，他真的是太高兴了，他首先是为自己高兴，看准了人，用对了人，对得起彭董事长对自己的信任。他其次是为郑晓悟高兴，不仅专业水平高，关键是悟性高，完全领会了他"点将"让他做副总审计师，目的并不是要一个业务高手，也不是要一个将才，而是要一个帅才，就是要从高出远山公司的高度，往下俯瞰来思考内部审计问题。更使他兴奋的是，说在上海、深圳为多家公司兼职搞内审制度建设，但很少有助手能完全领会他的意图，达到他的期求，而郑晓悟却做到了，并且超出他的想象，内容也"很大陆化"，实用。他昨天晚上读了这份给董事会的报告，按捺不住自己的喜悦之情，虽然已经很晚了，但还是给远在澳洲的彭思远董事长打了电话并给他传真过去，和他分享这份喜悦，并让董事长提前获知这份报告的内容。

高兴地表达完，梁家英把那份繁体字打印件递给郑晓悟，说是自己"仅稍作改动"。郑晓悟拿过来一看，原来只是在语句表述

上改得更"香港化"一些，其他并没有做任何实质性的修改，这
不是什么大问题，不影响报告内容本身，也不影响阅读和理解，
而且彭董好像也比较适应港式表述。

第十五章　乍暖还寒

　　这些年，好的诗人似雨后春笋，美的诗句如百花争妍，而其中，诗人海子的这句"面朝大海，春暖花开"的诗句似乎更能流行于民间，很有烟火气，颇具画面感，总令读者倍加神往，思绪翩跹。

　　春节前后，临港到处都在传播一个"小道消息"，说有北京的大领导正在深圳经济特区视察，所传之消息好像也都甚为振奋人心。郑晓悟不管是在公司列席董事会议、参加管理决策，还是阅读工作资料、参考内审文件等等，也真切地感受到一些侧重点在悄悄地发生着变化，一些提法有所改变。的确，差不多有两年了，彭思远董事长指挥着远山公司全体员工为争取上市而奋斗，无论是公司更名、公司结构、公司规范、公司运营等，从形式到内容，都已经在按照上市的股份公司进行操作，予以完善。但远山公司毕竟不是在深圳经济特区注册成立的企业，即使有市政府领导的支持和市体改办的参与策划，但想获批进入深圳证券交易所挂牌上市还是有一定困难的，若是设想到千里之外的上海证券交易所申请上市，更不具有可操作性。

3月26日这天的《深圳特区报》登载了《东方风来满眼春——邓小平同志在深圳纪实》。当天的报纸罕见地脱销，洛阳纸贵，很多人都在拿着这份报纸研究着、揣摩着，路边的报刊宣传栏也围满了打工仔、打工妹和外来找工作的人群，他们都想从这篇长文中找出鼓舞自己的内容，读出振奋自己的文字。就在这天上午，钟小红突然来到郑晓悟的办公室，说黄总请他过去，有重要事情。随钟小红出来，高志国已经含笑地站在走廊上，等着他一同前往。

黄宇坤一见到他俩，便迫不及待地往每人手中塞上一份《深圳特区报》："来来来，快请坐下来，先不说话，慢慢看，仔细看。看完咱们再谈。"说完，关上办公室房门，又自行去取来酒杯，给每人倒了一杯XO，但他自己却并没有看报，而是靠在沙发上自顾自地摇晃着酒杯，优哉游哉地慢慢品着。郑晓悟和高志国都没有碰酒杯。

约莫过了一刻钟，高志国的动作快，大概浏览完了，激动得把大腿一拍："好！太好了！你看这句话哈，老人家总结得真好：'革命是解放生产力，改革也是解放生产力'。经典！"

郑晓悟此刻也已经读完了，说："这篇纪实报道的核心，其实也是老人家所有讲话的全部核心，我从里面读出了八个字：深化改革，加快发展。"

自在安详、晃着酒杯的黄宇坤望着他俩，两眼放光，把杯中的酒一口喝下去，将酒杯放回茶几上，一边又往酒杯里倒酒一边提问："嗯？那谈谈看，有什么想法？有什么高见？"

郑晓悟说："我觉得不需要有什么想法，也不可能发表什么高见，因为这些年来，人们的想法和疑虑在这里边都被说透了，所有的高见也都体现在老人家的这一系列讲话里边了。你们听听这句话：'改革开放胆子要大一些，看准了的，就大胆地试、大胆地闯。对的就坚持，不对的赶紧改，新问题出来抓紧解决。'看到没有？不需要咱们去理解认识，不需要咱们去探讨论证，直接照办执行就对了。"

高志国用手"哗哗"地弹了两下报纸，说道："还是郑晓悟同志有水平哈，我读这篇文章的时候也有这个感受，但没有像晓悟这样能一下子把它给归纳总结出来。你说这些年哈，这么多高手，这么多大人物，都在那儿研究来争论去，也没弄出个所以然嘛，而且越搞越乱。现在老人家一言九鼎，一锤定音，用所有老百姓都完全听得懂、搞得明白的大实话直白地讲出来了，这还需要哪个人再有所谓的高见吗？还能有哪个人整得出其他更高明的想法吗？"

黄宇坤又是兴奋地把杯中酒一饮而尽："好！很好！彭董打电话来说，前些日子他在香港已经看到了一些报道和猜测，所以他就在悄悄地布局作准备，深圳的报纸现在一登，就是最权威的依据。过两天，彭董就赶回临港主持召开公司中层干部以上的会议，统一思想，抓住时机，尽快行动起来。我先在这里给你们俩透个气，彭董的意思呢，如果在短时间内还没法在深交所上市，那起码要获得政府批准内部股发行的许可，这种做法在珠海经济特区已经有先例了，市领导好像也同意暂先这么试点。总之，不能再原地踏步了。"

"东方风来满眼春"，吹暖的不仅仅是深圳，不仅仅是广东，不仅仅是东南沿海，吹暖的是整个神州大地。惊蛰而醒，择机而动的是，大批内地的各行各业各阶层的人涌向东南沿海，追寻"面朝大海，春暖花开"的理想之地。于是乎，郑晓悟一下子就成了楚天大学的"临港接待站站长"：一位并没有直接教过郑晓悟的新任法律系的系主任率先给他写信来，请求帮助其已在武汉工作的女儿引荐到临港工作；从来不认识他的那些在校研究生或者本科即将毕业的师弟、师妹们也都写来了求职信，请他介绍工作、推荐单位；曾给郑晓悟指导毕业论文的王老师的儿子在学校食堂干后勤，居然突然把一位身材傲人，名叫胡欣的代培女研究生带到郑晓悟家里来,大剌剌地要他帮胡欣在临港找工作;大学同班同学中关系要好的,直接来到临港就住在郑晓悟家里,每天骑着他的单车外出联系单位找工作,而关系稍微生疏些的,也同样会找到郑晓悟,欲通过他的关系来联系工作单位……总之,作为楚天大学法律系在改革开放后第一位来到临港的郑晓悟,对老师、同学、校友之所求,不管认识或是不认识,基本都是来者不拒,能帮则帮,觉得这是做好事、做善事,予人方便,于己方便。所有见面者,或叫来家里吃饭,或请在外边用餐。尽量把这些年在临港积累的各种关系,直接的关系也好,间接的关系也罢,能用的都用上,向用人单位强行举荐必须安排的人不少,好言相求给予照顾的人也多。反正能成最好,不能成也给这些南下求职者摸索总结出一些经验,使他们在越战越勇、愈挫愈精之后,绝大多数都慢慢在临港扎下根来了。

某天,在大学四年好像很少有什么交流,毕业后更没有任何来往的申新建忽然出现在郑晓悟的面前,哦……对,想起来了,是五组的同学。郑晓悟在颇感意外之余,同样热情地接待了他,并在征得他"就喜欢吃辣菜"的意见后,请他到四川大厦的川菜馆吃午饭,同样基于他的嗜好和想法,点了一瓶"剑南春"。而不怎么能吃辣的,又是第一次喝白酒的郑晓悟,在道道菜肴皆为麻辣红油并配之以浓香型高度白酒的作用下,满脸通红、满嘴麻木、满头大汗、满身过敏,却依然谈笑风生,不露声色地陪着申新建边吃边聊,竟然也"拼"了有二两白酒,其余八两白酒被申建新同学轻松对付。

在边吃边喝边聊中得知,申新建是鄂东某县考入楚天大学法律系的考生,在学校期间就和辅导员阮丽英的关系不错,后来还东扯西拉地沾上了什么亲戚关系,大学毕业分配时,又借助于本县在武汉市担任局级领导的老乡相助,如愿留在了武汉并分配到一家令人满意的单位,再后来又和那位老乡局长的幼师毕业的女儿结婚，不久喜得千金，一切美满如意。然而，有一次他莫名其妙地想着把一袋卷宗带回家里去看，途中顺便到菜场去买菜，放在自行车网筐里的档案袋不知被什么人顺手牵羊地偷走了，石沉大海，杳无音讯。这是一份相当重要的档案材料，性质很严重，尽管动用了各方关系，依然背上了严重处分。虽说没有被开除公职，但要求他自行离开，自谋职业。"唉，也算是很给面子了"，申新建唉声叹气地讲完，恳求老同学帮忙。

郑晓悟随即要鲍萍萍想办法，给申新建介绍一家熟悉的外资企业。这位同样有求必应，行侠仗义，热心助人，特爱帮忙凑热闹的鲍萍萍，很快就为他介绍了一家很不错的外资企业，有一定职位，待遇也还好。没过多久，申新建把他老婆也从武汉调到了临港。如此一来，两家关系便异常亲密起来，申新建常常会在周末带着老婆孩子到郑晓悟家吃饭，饭后，两口子便陪着酷爱打麻将的鲍萍萍母女俩码"长城"。对打麻将绝对不感兴趣，连基本原理都搞不懂的郑晓悟，此刻就得帮忙照顾两家的女儿。

形势发展，工作需要，远山公司决定给郑晓悟、高志国每人配一部"大哥大"，但指标得自己去搞。申新建听说后，就说他的一个小老乡在临港市港南区南坳角派出所做联防治安员，虽然不是正式在编警员，但很有门路，可以帮忙直接买到"大哥大"，需要四万五千元。郑晓悟即向黄宇坤汇报，黄总满口答应并通知财务部提现金。

申新建的小老乡取走现金后，隔三岔五地让申新建去请郑晓悟到他"辖区"内的餐馆吃饭，而且每次都当着郑晓悟的面对餐馆老板和服务员吆五喝六，耀武扬威，令郑晓悟很反感。但每次见面吃饭却从来不提"大哥大"的事，更没有见到"大哥大"的影子，令郑晓悟越来越疑惑：是我请他帮忙搞指标，怎么反过来他却很巴结地老是花钱请我吃饭呢？当然，有很多次，这人并没买单，说"挂账"。

时间久了，怀疑就更大了，于是决定不托他买"大哥大"，催还款。这人从开始说马上就办好，到说托人情吃饭钱花得差不多了，再到最后南坳角派出所说这个人离职走人了。郑晓悟赶紧让萍萍陪着去那家外资企业找申新建，竟被告知申新建领完最后一个月的工资，人影都不见了。找人追钱若大海捞针。远山公司虽然没有要求还回这四万五千元钱，但却再也没有给郑晓悟配"大哥大"。关键是，郑晓悟总感到被人怀疑私吞了这笔钱。

若干年之后，在深圳举行同学会，这位申新建居然开着"宝马"若无其事地出现了。发现郑晓悟满脸怒气，满眼怒火，欲将有所行动，得知此事原委并已担任某法院院长的同学即刻阻拦："算了，算了，事情都过去这么多年了，再搞也没啥意思了。再说了，即使你有证据，诉讼时效也早都过了哦，他就是赖着不还，你奈何得了他吗？"

随着春风吹满神州，即将面临毕业的大学生、研究生，大都把南下广东、进军特区作为首选，他们或者是根据学校提供的就业信息而来，或者是自主寻找就业机会而来，或者是利用关系其或是关系托关系介绍而来。而很多高校也都因势利导，顺势而为，只要有利于学生就业，必定配合用人单位，可以提前办手续提前毕业离校。

"五一"节后的一天下午，彭新华将一位不速之客领进了郑晓悟的办公室。这位大学生模样的访客自我介绍是汉宜老乡，还是表弟周启发在齐鲁大学的室友。在郑晓悟疑惑询问的目光下，小伙子掏出两封信，双手递给他。其中之一便是二表弟周启发简单所写的一页纸，说自己考上了本校本专业的研究生，留校陪导师做课题，没时间亲自前往临港拜访表哥、表嫂，介绍来访者名叫赵发海，是汉宜县津口镇的"老乡"，也是大学时期的上铺兄弟，"其实就是结拜兄弟"——信中强调说，请表哥在改革开放的沿海帮忙介绍工作。另一封信是姑姑和姑父郑重其事地以"郑淑婉、周正全"之名联名致信，很隆重地介绍了来者赵发海和他们二儿子启发非同一般的同学关系，赵发海家和姑父家非同小可的家族渊源，赵发海自身所拥有的非同常人的天赋异禀，信里特别点明"齐鲁大学比你的楚天大学更有名气哦"。郑晓悟心里明白这是姑姑和姑父在提醒自己应注意自身条件，不要瞧不起来者，便条件反射般地抬头再次打量了一下来客，只见赵发海正以名校毕业生的自负气质，在淡定地观察自己，便客气地微微一笑，说："请喝茶。"继续看信。信中要求，这是个难得的人才，看能否在临港市政府主要部门或者大型国营公司安排个位置。

郑晓悟对两位长辈最后这个"指令性计划"的安排要求，自感羞愧难当，恼恨自己不是临港市的领导，既指示不了什么部门，也安排不了什么位置，不过，即使是临港的市委书记市长也不可能这样干呀？但长辈的来信就是命令，是命令就得服从并执行。考虑到这位名校才子赵发海是工商管理专业毕业，就即刻想到了楚天大学"文革"前毕业的老学长，关系相当不错的市工商局局长曾培公，于是打电话向曾局长推荐该同学，本来是寻求帮助，但还是半求情半开玩笑地跟老学长说："我可不是在求您哦，我这可是在给咱临港引进一位工商管理专才呢。"对方当然是哈哈一乐，说把简历资料送过来看看吧。

应该说，曾培公局长还是相当给面子的，在对来自全国、寄自本市的数不胜数的推荐公文、自荐材料、领导指定、目标人才的平衡协调后，赵发海被顺利地安排在市工商局新设立的事业单位——"心连心"工商企业登记服务中心。

在赵发海入职上班之次日，郑晓悟和鲍萍萍两口子一起在思缘潮汕海鲜大酒楼宴谢曾局长，祝贺赵发海，并让赵发海借机得以结识局领导。带去的一瓶五粮液，曾局长酒量有限且自制力很强，每次举杯只是象征性地浅酌而已，郑晓悟不用说，喝酒很一般。鲍萍萍想闹气氛却闹不起来，也就喝了二两吧。其余约有六七两的高度白酒，竟被这位大学生给承包了，赵发海一边兴奋异常地一杯接一杯地喝，一边情不自禁地连连说道："哇！哇！确实是名酒，好好喝啊！在汉宜老家，在山东上学期间从来都没有喝过这么好喝的酒。我每人先敬三杯！"

　　曾培公倒是乐呵呵地很欣赏这位能喝酒的年轻人，大概从这喝酒的水平就能看出这人的确是个人才吧。听着赵发海一口一个"表哥、表嫂"叫着，不断地向郑晓悟、鲍萍萍敬酒，又时不时恭恭敬敬地过来要跟自己"干杯"，就意味深长地说道："小赵啊，我呢，作为你的局长，一般的工作人员也没有机会跟我在酒桌上闹酒，当然，今天我跟你表哥、表嫂算是朋友聚会，也不会在这个场合跟你说如何努力工作好好干之类的话，但我要特别嘱咐你的是，无论你将来是升官了还是发财了，你一辈子都不能忘记你表哥和你表嫂的恩。你知道为你的事，你表哥跑我办公室跑了多少趟吗？他也看到我办公桌上都堆满了求职材料，所有这些求职的人几乎都是关系户，很多还是市领导的关系。我们局里的人员编制有限，户口指标有限，怎么说也不可能轮到你小赵呀，但你表哥锲而不舍地说服了我，令我很感动。说句老实话，也就是你这位表哥啊，其他没有人这么给你卖力的。"

　　郑晓悟和鲍萍萍闻言赶紧恭立，举杯敬向曾培公："小赵这一辈子最要感谢的是您局长的恩德！没有您接受他，他也不可能有这么好的单位，这么好的工作。我们俩先敬您一杯感恩酒，您随意。"

　　赵发海稍显口齿不清地表态发誓，绝对不会忘记表哥和表嫂的大恩大德！绝对不会给您局长丢脸，"来，我连干三杯，先饮为敬！"

　　大约一个月后的一天中午，在办公室忙碌处理文件的郑晓悟，意外地接到姑父周正全打来的电话，这可是第一次通电话呢。接通电话稍作寒暄，姑父便单刀直入地提出了一个叫人丈二和尚摸不着头脑的问题："你怎么给赵发海搞了一个集体户口呢？"一时间，郑晓悟大脑蒙圈短路，一头雾水，愣了半晌，莫名其妙地思索追忆自己给谁搞了个集体户口？赵发海？……赵发海是哪个？搞的是哪里的集体户口？半晌都没有把这个问题想转过来，因为最近来临港求帮忙的人太多了，几乎每天都有，不管认识的还是不认识的。

在周正全连珠炮似的描述和质问下才搞明白，原来那位求曾局长安排的齐鲁大学毕业的高材生赵发海，其户口按规定落在市工商局机关的集体户口簿上，他觉得很不方便，提出能不能给他办个单独的户口簿。郑晓悟于是就耐心地解释说，所有分配或者调来临港的单身男女，都是暂时统一使用机关、单位的集体户口簿，结婚成家或者解决了夫妻分居问题，并且分到自己的房子，就可以单独立户，而且这是市公安局的统一规定，统一办理，任何单位任何人也没法改变。再者，确实需要用户口簿办什么事时，找单位办公室或者是机关事务处领出来用就是了，没什么不方便的呀？

大概周正全对赵家人拍了胸脯表了态，作了保证应了诺，一听这侄儿虽然解答得头头是道，但意思就一个：的确办不了。一时觉得没法交代，顿时感到下不来台，突然口不择言地在电话里讥讽道："嘿哟！你爸爸每次都把你给吹到天上去了，我看你也就是这点儿能耐嘛。既然你根本没那个本事，那你把我们赵发海弄到临港去干什么呢？"

听到对方"啪"地拍下电话，郑晓悟如同雷击般呆若木鸡：这是哪儿跟哪儿嘛？这个赵发海是我求他来的吗？怎么突然还扯上了我父亲？我爸爸怎么得罪自己的这个妹夫了，竟是发自内心脱口而出的一种恨，还有？……不仅是恨？

彭新华此时已经帮郑晓悟打来了饭菜，章玲、王雅冬、魏兰兰、任欣雅这几个女孩子如同往日的习惯，都凑在郑晓悟的办公室里叽叽喳喳地聊天吃午饭，全程诧异地听了这通电话，又看领导放下电话后脸色铁青，气得吃不下饭，均好言宽慰，并声言支持，章玲更是体贴地过来轻轻安抚着他的背，温言道："您跟他们这些人置气没任何意义，气坏了自己的身体划不来。咱别理他，喝口水吃饭吧。"说完随手把茶杯给递过来。但郑晓悟最终还是吃不下这顿午饭。

又过了四五个月，也是个中午，郑晓悟突然接到港南区天后宫派出所民警的电话，在例行公事地核对身份后，通知他即刻到派出所把赵发海保出来。

"怎么又是赵发海？他不在单位上班吗？这一大中午的又给人家曾局长惹出啥麻烦来了？"不明所以的郑晓悟丢下工作，火速赶到派出所一问，原来赵发海在为企业办理登记业务中，和一些个体工厂老板的关系打得火热，不久就被一家饮料厂的高福利所吸引而被"挖"了过去，从此后，每天过得无拘无束，潇洒开心，自由奔放。昨天晚上，又跟工厂老板的司机跑去发廊消费，被派出所"扫黄"警察抓了个现行，已经关了十几个小时，除了写悔过书，还要交罚款。

"什么？赵发海离开企业登记中心了？啥时候不干？请示曾局长了吗？"这么大的变化，赵发海既没有事先征求郑晓悟的意见，事后也根本没有通报，更没有透露半点儿风声，可想而知郑晓悟在这位赵发海心中的分量之轻，形象之低。现在搞出这么大的动静又想到找他了，那份无奈，那种无语，就像一团烂棉絮堵在胸口。而同样是这位赵发海，两年后又和那位老板的司机伙同工厂的几位业务骨干，私下搜集、掌握了工厂客户资料、市场信息之后，便不辞而别，跑去北方掏挖老板的墙角，抢占工厂的市场，最终被骗得血本无归，不得已又跑回临港，不好意思直接来找郑晓悟，再次通过周正全、郑淑婉以长辈身份，电话"命令"

给他安排工作，但却又有意无意地透露说法，就是因为郑晓悟没有阻止他离开临港去北方，从而导致他贸然跑去内地投资，既亏了本，又受了骗，还没了工作。此时已被调来临港，不明真相却又自以为是偏听偏信的郑晓慷，竟也在不同场合时不时就此指责自己的弟弟，怎么解释都不信，说姑姑和姑父绝不会说假话。事实是，郑晓悟自从那次把赵发海从派出所保出来之后，就再也没有和他有任何联系，但同时也对他进派出所的事只字不提，为他保声誉护名声，对他离职去北方投资过程的来龙去脉更是毫不知情。因而，闻言真是气短语塞，邪火攻心。此乃后话。

同样，追随着"孔雀东南飞"的新时代的历史潮涌，财校毕业之后在江州市一家石油公司上班的二哥郑晓恒，和在教育学院继续读完本科从教于商业学校的三哥郑晓慷，也都来到临港找弟弟郑晓悟。此前对于兄弟们齐来临港发展的可行性研究，技术性论证，导向性决策，操作性探讨等，几兄弟之间都已经形成共识，达成默契，所以他们是有备而来。同时跟随两兄弟一同前来的，还有一位态度谦卑，自称是郑力仁老师的学生的年轻人，当然他所来其目的不言自明。

这位年轻人名叫贾明诚，细聊起来，居然还和多年前曾经与父亲郑力仁是同事的、后来又和大哥郑晓忧同单位的贾文善属于"出五服"的族亲。贾明诚本与郑晓恒和吕菁华是江湾高中的同班同学，但在当届高考落榜，便又继续在江湾高中复读了一年，次年超常发挥，被北京首都政法学院录取，本科毕业后又考入东海政法学院读研究生，此刻头顶着法学硕士的光环，自信满满地来到临港挑选单位。

据贾明诚自己说，他来到临港已经快一个月了，其以胜券在握、所向无敌的自信状态，连续挑选面谈了好几家机关单位和国有企业，"真没想到，"他略带得意地说道，"每个单位都看上我了，全都上报到市人事局请发调档函。但市人事局给我第一个下调档函的单位我突然不想去了，请求换一家单位，第二个下调档函的单位经我再三考虑，还是不甘心，又反悔了。这么一搞，我听说市人事局现在给我下了'封杀令'。师兄，可以说我现在来临港的路完全被封死了，真的是走投无路了，只好给二哥、三哥写信、打电话求助，今天又特地到火车站去迎候二哥、三哥，跟他们一起来拜见你，求你拉兄弟一把。"接着，又情真意切地讲述他的家在襄北农村，家境困难，祖祖辈辈都是"贫穷老乡里，自休还力耕"，面朝黄土背朝天，一辈子在黄土岗上刨食干到死。唯有到了他这里才算是熬出了头，出人头地为贾家增了光，但也肩负着养家敬老的重任，阖家阖族都指望着他一个人呢。所以，他无论如何都要留在临港，坚决不回内地去"饮啄全此生"。

郑晓悟发现贾明诚的口才很好，妙语连珠，出口成章，且在需要煽情时，几近声泪俱下，简直不给自己刚见面的兄弟之间有说话的机会。虽然这人在才华横溢之中又显得油嘴滑舌，甚至"偶尔露峥嵘"地表露出法学硕士的优越感，但也确实算个人才，于是一边听他絮絮叨叨地讲，一边在大脑里搜索用人单位信息，慢慢想起一个月前，素未谋面的楚天大学研究生江正写来求助信求荐工作单位，当即把这位校友推荐给了正在筹建社保局的市劳动局副局长秦友国。秦友国是在临港市竞聘局长的人事改革中，以高校教授身份，用真才实学垫底，竞得劳动局副局长之位，因而他能慧眼识英才，拍板招进了江正。郑晓悟认定，此值筹建期间的市社保局肯定仍然需要人才，尤其是硕士专才，于是当着贾明诚的面便给秦局长打电话推荐，一是公开说明所推荐的人是家父的学生、自己的高中师弟；二是坦承申明所推荐的人因为没有社会经验，应聘态度不端正，"可能"被市人事局"封杀"了，但对于我们临港需要的人才，不能因为小青年的幼稚行为而断绝人家的前途；三是"出谋献策"点明劳动部门和人事部门是关系密切单位，说不定啥时相互遇到事情会求对方给予工作协助呢，所以，由您局长大人出面请人事局放行，肯定会支持劳动局引进这个人才。

也不知道郑晓悟的道理说得充不充分，理由讲得动不动人，毕竟最终，总之很快，秦友国也把贾明诚揽入到自己麾下。

郑晓悟对贾明诚，当然也对江正及其他被介绍推荐成功的亲友、同学都说过同样的话："师傅引进门，修行在各人。我的能力也只是介绍推荐，主要还是你们自身的条件和机遇。以后你们能不能发展，如何发展，就只能靠你们自己的努力和运气了，我肯定是无能为力的。所以，你们既不必再来面谢我，也无需请我吃饭，只要你们事业有成，就是对我最大的感谢，也算是我最大的功德。"

没有想到的是，此后的贾明诚，虽然每次与江正凑到一起时，必会声情并茂地和江正谈及俩人共享郑晓悟的举荐之恩，但却在内心深处，从一开始就把江正设定为竞争对手，当然也正因为其口才好、情商高、懂眼色，在社保局基本上一直都压住江正一头，处于上风。只是在多年后，俩人同为处级干部去共同竞争同一个副局级职位时，江正凭其更多的优势和优点，顺利通过笔试、面试、演讲、谈话、考评、考核等环节，得中此位，从此便得以充分施展才华，扶摇直上，为临港的经济社会发展作出了重要贡献，最后官至省部级领导。而本来笔试第一，志在必得却落败的贾明诚因而受到打击，自觉仕途无望，很快就辞职离开了体制内，去做自由职业者，专心赚钱。

更没有想到的是，贾明诚虽然因为郑晓悟的"有言在先"而不便再来联系打扰，但与郑晓恒、郑晓慷之间却多年保持着情同手足的感情，若有一周不见二哥、三哥，绝不亚于如隔三秋；如果某个周末没能凑到一起打麻将，便顿觉整个生命将会失去意义。而在驻临港某部队企业一路做到财务经理的郑晓恒，在临港市工商局上班的郑晓慷，只要有饭局，只要被人请，就肯定会把贾明诚叫上，但凡有"老乡"来访，也会把他喊来聚会相认。而他们之间所有的这些活动，郑晓悟从无参合，更无掺和，绝不露面。但当郑晓恒因军队开始停止经商办企业时，最早择机离职，与几位情投意合、亲如家人、吃喝不分的汉宜"老乡"合作投资汽车4S店项目，却被两位"老乡好友"设陷阱害得几乎倾家荡产。而此时以赚钱为职业的贾明诚为了两三万块钱的委托代理费，成为了"二哥"的对立面，发挥了最高专业水平，为那几位"老乡"设计方案，出谋划策，先行逃脱责任，最后逃之夭夭。

当郑晓悟得知情况之后，危机已然发生，而且已经对郑晓恒产生了极其不利的法律后果，于是不得不腾出相当大的精力和相当多的时间，出面解决善后。历经两三年的力挽狂澜，虽然挽回了一些损失，但被贾明诚颇具预见性地帮助隐身的"老乡"却至今无法追索追偿。贾明诚在多年后，无论是良心发现，或是有其他原因，总之他曾通过各种渠道来说情，用了各种办法想见面，意图消除"误会"，再续友情，但郑晓悟绝不给任何机会，也不听任何说辞。这类人，只当作是每天扔掉的垃圾，每次冲走的粪便。这是与人交往的原则。

第十六章　股市风云

　　鲍萍萍对老公不断有同学、校友、亲戚、朋友来临港求助求职，上门骚扰，不仅不觉其烦，反倒乐在其中，看到二哥郑晓恒、三哥郑晓慷已在临港安顿下来，知道大哥郑晓忱正在考虑竞争广播电台副台长职位，一时半会不可能想到要离开江州，便鼓动从湖北幼师毕业的小姑子郑晓愉也调来临港，并帮忙联系好了市物资局幼儿园。虽然晓愉利用暑假前来面试并当场被录用，但听到园长告诫说，若有男朋友则不负责一并调来临港的话，当场并没吱声。暑假快结束时，没做任何解释，毅然决然地返回江州。很明显，有男友，而且爱情第一。

　　鲍萍萍既是一个热心肠的人，也是一个喜欢热闹的人，人越多越开心，人越闹越张狂。所以，每当她骂女儿郑心雨是"人来疯"时，郑晓悟就在心里发笑："她这是骂女儿呢，还是在说自己呢？"正因为她性格开朗、脾性爽快、不拘小节、不计得失、待人大方、特讲义气，喜好交际，熟人也多，也因此帮了不少人的大忙。

　　郑晓悟的那些来临港求职的同学见了鲍萍萍之后，几乎个个都自然而然地把她当成了在校期间就已熟悉的吕菁华，毫无违和感，更无陌生感，来家吃饭，绝不客气，吃饱喝足，开台打牌，牌技出错，互相指责，吆三喝四，拍台打凳，有时语言过激，某方顿时翻脸，抽身扬长而去，誓言再不来往。但是过不多久，却又尽释前嫌，嬉笑相聚。而萍萍到了这些朋友的家里呢，也从来不把自己当外人，看到人家两口子的卧室没有来得及整理，就一边"嘲笑"这家的床铺是"猪狗窝"，一边自作主张，有条不紊地叠、铺、扯、披，给归置得整整齐齐；看到人家厨房的碗筷没有来得及收拾，就一边"责骂"这家的老婆是"懒婆娘"，一边当仁不让，手脚麻利地洗、涮、抹、放，给清理得干干净净。搞得人家的老婆相当难堪，进而气鼓鼓地坐在一旁生闷气，她却毫不察觉。若是到了人家做饭的时候，必然好为人师地在旁边指手画脚，品头论足，实在看不顺眼了，就一边"鄙夷"这家女主人"是怎么当的老婆？"一边一把把人家推开，直接取而代之，操刀上阵，又是弄得这家老婆相当气恼，继而甩手冲进卧室赌气不管了，她却并不在意。每当此时此景，郑晓悟必然会想到吕菁华当年在公园取代殷虹挽住翟卫东胳膊"示范"的情形，总是在想："这鲍萍萍到底是我的老婆呢还是别人谁的老婆呢？"

几年后，当郑晓悟意识到将与鲍萍萍天各一方，远隔重洋，分手在所难免时，便和她说了一句总结性的结论："你不大适合做老婆，但你特适合做哥们儿。"又过了若干年，当从日本回国依然单身的鲍萍萍豪迈大气地打电话邀请郑晓悟赴约，陪她与一群共同的熟人、朋友喝酒聚会，而被郑晓悟婉言相拒时，她便调侃道："你不是说我是你的哥们儿吗？是哥们儿还不敢来见面？"

不得不说，这年春天由东南沿海吹向内地的和煦春风，不仅为临港引来了川流不息的南下求职大军，也引来了络绎不绝的南下招商组团。这不，江州市委书记和市长也亲自带领各区和各主要部门负责人浩荡南下广东，沿途到广州、深圳、珠海、临港等地开展大规模的招商引资、宣传推广活动。郑晓忱时任江州人民广播电台播音部主任，由市领导钦点随队采访，身负采、编、录、播等任务于一身，这是他第一次来广东，当然也是第一次来临港。

鲍萍萍一听说老公的大哥将随同江州市招商代表团来临港搞招商引资，即刻调动起她那固有的公关激情和接待热情，立刻行动起来，四处打电话鼓动她所熟悉的外资企业老板参加招商推介会、项目洽谈会和联谊酒会，再加上郑晓悟为招商活动介绍的一些临港的公司企业、事业单位，包括远山实业股份公司到场助阵，确为江州市的招商会增色不少，人气很旺，加之江州古城的名片，汉水流域的地利，吸引着众多客商到场，洽谈意向热烈，签约效果颇佳，是招商团事先没有预料到的场面。三天的招商会，几乎每场的活动、每晚的宴会，鲍萍萍都要陪郑晓悟一起到场支持。于公，这可以算是与她工作有关的事务范围；于私，这应该说是给她老公家人的脸上争光。所以，在招商会圆满结束之后的"江州同乡答谢宴会"上，书记和市长一定要安排郑晓悟夫妇俩分坐在他俩身边，是为表达真诚的谢意。

而就在招商会开幕的前一天下午，刚刚到达临港安顿下来的郑晓忱，在招商团驻地荔湖宾馆开完预备会，就带着孟向阳来到远山大厦找到弟弟郑晓悟。对于已有几年没见面的孟向阳突然和大哥一起出现，令郑晓悟颇为意外。当年郑晓悟和鲍萍萍结婚，双双回到江州见父母时，因为家里并没有为他俩举办婚礼，因而也就没有邀请任何亲戚朋友，所以当时也就没能跟孟向阳见上面。欣喜询问之下，得知孟向阳此次来临港，是其作为江州市公安局治安科的副科长，被指定随团专门负责招商代表团的安全保卫工作的。

郑晓悟立刻给在二楼蓝天中心的邝盟打电话。邝盟难以置信地一问再问，确定不是在逗他开心，撂下电话，以最快的速度冲上七楼。能在此地意外重逢，自然是格外高兴，大家情不自禁地聊起了过去的往事，难忘的趣事，再说说各自现在的情况，又问问一帮朋友都过得怎样。孟向阳无比羡慕邝盟居然和郑晓悟又凑到了一起，而且就在一栋楼里办公，随时都可以见面，真是太羡慕了。

"哎呀！没得办法啊，这就是缘分！这就是缘分！"孟向阳不断地重复着这句话，似乎感慨万千，无从表达。

郑晓悟间中给鲍萍萍打了个电话，报告大哥到来的情况，鲍萍萍当即表示她提前下班去买菜，赶回家做饭，因为是家里人，又是大哥来临港的第一餐饭，一定要请大哥他们都到家里去吃饭。

有岳母的手艺，有萍萍的创意，那一桌汇集江淮风味、粤菜风格的丰盛晚餐，至今都令孟向阳难以忘怀，至今都让郑晓忱由衷称赞。而孟向阳不愧是久经沙场、见多识广的公安干警，第一次喝洋酒就挥洒自如地一个人对付了半瓶。

把酒言欢，高谈阔论之中，郑晓忱谈起他随招商团来临港之前，正在参与江州电视台的筹建，所以此次随团的记者并没有电视台记者的身影，也没有便携式的摄像器材可以携带，可书记和市长在今天下午的预备会上却突然提出，希望能为江州市的第一次招商引资活动留下珍贵的影像资料。郑晓忱说，虽然自己会拍摄、录音和剪辑、制片，但没有摄像机就完不成市领导忽然想到的这项任务。说完便询问弟弟和弟媳，在临港有没有出租摄像器材的商店？

郑晓悟和萍萍都一脸认真地在脑海里搜索着这个陌生的信息，又一起摇了摇头，异口同声地回答："嗯……好像没有。"

沉默片刻，鲍萍萍忽然起身离席，进到卧房窸窸窣窣了一阵子，拎出她的手提包放在沙发上，看看手表说道："我们赶快把饭吃完了吧，吃完后陪大哥一起去临港国贸商场，看看有没有大哥说的那种摄像机出租或者是卖，现在时间还来得及。"

杯盘狼藉扔给岳母收拾，又把女儿温言哄一哄，郑晓悟两口子带着大哥郑晓忱和孟向阳、邝盟，挤在一部"的士"里直奔临港国贸商场。不消说，商场的进口商品专柜当然有各种摄影、照相、录像、录音器材及其用具、配件，琳琅满目，令郑晓忱大开眼界，只感到目不暇接。但人家只卖不租。郑晓忱顿时又陷入一筹莫展之中。

鲍萍萍说："那就买吧。大哥，这些牌子你看哪个比较合适？"

郑晓忱为难地说："招商代表团没有这笔开支，市领导也没有说可以买了报销。而且……我……这个……太贵了……"

鲍萍萍则宽慰道："大哥你不用操心这些事，就算我买了送给你的。你尽管挑一个，要买就买专业器材。"

郑晓忱，还有孟向阳和邝盟都惊呆了，完全没有想到会是这样，最便宜的专业性摄影机也得两万多三万块钱哪！不是个小数目。他们看看鲍萍萍，又看看郑晓悟。而郑晓悟也没有想到萍萍会来这一招，心中忽然一阵感动，走过去轻轻揽住她的腰，表示支持地望着她。

郑晓忱赶紧摆手谢绝："这可不行！这样不合适也不像话！这本来是我的工作，怎么能？……"

鲍萍萍不容置疑地说："大哥，你就别婆婆妈妈的了，工作重要，先完成这次招商任务再说。而且以后你还可以留着自己用嘛，你又会拍摄、剪辑、录制、配音，说不定很快就能把这台机器钱给赚回来了呢。"最后这句本是一句玩笑话，没想到还真点醒了郑晓忱，他后来利用业余时间，用这部摄影机在江州给人拍摄、制作了不少婚礼录像。

孟向阳和邝盟，至今都对当年鲍萍萍的豪爽大气佩服得五体投地。

看上去是整天都待在家里全心全意、尽心尽力照看外孙女，处理家务事的岳母，但结识过她的人知道，如果把"运筹于帷幄之中，决胜于千里之外"这句话用在她老人家身上，一点儿都不为过。每天回家，岳母都会把在小区里发生的各种新闻，听来的各色消息，打探的各方传言，耳闻的各家秘史搞得一清二楚，向女儿、女婿讲得绘声绘色，如身临其境。郑晓悟总是跟萍萍开玩笑说："阿妈简直就是标准的情报处长。"家里的电话几乎就是岳母大人的热线电话，郑晓悟通过一段时间的电话语言灌输、熏陶，已经听得懂一点点上海话，猜得出一丢丢无锡话，关键是，岳母大人常常还会在电话中与对方整出几句带上海腔的粤语，这更加令"识听唔识讲"的郑晓悟大为敬佩。

这天正吃晚饭，岳母慎重而神秘地跟女儿、女婿说起一件必须重视的大事：听上海的亲戚和老同事讲，上海的股票市场现在很火爆，前些时推出了一个什么"股票认购证"，每张30元，开始还不晓得是啥个东西，后来黑市竟然炒到800元一张甚至更高价，把上海的老百姓都激动疯了哇，到处找门路、托关系，只要能搞到这个劳什子股票认购证就发大财了。有人干脆把工作都辞掉了啦，专心专意炒股票侬晓得吧，所以，上海的股市现在一路大涨。"简直就是一夜暴富啊！"岳母感叹了一句又说，"我在小区里听那些政府官员家的老头、老太太们在互相传，说是深圳也要用这样的方法发行股票，你们是不是早点打听清楚行情，提前想办法，到时找人买到平价的股票认购证，炒炒股票，总比只挣点死工资要强得嘞。"

郑晓悟和鲍萍萍也对这些传言有所耳闻，觉得老人家提醒得对，是应该要提前做好准备，摸清情况，找准人脉，及时下手。

气压低，天气闷，恰似台风的前兆，邝盟可能没什么事，上楼来到郑晓悟办公室，聊起他已经联系好临港的一家事业单位，很快就会和老婆赵佳、儿子邝远团聚了。随之又告知说孟向阳从深圳给他来了信，称此次随团来广东招商之行的最大收获者是他个人，本意就在寻找南下的机会，去深圳巧遇一位参加公安部研讨会时认识的同行，现在是深圳一个区公安分局的政委，原本俩人志趣相投，见面更是惺惺相惜，听说孟向阳有意南下深圳，这位政委当即表示愿意帮忙，正好有一新设的派出所有编制，也恰恰需要孟向阳这样科班出身的治安人才。当场一谈就妥，离开深圳时就带回了商调函。而孟向阳因为当年那场恋爱风波闹得影响太大，自认为被无理抛弃的女方及其家人一直揪住不放，闹完他家里，再闹腾他亲戚，闹完他本人，又闹腾他单位，搞得孟向阳焦头烂额，始终郁郁不得志，而他们局领导也很伤脑筋。所以，一看他要调走，便顺水做人情，一路开绿灯，罕见高效地办了手续，现在已经到深圳上班了。

郑晓悟得知这么个好消息，异常高兴，随即就和邝盟商定，周末一起去深圳看望孟向阳。鲍萍萍回家听说后，也要陪老公去深圳，说正好要去看望在深圳一家银行做分行行长的亲戚，顺便办些事。郑晓悟知道，颇具行动力的萍萍这是要贯彻执行母亲的指示精神了。

郑晓悟、鲍萍萍和邝盟一行三人，星期天一早坐中巴赶到深圳，按照电话告知的地址找到孟向阳的宿舍。这是一排老旧的二层楼，可能是当年什么糖厂还是农机厂之类的工人宿舍吧，孟向阳就在一楼的靠边一间。猛一进去，只感觉到阴暗潮湿，稍稍适应了室内光线，忽然发现在单人床边恭恭敬敬地站着一位穿着连衣裙，依然有着学生模样的女孩子，相貌秀丽，眼神精明，浑身充满着青春朝气。

孟向阳首先笑着介绍道："这是我到江州警校代课时的学生，也是今年的应届毕业生，叫梅玫，很聪明也很活泼，我还是找我们分局的那位政委朋友帮忙，就直接毕业分配到我同一家派出所来了。刚来，哪儿也不熟悉，周末就只有过来找我这个老师聊聊天。"

梅玫两眼闪动，朝三人微微鞠了个躬，说："你们好！我总是听我们孟老师谈起你们，你是邝盟老师吧？"接着转向紧贴鲍萍萍站立的郑晓悟稍稍迟疑片刻，"你应该就是……郑大哥。"

"哈哈，他上面有三个哥哥，你叫他郑大哥不合适，应该叫他郑四哥，或者叫小哥。哎？不对，算起亲戚关系来，郑晓悟是我晚辈，你叫他郑大哥，哪你叫我什么？这不是差辈儿了吗？嗯？哈哈。"孟向阳戏谑地调侃梅玫。梅玫扭捏了一下，说："叫你孟老师呀。"

邝盟苦笑着摇摇头，撇撇嘴："唉！又在占人家小姑娘的便宜。"

鲍萍萍也明察秋毫地笑着看向孟向阳，然后去拉住梅玫说话。

闲谈之间，发现这间宿舍的确很简陋，墙壁很灰暗，摆设也简单，只有一架单人床、一张书桌配一把靠背椅，还有摆在屋角的简易拉链式化纤布衣柜，其他别无长物。地上摆放的两个旅行箱应该是孟向阳自己带来的。孟向阳摊摊手说："新设立的派出所，目前就是这个条件，连坐的地方都没有，就挤在床上坐坐吧。梅玫她们几个单身女干警还跟在学校一样，住的还是集体宿舍呢。说是年底就可以搬进新办公楼、新家属楼、新单身公寓，这样我就可以把我老婆和儿子接过来了。深圳速度嘛，不用担心，再有几个月就能住进单位的新房，现在克服一下就过去了。说老实话，我能调进深圳已经是很幸运的了，也很感激。当然，梅玫比我更幸运，一毕业就能来到特区工作。"

"哎哎哎，孟向阳同志，我听你的这番感慨怎么感觉有些不对味呢？好像是在提醒人家梅玫同学要拿什么来感激你似的。啥意思？"邝盟又是一针见血地揶揄孟向阳。

梅玫毕竟还是小姑娘，不好意思老被他们开玩笑，就以没有地方坐为由，说要带萍萍姐到楼上她们的集体宿舍去坐坐聊聊天。

这边厢的三个人，此刻又好像回到了在江城武汉相聚的时光，回到了那青春勃发的岁月，又开始激情飞扬地谈论起南方的云雨，南方的天空，南方的空气，南方的民风。又开始意气风发地议论着大海的潮汐，大海的波涛，大海的辽远，大海的包容。

正在漫无边际地高谈阔论中，听得门外有汽车喇叭声，接着是关停引擎声和关闭车门声，随后有人在喊："晓悟！萍萍！在吗？"

郑晓悟闻声出门，一看是萍萍无锡老家的族亲，现在深圳一家银行任职的鲍行长，紧趋上前打招呼握手。萍萍也听到喊声，在二楼应了一声，便和梅玫一起跑了下来。

相互介绍认识、寒暄之后，鲍行长请大家上车去酒楼用餐。这是一部新款的"丰田"大霸王面包车，俗称"子弹头"，颇具档次，宽敞舒适。鲍行长说他特别喜欢开车，尤其是开进口车，简直就是一种享受，所以有司机也不用。

午餐安排在红岭路上的寰宇大酒店，对面就是荔枝公园。郑晓悟明显感觉到，梅玫一踏进酒楼，一进入包房，就真的像是刘姥姥进了大观园，惊喜、好奇而又手足无措。但何曾想到？若干年后，当嫁给当地人的梅玫从公安局辞职后，在自家开的豪华酒楼里迎来送往、指挥若定的那种"阿庆嫂"风采，前后简直判若两人。

鲍行长点好菜，请其他人先喝茶休息，把晓悟和萍萍悄悄叫到另外一间空闲包房里，谨慎地告诉他们，赶紧找亲戚、朋友、老乡借用身份证，让他们尽快寄过来，多多益善。郑晓悟深明就里，应承照办，并笑呵呵地跟萍萍讲："我看阿妈必须升职，应该从'情报处长'提拔为'情报局长'。"

8月8日星期六，鲍行长打电话紧急通知郑晓悟携带收集到的全部身份证，即刻赶往深圳。

郑晓悟两口子紧急行动起来，分头去跟自己单位领导请假，发现好多人都在请假去深圳，而且领导好像知道大家今天请假所为何事，皆不阻拦，一律放行。本来嘛，提出每周休息一天半的这个话题在社会上已讨论好久了，人们也在为适应这个休假制度慢慢预热。

凭"边防证"通过了深圳特区检查站，鲍行长已经开着那部"子弹头"在约定的二线关口等候。上车一路驶向市中心，郑晓悟和鲍萍萍顿时发现深圳的街头上出现了异常，不知是从哪里涌出来的成群结队的人，都在急急忙忙地赶往某处，有一些大厦门口已经人头攒动地在拥挤排队，附近大片花草被践踏，有些花坛也被推倒，似乎还有人在彼此争吵、相互推搡。

鲍行长说："这些人都是从全国各地赶来深圳认购股权证的，听说是一下子涌来了十几万人，有人说还不止。提前得到消息的人从昨天晚上就在放售点通宵排队，很多人都是花大价钱雇来排队的。你们看看这种情形吧，先不说你俩吃不吃得了这个苦，我估计你们想排队都挤不进、排不上呢。这样吧，先到寰宇大酒店住下来，明天早一点赶到我告诉你们的那个地方。"

次日一早匆匆吃完早餐，赶到酒店对面的公共汽车站，坐两站路就到了指定的田野大厦，这是深圳一家上市公司的办公大楼，也是此次股权认购证的放售点之一。但还没走近这座大楼呢，已经听到人声鼎沸，已经看到人潮涌动，已经闻到空气中弥漫着尿骚味、汗臭味，而且越走近，气味越浓烈，地上到处都是垃圾，似乎还有尿渍和秽物。郑晓悟和鲍萍萍不明所以地皱着眉头、捂着口鼻往前走，但是根本走不过去，更进不了大楼。正在一筹莫展之际，看到二楼的一个落地窗边有人在打手势，是鲍行长，只见他示意他俩绕到大楼后面去。

大楼后门有人接应，神态煞是庄重、神秘。

被引导到二楼那间办公室，鲍行长和几个人已经在抽烟喝茶，并时不时看看表，或者是到窗口探探头。其他人都不认识，郑晓悟只是和鲍行长点了点头，走到窗户边去看，嗬！居高临下地望下去，场面极其震撼，男男女女前心贴后背相互搂着腰紧抱在一起，而外围的人也许是着急，或许是故意起哄，过一会儿就发力往里猛拱，于是就造成了一波波的人浪，引发了一声声的尖叫，但里边的人死也不松脱，更加用劲地抱在一起，人链不断，队伍不散。否则，队白排了。

另一位也站在窗边观看的陌生人摇摇头，叹口气说："唉！已经有人这样排了一天一夜还有多啊，怎么受得了哦！"

忽听一阵更大的骚动和兴奋的喊叫，原来到点开门发售股票认购权证了，人群紧张得一阵混乱，人们被挤得东倒西歪，一大群公安干警和保安在声嘶力竭地维持秩序，衣服早已汗湿，手持扩音器里发出警告声，但似乎没人理会，作用不大。郑晓悟不想看了，坐下来喝茶，发起了呆，他觉得整个都有些莫名其妙，甚至感到想要反胃。

在楼下喊声不绝、吵闹不断中过了半个多小时，有人轻轻敲门，鲍行长开门接过一沓表格，先把那几个陌生人分头叫到其他房间去，最后办公室里已经没有其他人了，只剩下郑晓悟两口子，但他依然好像怕惊动了楼下的众人似的，压低嗓音问带来了多少张身份证？

带来的二十张身份证信息登记下来，轻轻松松、顺顺利利地换了二十张认购权证，随后再次悄悄摸摸、安安静静地从后门被"护送"走。郑晓悟觉得自己是在搞特务破坏活动，或者是……小偷？

后来听说这二十张认购权证的中签率还比较高，但到底中的是哪些股票？是继续持有还是转手就倒卖掉了？是亏了还是赚了？等等，郑晓悟只管凑钱，其他事概不过问，而且始终都没过问。

郑晓悟自从"下海"跳槽到远山公司，在先行熟悉情况、调看资料、了解分析公司经营状况和基本业务时，就隐隐约约觉得远山公司的经营结构不尽如人意，尤其是作为意欲申请上市的公众公司，现有的产业板块构成则显得比较单薄，或者说存在一个大缺项，那就是整个集团系统里面没有房地产，而此时，中国社会的房地产商业开发正是异军突起之时，已显如火如荼之势，比如深圳特区的一些上市公司已经把房地产当成了支撑其上市的支柱产业。不过呢，自己刚来还没有完全摸清底细，也不知道公司决策层的战略方向和意图，实在不宜下车伊始，便哇哩哇啦地随意发表意见。但在担任副总审计师之后，随着接触分析的财务数据日益增多，讨论研究的发展思路越发集中，建议公司组建房地产公司，拓展房地产业务的愿望就愈发强烈。而最好的办法当然是先跟黄宇坤、高志国两位好友作为一个随意性话题议议，可行并可能的话，再拿出方案，向彭思远董事长具体汇报。

正因为担心有职权越界的嫌疑，同时也不属于正式的工作议题，所以，郑晓悟就利用和黄宇坤、高志国两个人又一次在思缘潮汕海鲜大酒楼小范围聚会喝酒时，非常随意地扯到房地产开发的这个话题上，并从企业改制方案与经营设计的角度，从公司上市评估与股市影响的层面，谈及成立一家房地产公司的重要性。没想到一下子就触动了这俩人的神经。首先是黄宇坤深有同感地呼应："我和彭董做梦都想成立一家自己的房地产公司啊，但是太难了，简直不亚于是空中楼阁，可望而不可即呀。所以，我们从来不敢在公开场合谈论，也从来不跟干部职工提这事，因为办不成的事说了没用，还可能有反作用。唉！"

高志国更是一听这个话题就激动，大声道："哎哎，晓悟，晓悟，我跟你说哈，我其实答应宇坤来远山公司的目的就是想搞房地产，有时候夜里做梦都梦到在我们自己的地盘工地上巡视，但梦中醒来一场空，心里那个痛哦。看到那些条件还不如远山的什么狗屁公司也有房产物业公司搞开发、卖楼盘，老子一肚子火，气都不打一处来！"

郑晓悟问道："那你们有没有试过？远山成立不了房地产公司

的问题到底在哪里？"

"我们曾经去了解过，要求的条件相当高，审批程序也比较复杂，按照政府内部一些朋友回复的意思，其实就是收紧，就是保持现有的房地产公司规模，能不批就不批。像我们公司原来的营业模式和现在的经营结构，从来都跟房地产不沾边，几乎没有批下来的可能性。"黄宇坤回答道。

高志国解释说："目前的房地产公司分两大类，一类是房地产综合性开发公司，一类是房地产项目公司或者叫单项开发公司，但不管哪一类，都有个硬杠杠，那就是你手里得有地，有了开发用地就比较容易获批房地产公司。但我告诉你哈，即使你手头有地，也可能只给你批个项目开发公司。综合性开发公司基本都是已经拥有资质的老资格的房地产公司。"

"能给我们远山批个项目开发公司，能搞房地产就烧高香喽。"黄宇坤端起酒杯和郑晓悟放在桌上的杯子碰了一下，仰头喝下去。

"宇坤说得对！能批个单项房地产开发公司就是个大胜利，就能进军房地产行业，只要起步就有希望。如果目标定下来要搞的话，当务之急就是先要拿到商业性开发地块，哪怕小一点都可以。买下来也行，跟有地的单位合作开发也行。"高志国带着向往的神情说。

"如果跟有地的单位合作成立开发公司，那么，就属于两家或者是多家股东共同成立的房地产公司，就不属于远山集团100%控股的全资子公司了，只能算是参股，那就不是彭董可以说了算的，也不是我们可以最终拍板决策的，而且各家股东各占股权比例多少，估计谈判的时候，有地单位会占上风。"郑晓悟不愧为是学法律的。

黄宇坤皱着眉头，摇着酒杯说："的确是这样的。我们之前曾联系过临港市旅行社，是这里的老牌国营企业，在长途汽车站旁边有块历史遗留的闲置土地，也就三千多平方米吧，不大，但他们就是没有钱也没有能力搞开发，我们找他们谈合作开发吧，他们又官腔十足地要当大股东，要当董事长，却对房地产一窍不通，所以彭董坚决不同意。谈了几次都没谈成。目前我们还没找到其他的有地单位。"

"嘿！现在很多企业甚至是个人都想搞房地产，建商品房，但有地的没钱，有钱的没地，关键是如果没有房地产开发资质，有钱有地也是白瞎。没那么容易搞的！"高志国感叹道。

"所以，市政府就在改革房地产开发机制，批准搞合作建房模式嘛。"郑晓悟本能地插了一句话，并下意识地嗅着手中醇香醒脑，沁人心脾的XO，突然间脑海里灵光一闪，说道："哎？我们能不能换个角度，换个打法？我们不跟旅行社去纠缠什么公司股份啊股权啊，我们就单刀直入，直接跟他们谈利益，反正他们没有经济能力，没有开发能力，没有经营能力，也没有销售能力，那块地扔在那儿也变不成他们的利润。所以，我们在名义上跟他合作开发成立项目开发公司上报有关部门，但我们另行签一份协议约定，全部项目申报、工程投资、规划设计、建设施工、销售经营等等，全部由我们负责，他们什么都不用管，也不能插手干预，也让他们省心省力。项目公司批下来之后，稍等时机成熟，再到工商局搞个变更登记。房屋建成，他们按约定的比例、楼层、方位、面积直接分房就行了。当然，给他们的条件可以尽量优惠一些，旅行社肯定会同意。关键是，这个项目公司就完全是远山的子公司了。这样下来，战略和战术问题都解决了！"

黄宇坤和高志国瞪着眼、张着嘴，静听郑晓悟的"高见"，听完最后一句话，兴奋得"噢"地怪叫一声，同时把酒杯敬向郑晓悟。三只酒杯"当"地碰出了悦耳的共鸣。

三个人向彭思远董事长作了汇报，彭董当即拍板认可这个高招。董事会随即依据公司章程，根据所报方案，形成了重大投资、机构调整、人事任免等一系列决议，并对整个远山公司进行了集团化、总裁制、总监制改革，远山集团总裁由新近高薪聘请的山东某地区公署辞职"下海"的原主管经济、金融的副专员姜蒙生担任，黄宇坤被任命为远山集团副总裁兼任拟筹建的"远见物业开发有限公司"总经理，集团董事局主席彭思远兼"远见物业"的董事长。公司管理层同步进行人事调整和机构部署，设立"远见物业开发有限公司筹建办"，预先设定了领导班子分工，黄宇坤主任即远见物业总经理，负责全面工作，主管财务、规划、投资、项目招投标及相关工作；高志国副主任即远见物业副总经理，负责项目申报、建设施工、建材采购、工程监理及相关工作；郑晓悟副主任即远见物业副总经理，负责公司的具体筹建事务及审批登记、远山大厦租赁业务、行政、法务、项目开发后的房产销售及相关工作，不再担任集团副总审计师一职。

审计委员会的五女一男六位部下，一听这位天天可以在一起开心工作的领导另任新职，便商议着一定要大家凑份子搞个欢送仪式。总审计师梁家英先生正好从香港过来办工作交接，听到这个动议，乐呵呵地说："郑总的这个欢送仪式一定要搞热闹，但是，在哪儿搞，怎么搞，都由你们来决定，花费全部由我来买单，你们谁都不用操心。"大家一阵欢呼。

欢送宴当然是设在远山集团自己的思缘潮汕海鲜大酒楼，梁家英把黄宇坤和高志国也一并请来了，很明显，既是欢送郑晓悟，也是祝贺"远见物业"三驾马车的完美组合，可谓一举两得。梁先生真不愧为上海人加香港人的精明叠加。难怪脑门头顶都那么亮，哈哈。

一场气氛热烈的酒宴欢聚之后，活动的"总指挥"彭新华旋即宣布欢送活动的下一场节目——卡拉 OK。

郑晓悟早就在广州、深圳、珠海、临港这些城市，甚至有些小镇上都看到过各类色彩艳丽、图案夸张的夜总会、歌舞厅、迪斯科、卡拉 OK 的广告招牌，也知道这些在内地城市好像并不普遍，而且还曾下文件禁过，总觉得这都是些不正经、不正规的地方，所以从来没有进去过，更不可能自己花钱进去。黄宇坤和高志国可能还没摸准他的兴趣爱好，除了约他喝酒，也从没叫他去这些地方。听说今晚要去卡拉 OK，郑晓悟心中多多少少还是充满了好奇、向往与期待。

郑晓悟是和彭新华、章玲、王雅冬同一部车，由安坐副驾驶位置的彭新华指挥，熟门熟路地到达了"龙凤会"夜总会。车刚停下，一群聚集在彩灯辉映、金碧辉煌的门厅下花枝招展、浓妆艳抹的女孩子，千姿百态地拥了过来，争先恐后地打开车门，嗲声嗲气、热情夸张地呼唤着"彭总你可来了！""彭总，我想死你了！"更有两个女孩不由分说地把彭新华当作猎物，一左一右挽住胳膊"绑架"而去，彭新华一边亲了一口，说说笑笑，搂搂抱抱，进了夜总会，根本没有理会后面的三个人，根本忘记了他还自称是郑晓悟的"秘书"。其他那些女孩看着陌生的郑晓悟一副新到此地的"初哥"表情，而且还带着两位美女陪着，便撇撇嘴，相互使个眼色，淡然散了开去。

郑晓悟目瞪口呆地看着这一切，完全看不懂这个瘦瘦小小的彭新华，平日里在单位上班，一贯都是谦卑恭敬，温顺服从的模样，此时却是目空一切，趾高气扬的气派，居然搞得像是……像是《上海滩》里气宇轩昂的许文强。

第十七章　合作建房

　　总是自称"远山三剑客"的黄宇坤、高志国和郑晓悟，终于如愿组成了远见物业开发公司的"铁三角"，虽然还只是在筹备，但对于远山集团和彭思远董事长而言，争取获批这间房地产公司乃是当前工作的重中之重，而重中之重的重中之重呢，当然就是拿下临港市旅行社的那幅并不大的地块。所以，这三个人现在的主要任务就是全力以赴找旅行社领导班子谈判拿地。

　　临港市旅行社位于湖滨路和沙湾路的交会路口，邻近临港市长途汽车站，地理位置较为优越。旅行社大楼是一栋面向湖滨路而建的六层长方形建筑，应该是早些年这个小县城的标志性建筑之一，目前一楼的主要部分是营业大厅和旅游营销部门，其余临街的大部分物业则为了搞活经济，分隔成大小不同的铺面，出租给了个体户做照相、冲印、打字、复印、电话业务和卖杂货的店铺，二楼用于行政办公、商务会议和导游培训之类，三至六楼是原来的旅行社招待所，现在改称"旅游观光大酒店"，但只相当于二星级宾馆，只能安排接待各地廉价的旅游团队。整个大楼的外观、内饰和设施都显得比较陈旧。

　　这些年，港、澳、台的旅游机构，中外合资的旅游公司，承包旅游线路的私营企业甚至个体户，犹如千帆竞发，百舸争流般地涌进广东、挤进临港，抢占旅游市场，争夺旅游资源，如此一来，这家一贯吃老本的老牌地方国营旅行社就跟不上套路，踏不准节拍了。南海春潮滚滚，中央领导已经南方谈话了，但他们固有的思维惯性、落后的经营方式和陈旧的管理手段，到现在都还没有扭转过来，旅行社领导班子成员基本都是多年前吃惯了大锅饭的那一代员工成长起来的，因而，怎么也放不下"处级"国营企业的架子，官腔依旧在，官派依然有，看到社会的潮流涌动却无动于衷，迎着市场的海浪呼啸却无所适从。旅行社这些年一直都在亏损，只能硬撑着靠财政补贴来给在职员工发基本工资，给退休老员工发退休金。市政府一再吹风要进行企业改制，要打破"铁饭碗"，但更多的人却茫然不知所措。

　　每次来到旅行社二楼，每每站在总经理李嘉祥那间烟味浓重，挂着"紫气东来"横匾的宽大办公室里，透过东边的窗户，就能看到眼前这幅共为3456平方米的地块充满着无比的诱惑，此时虽然长满了杂草，但在郑晓悟他们三个人眼里，则是堆满了黄金。

　　李嘉祥是本市所辖的一个小镇上的人，高中毕业招工进入这家旅行社，从接单员、导游员、业务员干起，一步一步成为旅行社的"一把手"，所以，郑晓悟他们每次过来拜访谈判，李嘉祥都会一支接一支地抽着"万宝路"香烟反复说："我从一个小小的导游仔，干到现在这个处级总经理真的是很不容易的哦，你们知不知道？"郑晓悟当然知道，这个"处级"是因为临港升格，旅行社水涨船高的结果。他还会在浓浓的烟雾后面微眯着眼睛重复说："我这个处级单位呢，说大不大，说小不小，每月要我发工资、奖金的在岗干部职工有一百多人，要从我这儿拿退休金的退休员工也超过一百人，干活和不干活的差不多是一比一呀，你们知不知道？合同工还有几十号人，我不仅要养着这些人，我还要守住这个家业啊！所以说，我真的干得好辛苦好辛苦的，真的很不容易的，你们知不知道？吭，吭，来，请喝茶。"

记得第一次来拜会李总，特意带了两条"良友"香烟，好兆头。但发现李嘉祥唯独喜好抽"万宝路"，而三人之中会抽烟的黄宇坤本来嫌"万宝路"太冲，喜欢抽"三个五"，然而为迎合李嘉祥，每次都专门带上"万宝路"陪他一起抽。

一来二去，郑晓悟慢慢悟出来了，李嘉祥一见面就不停地喊苦叫穷，一说话就不断地提到"处级"，其实是在暗示要用这块地来争票子、要位子，却又提不出实际而明确的条件，说明他和他们的领导班子心里并没有底，也没有具体的方案，不太懂到底怎么提？不知道应该提多少？但至少他们没有拒绝谈判，说明有戏、有门儿。这天，等着李嘉祥又表完功之后，郑晓悟就把话题往实质问题上拉："李总，我在政府部门给领导整材料、做方案、搞调研的时候，已经对您这位从基层锻炼成长起来的领导干部有所了解，作风务实，工作踏实，做人真实，为人诚实，而且办事果断，处事决断。现在旅行社面临的困境不能算是领导能力问题，而是社会发展遇到的新问题……"

李嘉祥惊喜地摁灭烟头，哑着嗓子说："噢噢，郑总是从市政府调到远山公司的？市领导对我和我们旅行社真是这么认为的？"

郑晓悟倒是没有说假话，但是只说了其中好听点儿的话，一是为了让其舒服，二是为了拉近距离，总之就是要达到拿地合作的目的，因而，便继续顺着思路往下说："最近的中央文件精神不知道李总注意到没有？明确提出了社会主义市场经济的概念。所以我觉得咱们旅行社也好，远山集团也好，在处理地块合作开发的问题上，真的需要与时俱进地以市场经济思维、用市场经济手段来追求经济目的，说老实话，咱们谁都不是傻瓜，只想单方得好处的事绝不可能搞成，只有实事求是地拿出切实的合作方案，实现双赢才是王道。"

李嘉祥每次都在打太极，其实他也想早点听到实际的方案、具体的干货，因此，即刻两眼放光地盯着郑晓悟："那听听郑总的高见。"

因为三人此前已经基本议定了谈判策略和方案思路，此时黄宇坤淡定地往烟灰缸里弹弹烟灰，胸有成竹地微笑着对李嘉祥说："我们的合作原则很简单，就是有钱大家赚，好处大家得，不玩虚的。"

高志国仰靠在沙发上，大着嗓门说："请郑总把基本思路给李总具体说一说哈，我敢肯定李总绝对会感兴趣，只有好处，没有坏处。"

郑晓悟趁着他们插嘴的时候喝了两盅功夫茶，润润喉咙醒醒神，"是这样，李总，第一个问题必须是确定方向，不瞒你说，我是学法律的，所以任何事都要先定性、定方向，我觉得咱们两家的关系只能是法律意义上的合作关系，而不是合资关系，也就是说，旅行社只负责出地，以地合作，固定分利，其他一切都不用管了。假若按照合资的概念所谓按比例共同投资，共同经营，共享权利，共担风险，估计你李总会说，我出了地，还要再出资出人出力？竟然还要跟你们共担风险？那我不干，我只要我应得的利益，别的我不管！是不是？"

郑晓悟注意地看到李嘉祥点了点头，继续说："第二个问题就是要敲定方案，根据确定的方向，那么这个合作方案既跟投资比例无关，也跟以后是否再追加投资无关，还跟项目赚钱或者亏损无关，也就是说，双方签订合作开发合同成立项目公司后，公司的注册资本、经营资金、管理成本、营销费用、工资劳保、纳税负担等等，都不用旅游公司操心，一切由远山集团单方负担，你李总和旅游公司就当甩手掌柜，继续专心做旅游赚钱，只等项目建成，分房分利。不然的话，你还要考虑招聘工程技术人员、房地产专业人员，说好听一点，是跟远山配合；说难听点，就是提防远山搞猫腻，你说累不累？项目完成，还得解决这些人的去留，反而变成了累赘，你说对不对？"

黄宇坤和高志国不动声色地在察言观色，郑晓悟随着李嘉祥"请茶"的手势，呷了两盅铁观音，又推心置腹地说："前面讲的是我们两家之间的合作问题，这第三个问题呢，则是我帮你李总考虑的内部实施方略，但这个方略的实施必须建立在前面说的方向和方案确定的前提下，也就是项目完成后，旅行社分得的房产可由内部职工集资认购，既解决了旅行社发展的资金问题，又解决了旅行社职工的住房问题，关键是在你李总任上，很有魄力地解决了历史遗留的土地闲置问题，完成了没有经济能力实现的开发建设任务，功德无量啊！"

李嘉祥听明白了，也心动了，但他又打起了太极："哈哈，哎呀！又是方向，又是方案，又是方略，郑总不愧为是市政府出来的干部，不愧为是搞法律的专家呀，说得头头是道，的确有办法，哈哈。不过呢……这个旅行社是国营企业，不是我一个人就可以拍板的，要上班子会议讨论研究才能决定，还要向市里主管部门上报审批。"

郑晓悟和黄宇坤、高志国都很清楚，这位行事霸道、作风强硬的李嘉祥，对单位的一切事情皆是独断专行，自己一个人说了算，所谓上班子会议研究只是个说法而已。至于旅行社的上级主管部门，只要这个令人头疼的旅行社能把自己"盘活"，根本不可能设置障碍。所以，告别李嘉祥，上车回公司，只觉胜利在望，于是轻松愉快地议论起李嘉祥风格独特的普通话，他居然还总在标榜自己是导游出身？

个头矮小、精干壮实的广东籍司机胡立江本是个爱热闹的开心果，看到三位领导这一次从旅行社出来竟是如此开心，又听他们拿旅行社李总的"广普"开玩笑，猜测情况不错，就乐呵呵地对坐在副驾驶位的郑晓悟说："郑总，我觉得我们公司领导里边，就是你的普通话最标准，教教我怎么样把普通话说标准好不好？"

郑晓悟逗他说："想把普通话说标准啊？我就教给你一个最简单的方法好不好？"

"好！"胡立江欢快地应了一声。

"你天天用普通话念你自己的名字，只要把你的名字读标准就成功了一半，千万不要再把胡立江念成了'伏拉缸'；也不要'黄''王'不分，把咱们黄总的姓是大肚'黄'啊还是三横'王'，解释半天；还有啊，更不要在背后偷偷叫高总高志国的名字是'搞几锅'就行了。这样你的普通话就基本过关了。"

胡立江听信此言，很认真地请郑晓悟把"胡立江""高志国"的标准发音慢慢念给他听，果真就一边目视前方开车，一边依然是"伏拉缸""搞几锅"刻苦努力地嘀咕着。

黄宇坤、高志国、郑晓悟在车厢内乐成一片。

远山集团终于和市旅行社把《合作开发房地产协议》签下来了。总的合作架构、房产分配、权利义务、责任承担、项目公司的设立与配合、房产证的登记与办理等等，基本都是按照郑晓悟与黄宇坤、高志国商议的基本构想所形成的远山方案核心内容而成文，李嘉祥再也没有去惦记担任远见物业开发公司董事长之类的名头，当然，这都是因为在协商房产权分配的面积、方位、楼层等具体条款时，远山集团做了必要的较大让步。同时，李嘉祥又提出两个具体而硬性的要求：一是大厦名称。必须要跟他们旅行社挂上钩，这是不能让步的"主权"问题，鉴于广州、深圳的新潮建筑都流行取名为金都、明都、芳都、华都、粤都、怡都什么的，坚持项目大厦的名称叫"旅都大厦"；二是大厦功能。已经决定借助这次房产项目开发的机会，把旅行社搬进新大楼，旧楼计划改造，提升环境，改善形象，鉴于所批准的大厦项目为商住综合楼，要求旅都大厦一楼主要部分应规划为旅行社的营业大厅，二至四楼设计布局为旅行社的行政办公、会议商务，其他部分也多预留为写字楼功能场所。

对于旅行社的上述要求和条件，以黄宇坤、高志国和郑晓悟为主的谈判小组，在假装认真权衡，貌似慎重考虑之后，均予接受。首先，大厦的名称新潮也好，难听也罢，旅行社是地主，他们有话事权，关键是好不容易迈出了跨进地产界的第一步，不能因为这个次要问题使谈判卡壳，况且这个"旅都大厦"并不是远山集团的唯一和最终目标，目的只是借此"过桥"成立远见物业开发公司，继而开发更多、更大的房地产项目。其次，远山集团并不想在"旅都大厦"拥有任何功能的自有物业，只想把自己应得的部分全部规划为住宅，作为商住楼卖掉回收资金，而欲买住宅的客户大都喜欢高层，所以，两家的楼层需求和功能要求并不矛盾。至于旅行社要求在自有部分的规划设计上满足更多的商业性能，反而给远山留出了更多的住宅比例，而且在技术上，只需对不同楼层的平面图纸设计进行一定的调整处理。

应该说，黄宇坤、高志国和郑晓悟的确都是有心人，当他们在闲议李嘉祥提出的平面设计要求和空间预留想法时，陡然间出现了思想火花的碰撞，刹那间激发出一个灵感的迸发，那就是远山集团自主销售的商住公寓户型，是不是可以不搞传统的两房一厅、三房一厅之类的固定设计，而是只分隔确定各户的面积，明确预留厨房、洗手间功能区位，套内其他部分如何划分、如何使用，均由业主去自由想象、自由发挥、自由间隔、自由组合呢？如此讨论着，想象着，并非房地产和建筑设计专业毕业，而且从来没有搞过房地产的这三个人，瞬间被自己伟大的创造性和非凡的创新性感动得手舞足蹈。还没有拿下房地产公司的批文呢，还没有成为地产界的正规角色呢，大厦的规划、开工这都八字还没有一撇呢，但却即将在他们手里开创房地产开发的创新先河啊！不愧为是"三剑客"，一不做二不休，趁热打铁，干脆顺着思路，继续讨论出一个抢眼的销售广告词吧,提前在项目工地做围栏挡板时写上去。当护坡、地基和地下室、人防工程完工,地面正负"0"以上建筑达到规定比例时,就能达到促推预售的效果。

反复讨论,来回争论,最后采纳了郑晓悟概括出来的售房广告词:"自由空间组合,自由创造生活。"

没想到的是,这么一句简单直白,但又好像具有诱惑性的广告词,再配上由远山集团的远望广告公司设计出的更具诱惑力的艺术化效果图,一经面世,就引起了人们的极大兴趣,并引发了社会的广泛关注,竟然还引致前所未有的排队拿号抢购潮,一招爆红,一炮打响,导致"旅都大厦"一房难求。有人便从这个抢购潮中看到了"商机",倒卖房屋预售协议,加价转手更名,甚至二手转三手再谋利,于是就有熟人或者熟人的熟人送钱送物找郑晓悟"开后门",希望"加塞"签得一纸预售房协议,或者批准同意另签转手更名的预售协议,并且承诺赚到转手费平分。黄宇坤和高志国毫无例外地也遇到这种情况。

郑晓悟跟他们开玩笑说:"看来国人骨子里都有投机倒把的基因啊,是机会就不放过。"

当远山集团与临港市旅行社的地块谈判初见曙光,成功推进时,在彭思远董事长"尽早网罗专业人才"的指示下,黄宇坤和高志国便以远见物业开发有限公司之名,开始着手在全国范围内物色招聘与房地产相关的设计、结构、土建、成本控制、物业管理等方面的工程师、技术员和专业管理人员,又专程前往湖南大学面试录用了几位工民建专业的毕业生。远见开发公司的行政人员和主要财务人员多在集团内部调配,集团办公室副主任刘慧娟调任远见公司办公室主任,章玲、王雅冬从集团审计委员会调到远见公司财务部,依然是郑晓悟的部下。黄宇坤、高志国、郑晓悟的办公室保持不变,划拨给远见公司的远山大厦七楼整层和六楼的半层,很快便是人才充实、人气充盈。

　　万事俱备，只欠东风，地块拿下，申报地产项目公司基本可以说是水到渠成。好在远见开发公司筹备组的工作早已是有计划地打了提前量，预先有目的、分对象地与政府有关部门和相关人员建立感情、接触吹风、汇报沟通。当《旅都大厦项目合作开发协议书》签订之时，应当申报的程序了然于胸，应予申报的材料随时在手，必要的关节业已疏通。即便如此，在正式申报的过程中，依然来来回回地把办公室跑腿经办报材料的几个人折腾得够呛，为此，黄宇坤、高志国、郑晓悟随时掌握情况进度，非常配合并有针对性地在思缘潮汕海鲜大酒楼分别于不同环节，向不同部门的科长、处长认真汇报了很多次。

　　房地产开发的项目公司资质批文终于拿下，有了这个尚方宝剑般的红头文件，办理营业执照当然也就是顺理成章的事了。所以，到市工商局办理注册登记时几乎是畅通无阻，这里当然既有曾培公局长的关注和交代，也有已经在局办公室上班的郑晓慷的内部协助，在时间上，确实比其他任何人任何类型的营业执照办理周期都短得多。

　　领取到"临港市远见物业开发有限公司法人营业执照"的当晚，作为远山集团公司副总裁的黄宇坤，另以新公司法定代表人兼总经理的身份，在思缘潮汕海鲜大酒楼大摆宴席，举行新公司成立庆功会，宴请所有申办远见开发公司的有功人员、所有新招聘引进的专业人员和业务骨干，以及远山集团的几位相关领导。在庆功会举杯开宴之前，黄宇坤代表远山集团董事局主席彭思远先生发表了热情洋溢的致辞，更是激情难抑地宣称："远见开发有限公司的成立，是远山集团发展的里程碑！是远山集团腾飞的助推器！是远山集团上市的奠基石！"

　　欢天喜地地享用，欢畅淋漓地痛饮，欢声雷动地起哄，欢欣鼓舞地交谈。庆功宴在欢声笑语中接近尾声，有些人陆陆续续告别离去，有些人相互不服气继续斗酒，极度兴奋的黄宇坤此时也是意犹未尽，吩咐高志国和郑晓悟两位副总经理悄悄叫上几位能闹得到一起的男女青年，分头杀去"龙凤会"夜总会继续卡拉OK、跳跳舞。作为办公室主任的重庆美女刘慧娟，其女高音具备一定的实力；毕业于黑龙江商学院，性格安静斯文的王雅冬很擅长英文歌曲；钟小红的粤语歌曲无人能及；黄宇坤每次必唱的定是那首《驿动的心》；高志国总是声音洪亮地演绎着《金瓶似的小山》之类的歌；郑晓悟点的歌曲自然是李双江、蒋大为等男高音歌唱家的系列名曲。给郑晓悟留下深刻印象的是，丰满圆润、性格开朗的章玲唱的《你看你看月亮的脸》：

> ……
>
> 我们已走得太远
>
> 已没有话题
>
> 只好对你说你看你看
>
> 月亮的脸偷偷地在改变
>
> 月亮的脸偷偷地在改变……

这是郑晓悟第一次听到这首歌，觉得好听而有意境，同时却意外地注意到，章玲的面部表情上好像是在含笑歌唱，但在最后不断重复着"月亮的脸偷偷地在改变"时，她那紫边眼镜后面平日里总是笑意闪烁的双眼，此刻却满含泪花。"哇！唱得这么投入？嗯……不像！应该像是遇到了什么感情上的问题吧？"郑晓悟心中充满疑惑。

几年后，因为轰动一时的"远山事件"，郑晓悟与远山集团的这些同事均各奔东西，各自重去开辟新的创业领域。但每当听到《你看你看月亮的脸》，就会一次又一次地忆起那天晚上章玲的神情。

作为远见开发公司的第一个起步项目"旅都大厦",打响头一炮至关重要。所以,公司上下乃是全员发动,公司领导更是全情投入,除了整套自由分隔的创意,除了提高套内面积的使用率,还必须要有新颖的大厦造型和醒目的外立面,其首要前提当然是——设计。

设计外包的委托单位,是广东省内一家著名的设计单位在临港设立的粤港工程设计有限公司,参与设计过深圳好几座被称为"都"的大厦,而为临港设计的最有名的建筑就是五星级酒店——港都大酒店。远见公司自己新招的总工程师单建设、总设计师徐宏图全面跟进,以贯彻公司意图,把握设计要点,控制设计质量。两位湖南大学土木工程系工民建专业的应届毕业生唐曙光、杨栋梁辅助配合。

单建设总工程师是"文革"前老"湖大"土木工程系的高材生,在被"挖"到远见公司之前,是湖南省建工局技术处的工程师,黑瘦精干,性格鲜明,态度认真,喜欢争论,做事一丝不苟,行为雷厉风行;徐宏图总设计师本是江苏省总建工程公司设计院的副总设计师,身形白胖高大,但说话柔声细语,可能是细致入微的设计职业养成的习惯,其说话、做事,恰如他的姓氏,总是徐徐缓缓,有条不紊,尤其是在用餐时,每吃一两口饭菜,就会用纸巾慢慢地擦拭着胸前的桌面。

郑晓悟无意中发现,两位总工,单建设、徐宏图,两位应届毕业生,唐曙光、杨栋梁,这四个人的名字令人没法不认为,黄宇坤和高志国在招聘房地产专业人才时,完全是先入为主地看人名确定人选的:建设——宏图——曙光——栋梁。"喂!你们俩不会是专门根据自己脑袋里设定的远见公司发展蓝图,照着名单挑人的吧?你们俩该不会是形而下学地对建筑设计工程这几个文字的表面理解来选人的吧?嘿!我看哪,你俩招聘的这几个人,用'按图索骥'这个成语来形容再恰当不过了。还有啊,那个杨栋梁是不是命里缺'木'啊？"

"估计请人算过命，而他本人就是学建筑结构的。怎么样？我们这几个人选得都还行吧？"高志国龇着雪白的牙，得意地笑道。

"还有那个你们从广州招来的物业管理部经理曾高利，是不是也在看人点菜？冲着他的名字想获得物业管理'高利'选定的？"

黄宇坤摇晃着洋酒杯，笑着解释道："那也不能说是完全只看他们的名字来挑选的，我们事先了解过，这几个人还真的都很有料哦。嗨，晓悟，这几个名字串起来是不是很有趣？把我们远见公司的核心业务发展的要点都贯穿起来了？我是不是很有才？"

作为传统建筑工程和设计专业科班出身的单建设、徐宏图，对于搞创新、变花样，还是抱有谨慎态度的，所以，在第一次设计方案吹风会上，当黄宇坤率先抛出他们"三剑客"臆想的自由空间设计理念时，粤港设计公司的技术人员和远见公司的这两位专家完全没有反应过来，觉得这几个外行领导简直就是异想天开。经过不断启发，来回商讨，一直皱着眉头，拿着铅笔和曲尺在白纸上不断画着草图的徐宏图首先开了窍，一拍大腿说是"巧思！"仍在按照自己的思路据理力争的单总工听到徐总工如此一喊，一脸茫然地凑近草图，搞明白后也一拍大腿说："不仅有创意，而且建筑成本和材料成本都能节省。"

徐总工结合自己的理解领悟和改进完善，再用专业术语向粤港设计公司的人进行技术解读和草图演示。最后，粤港设计公司的技术人员也连连点头。

随后两周，经市旅行社、粤港设计公司、远山集团及其远见开发公司多方论证、反复修改、不断改进，设计团队加班加点完成了理想的立面设计和平面设计。在进入施工设计图讨论审图时，郑晓悟其实并不会看图，只是本能地提醒道："我们这个旅都大厦是综合商住楼，它跟整栋上下都是固定户型的单纯的住宅楼不同，既有营业大厅，又有办公功能、商业功能，还有住宅功能，不同的楼层可能有不同的间隔承重要求，这就要求我们在搞施工设计时，从地基开始到不同的楼层，都必须要考虑不同的梁、柱、板和承重墙体，还有就是不同部位的钢筋规格和配比标准之类的，应该要求都不会一样吧？"

正在现场做记录的杨栋梁情不自禁地插了一句话说："郑总，我怎么觉得您是学建筑专业的呢？"

郑晓悟哈哈一乐："我是包工头出身，你不知道吗？"

平时性情冷傲的徐宏图很真诚地看着郑晓悟："郑总，老实说哦，我们搞设计的人最讨厌人家不懂装懂讲些外行话的啦。但每次我们一起讨论大厦设计问题的时候，你还真的从来都没有说过什么外行话，如果我不知道你是学法律的，我还真以为你跟我们是同行呢。"在场的粤港设计公司技术人员也频频点头，表示有同感。

不管他们说的是真心话还是奉承话，总之，对旅都大厦项目的深度参与，又激起了郑晓悟的专业意识和写作爱好，于是根据自己在一系列合同，尤其是土建工程合同的谈判、磋商、签订和履约问题上的认知和感悟，便从项目发包、建设工期、施工质量、工程验收、工程价款、争议解决途径这六个方面，写了一篇《建筑工程企业如何依法自我保护》的文章，发表于《临港开发报》。果真又有建筑公司的人，通过报社询问郑晓悟的电话号码，说要打电话请教，而他们接通电话的第一句话也如杨栋梁所问："您是学建筑的吗？"郑晓悟就同样玩笑般地回应："我是包工头出身呀。哈哈。"

郑晓悟除了在远山大厦的公司会议室参加设计讨论、工程例会之外，依职责分工不需要到工地现场巡视，不需要关心建材采购，也不需要跟进工程进度，当工程设计定案，施工招标完成，一系列合同签订之后，只是在举行开工仪式的当天上午，才又一次来到旅都大厦项目工地，整个场面都是集团下属远望广告设计广告策划布置的杰作，周围灯柱彩旗飘扬，工地围栏鲜艳醒目，每隔一幅大厦设计效果图，就有一句著名的广告语："自由空间组合，自由创造生活。"按照预先日程设定，九点三十八分炸响鞭炮、燃放烟花，在系着红绸、依次排列的推土机、挖掘机、打桩机、泥头车等开工设备的前面，由黄宇坤、李嘉祥共同主持开工仪式，并先后发表了简短的开工致辞，施工单位领导随后发言表态，最后再由黄宇坤、李嘉祥分别带领各自单位在场的主要领导，持镐培土奠基，拍照留念。

十点十八分，两台挖土机同时启动，仪式性地准时开挖。

项目开工后的远见开发公司，一切工作都围绕着旅都大厦有条不紊地展开，集团公司工作例会的核心问题，集团公司财委融资的重点工作，远见开发公司各个部门的一切活动，都是为着保障这第一个房地产项目成功开发，都是为了这个新生的房地产公司健康发展。

刚开工的头两个月，负责建设工程的高志国显得尤为忙碌，要么从早到晚都泡在工地上，要么回到单位就一头扎进设计部、工程部里，逮谁吼谁，白白壮壮的人整个都消瘦了、晒黑了。黄宇坤这段时间每天都要向彭思远汇报，并根据彭董的指令，一门心思地配合着集团公司财委跑银行、搞贷款，很少坐在办公室里悠闲地摇晃着洋酒杯子。而郑晓悟每天一上班，就收到办公室主任刘慧娟送来的政府文件、集团文件、合同文件，等着签阅或者修改签批，另有各种申请说明、请示报告、档案材料需要审阅或者起草打印、校对、签发。间或还要约见曾高利，听取现有物业出租、使用的情况汇报，发掘租赁营利的各种潜能。至于归属远见物业公司代管的集团公司总部电话总机值班室，则由刘慧娟主任依序排班，依规监管即可，不需要过问和操心。

这天下午，刘慧娟引导一位头发油亮、西装革履的人来到郑晓悟的办公室，说这位访客直接找到了办公室，声称要租用远山大厦一楼的物业，而且一定要拜见公司的主管领导。

此人进门后的见面仪式几乎是九十度弯腰并伸直双手递过名片，郑晓悟礼貌地和客人交换名片。访客原来是"大金空调临港市代理有限公司"的刘嘉陵副总经理，这位中等身材，细皮嫩肉、眉清目秀的刘总自我介绍是四川宜宾人，并说与办公室的刘慧娟主任是本家老乡。刘慧娟赶紧笑着解释说："这位刘总刚才在办公室可能从我说话的口音听出我是重庆人，就认了四川老乡。我俩也是刚刚才认了五百年前是一家的老乡哈。"

郑晓悟明显感觉到刘嘉陵很能忽悠，便笑着请他坐下喝茶，让刘慧娟到六楼物业管理部通知曾高利经理上来谈物业出租事宜。

在曾高利到来之前，郑晓悟就和刘嘉陵信口胡扯地闲聊："哎呀！刘总来自长江和嘉陵江交汇处的长江第一城宜宾，好地方啊！我在高考复习地理的时候就很是神往，可惜没去过。而且刘总的这个名字也很有意思，生活在嘉陵江边而叫'嘉陵'，江河多水啊，水为财，您姓刘，'刘'属金，又在'大金'工作，金生水，有讲头，哈哈！"

刘嘉陵扭着身体凑近郑晓悟，眉飞色舞地说："看来郑总是懂《易经》的嗦？不瞒您说哈，我一直都是专门在找跟'金'有关的工作的嘛。我刚来临港的时候是在金店工作，很快就跳槽到大金空调公司，之后就没有再动咯，从业务员、业务主办、部门经理一直干到现在的副总经理，真的好顺噢。郑总，我今天在这儿把话给您说死了哈，如果您想去宜宾的话，好办，我全程陪同，费用全包，我们宜宾有好吃的，好看的，好耍的，还有最有名的五粮液酒您晓得噻，绝对管够。"随后便转入了正题，"我此次专程前来拜访呢，是看出远山大厦的地头好，人气旺，交通方便，想向贵公司承租一楼的物业，开办大金中央空调代理批发事业部，这可是临港唯一的一家高端品牌的中央空调噢，没得第二家，而且绝对配得上远山大厦的档次和品味。以后远山大厦这边的业务由我全权处理、全面负责，我们绝对服从贵公司对租户的一切要求和物业管理条件。我敢保证哈，我绝对会从一个租户变成您的好朋友。"

郑晓悟觉得这位刘总很会摆龙门阵。

第十八章　企业文化

在远见开发公司筹建之时，远山集团就在着手对整体经营模式和管理模块进行战略调整，同时也在考虑对总部所在的远山大厦各办公楼层进行必要的调整。因下属远航国际贸易公司与远山集团签订了承包经营、自负盈亏合同，自行迁往商业闹市中心，租用新建的城市地标——临港国贸大厦，又因市体改办主任许大安调往深圳，其所创办的事业单位试点蓝海中心也随之撤销，空出了原所租用的二楼。邝盟似乎早有预见和布局，在蓝海中心被撤销的同时，就在他母亲老家的亲戚帮助下，无缝连接地入职惠州一家电器公司任董秘，协助策划股改上市，这当然与他在蓝海中心的工作经历和专业训练有关，更为他在多年后成为江湖皆知的股评专家打下了坚实的基础。

郑晓悟经与物业部经理曾高利分析认为，一楼的物业临街便利，作为商业铺面出租定然创收可观，如果作办公室使用就太浪费了，于是决定将集团下属的远望广告设计公司从一楼调整到二楼。这刚刚腾出的一楼物业，立马就被大金空调负责营销的副总经理刘嘉陵盯上了，当然，这家租户的品牌档次和经济实力的确也是比较令人满意的。

郑晓悟慢慢就发现，这刘嘉陵不仅仅只是会摆龙门阵，关键是很会来事。就在他租用一楼免费租赁期两个月的装修过程中，刘嘉陵以随时需要汇报、听从指示或者交支票付款为由，隔三岔五就上来七楼，到办公室、财务部跟大家套近乎、拉关系，用他那很有特色的"川普"给大家讲笑话耍宝，很快就跟刘慧娟、章玲、王雅冬、钟小红等一大帮美女混得很熟，再加上时不时地送点儿小礼物，请她们出去喝喝冷饮，于是乎，这位刘总顿时成为最受远见公司美女们欢迎的人。而他在通过郑晓悟认识了黄宇坤和高志国之后，很快就又顺杆子往上爬，立马和来自成都的"老乡高总"成为老友，亲密无间，并热情不减地定期邀请黄宇坤、高志国、郑晓悟出去喝酒吃饭，并且大多数都会同时请上远见公司的这些美女们一同前往聚餐欢闹、跳舞唱歌。郑晓悟当然也已经意识到，刘嘉陵的重点目标是分管工程施工和建材采购的高志国，似乎也终于醒悟到，刘嘉陵"掐点儿"跟进，不讲条件地租赁远山大厦一楼，其目的应该是冲着旅都大厦的中央空调设备和部分分体空调需集中采购而来的，当然也包括随后的长期有偿服务。

自从旅都大厦开工以来，除了刘嘉陵这位特殊租客之外，几乎与项目施工建设相关的所有业务合作单位，或者自认为能沾上边，可能建立业务关系的社会上大大小小的老板，都欲争相结识远见开发公司的领导，都希望能请到他们或者其中的一位两位去吃餐饭、喝顿酒，建立感情。而酒足饭饱之后，雷打不动的后续节目就是去夜总会唱卡拉 OK，或者到歌舞厅听歌、跳舞看表演。郑晓悟原先是很排斥去这些地方的，喜欢宅在家里看看港剧、写写东西的他，以前还完全搞不懂妻子鲍萍萍被人请出去吃个饭也就罢了，为什么还要去唱歌、跳舞，而且还总是回家那么晚。但他自己现在竟然也慢慢地由不太习惯搞这些活动，到后来如鱼得水完全适应，再到每天都期待前往这些地方买醉撒欢的地步，已经是无可救药地上瘾了。

相对而言，郑晓悟比较嫌弃卡拉 OK 的包房有气味，很憋闷，关键是很多音响设备并不好，老有杂音甚至发出刺耳噪音，有些歌曲录像带也模糊不清并且总是卡顿，麦克风的质量也差，影响顺畅地歌唱，很好地发挥，所以他还是更加中意去歌舞厅，那里不仅豪华、宽敞、喜庆、热闹，而且那里演唱的男女歌手，会把时下流行的粤语歌曲演绎得像是原唱，唱得很棒！那里献舞的俊男靓女，据主持人的介绍都是北京舞蹈学院的学生，跳得很美！有时还会有俄罗斯红星歌舞团的演员前来献演，虽然有人悄悄爆料说其实是新疆的维吾尔族或是哈萨克族演员，但依然很有新鲜感！同时，郑晓悟还是觉得在歌舞厅那彩灯闪耀、地板闪亮的舞池里跳舞特有感觉，尤其与做事认真但又爱疯爱闹的刘慧娟对跳"恰恰"最来劲，搂着王雅冬舒缓而优雅地跳着慢四节奏的交谊舞很舒服，牵着活力四射的章玲旋转起快三"华尔兹"简直就要飞起来。而每当此时，余光所及，总能感受到舞池中的舞者和舞池边的旁观者欣赏的眼神，艳羡的表情，甚感得意。郑晓悟有时也会和请客者带来的舞伴或者叫来的陪舞小姐一起跳、闹，也或者会一时性起，招手叫来 Waiter，给伴奏乐队递张纸条，拉个女孩跑到台上合唱什么《夫妻双双把家还》啦，《心雨》啦，《相思风雨中》之类的，闹闹气氛。但他从来没有和钟小红跳过舞、合唱过歌。

恰如郑晓悟曾被人拉去试过一两次让陌生人按摩、捏脚，从此便从内心抗拒进桑拿房、洗脚屋一样，他特别不愿意跟几个纯粹的大老爷们儿喝完酒去卡拉 OK，在现场挑选那些陪唱、陪跳、陪喝酒的小姐。而每次被安排进包房"候选"的那一拨又一拨的"公主"，或浓妆艳抹，或素颜示人，或打扮性感，或服饰端庄，均须依序自我介绍"姓名"和"原籍"，皆要依例自荐说明"特长"与"优点"，而走进包房来的每位"公主"都是满眼期待、满脸渴望，乞愿被这些虎视眈眈的"老板们"选中。每当此时，郑晓悟最多也就大体上扫一眼，绝对不好意思肆无忌惮地仔细审视、上下打量、深度评估或者挑逗两句，但也绝对不好意思说自己不挑，以免扫了同行同乐朋友们的雅兴，总是敷衍着说："按你们的标准随便帮我挑一个吧，哪个都行。"

大概有些"公主"被安排坐在郑晓悟身旁之后，发现这个戴着近视眼镜的人，总是假装一本正经的样子，始终摆出不苟言笑的架势，既不主动和她们交流说话，也不凑趣与她们说笑打闹，既不敢拼啤酒，也不会玩色盅，点了歌就自顾自地全情投入唱自个的，的确是个无趣之人，于是就不动声色、不露痕迹地撇开他，与别的女孩一起跟其他的"老板"闹将一处去了，只要能留下来待在这个包房里，最后能拿到小费就行了，管他谁呢。而郑晓悟也乐得免却了虚与委蛇地应付，可以不受影响地过足歌瘾，把熟悉的老歌轮番展示一遍，把想学的新歌轮流跟学一遍。其实郑晓悟深知这些女孩子都是为了一口饭吃，所以他并不排斥和厌恶她们，甚至会礼貌地说一句"请坐"，但绝对没办法或与她们虚情假意，或与她们畅快沟通，因为他还是喜欢跟本公司的那些女同事一起玩儿的那种感觉，相互之间有相熟的眼神，相知的默契，相近的话题，相同的笑点，开心而自由，放松而自在。

有那么一次，在"金碧辉煌夜总会"的卡拉OK包房，又是被请客陪同的朋友做主挑选了一位"公主"相陪。可能这位女孩很有自尊心吧，看到郑晓悟说了句"请坐"之后就不怎么搭理她，更不和她挑逗耍笑，就让她自己干坐着，渐渐地就不高兴了，随后便扭过身去撇着嘴，跟她旁边同行女孩子用方言骂郑晓悟，而且是脏话连篇地侮辱人母。她估计没有想到这位允许她坐在旁边作陪的人非常熟悉四川话，包括骂人的话，于是她的脸上被送上来了一记响亮的耳光。

"滚！"郑晓悟怒不可遏地大吼一声。

不明所以的请客者手忙脚乱地把这个捂着脸的女孩往包房外边扯，并即时返回道歉，再也不好另叫什么女孩来作陪了。

有此经历之后，郑晓悟就更加不喜欢在没有熟悉的女同事一同聚会的情况下，去参加这种挑选陌生女孩陪同卡拉 OK 的活动了。

作为妻子的鲍萍萍，一开始还总是鼓动郑晓悟多和朋友出去参加一些宴请聚会和娱乐活动，多了解一些外面的世界，唱唱歌、跳跳舞，放松放松自己的身心，不要老闷在家里，不要总待在书房里。但渐渐就发现有些不对劲了，现在老公回到家里简直就待不住了，每天都希望有人喊他出去吃饭喝酒卡拉 OK，而且每次回家的时间越来越晚，一进家门便是酒气熏人，有时候回到家差不多就到凌晨了，说是跟朋友唱完歌之后又去陪着吃宵夜。她知道晚上去吃饭喝酒卡拉 OK 会是怎么回事，当然就越来越不高兴了，于是就开始有意见有怨言了，于是就开始发脾气吵架怄气了。郑晓悟很是气愤，你鲍萍萍原来总是出去吃饭、喝酒、唱歌、跳舞，也是回家很晚，我却一直在书房里写东西等你，从来没有埋怨过你，现在我发现外边的世界很精彩，也喜欢出去玩了，你却对我说些难听的话，赌狠的话。

大概鲍萍萍觉得这样下去也不是办法，也或者认为老公现在只是唱卡拉 OK 唱上瘾了，与其让他到外边去唱，搞到很晚，令人不放心，不如想办法让老公足不出户就能过足卡拉 OK 瘾，于是就自作主张地购置了一套时下正在流行的家庭卡拉 OK 音响设备。刚开始，两口子都觉得很新奇，铆着劲地在家中一展歌喉，尽情欢唱，但没过多久，新鲜劲就过去了，一是家里的客厅总是没有歌厅包房软包的聚音和吸音效果好，设备的高音、低音、混响和伴奏音乐平衡总也调不好。二是几盘买来的卡拉 Ok 录像带，曲目有限，过来过去就是那么几首歌，颠来倒去反复唱，没意思。三是两夫妻在家里唱卡拉 OK 完全没有那个气氛，怎么全情投入也不是那么回事，而且总是有很傻的感觉。最大的问题，既影响女儿，也影响岳母，还影响邻居。如此一来，这套卡拉OK音响设备没过多久就成了摆设，唯一的价值，就是可以向家里来的客人显示这两口子赶过这个时髦，追过这股潮流。

郑晓悟依旧经常被客户、朋友叫出去，鲍萍萍也常常因为工作被人请出去，但俩人彼此争吵的频率越来越高，相互猜忌的隔阂越来越大，夫妻感情的矛盾越来越深。

郑晓悟在和公司的部分同事一起唱歌、跳舞中，发现这些从不同省份来的男女青年员工中，有不少拥有文艺特长、艺术细胞，觉得这是远山企业文化建设的良好基础，便逐渐萌生了把他们组织起来活跃职工业余生活的念头。同时也了解到，高志国会吹萨克斯，他当年曾被幸运地从知青点招到成都军区政治部战旗歌舞团，没想到刚当了一年的文艺兵，却因其父亲无法说清的历史问题而被清退，他那一直压抑在内心深处曾被扼杀的文艺梦，经郑晓悟一煽动，即刻就蠢蠢欲动起来，两人一拍即合，决定组建远见开发公司文艺演出队，先悄悄排练几个节目，在即将到来的集团迎新年元旦酒会上送出惊喜。

谋划商议之事正着手实施，郑晓悟就收到办公室送来的一份由市规划国土局和市建设局联合下达的通知，将在元旦举办临港市首届"建设杯"歌唱大赛，划定可以报名参赛的单位为，所有在本市从事房地产开发、建设、设计、装修和物业管理的公司企业，以及与房地产业有关的商业实体，如建筑材料供应商等，无论是国营企业还是私营企业，无论是本市企业还是外地企业，无论是综合性开发房地产公司还是单项开发房地产公司，均具有报名资格。通知还确定了参赛的节目形式和奖项类别。

郑晓悟来回看了两遍，兴奋地一拍桌子，"机缘巧合，正当其时，送上门来的好机会呀！"立刻拿着这份文件去找黄总汇报商议。

黄宇坤此前已经参与了高、郑二人关于开展企业文化建设、提升公司发展活力的讨论，毫无疑问是个积极支持者，看了郑晓悟拿过来的文件，当即兴致勃勃地指示道："我们远见开发公司是刚刚踏入临港房地产界的一支新军，正苦于社会不了解，同行不认可，政府还不看好，这下好了，正是个露脸做广告的大好时机呀！一定要报名参加！一定要报名参加！你和志国马上把公司的文艺骨干组织起来，动动脑筋，选好节目，抓紧时间排练，公司给加班费，获了奖公司发奖金。当然，得不得奖还在其次，但一定要搞出点儿新意思，显示出我们公司的水平跟能力，要想办法给歌唱大赛留下深刻印象。"

当天下午下班，黄宇坤开车和郑晓悟来到旅都大厦工地，拉上高志国一起到思缘潮汕海鲜大酒楼，边吃饭边商议报名参赛的事：首先决定一个基本原则，就是所报节目宜精不宜多。其次是确定高志国为节目总监、总领队。然后商定两个参赛节目：一首是郑晓悟的男声独唱，具体歌曲由其自选自定；再一个是女声小合唱《喀秋莎》，由郑晓悟担任指挥。最后议定女声小合唱的八名演员：办公室主任刘慧娟、办公室职员彭海燕、毕小洁、总经理秘书钟小红、财务部会计章玲、出纳王雅冬、物业部客服经理施玉芬、总机值班室电话员罗亚芳。除了刘慧娟已经是个年轻妈妈之外，其他七位均为未婚女青年。

郑晓悟在拿到歌唱大赛的通知文件时就在想，当下卡拉OK遍地开花，全民K歌，若想出奇制胜并获奖的话，选任何歌曲都有可能和别人撞车，自己会唱的歌并不排除别人也会唱，而且有可能唱得更好。既然现在黄宇坤总经理明确提出，要想办法给歌唱大赛留下深刻印象，那么，最好的办法就是自己作词作曲搞出原创作品，这一招在大学时期曾经搞过，效果不错，于是心里痒痒地想要再露一小手。同时想到，既然是"建设杯"歌唱大赛，那就应是具有房地产行业特色的演唱内容，既然是代表各自所在的公司企业报名参赛，那就应该是颂扬歌唱自己的本职工作。这个主题前提和中心内容确定下来，郑晓悟即刻就决定写一首远山公司之歌，歌名想来想去，受彭思远董事长钟情日本电影《远山的呼唤》之启发，便搭便车以此电影名为歌名：

> 啊……
>
> 远山的呼唤，远山的呼唤
>
> 远山有壮丽的山峰
>
> 远山有美丽的田园
>
> 远山有醉人的鸟语花香
>
> 远山有迷人的风光无限
>
> 我们在远山
>
> 我们有远见
>
> 辛勤的汗水为你流淌
>
> 劳动的硕果为你奉献
>
> 理想的蓝图为你描画
>
> 幸福的前景为你展现
>
> 啊……远山
>
> 这里有你人生的追求
>
> 这里是你温馨的港湾
>
> 为你建得广厦千万间
>
> 就是我们最大的心愿……心愿……

写好歌词，按照自己的声线条件和演唱特点，以F调式的四二节拍谱曲，确定了"深情 中速 歌颂地"歌曲风格。此外，再以用惯的手法，为女声小合唱《喀秋莎》设计了二声部、轮唱、对唱的变换方式。两首歌皆由高志国吹萨克斯，曾高利拉手风琴进行混搭伴奏。大家皆利用业余时间，集中在远山大厦的七楼会议室认真排练。

初赛地点就在荔湖公园旁边露天的"大家乐舞台"。这是团市委向深圳学习取经后，整个模式完全照搬过来的公益性的大众娱乐舞台，主要是为外来打工仔打工妹在下班后的晚上有个健康开心的去处。虽然初赛的两个晚上都比较冷，风也比较大，冷风灌进口腔会影响运气发声，同时也影响到麦克风和音响效果，唱出来的声音显得飘飘忽忽，断断续续，但参赛的演员们依然是全情投入，而台下的打工仔打工妹和居民观众同样热情高涨，每个节目结束都报以热烈的掌声。也许是因为临港的文艺演出活动太少的缘故，而这类"建设杯"歌唱大赛又是个新生事物，所以吸引了无数观众拥在台下看热闹。

恰如预期，远见公司的两个节目都顺利通过了初赛进入决赛，而郑晓悟原创的男声独唱也引起了临港市石化房地产公司参赛歌手马天翔的注意，他主动找到郑晓悟，在客气地表示"佩服"的同时，建议用钢琴伴奏效果会更好，且正规。郑晓悟其实在节目进行中就发现这位"石化房地产公司职工"的男声独唱不是一般的专业级别，自己的歌唱水平简直没法相比。话一聊开，原来马天翔本身就是西安音乐学院的声乐专业毕业生，调来临港之前是陕西省一家歌舞团的男高音歌唱演员，他确实具有艺术家的单纯和热情，一方面热心地为郑晓悟点拨发声方法，比如飙高音时要自我感觉到声音是从脑门蹿出去的，另一方面真诚推荐由他钢琴专业毕业的妻子为郑晓悟在决赛时做钢琴伴奏，同时表明"不要报酬"。

虽说人家不要报酬，但小小意思还是要表示的，思缘潮汕海鲜大酒楼的宴请还是要安排的，这令马天翔和他在临港市艺术学校任教的太太闫艺老师非常高兴，把远见物业的全体演员请到艺术学校的音乐教室，用了几个晚上的时间分别为两个节目排练伴奏，两口子同时兼任艺术指导和专业教练，使节目质量和演唱水准发生了质的飞跃。

决赛在临港会堂举行，不出所料，马天翔代表市石化房地产公司参赛的《我爱五指山，我爱万泉河》，以及市建工集团工会参赛的女高音《我就是黄河，我就是泰山》，分获男声独唱和女声独唱一等奖。郑晓悟和另外两个单位的参赛者获得男声独唱节目二等奖，同时，《远山的呼唤》还获得本次歌唱大赛唯一的一个创作奖。八位女同事的倾情献演，又为远见物业争取到女声小合唱组别的三等奖，首战告捷，一炮打响，使得在现场观战的姜蒙生、黄宇坤、高志国、曾高利不断鼓掌欢呼，情绪激动。黄宇坤当即用"大哥大"给身在香港的彭思远董事长打电话通报喜讯，同时通知缘汕海鲜大酒楼准备宵夜，并诚邀马天翔、闫艺夫妻二人一同前往。

这不是一般的宵夜，完全是庆功宴，菜品丰富，食材高档，酒水任饮，在欢声笑语中，在奖杯闪烁中，闫艺现场指挥，再把小合唱《喀秋莎》演绎一遍，受到鼓舞和欢呼的马天翔举杯清唱了一首《祝酒歌》，比舞台上更有感染力。随着美女们有节奏地拍着玉掌、整齐娇呼："《远山的呼唤》……《远山的呼唤》……"郑晓悟笑容绽放，站起来深情放歌。当唱到尾声时，大家齐声合唱："为你建得广厦千万间，就是我们的最大心愿……心愿……"

受到这次参赛获奖的鼓舞和启发，黄宇坤、高志国和郑晓悟三个人对于搞活企业文化生活的认识提高了，信心更足了，随即便议定了以此次班底为基础，组建一个相对固定的文艺演出队包括乐队，并谋划在适当的时候，推动整个远山集团搞一次文艺汇演。黄宇坤还计划以集团副总裁的身份，建议集团公司办公室下发企业文化倡议书，号召集团公司总部机关、下属各子公司、分公司和实体单位组织篮球队、乒乓球队，先打内部友谊赛，进而不断与本市的房地产同业单位、政府主管部门打邀请赛，促进交流，加深认识，增进感情。集团公司和下属各公司可以预算一笔文化建设专款作为专项列支。

组织乐队，高志国的萨克斯和曾高利的手风琴，业已闪亮登场，已成固定人选。会拉小提琴的杨栋梁申明他在湖南大学搞联欢时，和唐曙光表演过小提琴、口琴二重奏，效果不错，申请二人加入。郑晓悟说，这和自己在大学时跟王英杰搞小提琴与二胡中西混搭的二重奏，有异曲同工之妙，口琴在乐队也可以增进器乐层次感，总之热闹就好。未曾想到的是，司机胡立江也强烈要求报名参加文艺演出队的乐队，说他听到这个消息"很兴奋"，因为他会吹笛子。郑晓悟自己也决定把多年再未触碰的小提琴翻找出来，每天抽空练一练僵硬的手指，摸一摸生疏的琴弦，希望能够找回原来的感觉，练回原来的水平。

郑晓悟和鲍萍萍结婚之后，几乎再没有像在津港海洋石油公司对外合作中心时那样，经常会有同事、同好或是聚在集体宿舍里，或是约在公园草坪上，挥洒青春，激情浪漫，或者组合欢闹，或者自娱自乐。因为发现临港这里的人际关系、人脉组合、人文环境和人居习惯，根本没有这方面的气氛，两口子也曾尝试不想丢掉业余爱好，在自家的房间里各展特长地玩过几次，但每次都是自我感觉很怪异，跟周围的社会整体环境格格不入，慢慢也就激情消退了，慢慢也就接受当地没有弦乐笙歌的氛围了。尤其是搬进现在的住房之后，郑晓悟的小提琴和鲍萍萍的琵琶就作为多余的物品，或是曾经的纪念，搁置在主卧房的大衣柜顶上，从此再也没有拿下来过，甚至想都极少去想。

当郑晓悟灰头灰脑，满手尘土地从柜顶上搬下这两件曾经的宝贝时，经年积尘已经在小提琴盒和琵琶罩上蒙上厚厚的尘垢，小心翼翼地拎到阳台，清理干净，打开一看，惨不忍睹：小提琴的琴身泛潮，琴弦生锈，弓毛散乱；琵琶的琴面发霉，琴弦已断。鲍萍萍看到郑晓悟折腾这些，甚为诧异："你把这些破玩意儿翻出来干啥？"

"临港市远山股份实业有限公司辞旧迎新联欢会"在新落成不久的五星级港都大酒店的大宴会厅举行，董事局主席彭思远偕同各位副董事长，集团公司总裁姜蒙生带领全体副总裁，下属各公司的负责人也都悉数出席，马天翔、闫艺夫妇也被特别诚邀莅临，整个联欢会场面浩大，气氛热烈。港都大酒店那气派的接待大堂和豪华的宴会大厅都摆放有白色三角钢琴，由此成为临港高档酒店模仿的标志性摆设，因而也成为临港的一种潮流引领，闫艺老师在港都大酒店开业时曾在这里为来宾演奏，今天，她也将在此一展琴艺为几个节目伴奏。

联欢会准时开始，当身材颀长、体态健康、明眸皓齿、气质高雅的女主持人甫一出场亮相，立即引发了嘤嘤嗡嗡地议论声，相互都在好奇地打听询问这是谁？这位绝大多数人都还不认识的主持嘉宾名叫黄亚南，半年前从武汉大学法律系毕业留校，其父原是武大管理学院教授，被彭思远"挖"到远见集团做战略发展副总裁，她便随同父母回到祖籍地广东，现在远见开发公司办公室上班。

一切尽在预料之中，整个晚会毫无疑问是远见开发公司的节目最出彩：在闫艺老师如行云流水般的钢琴伴奏下，八位美女的《喀秋莎》再现了参赛获奖的风采，而且更加放松，发音和配合水平发挥得更好；郑晓悟原创歌曲《远山的呼唤》令集团公司的领导们大为惊讶和赞叹，能为自己公司写出这么好的歌来，难得；马天翔倾情献上"建设杯"获奖歌曲《我爱五指山，我爱万泉河》，使大家得到了一次在临港极少能有的专业享受机会，因此，听罢一曲，齐声欢呼："再来一首！再来一首！"马天翔与妻子闫艺商量后返场，更加深情的一首《再见吧，妈妈！》唱得人们热血沸腾；而由高志国的萨克斯、曾高利的手风琴、郑晓悟和杨栋梁的小提琴、唐曙光的口琴和胡立江的竹笛组成的乐队，第一次登台为晚会混搭合奏了一曲《红梅花儿开》，节奏和旋律上主要突出萨克斯和手风琴的演奏风格，令在场的人颇有新鲜感和热闹感。郑晓悟注意到，现场最满意的当属董事局主席彭思远。

年底前，各单位一场接一场的年终总结、迎新晚会在喜庆热闹中次第举行，意味着春节很快就来临了。算起来，郑晓悟已经有好几年没有回家和父母家人团聚了，而二哥郑晓恒和三哥郑晓慷正因为是刚来临港工作，和大多数人一样，第一年离家到外地都特别想要回家过年。当然，他们兄弟俩还有一个重要的事情要办，就是回家商定各自的老婆孩子随迁来临港的事。临港的户籍政策几乎全面照搬深圳的人性化先进做法，无条件解决引进人才的夫妻分居问题，只要能找到接收单位，就给予配偶和子女随迁户口指标。而对于家人、朋友想来临港工作这些事，鲍萍萍是最愿意插手帮忙的了，她特别希望在临港的熟人多，热闹，因此她和郑晓悟决定，带上从没有到过湖北的母亲和女儿一起开车回江州去过年，同车拉上二哥、三哥，既可以为他们省下路费，路上也不会那么无聊。颇具行动力的她，很快就向一家关系不错的外商投资企业借到一部皇冠3.0轿车，接着又用这部轿车跟自己单位的司机商量，换他开的那辆丰田九座面包车。这位司机小青年本打算过年开车去梅县女朋友家拜见未来的岳父岳母，能开一部小轿车去拜年更有面子，何乐而不为呢？

学会开车时间并不长的郑晓悟两口子，是第一次跨省开长途，兴奋之中有些紧张，期待之中有点害怕，好在主要都是国道和省道，小心一些，开慢一些，安全第一，途中再休息一晚，应该没问题。但没有预料到的是，一出广东省，就不断遇到设卡拦路收费的，收费标准既不统一，也搞不清楚收费者为谁，关键是这些人收费后，听到车上放的音乐磁带好听，也会嬉皮赖脸地索要。

最要命的是，当晚在一处县城住宿一晚，次日天还没亮就赶时间出发，途经一小镇时天刚蒙蒙亮，看到路边一家小面馆开门了，便问了问价钱，被告知素菜鸡蛋面10元一碗，比县城里的价格贵五六倍，再一看店家刚起床正在洗漱，炉灶还没生火呢，就打算不在这里等吃早餐了，欲开车出发，只听得一女的大喊一声，周围几家店立刻围上来七八个男女挡在车头：不吃饭可以，必须付面钱——60元！看到鲍萍萍息事宁人地乖乖付钱，隔壁店的大汉一副流氓相地猛拍车头的挡风玻璃喊道："吃素菜鸡蛋面都会再加个鸡蛋，两块钱一个，再加12块钱！不交不准走。"

看着委曲求全花钱消灾的妻子、吓得哇哇大哭的孩子、紧张得浑身颤抖的岳母大人，以及敢怒而不敢言的二哥和三哥，郑晓悟憋着一肚子火，赶紧开车离开这个是非之地。也可能是心绪烦乱，注意力不集中，晨雾中的一个拐弯，和对面来车的倒后镜发生剐蹭，但不知道是谁的过错，这部喷有工商局字样的车上下来司机和一个干部模样的人，硬要赔偿一千元钱，不给钱不准走。郑晓慷拿出临港市工商局的工作证申明大家都是同行，又指着己方车身上"临港市外商投资服务协会"几个字说明都是政府干部，才得以讲到八百元予以放行。

连续遇到这些糟心事，搞得完全不敢停车，更不敢找地方下车吃饭，沿途规规矩矩地给设卡收费的人交买路钱。女儿郑心雨经过惊吓，一路上很乖很安静，既不叫饿，也不喊渴，好在岳母细心，准备了一些煮鸡蛋、饼干、面包和小点心之类的东西，算是可以凑合对付着填填肚子。临近黄昏，好不容易看到路牌标注距湖北仅有10公里路程了，大家的情绪顿时放松下来，开始说说笑笑，没承想又遇到一道栏杆横在路上，走上来一个矮矮胖胖的人倚靠着摇下玻璃的驾驶室车门，嬉皮笑脸地对开车的郑晓悟说："交路费，20元。"

无可奈何的郑晓悟扒拉着驾驶台抽屉找钱给他，这个人又把手伸进来说："我发现你们广东来的车上都有香港原装的录音磁带嘞，真的蛮好听。你这个在播放的就把给我算咯？"

此时实在忍无可忍的郑晓悟已是满腔怒火，大吼道："我的带在路上听的磁带全都被前面收费的土匪抢去了，这是最后一盘带子，不给！"边说边恨恨地盯着前方约 100 米处悬挂的"欢迎进入湖北"的横幅，猛轰油门并挂挡，决心不计后果地冲断横栏而过。说时迟那时快，这人手疾眼快地把驾驶台上放着的另一盒磁带一把抢过去，同时喊了一声什么。栏杆应声抬起，车子一冲而过，险些撞杆，随即冲进湖北地界。

首次长途自驾尝试，这一路往返途中可以明讲的经历以及难以言说的感受，在郑晓悟心中留下了很重的阴影，很深的烙印。直到几年后，从广东临港到湖北的高速公路基本全线通车之后，才敢放心地再次自驾探亲，但不到目的地绝不下高速。

第十九章　新疆美女

　　不少单位基本都是在元宵节过后才开工，但由于旅都大厦的施工正处于抢工期的关键时间段，而且过完年就要开始预售楼盘，所以远见开发公司是年初八上班。按开工第一天的习俗惯例，公司领导要分别给第一天到岗露面的员工发红包，未婚男女则到各楼层扫楼串门，找已婚人士"逗利是"，于是，走廊上、电梯里、办公室不时传出南腔北调的"粤语"："恭喜发财，利是拿来！"也不时轰然爆发出笑声。黄宇坤、高志国和郑晓悟每到一间办公室，都会被喜气洋洋的员工"扣留"一阵子，品尝他们带来的各地特产食品、风味小吃，听听他们讲述的各地新生事物、新潮巨变。到处欢声笑语，一片其乐融融。

　　完成拱手拜年发红包任务的郑晓悟一脸喜色地回到办公室，前脚进门，后脚紧随而来的是刚才发红包时没有看见的曾高利，只见他满面憔悴，状态萎靡，一进门就支撑不住似地一屁股斜坐在了沙发上，垂头丧气地摇头叹息，完全不像欢度春节，喜庆而归的样子，与整个远山大厦内此刻欢乐的气氛格格不入，见了面也没有礼节性地跟顶头上司说声"拜年"，搞得郑晓悟满腹狐疑。

佝偻而坐的曾高利，两眼垂望地毯，两手颤抖握拳，用沙哑难听的嗓音，咬牙切齿，语无伦次地说："郑总，我知道您是学法律的，所以我今天一回到公司就来找您，我也请您不要怪我不讲礼貌直接冲进来找您，因为……因为我这事必须要麻烦您，只有您才能帮助我，只有您才能解除我的苦难……"他仰起头恨恨地从胸腔里呼出一口气，"可以说只有您郑总才能挽回我的生命……不！是两个人……咳咳……是三个人的命！我不管他是谁，欺人太甚……欺人太甚啊您知道吗？我大不了跟他们同归于尽！这样过下去也没什么意思了，真没意思啊！"说着，又用双拳捶打着自己的大腿低吼道。

不明所以，一头雾水的郑晓悟看到这位一向性格温和，总是谦恭微笑，说话慢声细语，表达斯文有礼的物业管理部经理，今天突然显出这副模样，愤然讲出这种词句，定然是突然遇到了迈不过去的坎，应该是有大事来找自己的。他一边认真听着一边悄悄地掩上办公室的门，再去轻轻地撕开"立顿"红茶包泡了一杯茶递过去，关切地问道："要不要冲杯咖啡？"看着曾高利双手微颤地接过茶杯，悲愤地摇了摇头，便坐在他旁边说："曾经理，不着急，咱不着急哈，到底是怎么回事？你慢慢说给我听，说清楚点儿，我一定好好帮你分析，替你想办法。公司中层以上的干部今天中午在思缘潮汕海鲜大酒楼吃个开工饭，同时也是开个碰头会，所以从现在起，这个上午的时间我都留给你，慢慢说，我不相信你这么好的人会遇到什么大不了的事。总之，不管是不是法律问题，总会有解决的办法，你呢，也没必要把现在这种情绪带到中午的饭局上去，影响不好。"说完，起身过去把办公桌上自己的茶杯端过来捧在手里，做好了愿闻其详的准备。

曾高利身上发生的故事，在我们这个骤然之间各地人潮汇聚，各色人等杂处的临港，并非个案。天南地北蜂拥而至的男男女女，有的在这里发现了山外有山，有的在这里看到了天外有天，有的人实现了人生追求,有的人找到了刺激诱惑,有的人尝试到新奇感受,有的人寻觅到真爱靠山,有的人要趁机重新洗牌,有的人在拓展放飞空间。面积不大的临港,有各类奇闻逸事叫人难以置信,有各种不可思议令人眼花缭乱,而慢慢地,大家不仅都适应了,而且都不约而同地认为,这就是临港的特色,这就是临港的魅力,同时还不由自主地发现,每个人不仅是观众不仅仅是配角,而且还是编剧甚至是主演,只要是来到临港的人,都难以做到置身事外,冷眼旁观。

曾高利是在当年"上山下乡"的运动后期,从广州下放到粤北山区的知青,但不到两年就随着知青返城大潮又回到了广州,进入街道集体所有制的一家传统手工产品企业当工人。当深圳的东湖丽苑作为国内第一家规范化物业管理的经验传到广州,政府下文开始推行物业管理制度,曾高利响应街道领导的号召,第一个报名参加物业管理培训班并到深圳参观学习,其对万科的物业管理最感兴趣,最有心得。他是第一批转行应聘到广州首批成立的物业管理公司的"元老级"人物,而且干得得心应手,一步一个台阶,年年先进,名声在外。

一个偶然的机会,当年知青组所在生产队的陈会计利用来广州公干的机会,找到曾高利他们几个插队知青叙旧,在杯觥交错之中,于推杯换盏之间,得知陈会计的小女儿陈芝考进了本县的师范学校。虽然曾高利插队时间并不长,但他却是对陈芝精致漂亮的脸蛋、婀娜摇曳的身姿有过非分之想的知青之一,于是便在把酒言欢中留心记下了陈芝的专业班级。就那么一个小小的山区县的师范学校,寄信的地址虽然不是很准确,相信也能很容易送到收信人手里。果不其然,曾高利居然很快就收到陈芝的回信,出乎意料的是陈芝竟然热情地称呼他为"曾哥",而且信的内容似乎也在闪烁其词地表明自己心有灵犀,曾高利激动的心情可想而知。那段时间除了认真负责地工作,便是全情投入地写信,俩人确属情投意合，往来信件的内容慢慢升温，相互倾诉的语言渐渐炽热，几个月后，陈芝在第一个暑假直接就来到广州住进曾高利家，直到暑假结束，回校报到。下一个寒假也就理所当然再来广州，更在曾高利的陪同下领略了省城过年花市的热闹。

两年中专毕业，陈芝被分配到本县一所镇小教语文，第二年就和曾高利喜结连理，成了广州人的媳妇，但曾家想尽了办法也没法把她调进广州，一方面是其学历条件所限，一方面是其所在师资缺乏的山区政策所限，所以，只能是两个星期见一次面，或者陈芝回曾高利的广州家团聚，或者曾高利赶去陈芝的学校相会。虽然说两人很快就有了爱情的结晶——宝贝女儿问世，不过很快，曾高利从风言风语中，感知到陈芝的传闻，在自我意识中，感觉到陈芝的变化，但却无法与人言说，寻求帮助，为维护家庭和爱情，为躲避尴尬和屈辱，就想到干脆一起调到可以直接解决夫妻分居的临港，家人得以团聚，夫妻每日见面，以弥合感情危机。恰好此时，远见开发公司招聘物业管理部经理，就顺势把陈芝也调进了临港南坳角小学，结局似乎皆大欢喜。

不过，当一个人的品行导向和行为倾向成为了一种习惯、嗜好甚至追求，的确就很难改变了，若是环境愈加宽松，没有熟人世界的约束，则会成为更加无所顾忌的温床。几个月前的国庆节，陈芝作为南坳角小学的带队老师之一，陪学生们参加了"大家乐舞台"的演出，由此结识了活动主办方的一位负责人，听他说"大家乐舞台"不仅要长期办下去，而且还被批准成立一个独立的事业单位，设定了编制，并且就是由这位负责人抓筹建工作，正准备招聘人员。陈芝一听，这是个绝好消息，相比起每天早晚要奔波往返远在市郊的南坳角小学，这个"大家乐舞台"当然是发展的舞台更大，肯定是拓展的空间更广，绝对是施展的机会更多，而眼前的这个机会，肯定是一次人生转折的大好机会，绝不可错过。陈芝当机立断便与这位负责人建立了热线联系，俩人几乎每天都要 Call 机呼叫、电话沟通，晚上或者周末回到市内，还要找机会和借口不时约会见面，而大多数的晚上和周末，恰恰是物业管理部接待业主、处理投诉的高发时段，曾高利基本都要去现场盯着，这样一来，连女儿有时候都没有人看管。

"我老婆陈芝在元旦之后就调到了'大家乐舞台'，不再是个小学老师，而是一个机关干部了，经常忙着组织活动。这也符合她的性格，其实我也挺高兴的，两口子都在市中心上班，小孩就近上学也方便，本来应该是好事，没想到却是我更大的噩梦。我……我……"曾高利再次用微颤的双拳捶打自己的大腿，难以启齿却欲言又止。

郑晓悟已猜出是怎么回事，但没有接话，只是站起身来，把曾高利放在茶几上的茶杯拿去续上开水递给他，示意他喝茶润润嗓子。

"昨天中午一下火车，我就看她急不可耐地掏出 Call 机去打电话，本来说好下火车后带女儿去吃大家乐牛排的，但陈芝说领导有急事找她，匆匆赶回家冲完凉，打扮一番，喷上香水就急急忙忙出去了。我这次多了个心眼，偷偷跟在后面，没想到……没想到……她跑去和那个什么领导，大白天的在体育馆背后僻静的路边搞……搞……车震……"曾高利最后一句话是嘶喊出来的。

现场捉奸？太震撼了！郑晓悟完全明白曾高利气急败坏地来找他所为何事，但是，这种明摆着的事，捅破了的纸，已被当场抓了现行的陈芝绝无还手之力，更无反击之理，唯求饶恕和宽宥，你提什么要求她都不敢反驳，何必还要找其他人寻求什么对策和帮助呢？虽然不知道曾高利在捉奸当时是怎样的反应和表现，但现在看来，他肯定没有到那个什么领导的单位去撕破脸，这其实是留着面子，留有余地，饶是如此，真还不能单纯从法律上给他出什么点子，提供什么帮助，今天只能是当他在找人吐吐苦水，诉诉冤屈吧。所以，便策略性地温言劝他先冷静几天，自己这里慢慢帮他好好想想解决办法。

此后，曾高利依旧照常上班，却再也没有跟郑晓悟提起此事。"远山事件"之后，郑晓悟离开远山集团就再也没有见过这位性格柔弱的曾高利，但却在很多年后，阴差阳错地经常见到已经成为什么领导的陈芝，此时的她总是喜欢把头发盘得高高的，总是在接待上级领导时打扮特别以期引起领导注意，总是趾高气扬地在一些会议上字正腔圆地传达文件，完全没有广东口音。但只要是脱离讲稿自由发挥、即兴发言，在场的人就会相顾会心地一笑："毕竟还是小学老师。"

可以说，远见开发公司的企业文化所营造的氛围，"旅都大厦"项目的宣传广告所造成的影响，在社会上树立了良好的形象与口碑。所以，当"旅都大厦"楼盘预售小组招聘公关小姐和营销人员的消息一经发布，立刻引起了很大的反响，应聘者云集，这当然也与春节之后到沿海城市求职的人数剧增有关。为高效完成人员招聘，有效解决人事管理，经请示集团公司，决定把公司办公室原来负责的与人事管理相关的事务分流出来，成立了人力资源拓展管理部，任命有法律专业背景的黄亚南为副经理主持工作，已经开展的"旅都大厦"预售业务人员和工程技术人员招聘的具体事务性工作，主要由黄亚南和办公室主任刘慧娟配合完成，择优录取。若属特殊岗位、特殊关系或者特殊情况难以定夺的应聘者，则汇报给郑晓悟安排亲自交流面试。

大金空调的副总经理刘嘉陵似乎一直不大愿意待在一楼的代理经销商场里，好像也不大关心代理经销业务的效益好坏，依旧特别喜欢在远见开发公司各个办公室串门"摆龙门阵"，当然也很快就跟新设部门的美女负责人黄亚南混了个脸熟，拉上了关系，因而对于招聘新人的情况比郑晓悟还要了解。这不，只见他又是嬉皮笑脸地敲门进入郑晓悟的办公室，又是摆出了一副发现新大陆的"八卦"神情，兴奋而神秘地说："郑总郑总，有福气咯！您真的有福气咯嘞！刚刚我在你们一楼的旅都大厦售楼处看到了一个俄罗斯的幺妹儿，真的，简直就是俄罗斯的大美女哦！金黄的头发，白白的皮肤，长长的腿子，个头比我都高的嘛。好多人过来不管是买房的还是不买房的，都围到她在看稀奇的嘛，啧啧……"说着，好像还吞了一下口水。

"招聘了一位俄罗斯美女？我怎么不知道？"郑晓悟心中疑惑，也顾不上听刘嘉陵后面说了些什么，习惯性地给办公室主任刘慧娟打了个电话："我听你的本家老乡刘总在我这儿说，你们招聘了一位俄罗斯美女在一楼的售楼部？有这回事儿吗？"

刘嘉陵闻言插嘴道："不是……不是，不是真的俄罗斯人，长得像，我说是长得像。"

"哦，他说是长得很像俄罗斯的美女。有这么个人吗？"郑晓悟在电话里问刘慧娟。刘慧娟在电话里爽朗地一笑说她知道是谁了，并告诉郑晓悟说："这个女孩是姜专员，姜蒙生总裁的亲戚，不需要招聘面试，直接从新疆招来的。我马上和亚南把姜蕾带到您办公室来哈。"

刘嘉陵听到这位"俄罗斯美女"马上就要来这间办公室，便带着一副期待的表情稳稳地坐着不动，等着近距离接触，一睹芳容。郑晓悟感到好笑地看着他，心想：等会儿我们谈工作，你还是得走。

随着敲门声，刘慧娟和黄亚南带着一位……的确是一位俄罗斯美女走进来了，也确如刘嘉陵所描述的那样，苗条高个，美貌动人。郑晓悟还注意到这位姜蕾的年龄二十五六岁，脸部轮廓很突出，精致而有立体感，眼神清澈纯真，面带羞涩微笑。竟也一时愣住了。

经刘主任和黄副经理介绍引见，姜蕾细腻白皙的面庞微微泛红地走上前来，稍作鞠躬状，声音非常好听地说了一声"郑总您好！"

"来来来，请坐。"郑晓悟对姜蕾做了个手势，随后笑看着目不转睛盯住姜蕾的刘嘉陵。刘慧娟会意，说了一句："不好意思，请刘总暂时回避哈，郑总要和我们谈工作呢。"

"嗯？噢噢……"刘嘉陵闻言愣了愣方才回过神来，似乎很不情愿地站起身来，边走还边扭头看姜蕾，恋恋不舍地走了出去。

大家相视一笑，无奈摇头，各自安坐。郑晓悟单刀直入地问姜蕾："听说你是我们姜总裁的侄女？"看姜蕾点头，又问："是亲侄女吗？"

"我是他的亲侄女呀，他是我爸爸的弟弟，我管他叫二叔。我爸爸的名字是叫姜沂生，二叔叫姜蒙生。不过我们在新疆很少回山东，也很少见到我二叔。"

郑晓悟心想，这兄弟俩的名字完全突出了山东特色，而且一听就知道他们的老家肯定是沂蒙山老区的。不过呢，姜总裁一看就是山东大汉，而这位"亲侄女"虽然个头也高，但却一点儿也看不出山东味，沉吟了一下，还是忍不住地问道："你妈妈也是中国人吗？"

"嘻嘻，我猜到您会这么问，好多人都这么问。"姜蕾捂着嘴巴轻声笑道，很好听的声音，"我妈妈当然是中国人啦，她是土生土长的青岛人，当年她和我爸爸都是从青岛支边援疆去到乌鲁木齐的，我爸爸是技术员，我妈是老师，他俩后来就在新疆成了家，生了我们三姐妹。我可不是什么俄罗斯美女，也不是维吾尔女孩。嘻嘻。"

姜蕾直率的话语把大家都逗笑了，坐在一旁的刘慧娟和黄亚南一直欣赏地笑看着她。气氛融洽，对话就变得欢快起来，况且在座的四个人都是年龄差距不大的年轻人呢，于是郑晓悟又指着她盘梳在头上的显眼金发："你这头发是染的吗？"

"我这可是天生的，不是染的。而且我是这次来到广东之后才知道，这里的很多女孩儿都喜欢把头发染成各种颜色。"说着，便举起双臂，顺手拔下发卡、簪子，脑袋轻轻地抖了抖，长长的金发若瀑布般地滑落而下，诚实地向大家展示她的头发是天然的。刘慧娟和黄亚南都不由自主羡慕地"哇"了一声，表达赞叹之情。

郑晓悟脱口而出："真是一方水土养一方人啊！纯粹的山东人，在新疆生新疆长，长相居然完全像个新疆人。长见识了。"

"就是啊，我们三姐妹长得都不一样，而且都不像汉人，连我爸跟我妈都觉得不可思议。我是老大，长得像是维吾尔族姑娘。我大妹妹在乌鲁木齐飞深圳的航线上当空姐，长得像是哈萨克族姑娘。我小妹妹现在还在乌鲁木齐读卫校，长得像是回族姑娘。"说着，就从随身拎着的一个很有新疆特色的小包里取出一张三姐妹的合影照片，刘慧娟和黄亚南好奇地先拿过去传看，啧啧称奇，然后递给郑晓悟。

郑晓悟接过一瞧，不由得在心中惊叹一家三美女确实漂亮，而且各显其美。此番交谈中，听姜蕾说话，不仅声线好听，发音标准，而且表达清晰，虽然偶现拘谨，但总的来看却是仪态从容，就问道："你是什么学历？来我们远见开发公司之前在什么单位工作？"

"我只是个高中毕业生，连我们新疆的中专都没有考上。"姜蕾真诚地红了脸，"高中毕业后就被招进乌鲁木齐市一家博物馆做讲解员，有七八年了。因为……因为……家庭的一些原因吧，我爸爸给我二叔写了封信，我二叔就让我停薪留职到临港来先看看能不能适应。我长这么大还是第一次离开父母到这么远的地方工作，还希望郑总和各位领导多指教，毕竟我只会当讲解员，其他的工作都没有干过。"

郑晓悟从姜蕾的容貌外形到言谈举止，认定她是个很有气质并具备一定素质的人，而且给人的感觉很坦诚，很沉稳，在售楼处做销售推荐工作应该能够胜任并肯定会受到欢迎，觉得姜总裁安排进来的这位侄女是对远见开发公司工作的支持，于是就和刘慧娟、黄亚南又对她说了一些鼓励的话，勉励的话。

姜蕾告辞离开之后，刘慧娟和黄亚南特地留下来又向郑晓悟透露了谈话之外的一些情况：姜蕾刚被招到博物馆做讲解员，一下子就被上级主管部门的领导挑中，做了这位厅级干部的儿媳妇，并且很快就结婚有了个儿子。近两年，这位厅长的公子一直在南疆、北疆到处跑着倒腾生意，长年不愿回家，基本也不顾家，随后就听说他在喀什、在伊犁都有个"家"，对姜蕾的打击很大。作为既具有山东人性格，又具有知识分子风骨的姜沂生，本来就不看好也不待见这个高干子弟女婿，现在更加不能容忍有这样德行的女婿，一定要让闺女跟这个没有正形的浪荡公子离婚，于是就给弟弟姜蒙生来信让他把大女儿安排到临港来。"现在新疆那边的两亲家还在扯皮打官司呢，姜蕾的婚姻情况还没有最后的处理结果，她的情绪有时候也不是很稳定，在临港这儿呢又是人生地不熟的，跟她二叔姜总裁好像也不是特别亲近，天天闷在单身宿舍里。所以我和小黄有时候就刻意多跟她交流沟通，晚上有活动就叫上她，让她尽快融入我们这里的生活，也算是对得起姜总裁的托付吧。姜蕾对这里的一切都感到新奇，也特别愿意我们约她出去。"有家庭生活经验的刘慧娟很有分寸地表达了看法。

为了配合"旅都大厦"提前完成预售，尽快回收资金，同时要绝对避免像有些楼盘那样预售而不施工，销售而不交房的恶劣做派，争取在社会上留下良好印象，打响房地产开发第一炮，打出"远见物业"的信用品牌，公司要求项目建设必须赶工期、抢进度。这使得本来就是个工作狂的高志国，在这段时间更把他那性格焦躁、脾气急躁的一面发挥到了极致，每天无论是盯在工地上还是回到办公室，总会听到他在嗓门洪亮地拿深圳国贸大厦"三天一层楼"说事，吼完施工的建筑商，就吼公司的工程部，然后又吼不同的建材供应商，见谁都跟人家强调"深圳速度""深圳速度"，就连那位言听计从，随机应变，及时备货，并随时根据变化调货的大金空调副总经理刘嘉陵也逃脱不了他的不满和训斥。如此一来，与旅都大厦建设施工相关的各个外包单位和各部门人员，每天都被高总在后面追着鞭打快牛，就像火烧屁股一样不能停下来。于是，人们在旅都大厦建设工地上，看到的是施工热火朝天，看到的是进度日新月异，因而也就对这家新成立的房地产公司开发的项目有了信心和信任，这对于郑晓悟分管的售楼工作是个极大地促进，直接带动了售楼处每天都是人头攒动，人气火爆。

带旺售楼处人气的还有一个重要原因，就是姜蕾的存在。很多人到售楼处来的其中一个原因就是要一睹这位金发美女的芳容，因此，专找姜蕾问问题咨询、办业务签约的人相对要多一些。而姜蕾呢，性格随和，有问必答，签不签合同，都同样耐心接待，她的一颦一笑都令人赏心悦目，她那柔声细语的标准普通话总是让人们，尤其是让来买房的小老板们听着就觉得是一种享受。也因此，每天送到郑晓悟手中的业绩报表，姜蕾都排在第一名。郑晓悟自己虽然很少下到一楼售楼处的现场，但他总听说刘嘉陵每天上班的地方并不是在他的大金空调批发商场内，而是总喜欢待在隔壁远见开发公司的售楼处。

这天中午，刘嘉陵不知为何心血来潮，硬要请郑晓悟到大厦旁边新开的一家韩国料理吃烧烤。有午休习惯，最不喜欢别人中午请吃饭的郑晓悟，耐不过刘嘉陵的软泡硬磨，只好随同前往尝尝鲜。这家店好像是临港开的第一家韩国料理烤肉馆，郑晓悟此前只在北京吃过朝鲜冷面，而韩国烤肉还是第一次尝试，觉得这种烤肉的方式和器具都很别致，肉品的分类和烤制也弄得好像很讲究。石锅拌饭尤为特别，吞咽着肉菜搅和的饭粒，咀嚼着焦黄脆香的饭焦，便想起了第一次在广州街边吃的煲仔饭，不过各有特色。喝着店家推荐的韩国烧酒，感觉有些像日本烧酒，也很像广东南海石湾双蒸米酒，不烈，但依然有后劲。刘嘉陵一边殷勤地劝吃劝喝，一边不停地聊着姜蕾，而且一提到姜蕾的名字就两眼放光，似乎还要流出口涎，一激动，"川普"口音更重，更显语无伦次。郑晓悟感到很奇怪，刘嘉陵是有家室的人啊，老婆孩子也都在临港，他对姜蕾这么大的兴趣意欲何为？即使他对姜蕾有天大的兴趣，但人姜蕾对他是不是也有兴趣呢？再者说，他和姜蕾两个人相互之间即使有兴趣、有意思，犯得着跟我猛说吗？

说来说去，绕来绕去，郑晓悟终于算是听明白了，刘嘉陵是想把姜蕾"挖"到他主管的远山大厦一楼的大金空调批发商场去，至于去了能做什么，会做什么，不管，只要人去就行，还可以付高薪，肯定比在远见开发公司售楼处高，同样有奖金提成。郑晓悟也就绕来绕去地提醒他，姜蕾是姜总裁的亲戚，在远见公司售楼处就是在姜总裁的监护下，劝他别动这些歪脑筋。刘嘉陵一本正经，一脸正气地说，在远山大厦一楼的大金空调批发商场上班本来就是在姜总裁的监护下，而且，在大金公司工作比在售楼处工作"含金量高"，比卖楼锻炼人，有前途。郑晓悟只好无可奈何地说："那好吧。这是你的自由，你可以去跟她说，看她愿不愿意到你那去上班吧。跟我说没用啊？"

刘嘉陵举起一杯韩国烧酒敬了郑晓悟一下，说："郑总老哥，哦不，郑总老弟，我啷格敢自己冒昧地去跟她说嘛，你是公司领导，又是她的顶头上司，我想请你去跟她探探口风噻，看看她的意思想啷格办？拜托了拜托了！"说完双手擎杯，一口灌下去。

哦，原来这餐饭是鸿门宴呀，就是请我去给他做廉价的说客呀。郑晓悟心里很是不舒服，觉得这位刘嘉陵太把自己当回事了，自从租赁了远山大厦的一楼店铺之后，每天都在远山大厦各楼层上蹿下跳，远见公司的谁谁都要结交，啥啥都要打探，哪哪都要介入，慢慢地是什么事都想插进一脚来。是的，做生意、混江湖、捞世界，这种打法和操作倒也无可厚非，都是为了利益嘛，大家在社会上都不容易。但旅都大厦的所有中央空调机组系统、分体式和窗式空调设备，以及整个大厦的空调维保服务合同，都如愿和他刘嘉陵签了合同，他现在倒好，又把手伸进远见公司来"挖"人了，而且明显动机不纯。郑晓悟顿时对这位刘嘉陵的印象从"滑稽""好玩"变成了"讨厌""鄙视"，当场不好表露出什么，只是可有可无打太极地支吾应付着。

吃完饭刚走出烤肉馆的店门，可巧，一眼就看到姜蕾骑着一辆墨绿色的"五羊"牌单车顺着人行道翩然而来，只见她一件简单的白色印花圆领T恤配着一条牛仔短裤，两条雪白的长腿蹬车晃动着令人炫目，一头飘逸的金色长发在初夏的和风里迎风舒展，午时阳光照射下的典型俄罗斯美女的面容愈加抢眼，此时用美丽动人这个词，恰如其分。姜蕾骑到近前，一眼看到郑晓悟和刘嘉陵，顿时绽放出灿烂的笑容，刹住车依旧坐在车座上，左脚踩着脚踏，右腿撑在地上，显得美腿更加修长，她微侧着身体，春风满面地看着郑晓悟："哎呀！是郑总啊？这么巧！您这是？……"说着，顺便瞟了一眼刘嘉陵。

"嗨，我和郑总可是专门在这儿等你的哦。"刘嘉陵抢答到，一双眼睛欣喜而贪婪地上下巡睃着姜蕾。

"是吗？"姜蕾依然笑看着郑晓悟，"那我可是不胜荣幸哦。"

"我和郑总正在商量说啥时请你去吃饭、跳舞呢。"刘嘉陵说。

"好哇。"姜蕾还是笑看着郑晓悟，"一切听从领导安排，那我就敬候佳音喽。"

郑晓悟看了看手表，也笑着说："姜蕾快走吧，差不多到上班时间了，别听刘总在这儿尽跟你胡扯。"

看着姜蕾骑车远去的身影，刘嘉陵痴痴地望着，毫不掩饰他那肆无忌惮的神态。

一方面因为知道了姜蕾和姜蒙生总裁的这层关系确须关照，一方面也因为姜蕾作为年轻的妈妈却因故来到外地打工的确不容易，更因为姜蕾兢兢业业努力工作的亮眼业绩令人叹服，再加上刘慧娟和黄亚南俩人用心良苦的示范作用，令黄宇坤、高志国和郑晓悟觉得有必要对姜蕾另眼相待，由此，除非是重要场合和私密接待，只要是公司安排的应酬性的饭局，或者有人来公司拉关系请吃饭，就会把钟小红、姜蕾等人一起叫上撑场面。而无论是在酒桌上还是在舞场上，不管你怎样安排座位，姜蕾总是亦步亦趋地紧跟着郑晓悟，必然是很固执地坐在他旁边。在这种场合，包括黄宇坤和高志国在内的很多人，都会兴之所至地不断拿姜蕾的容貌说事，逗她说笑，罚她喝酒，引她注意，请她跳舞，而此时，她总是求助地看着郑晓悟，或者是让他作决定、拿主意，只要是他说可以，她就无条件地照办。而且，每次在一起跳舞时，一曲终了，她就会悄悄扯住郑晓悟站在舞池不下场，等着下一曲继续跳。郑晓悟知道她不想别人请她去跳舞，也因此非常强烈地感受到她对自己的依赖和信任，但同时也感到有些惴惴不安。

　　售房任务提前完成，而且明显表现出供不应求，因而也就派生出了炒卖旅都大厦预售合同，找远见开发公司领导开后门改名过户的情况。远见开发的第一个楼盘创了经济效益和社会效益双丰收的"开门红"，彭思远董事长、姜蒙生总裁自然高兴无比，特批一笔专项资金，奖励旅都大厦销售有功人员，奖金数额最高者，当属屡创业绩第一、总评第一的姜蕾。估计姜蕾想都没想到她懵懵懂懂地被父亲强制送到异地他乡来打工，会获得这么高的奖赏，得到这么多人的欢呼，当郑晓悟把红彤彤的荣誉证书和内附奖金数额的红包递到姜蕾手里的时候，众人瞩目下的她激动得隔着泪眼，紧紧盯着郑晓悟，竟然忘了转过身来向台下的领导和同事们鞠躬致意。

　　颁奖当晚，远见开发公司在思缘潮汕海鲜大酒楼为售楼获奖人员举行庆功宴，酒足饭饱，兴致更高，售楼处的年轻人起哄要去卡拉OK，要去跳舞，黄宇坤当即指示财务部的章玲订了"龙凤会"的一间大包房。一进这间豪华包房，几位得奖的售楼女孩都说要感谢"顶头上司"郑晓悟，并把他簇拥到沙发上合影留念，不用说，姜蕾又是自然而然地紧贴郑晓悟左侧而坐，笑颜矜持，状态舒展，微微偏头呈倚靠状，其他女孩笑容灿烂，争相抢镜。从开会到现在一直担任摄影师的高志国，用他随身携带的相机留下了这精彩的一瞬。

当照片洗出来，郑晓悟不知轻重地拿给妻子鲍萍萍炫耀，萍萍认真审视之后，第一句话是："这群女孩子里面，还是这个长得像俄罗斯人的女孩子确实最漂亮迷人，最引人注目。"第二句话就是："我感觉这个女孩对你有意思，而且不是一般的意思，你看她的肢体语言，还有她那眼神，我感到很不对劲，很有问题，心里有些发紧。"

郑晓悟不以为然地跟老婆嬉笑解释着，但他却没有意识到鲍萍萍这番话的可怕程度和可能的后果。

第二十章　内部整肃

"咣当"一声，办公室的门被粗鲁地推开了。

郑晓悟知道肯定是高志国，也只能是他，从来进办公室就是这么个风格，所以并没有抬头，继续审阅几个部门送来的文件。

"这样下去还得了？明目张胆地违法乱纪！不整治真的不行了！"高志国气呼呼地站在办公桌前，高门大嗓地嚷道。

郑晓悟不知道他又在说谁。因为旅都大厦的土建工程即将完工，主体建筑临近封顶，高志国脾气更急了，火气更大了，每天总有人被他鼻子不是鼻子脸不是脸地骂一顿，吼一通，所以也就没有觉得意外和奇怪，一边继续埋头伏案看文件，一边注意听他下边要说什么。

高志国有些不耐烦了，用手敲敲办公桌："喂喂，郑晓悟同志，郑大人！我是在跟你说事哪！非常重要的事！极端严重的事！停下来停下来，真的！这绝对涉及法律问题，涉及违法犯罪！我要先跟你商量商量，然后我们再一起去找宇坤商量个处理决定。"

令高志国如此气急败坏的，原来是他分管的工程部的副经理张必正，竟不止一次地向施工单位和建材供应商收受好处和索要贿赂。

"你说的就是那个一天到晚一身正气，愤世嫉俗，今天看不惯这个，明天瞧不起那个的张经理？他不是天天都在骂社会不公，骂官员腐败吗？怎么也会干这种事？"郑晓悟觉得不可思议。

"他就会装你知道吧？就他这么个货色，老子早就看出他个龟儿子有问题。"高志国忍不住地狂爆粗口。具体案情是：张必正利用他负责工程监理之便，总是要施工单位经常性地请他吃吃喝喝，同时顺手得一些小恩小惠的好处。其实作为公司紧盯工程的领导黄宇坤和高志国早就明察秋毫，只是睁一只眼闭一只眼得过且过也就算了，没想到张必正得寸进尺，眼看建设施工即将结束，吃顺了口吃昏了头的他，便迫不及待地把手又伸向并不归他负责的建材采购，无所顾忌地找到一位建材供应商要好处，一开口就是十万元。这位莫名其妙的建材供应商并没有就范，立刻把情况反映给了工程部经理李德明，并写了一份书面情况汇报，李德明赶紧向高志国汇报并作了自我检讨。高志国得到这个消息之后义愤填膺，一不做二不休，又去找到施工单位的包工头进行深入询问调查，竟然此前还有一笔三万块钱的索贿得逞了，据说还有一个项目分包商的两万元，但没能得到证实。

郑晓悟一听，这是件大事，性质比较严重，建议即刻去找黄总慎重研究一个处理方案。

黄宇坤板着脸，静静听完高志国的情况汇报后，破天荒地没有摇晃他的洋酒杯，而是盯着郑晓悟说："你先从法律上给我们分析一下问题的性质和后果，然后咱们再研究公司层面如何进行处理的事。当然，我认为这件事的性质很严重，具体怎么办，我还得向彭董汇报。"

高志国吼了一句："必须严惩！老子让他坐牢！"

郑晓悟说："建材供应商的十万元在结果上属于未遂，即使是事实，如果张必正死不承认，那个书面汇报还是不能成为铁证；

另外一笔两万元，项目分包商不敢承认更不愿作证，不能作为处理依据；这笔敲定的施工单位三万块钱只是口头陈述，我建议先让包工头写个书面情况说明并附上给钱的证据，我们才能有理有据有节地处理。"

黄宇坤追问一句："拿到证据之后我们应该怎么做？怎样才能做到既严肃处理又避免引发社会不良影响？……我在想啊，我们是一间好不容易才成立的房地产公司，从彭董到整个集团都对远见公司抱有很大希望，都看好远见开发的前景，所以，必须要树立良好的社会形象，这是彭董一再叮嘱我的话。现在被这个张必正搞出这么一件恶心人的事情出来，真不知道怎么向彭董交代。"

郑晓悟听出了黄总的忧虑，沉吟了一下说道："我是这样考虑的，仅仅是'据说'但查不清的事先不去管它，如果从严格的法律意义上来讲呢，那十万块钱索贿虽属未遂也触犯了刑律。而那笔已成铁案的三万块钱好处费，绝对超过了刑事立案的标准，即使张必正死不承认，公安的侦查手段也不难查明。但正如你黄总所说，咱们远见开发公司好不容易树立起来的良好社会形象不能受影响，我们的目标还要不断开发优质房地产项目，争取尽快取得综合性房地产公司的资格和一级开发资质，最好不要造成什么负面影响。因此，我想按以下步骤来处理，你们看是否妥当？一、把所有的线索和证据都收集齐，先固定下来再说，备用。二、由主管工程部的志国找张必正谈话，让他承认错误并写下书面检查，算是自认证据。三、向集团公司领导汇报后以集团公司名义下文作出处理决定，是否向公安局报案由集团领导定，但一定要炒张必正的鱿鱼。四、无论是怎样一个处理手段和处理结果，都只在公司内部限定的范围内传达，不对外宣传，不张扬。对于张必正的策略呢，首先责令他如数退还赃款，条件是公司可以不去刑事报案。其次告诉他，公司只在小范围内通报，给他留一定的面子，但要让他好好配合，自动卷铺盖走人，咱就既往不咎。也就是说，处理方法上做内部处分消化掉，处理结果上让他自己乖乖滚蛋最理想。"

高志国瞪着郑晓悟，张着嘴刚要说什么，黄宇坤一拍大腿："好！我觉得这个思路很好！合情合理合法，一是打击了这种违法犯罪的歪风邪气，还可以杀一儆百教育警示集团内部的其他人。二是最终解决了张必正这么个败坏公司形象的人渣，切除了侵害公司肌体的毒瘤，对社会、对合作单位都有一个交代。好！我就这么去向彭董汇报。"

高志国忽然提醒道："我听李德明反映，工程部还有个项目经理陈东红，跟这个张必正关系非常不一般，臭味相投，沆瀣一气，一天到晚俩人都凑在一起鬼鬼祟祟地议论这个琢磨那个，不仅吃远见公司的饭，还要砸远见公司的锅，德明不止一次地听到她向前来公司寻求合作的老板拼命地贬低你黄总，贬低我们远见公司，劝这些老板不要跟远见合作。我的意见是不是把这个恶心人的丑娘们儿一起开除算了！"说这些话时，高志国又是义愤难抑地用了一连串的贬义词。

黄宇坤表情有些疑惑："你说的是不是工程部的那个陈工？感觉还不错呀？性格泼辣，干脆利索，嗓门大，不饶人。她经常到我办公室来谈心汇报思想，喜欢提出工作建议，但她也向我反映李德明性格柔弱，优柔寡断，不能胜任工程部经理这个职位，需要能力更强的领导来加强工程部的力量，看得出来她还是挺关心公司发展的。当时她来公司应聘是我面试她的，听她介绍说她弟弟是咱们临港市第一公证处的处长，这也是我们决定招聘她的一个主要原因。"

"你说的是公证处的陈东方吗？原来这个人是她弟弟呀？"郑晓悟插进话头，"我知道他，是第一公证处的主任，不是处长。第一公证处和第二公证处在不同的地方办公，都归属市司法局公证管理处领导，算是科级单位吧。现在各区也在筹备设立区属公证处，都是专业服务机构，可以互相竞争拉业务。"借此顺便普及了一下常识。

"哦，是这样？陈工老说她弟弟是处长，是处长，我都信了，还在考虑跟你们商量把她升职为工程部副经理呢。"黄宇坤恍然所悟。

高志国一拍茶几："宇坤你在动啥子脑筋的嘛？这个丑女人如果是做了工程部副经理，不仅会联手张必正架空工程部那位老好人经理李德明，还会架空你和我，这样的话，不仅是工程部要完蛋了，远见公司也就玩儿完了！真是的，还提拔副经理，哼！"

黄宇坤神情怪异地盯着高志国，好像不知道他在说啥，忽然间表情突变，嬉皮笑脸地说："嘿嘿，你老说人家陈工丑，我给你们看样东西哈，前天陈工又到我办公室来谈工作，莫名其妙地把她在原单位的工作证拿给我看，走的时候落到我这儿了。嘿，你们没想到吧，人家陈东红同志年轻的时候还是挺漂亮性感的哟。哈哈。"说着，去拉开办公桌的抽屉拿出一个红皮小本递给高志国。高志国撇着嘴一把扯过去翻开瞄了一眼，随手扔在了茶几上，调侃地望着黄宇坤，说："哟嚯，宇坤你不会是迷恋上这娘们年轻的时候了吧？但这也是她二十年前的样子哈，你看她现在这个鬼样子，哪有年轻时候的一丁点儿影子嘛？说明她从那个时候到现在没有少干缺德事，相由心生你晓不晓得？现在长得变形了，这是因果报应你晓不晓得？"

郑晓悟好奇地拿起来翻看，是华东某一偏远省份的省建筑公司发的纸已泛黄的工作证，只见盖着"革命委员会"红色大印的照片并不是常见的标准证件照，而是陈东红当年扎着小辫，穿着军装，戴着红袖章，高挺着胸脯的半身像，英姿飒爽的样子。

基于对远见开发公司的重视，远山集团董事会绝对不能容忍存在张必正这样的人、这样的事，所以，对张必正除名的处理文件很快就下达了。在此之前，经高志国警告性谈话之后，张必正颇有自知之明，其在处分结论正式下文之前便很识趣地悄无声息地灰溜溜地提前离开了公司，当然，那笔到手的三万块钱也如数退还给了施工单位，施工单位因此还专门赠送给远见开发公司一面锦旗，上书"树行业新风，立合作典范"。黄宇坤兴高采烈地把它挂在公司会议室最抢眼的位置上，每每给公司员工开会就会拿这面锦旗当教材，每每有外来单位座谈就会用这面锦旗做宣传，而且还显得很有水平地对高志国和郑晓悟说，这不仅仅是一面表扬的锦旗，而是一个形象的标志，它的含金量既有社会效益，也有经济效益，还有正风肃纪的管理效益。

果然不出高志国所料，张必正的红粉知己陈东红一开始还不知道张必正会被举报，会被处理，连续几天都没在办公室见到这位可以说上话的人，颇有孤独寂寞之感，对于他的不辞而别突然"失联"显得很不适应。当她得知张必正离开公司的真实原因和处理结果之后，也曾试图为他打抱不平、伸张正义，甚至为此而变本加厉地对她所在的工程部的顶头上司李德明出言不逊，处处作对，并且直接表现为对待工作完全采取消极怠工、不予配合的对抗情绪，每天一到公司就窜到各个部门办公室散布流言蜚语，发泄不满情绪。

也该是有事，这天下午，黄宇坤叫上高志国去工程部准备找李德明商谈旅都大厦主体工程完工后的内外装修和设备安装的一系列事情，路过工程部的大办公间时，透过没被关严的房门，传出了陈东红的嘶哑的声音"……喂喂喂，我可是实话跟你说哦，这家公司你还真不知道它的来路，就是个搞投机倒把起家的家族企业，既没有懂房地产开发的，更没有懂工程施工的，不仅排斥外来人，连懂专业技术的工程师都被排挤掉了。从董事长到总经理都没读过什么书，我们这个什么总经理更是啥东西都不懂，就是个酒鬼，每天就知道大把花钱吃喝玩乐，重用的都是他的哥们兄弟，把公司管理得一塌糊涂。我还真没想到你还找上门来想跟他们谈什么项目合作？真的不是我想吓唬你哈，到时候怎么死的你都不知道的，真的！你们有土地还怕找不到更好的合作方？我告诉你，你就把你这个项目交给我，有啥条件？我这儿有大把合作方给你介绍啦。我弟弟就是市公证处的处长……"

悄立走廊，凝神倾听的黄宇坤，脸色越来越难看。听到这里，忍无可忍，一脚踹开房门，气势汹汹地走了进去。因其他工程技术人员都到旅都大厦工地或者是外出联系业务去了，偌大的办公室只有陈东红正在指手画脚，吐沫横飞地和一位看上去像是乡村干部的人信口胡说。猛然看到黄宇坤和高志国满脸怒气地闯进办公室，陈东红冷不防给吓呆住了，霍地站了起来，松垮鼓胀的胸脯在不安地起伏，没来得及闭上的嘴巴尴尬地咧着，一脸蜡黄粗糙的横肉瞬间由黄变红，由红变白，但很快，她扫了一眼那位乡村干部，随即便又调整状态，摆出了一副死猪不怕开水烫的神情。黄宇坤怒不可遏地盯了陈东红十几秒钟，又斜着眼扫视了一下这位乡村干部模样的不速之客。

高志国对陈东红蔑视地撇了撇嘴，指着黄宇坤朗声对来客道："这位先生你好，这就是我们远山集团副总裁兼远见开发公司总经理的黄总。我本人是远山开发公司主管工程、开发的副总经理，姓高。感谢你对我们远山开发公司的信任，如果你们有什么开发项目或者是合作意向，请跟我们公司领导谈，至少也应该找开发部或者工程部经理联系，而不是跟无关紧要的人在这儿浪费您宝贵的时间哈。总之，来的都是客，业务谈的成谈不成，我们都不会怠慢，来，请先生您到我的办公室去坐坐，喝杯茶。"说完，优雅地做了个"请"的手势。

此时，隔壁经理办公室的李德明听到这边动静不小，不明所以地走了过来，一脸不解地看着这个场面。高志国打着眼色，不耐烦地朝他摆摆手，示意他跟自己离开这里，让黄总单独留下来处理跟陈东红的这件事，无论如何，都不要在外来访客面前弄出尴尬和失态。

这位访客还真就是一位乡村干部，是荔湖东岸、仙姑山下望湖村的村主任，当地人，姓蔡。前些年村里主要是吸引港商大搞"三来一补"加工厂，现在发现搞房地产开发的经济效益比办工厂要高得多，广州、深圳已经有很好的先例和经验，临港的白沙围村、石围村、石岗村，还有上沙涌、下沙涌村也都搞出了名堂，于是就坐不住了，要参考学习，也想跟房地产企业洽谈项目合作，多找赚钱发财门道。蔡主任最近已经对远山集团有所耳闻，他的一位在望湖村开厂的香港亲戚刚刚买了旅都大厦的一套商品住宅，对远见开发公司的设计理念、推介水平、施工进度、建筑质量和销售服务都赞不绝口，蔡主任因此就有心过来和远见开发公司的领导见见面，商谈合作建房。"其实，我今天就是专门过来找你们公司领导的，没想到我到工程部一问，就被你们的这位陈小姐拉住我说了好多事，事情就搞成了现在这个样子。真的是不好意思啦！"光脚穿着一双"老人头"名牌皮鞋的蔡主任显得有些手足无措地解释着，大概觉得自己是在别人家里无意间窥探到人家隐私，却又被当场抓了个现行的那副样子。

不过，高志国这个人呢是粗中有细的聪明人，不动声色地把客人请到办公室坐下来之后，既不和这位蔡主任辩解刚才陈东红说的那些个是是非非，也不向这位蔡主任询问其意欲合作建房的项目情况，只是和李德明一起很客气地待客喝茶、奉烟，漫谈闲聊般地给他介绍远山集团，介绍远见开发公司，介绍即将竣工的旅都大厦，介绍这家以年轻人为主的企业文化建设中的趣事等等，也谈当地的风土人情，更是聊到曾经去光顾过的蔡主任管辖下的望湖村有名的湖畔小馆，漫无边际，其乐融融。大概蔡主任觉得眼前这位豪放的高副总经理，还有那位斯文的工程部李经理，都是很有见识，很有修养，很有文化的人，而且他们说话的条理性，表达的专业性，根本不像刚才陈东红所贬低的那样，便忍不住好奇地问道："那位陈小姐是你们公司的人吗？……嗯，我是说她应该不是你们的正式员工吧？"

高志国和李德明面面相觑，一时不知道如何回答才好。

事后，黄宇坤叫钟小红过来请郑晓悟去他办公室与高志国一起商量如何处理陈东红之事时才知道，这位平时在黄宇坤面前显得过分恭维尊重，时不时会找个借口腻到黄宇坤办公室里套近乎、拉感情的陈东红，这次露出本来面目被黄宇坤当场抓了个现行而无话可说之时，便再次展现出她当年戴红袖章时视死如归的大无畏精神，临危不惧，宁死不屈地傲视着黄宇坤，不做任何解释，看你如何处置。其实她实在是没有其他任何借口和理由可做解释了，唯有如此死扛。当黄宇坤气愤异常地警告她，要她等着接受严厉处分时，陈东红状若泼妇般地大喊大叫地跳起脚来说："我告诉你黄宇坤，我不是张必正，绝对不会任由你们这帮人摆布，什么玩意儿？你们敢动我一下试试？我会让你们好看！我让我弟弟陈处长立马叫你们这个破公司关门！"

巧就巧在，远见开发公司在作出对陈东红除名决定的过程中，社会上就开始流传着市第一公证处主任陈东方因收受好处、索取贿赂、违规公证、涉嫌贪污等问题，正在接受处理的各种传闻。当远见公司把处理决定上报远山集团等待审批下文时，陈东红突然就悄无声息地消失了，随即就得知其弟陈东方已被检察机关批准逮捕的确切消息。于是乎，有人说陈东红和她弟弟的犯罪事实有牵连，是共犯，也已经被逮捕收押了；有人说陈东红因为被她欺压羞辱了十几二十年的老公忍无可忍地提出了离婚，突发精神病住院了；也有人说陈东红就像女特务般地潜逃回老家的大山深处去了；又有人说陈东红并没有犯罪，只是自己不好意思再到公司露面了……不过呢，陈东红和张必正这两个人在房地产工程部的核心岗位所搞出来的事情，倒是对于整个公司的员工队伍，客观上起到了内心有震动，言行受约束的作用。

陈东红这次搅黄房地产项目合作的行为，也把一个确实需要及时解决的继续拿新地开发问题摆在了桌面上，提醒公司对此要更加重视起来。旅都大厦今年之内将会全面完工，但下一个房地产项目开发还没有眉目，必须尽快落实接下来的开发地块，远见公司才能够保证可持续发展。而此前工程部、开发部通过各方联系所推介的土地项目，要么完全不可行，要么立项太困难，要么条件不理想，要么对方要求太苛刻，总之，可行性研究报告中的瑕疵太多。虽然这次望湖村的蔡主任是主动找上门来的，确有诚意，但毕竟还不知道他想合作开发的地块、方位、用途、规划、合作条件和可能争取的容积率等具体细节到底如何，问题的关键还在于，让黄宇坤心头挥之不去的心结是，人还没见面就被陈东红把形象给败坏掉了，作为可以当场拍板说狠话，最终决策拿主意的总经理，面对可能已经被"先入为主"留下不好印象的合作对象，很难洒脱起来，很难自信起来。这也可能就是内心作祟。那位蔡主任也许根本就没有把陈东红那些明显别有用心的话放在心上，但黄宇坤就是过不了自己心里的这个坎。于是思来想去，他决定先不去考虑与望湖村的合作，请大家把网撒出去，放开视野，用足关系，尽量去找其他"更优"的合作项目。

郑晓悟的职责分工本不涉及工程、开发、采购等部门的工作，但为公司找项目拿地乃是当务之急，人人有责，而望湖村蔡主任前来公司洽谈合作建房被陈东红折腾搅黄的事，却提醒了郑晓悟，那就是房地产开发不一定只能去争取政府有限的行政划拨用地，也不是只能通过政府出让土地的途径来有偿获取用地，既然现在可以与乡镇集体协商谈判合作，自由达成合意，那么，这个开发空间就大了，这种拿地机会就多了。于是，他忽然想起了一个人，这个人就是自己当时在市政府为乡镇企业普法期间结识的好友，临港市诸多"城中村"之一石围村的村主任欧阳坚，并兼任刚刚试点成立的石围村股份有限公司的董事长。去年五月份，被论文指导老师的儿子领到家里来要求安排工作的胡欣师妹，就是托欧阳坚安排到了石围村辖区的一家不错的公司工作。郑晓悟知道，石围村有不少适宜商品房开发的土地，况且该村已经有了与房地产公司合作建房的先例和经验，而股份制公司的成立则更利于开展各类商业经营活动，应是很好的合作对象。

找了个合适的时间，郑晓悟便前往石围村股份公司拜访欧阳坚。石围村委会现在和石围村股份有限公司是两块牌子一套人马，已经从原来的三层旧小楼搬进了一座新式的办公大楼，这是与一家房地产公司合作建成的写字楼所分得的物业，物业管理、安保都是由房地产公司配套跟进提供，这种模式很符合远见开发公司的合作建房思路。车子开入地下车库，已经感到其功能设计和规划管理都相当规范，乘电梯到达 6 楼，一出电梯间，就让人明显感受到场面奢华，装修豪华，气派很大，规矩也很大。本来前台小姐事前已得知来访安排，但还是请郑晓悟在旁边的候见沙发上先行安坐，然后款款奉上一杯铁观音，随后再给欧阳坚的秘书打电话告知有某某客人来访。约十分钟后，一位比前台小姐更加漂亮妩媚的高个子女孩子走过来，姿态优雅地躬身说道："郑先生您久等了。欧阳董事长有请。"

郑晓悟猜测她应该就是欧阳董事长的秘书，便礼貌地点点头微笑着站起身来。这位秘书趁便又对前台小姐闪了一眼笑着说："珊珊，董事长表扬你昨晚在卡拉 OK 表现得老好了。"前台小姐笑嘻嘻甜腻腻地回应道："董事长喝洋酒老厉害了！如果不是你丽丽姐帮我，那我可就栽了。"听得出来，她俩应该是关系很好的东北老乡。

在丽丽秘书的一路导引下，迈入一处雕花大门，穿过外间很有品味的秘书室，就进到里面更加庄重气派的大套间，这就是欧阳坚董事长的办公室，迎门摆放着一个大型鱼缸，水草摇曳之上，来回游动着两条长约尺许的金龙鱼和银龙鱼，郑晓悟知道这是有讲究的。整间办公室都是红木装修，并全套摆放酸枝木家具，当间稍偏右，是雕刻着龙腾凤翔精美立体图案的厚重写字台，配有特制的红木靠背椅，背后是一幅山势奇伟、松柏参天的艺术木雕，那山形地貌和山中寺庙，看起来像是惠州的罗浮山；左手边靠近落地窗的位置，是按特定规格尺寸定制的同款雕刻图案的红木沙发和茶几，茶几上放置着一款造型似龙的青铜工艺品；右边地上摆放的是在临港几乎所有老板的办公室里都司空见惯的"发财树"大型盆栽，墙上挂着一副不知是哪位名家所写的"一笔画"象形书法"虎"字，颇具虎威。整间屋既是古色古香，又显得气势逼人，这种风格，在大家都流行西式大班台、大班椅，弄得办公室很洋式、很港式的潮流环境下，欧阳坚的办公室的确独树一帜，顿时给郑晓悟耳目一新的感觉，这种视觉体验和视觉冲击，使得他后来便也逐渐痴迷红木，并把家里和办公室全部都重新置办、不断更换红木家具，不能不说是在潜意识里受到了此次观感的影响。

郑晓悟进去时，欧阳坚正在伏案审签一堆的报销单，听到丽丽秘书的柔声报告，抬起硕大的脑袋一看，立刻就咧开大嘴站起身来，一边大声说道："哇！是我的郑老师啊，欢迎欢迎！"一边快步绕过写字台迎了上来，一把拉住便不放手，直接把他扯到红木长沙发上坐下来，自己则坐在红木单座上开始动作熟练地冲茶，随口问起自从离开政府机关跑到企业，现在有什么感受？怎么今天想起来要见老朋友啦？

郑晓悟也不客气，开门见山就提出要跟他拿地搞合作建房。

欧阳坚听其简单明了地说明来意，笑着递过功夫茶盏："来来来，请喝茶。就是这个事呀？你等等先。"抬头朝门外的秘书室叫了一声，"丽丽，进来一下"。一路盯着走进来肃立在旁的秘书交代道："你去把那个胡欣叫到我办公室来。"又目不转睛地盯着秘书扭着腰肢走出房门，才扭头对满脸疑问的郑晓悟解释说，"我把你的师妹胡欣从原来安排去的那个公司调到我股份公司来了，她是学法律的嘛，所以我让她过到我公司来专门给我搞合作建房的事。你郑老师真的很有眼光，介绍的人不错。这个胡欣很能干，很泼辣。来，喝茶喝茶。"

说话间，胡欣一阵风似地走了进来，一见到郑晓悟，即刻喜形于色地轻呼："哟？是师兄来了呀？我还以为老板叫我有啥事呢。你今天怎么有空来看望我们老板？"

"你师兄可不是来看我的哟，是专门来看你的。"欧阳坚调侃道，"来，坐下来，坐在这，坐在你师兄跟我之间哈，一边一个帅哥。"

郑晓悟发现这个师妹原本就是傲人的身材，现在愈发显得更有成熟诱人的韵味，一袭抢眼的大花长裙比刚毕业过来时可是要洋气多了，足蹬一双红黑拼接搭配的名牌高跟皮鞋，把她并不高的身材衬托出修长的视觉效果。胡欣坐下时顺势扶了一下郑晓悟的肩膀，显示亲昵之态，身上散发出一股淡淡的香水味。欧阳坚很自然地递给她一支香烟，郑晓悟惊讶地看她优雅地伸出两根手指夹住，顺手从茶几上拿起一个打火机探身过去给欧阳坚点烟，随后又动作熟练地给自己点上，享受般深深地吸了一口，半响才喷出淡蓝的烟雾，笑着说："师兄肯定不是专门来看望我的吧？他根本不知道我现在是欧阳董事长的手下。"

郑晓悟收回他惊讶的目光，也笑着说："我很久没有见到欧阳董事长了，很是想念老朋友啊，所以就特地过来拜访，一是到欧阳董事长领导下的新型股份公司参观学习，二是想来寻求咱们两家合作发财的可能性，却没想到你胡欣已经调到这儿来了，有眼光，好选择。刚才董事长还在夸奖你能干呢。"

"是吗？那我真是太荣幸了。"胡欣透过又一口喷出的缭绕烟雾，眯着眼笑看着欧阳坚。

"郑总今天的确是特意过来的，主要是要跟我们探讨合作建房的意向。他们那个远见开发公司虽然不是老牌的房地产公司，但他们跟市旅行社合作开发的旅都大厦我有所耳闻，而且还从这个项目工地路过了几次，一是感觉这个工程进展很顺利，建设速度很快。二是施工现场管理得很好。再就是听说户型设计很有独特的想法，销售服务也很到位，还引发了抢购潮，哈哈，不错！我有一次跟旅游公司的李嘉祥总经理一起吃饭的时候，聊起了他们这个合作项目，李总说根本不用他操任何心，到时候轻轻松松地拿到自己按合同规定分得的物业就行了。说老实话，这就是我们出地一方跟开发商合作最理想的状态。"欧阳坚用公平杯分别给郑晓悟和胡欣的功夫茶盏续上茶，做了个"请茶"的手势，往红木沙发背上一靠，吸了一口烟，眼望着胡欣说道，"我们石围村在港兴大道东段不是有一块地正在找开发商谈合作建房吗？这块地是你在负责谈，现在的情况怎么样？"

"已经接洽了三家，都是比较大的开发商，但都还没有最终谈妥，关键是必须达到您提出的条件，实现您的意图。"

欧阳坚听出胡欣话里的意思，微微点了点头，往烟灰缸里弹了弹烟灰，对郑晓悟说："我们这块地呢离旅都大厦不是很远，又紧挨着港兴大道，地块面积比旅都大厦要大一些，但也只能开发单体的商住公寓式建筑，可以说跟旅都大厦的功能、用途基本一致，开发规模也大体差不多。你们公司现在已经有了这类项目合作的成功经验，我呢也比较认同你们和旅游公司搞的那套模式，我看就拿这块地先跟你郑总合作一把看看吧。当然啰，能不能合作成功，关键还要看咱们两家的合作条件怎么样，说句老实话，首先肯定是我们公司提出的条件和意图你们能不能同意。这个呢，最好就由你这个师妹负责跟你这个师兄先去具体沟通，说白了，有些呢可以写在合同的明面上，有些就不能在明处写下来，承诺下来就靠诚意对吧？"吸一口烟，喷出淡淡的烟雾，静静地看了郑晓悟几秒钟，看郑晓悟点了点头，才又对胡欣说："我相信你们师兄师妹之间有些话反而好说，但是，我丑话说在前头，这是两家公司之间的项目合作，不能徇私情哦。"

胡欣翘着兰花指又把吸完的第二支烟头摁灭在烟灰缸里，坚定地答复到："老板您放心，我跟我师兄绝对没有私情可徇，一定会公事公办，不排除我还可能会向师兄提出更苛刻的条件呢。"说完，很江湖地拍了拍郑晓悟的肩膀。

"那好。我还有一大堆乱七八糟的报销单要处理，你带郑总去小会议先谈谈，我等会过来找你们，晚上正好聚聚。我还藏了一瓶很好的洋酒哦，正好可以孝敬我们郑老师，哈哈。"

第二十一章　"八五"爆炸

与石围村股份有限公司合作建房的项目合同总算是顺利地签下来了。所谓"总算是顺利"，乃是师妹胡欣在项目谈判过程中，在合同条款草拟中，完全没有情面可言，完全没有机会可乘，丁是丁卯是卯，你是你我是我，并且还令郑晓悟明显地感觉到，她在欧阳董事长划定的条件底线之外，还在另行加码添料。有些方面的要求让郑晓悟左右为难，无法拍板，只好回公司请示黄宇坤总经理，甚至要上报给集团的彭思远董事长作最终决定。应该说，作为拥有土地一方的谈判代表，胡欣占据着"皇帝的女儿不愁嫁"的主动地位，为石围村股份有限公司争取到了利益的最大化，没有辜负欧阳董事长的信任，绝对是超额完成了任务。郑晓悟由此真正了解了欧阳坚为什么夸奖胡欣"能干、泼辣"。不过"泼辣"是其主色调，不管有理无理，必会固执己见，远见公司一方则不得不时作出让步。虽然欧阳坚看好远见公司并有定向合作意愿，但如果万一在胡欣这一关都弄得唧唧歪歪，甚至都过不了关，因小失大搞砸了，则会前功尽弃，远见开发就会后继无地。估计胡欣也是看准了这一点，所以会得寸进尺，乘胜追击。当然，郑晓悟理解大家各为其主，胡欣的做法无可指责。

　　合作建房项目合同签订之后的一系列工作，诸如规划、报建、设计，以及申领建设许可证、施工许可证和各种招标活动，都跟郑晓悟分工负责的职责范围没有什么关系了，适时抽身而退，回归本职岗位，按部就班，轻松自得。除非被邀请参与，征求意见。

　　酷暑盛夏的上午已是骄阳似火，在冷气充足舒适的办公室里处理完文件，郑晓悟安坐办公桌前，双手虚握撑住下巴，无来由地发起呆来，突然间想起许久未见的发小好友邝盟，不知道他现在惠州的情况怎么样？是不是为他们公司上市之事整天忙得不可开交？

　　可能真是心有灵犀，电话铃声骤然响起，拿起听筒接听，竟然还真是邝盟打来的电话。郑晓悟哈哈一乐："嘿嘿，真神了！说曹操，曹操就到。想邝盟，邝盟就来电话。你是不是有心灵感应呀？"

　　邝盟在电话那头也笑呵呵地说，大家相互之间很长时间都没有联系了，也没有跟深圳的孟向阳见面，他定于后天周四带两个同事去深圳到深交所递交公司的上市申请材料，想顺便去看看孟向阳，问有没有时间和可能在周四赶到深圳一起见面聚聚？正说着，姜蕾敲门进来报送旅都大厦的销售资料。郑晓悟对她做了个稍等的手势就跟电话那头的邝盟说："我刚好在上上周为公司搞定了一个合作建房项目，签约后的事情就不归我管了。目前手头上的事情不多，可以暂定周四去深圳。不过我还是要跟公司打个招呼请个假，应该问题不大。"

　　站在办公桌旁的姜蕾听到郑晓悟在电话里和朋友商议去深圳的事，忽然神情一振，表现得很感兴趣的样子。郑晓悟看她一眼笑了笑，继续对着话筒说："这样吧，我让司机周四一早接我出发。到深圳之后在哪个具体位置碰头？……噢……噢……嗯嗯……好好，那你们确定吃中午饭的地方之后打我Call机……或者你到时就直接在 Call 台留言，发文字信息给我，免得来回打电话折腾。"

姜蕾等着郑晓悟放下电话就迫不及待地问："郑总您是要在本周四去深圳吗？"

"是有这个计划，还没最后确定。"

"那我跟您一起去好不好？……嗯，是这样的，我大妹妹姜蓉不是空姐吗？周四正好执飞乌鲁木齐到深圳的航班，写信说让我赶到深圳机场去跟她见个面，可能会把小妹妹姜蕊一起带过来，跟我来临港过暑假呢。但我还不知道从咱们临港怎么坐车过去，您如果去深圳的话，我就搭您的顺风车可以吗？"

郑晓悟说不就是搭个顺风车嘛，有何不可呢？

依约定时间，司机一大早开着丰田"小霸王"面包车先来接了郑晓悟，又去接上姜蕾，直接往深圳机场开，乌鲁木齐飞来的航班是十一点到达，等姜蕾、姜蓉姐妹俩见了面，正好赶去深圳市区吃午饭。郑晓悟一上车就把这个安排告诉了姜蕾，并说："这就叫效率。"

凌晨的早班机基本都是比较准时的。从旅客出口的大屏幕上看到航班准时到达的信息，姜蕾即用公用电话给姜蓉的 Call 机留言：在机场的麦当劳见面。过了一会儿，随着姜蕾欣喜地招手，娉婷婀娜地走进来两位充满甜美笑容的美貌女孩，身着新疆空姐的制服很有民族特色，加之她俩的长相又颇具异域风情，立刻引起了店里客人和服务员的注目。经介绍，相貌确似哈萨克女孩者便是妹妹姜蓉，一口标准悦耳的普通话很像她姐姐姜蕾，但和姐姐不同的是她有一头黑色秀发；另一位则是维吾尔族姑娘，姜蓉的同事好友，认识姜蕾，所以也跟着跑来"想要看望姜蕾姐姐"，听她一开口便是口音很重的汉话，却另一番韵味。姜蓉听姐姐介绍郑晓悟之后，大概觉得由这位举止很绅士的公司领导大老远地陪着姐姐来机场一起见她，不排除与她姐姐有一层特别的关系，便不时悄悄地打量、观察着郑晓悟。

郑晓悟礼貌地打完招呼，就去买了四杯咖啡和薯条、薯饼，然后静静地坐在旁边呷着咖啡，似有似无地看着眼前三位各具风格的美女聊天，心绪颇佳。姜蕾问完了父母、儿子的情况，又问道："我不是写信让蕊蕊这个暑假过来玩儿吗？我正好陪她去逛逛广州、深圳，再去看看海多好哇，也好让她长长见识。她怎么没来呢？"

姜蓉解释："蕊蕊从卫校一毕业就被乌鲁木齐的医院招去了，并且通知即刻到岗上班。今天不是5号吗？已经上班五天了。"

"我还想让她到临港的医院来上班呢，待遇比乌鲁木齐高，将来的各方面条件也会比乌鲁木齐好，而且我们姐妹俩还可以在一起互相有个照应。郑总都已经跟临港市卫生局的领导和市人民医院的领导说好了的，人家同意接收。我不是写信告诉爸妈了吗？"

姜蓉妩媚一笑，美目一闪地看了一眼郑晓悟："谢谢郑总费心了！"又对姐姐说，"蕊蕊从没有离开过家，有些害怕适应不了外地，自己说就想留在乌鲁木齐陪伴爸爸。爸爸妈妈也担心蕊蕊年纪太小，太单纯，离开父母到这么遥远的南方城市不放心。"

看看时间差不多了，郑晓悟要赶到深圳市内约定地点和邝盟、孟向阳见面，姜蓉她们也要归队。走出麦当劳，姜蓉特意将姐姐拉到旁边说话，郑晓悟猜到应该是说姜蕾和她丈夫离婚的事。

中午吃饭的地点就在深圳红桂路一家吉林风味酒楼，没想到不是周末的中午依然是生意兴隆，人声鼎沸。郑晓悟和姜蕾一走进去，就发现每桌都有一大盆酱猪蹄，很多人是一手握猪蹄一手举酒杯，大快朵颐，大口喝酒，其他的菜皆沦为配菜。从包间迎出来的孟向阳指着这个场景说："怎么样？壮观吧？大家都是冲着这个酱猪蹄来的，每天定量，每桌定量，我让派出所的小干警提前过来赶紧把酱猪蹄先预订了一份，不然的话就只能看人家大啃特啃了。"

邝盟站在包间门口说："来来来，请进请进，都快一点钟了，肚子都饿了吧？我让我们公司董办的两个工作人员和司机陪郑总的司机就安排在外面大厅吃吧。我们在包间里可以安静地叙叙旧。"果然，包间的餐桌转盘上已经摆了一盆酱猪蹄，还放有几支小扁瓶的白酒，"孟教导员说吃吉林菜就要喝吉林酒。"

孟向阳笑着接话："据说这是吉林比较有名的粮食酒，真还不错，又实惠。邝盟不喝酒，我呢就陪你还有这位……小姐畅饮？"

邝盟在远山大厦还没有离开蓝海中心之前好像见过姜蕾，但孟向阳是初见姜蕾，甚为惊奇，对于与郑晓悟同行而来的这位讲着一口普通话、长相酷似外国人的美女颇感兴趣，完全忘记或者是放弃了与郑晓悟、邝盟叙旧之初心，始终目光炯炯地力劝不擅饮酒的姜蕾干杯，而且言语之间总是暗示她和郑晓悟关系特殊。郑晓悟怕姜蕾尴尬，不断用各种不同的表述，直接或间接地进行解释、澄清。邝盟对于孟向阳的表现完全是一副见怪不怪的淡然神态。

正热闹着呢，猛然之间，一声从未体验过的巨大的爆炸声震耳欲聋，紧接着是一阵从未感受过的猛烈的冲击波震撼袭来，铝合金窗户已然发出承受不住的变形扭扯的噪音，随之便感觉到大楼在晃动，人们的惊叫声骤然哄起，并伴随着碗碟碎落地板的声音，街道上汽车报警器尖锐的鸣叫此起彼伏，正在就餐的人轰然惊恐地往外跑，杂乱之中似乎还有一个微弱的声音在叫喊："不要跑……请买单啊！"

包间里的这四个人先是惊骇地愣了瞬间，几乎不约而同地下意识地跟随孟向阳的动作扶着餐椅迅速蹲下，姜蕾在蹲下的同时紧紧抱住了郑晓悟。孟向阳的 Call 机"滴滴"鸣叫，简易型的"二哥大"来电铃声也响起，"喂？喂？我就是孟向阳！……啊？……什么？……啊……好……好，我即刻出发赶去现场。"接听完毕的孟向阳站起身来，恢复了泰然自若的神态，整理好衣服，从衣帽钩上取下警帽，快速说道："清水河化学品仓库发生大爆炸，全体干警紧急出动，我必须赶到现场去。有时间再约。"话音未落，人已冲了出去。

得知爆炸地点远在几公里之外，便没有那么害怕了，但饭却没有心情再吃了。邝盟到空无一人的收银台去买单，感动得酒楼经理打躬作揖、点头哈腰。直到走出酒楼，姜蕾都紧紧拉着郑晓悟不松手。

在路边一片嘈杂慌乱的人群中，找到了各自的司机，分头上车时，邝盟幽默地说道："晓悟你还记得吧？那年孟向阳在汉阳公安分局实习，我们去看他，也是在吃饭的时候紧急出警。看来跟这个家伙在一起连一顿安生饭都吃不成。"

突如其来的大爆炸，毕竟令人惊魂难定。回临港的路上，姜蕾一直偷偷握住郑晓悟的手，窝在车座里闭着眼睛不说话，脸色是受到惊吓之后的惨白。

大约在一个月之后的一个周末，因在深圳"八·五"大爆炸救援活动中表现出色，受到表彰并上了电视的孟向阳，约上邝盟一起来到临港，郑晓悟在思缘潮汕海鲜大酒楼请他俩吃饭，并把妻子萍萍、女儿心雨和岳母都叫来相陪。孟向阳告诉他们，在第一次爆炸后也就是他紧急赶往现场大概一个小时左右，又发生了更大的爆炸，冲进现场的队伍和在周边协助的人员完全没有防备，造成的损失更大，情况相当惨烈。说这些话的时候，孟向阳好像动了感情，眼中似有泪光，放下酒杯慨叹道："我这次真的是跟死神擦肩而过，死里逃生呀！想起那些牺牲的战友，我这条命算是赚来的哟。"说完，自己连干三杯。

酒喝到兴致愈发高涨之时，往往都管不住自己，尤其是带着无法遏制的情感或者是有意要放纵自己，更大的可能是，孟向阳潜意识里对姜蕾有很深的印象，因而就借着酒力有意无意地提起了她："哎呀晓悟，我还真不知道你们公司竟然有这么一个漂亮的新疆美女，你如果跟人家说她是俄罗斯美女，绝对没有人怀疑。那天你把她带到深圳，我当时觉得你郑晓悟好牛啊！居然随行带着一位洋姐……"

听到这句话，郑晓悟脑袋"轰"地就炸开了，这话绝对不亚于他刚才说的清水河化学品仓库第二次大爆炸，而对郑晓悟个人而言，甚至比那个第二次大爆炸更可怕！他下意识地偷瞄了一眼鲍萍萍，只见她脸色骤变，正眼光尖利地盯着自己，便假装没有注意到她的脸色，故作坦然而轻描淡写但又不能表现出刻意解释的痕迹说："噢，呵呵！你说那个姜蕾呀？她是我们姜蒙生总裁的侄女，说起来也巧，邝盟约我去深圳看望你，刚好她做空姐的妹妹也是周四那天执飞深圳，她们姐妹俩早就约好到机场见面，不知道怎么去深圳，正巧顺便就要求搭上我的顺风车。嗨，毕竟是新疆长大的人单纯，第一次去深圳就遇到了大爆炸，估计吓得不轻，回来的路上话都不说。"

邝盟想岔开话题，推了推孟向阳说："喂喂喂，你别喝多了，差不多就算了。人家晓悟又不怎么能喝，你自己一个人灌有意思吗？"

"他郑晓悟不能喝，但他老婆萍萍能喝呀？而且我看他带到深圳的那个洋姐嘴上说不能喝，但我觉得比郑晓悟能喝。那天最后没喝成，没试出来，有可能赶得上萍萍的酒量呢。来，萍萍，走一个。"

明显看得出来，鲍萍萍强压心头的怒火，带着恨意的笑容，把手中的酒杯和孟向阳一碰，仰脖一饮而尽，重重放下酒杯，眼中带刀带刺地死盯着郑晓悟。郑晓悟心中哀叹：惨了！绝对没有好果子吃。

果然，鲍萍萍一回到家就爆发了。岳母大人很有先见之明地把外孙女心雨拉进房间并关上了门。

"果然是郑总！郑大老板啊！不得了了呀！风头很劲嘛！出

门还有美女贴身陪伴，而且是洋姐！的确不简单的啦！怎么样？和洋姐勾肩搭背在深圳招摇了一圈找到感觉了吧？应该上了深圳新闻的头版头条了吧？"鲍萍萍开始了，一连串夹枪带棒的感叹号和问号。

"哎呀，你这个人还真是。我不是说了吗？人家姜蕾正好跟她妹妹约的是那天到深圳机场见一面，听说我那天也去深圳，不就搭个顺风车吗？而且人家搭的是公司的顺风车嘛。什么叫跟洋姐勾肩搭背？说得这么难听，你又不是不知道人家姜蕾？……"

"我知道！我当然知道！我知道'人家姜蕾'因为跟老公闹离婚才跑到临港来的。我知道'人家姜蕾'照相的时候故意贴紧我老公，望着我老公的暧昧眼神就是动机不纯。我还知道'人家姜蕾'专门找机会，故意找借口缠着我老公一起去深圳肯定居心不良。我还知道'人家姜蕾'单身来到临港这个花花世界耐不住寂寞，得赶紧抓一个男人来慰藉自己空虚的心灵和肉体，你郑晓悟还可以开开洋荤……"

"喂喂，萍萍，你这话说得越来越难听了哈，本来没有的事，却被你想得那么复杂，说得那么龌龊。其实姜蕾是个性格挺老实的人。"

"哎哟！是是是，你不是都说了吗，'人家姜蕾'是在新疆长大的，本身很单纯，再加上性格又老实，温柔又贤惠，相貌又迷人，带出去又抢眼，真的是十全十美，比你黄脸婆的鲍萍萍强一百倍晓得吧！你郑晓悟还在等什么，赶紧跟这个洋姐去过呀！"

"鲍萍萍，我告诉你，我郑晓悟从来都没有动过这个心思。我觉得我们这个家很幸福，很美满，我也对自己的老婆很满意。不就是这个姜蕾碰巧搭了个顺风车吗？怎么搞出这么多的事来呢？"

"啧啧啧，'对老婆很满意'，说得感动死人了！你郑晓悟有没有什么歪心思我们倒是看不到，但是有令人恶心的举动傻瓜都看得见，骗谁呢？哎呦，你看看哦，郎才女貌恩恩爱爱的两个人去跟代表家人的妹妹专程在机场见面相亲，接着又带去给两位好朋友面试过目帮忙审查。我看那个孟向阳对'人家姜蕾'印象好得不得了啦，专门拿她跟我相比，邝盟还想帮你打掩护，真还把我当傻瓜啦？我呸！"

……

郑晓悟彻底崩溃，完全对付不了老婆的这个思维逻辑，一个原本根本不存在的事，被她分析解剖得合情合理，而且根据这个分析推理，当天的日程安排和活动轨迹居然真的是天衣无缝，的确无法解释明白呀，只得气虚语短地强笑道："呵呵，笑话！我老婆孩子一家人甜甜美美地生活在一起，会莫名其妙地跟人去'相亲'？我有病啊？"

"有没有病我不知道，但我知道你们这些臭男人都是一路货，家里守着老婆孩子'红旗不倒'，又想在外边'彩旗飘飘'，美得很嘞！啥好事都占全了。但是我告诉你，在我这里没门儿！还有，我警告你郑晓悟，你是学法律的，小心你犯重婚罪！"

能言善辩的郑晓悟在鲍萍萍东一榔头西一棒槌的定性指控中，在点射加连射的推理认定下，连重婚罪都出来了，顿感再怎么争辩下去也是苍白无力的，只能无可奈何地摇头苦笑。

于是，冷战开始了，且一时半会儿没有转暖的迹象。

这边厢是冷战局面堪忧，那边厢却"热闹"场面迭起。

这天，姜蕾满面春风，一脸甜笑地敲门走进郑晓悟办公室，略带娇嗔状地将手里的一个小塑料袋递了过来。

"什么东西？"郑晓悟诧异地问道，没有接。

"姜蓉跟我爸爸专门去乌鲁木齐的二道桥市场给你买的一份小礼物，很有特色。你先打开，看看喜不喜欢？"郑晓悟似乎有所感觉到，或者是并没有特别注意到姜蕾今天对自己用的是"你"而不是此前一直尊称的"您"，他此刻看到的是她细嫩白皙的漂亮面庞泛着粉色的柔美，与暗黄色头发相衬的橙黄眼珠发出炽热的光亮，心里不由得产生悸动，随即赶紧垂下眼帘，以无所谓的态度接过小塑料袋，顺势一捏，很是轻软，询问般疑惑地又望向姜蕾。

"你打开看看嘛。"听清楚了，用的是"你"。

郑晓悟打开一看，是一件非常具有维吾尔风格的男士短袖衬衫，领口、袖口还有胸前纽扣处都镶绣着颇具民族特色的花边，洁白轻薄的布料给人以清爽凉快的感觉，便满心欢喜地在身上比试起来。

"穿上试试嘛。"姜蕾提示到。

郑晓悟进到办公室的个人洗手间，换下远山集团时装公司自己生产的短袖衬衣。一身新装走出来时，看到的是姜蕾欣喜的眼光和赞赏的表情："嘿，姜蓉眼光真毒呀，只见了一面就把尺寸拿捏得这么准。不错，简直就是咱维吾尔族的帅小伙儿呀！"

郑晓悟舍不得脱下来了，完全不顾公司同事和员工的惊奇目光，并且完全忘记了和萍萍之间的冷战，关键是他心里并没有"鬼"，下班后还一脸得瑟地回到家里。当萍萍和岳母满怀狐疑地瞅着他这个装扮衣着时，居然还炫耀似地告诉她们，是姜蕾她那个当空姐的妹妹寄过来的小礼物，"怎么样，像不像新疆人？"还模仿陈佩斯在小品中的台词语调，"嗨，卖牛肉串，要不要牛肉串？"

不用讲，冷战不但继续下去，而且更加升级。

没过两天，郑晓悟在办公室里接到一个电话，绝没想到竟然是姜蕾父亲打来的。起初拿起话筒并没有完全听清楚对方在说"我是姜沂生"，只从那山东口音的普通话和鼻音较重的声音，便以为是姜蒙生总裁打电话找自己交代什么任务呢，还快速地应答"姜总您好！"而姜蕾的父亲呢，本是乌鲁木齐一家设计院的总工程师，理所当然地也就接受了郑晓悟的"姜总"之称，并且在电话中称赞小郑年轻有为，感谢他对姜蕾工作上的关照，生活上的照顾之类。

郑晓悟一边诚挚谦虚地表示"应该的"，一边心里纳闷姜蒙生总裁怎么忽然打电话来扯这些闲话呢？只听见电话那头的"姜总"继续说："不仅是姜蕾每次给家里打电话、写信都在说你很好，这次姜蓉见到你之后，回来也说对你的印象很好。既然她们姐妹俩都很认可你，把姜蕾托付给你我也就放心了。而且姜蕾之前呢也寄回来你们的合影……噢，是你们集体活动的合影照片，看得出来呀，你不仅年轻有为，而且很有气质……"当听到这儿，郑晓悟一下子就蒙了，立刻打断了话头："不好意思！请问您是谁？"

"噢？呵呵，我是姜沂生，姜蕾的父亲。哎呀，说了半天你以为我是你们的姜蒙生总裁呀？蒙生是我弟弟，我跟他说话、长相很多方面都很像，我在给你打电话之前啊也给你们姜总裁打了电话，他也对你赞赏有加，说你后生可畏，而且也非常认可你呀哈哈……"

郑晓悟瞬间呆愣住了，知道这下遇到大麻烦了！连姜蕾的家长都出面掺和他俩的关系了，看来萍萍的担心并不是没有道理的呀。郑晓悟真真切切意识到了问题的严重性，认识到绝对不能再掉以轻心不当回事了，虽然仔细回想和检讨与姜蕾的过往，并没有发现问题出在哪里，但目前的局面已经无法回避地摆在了面前，而自己就是这个局中人。思来想去，唯一的办法就是在工作关系上疏远姜蕾，并在态度上对她冷淡，必须叫她知难而退，至少不能让她再有进一步的机会，阻断其继续冒出这种念想，产生此类想法的可能。因此他不动声色地找来自己分管的办公室、人事部、物业管理部、售楼处等部门的负责人开会，重新研究了部分人员的工作调整，其中就有姜蕾不再负责向郑晓悟报送文件资料，不再直接进行工作联络。

与石围村股份公司合作建房项目的奠基仪式也是放在春节假

期后的正月初八，即预示着新年"开门红"，也意味着要复制旅都大厦的辉煌业绩。春节假日期间，作为拿地功臣的郑晓悟，和黄宇坤、高志国就忙着在商讨奠基仪式的议程和场面布置。根据该开发项目被审批的功能，已经申报的建筑名称定为"远见商住公寓"。

有了旅都大厦的开发经验，远见商住公寓的开发节奏安排得更为驾轻就熟，奠基仪式的现场由高志国提前到场指挥布置，当郑晓悟和黄宇坤陪同远山集团的姜蒙生总裁、石围村股份有限公司的欧阳坚董事长等人步入彩旗飘飘、欢声笑语的项目现场时，以姜蕾为首的一众售楼处的美女在入口处盛装微笑，肃立两侧，从尚未动土、长着杂草的泥地上导引出一条通道，早已被安排提前到场等候的合作双方公司员工齐齐鼓掌欢迎，头戴安全帽的高志国带领本公司工程部和施工单位负责人笑容可掬地迎上前来，先将姜总裁和欧阳董事长引导至正前方一个模型台前，为他们介绍这座公寓外立面新潮、实用性更强的设计理念、设计思路和设计创新。

十点整，随着左右两侧的黑色大音箱发出麦克风打开的噪音，主持人姜蕾站到了贴有"远见商住公寓奠基仪式"字样的红色幕布前，只见她略施淡妆，服饰得体，容光焕发，亭亭玉立，加上黄色的头发，立体的五官，匀称的高个，甜美的嗓音，真的非常迷人抢眼，当然也非常的专业正规，不愧为是在大型博物馆受过专业训练的讲解员，郑晓悟不由得暗暗在内心深处涌出无法压抑的赞叹与赞美。随着姜蕾一声"有请远山集团副总裁、远见开发公司总经理黄宇坤先生代表项目合作双方举行奠基礼敬仪式"，端坐在仅有第一排临时摆放的折叠椅上的黄宇坤站起身来，神色庄重地走向事先安放在项目地块西北角的神龛，相当规范且熟练地向财神关公燃烛恭奉，敬香拜谒，并向四方合掌祈愿。十点十分，姜蕾适时发出"鞭炮齐鸣，烟花祈福，花开富贵，鸿运当头"

的主持信号，早已待命的几位头戴安全帽的师傅手持香烟，分别在两部打桩机垂挂的万头鞭炮端头和两处烟花燃放地同时点燃引信，顿时，爆竹炸裂，烟花冲天，红屑纷飞，硝烟弥漫。现场的美女们受到惊吓，掩耳躲避，多数男人在咧嘴欢呼。郑晓悟注意到，姜蕾侧身躲在幕布的一角，捂着耳朵，很美。

经过一阵喧闹之后，并不分管工程和开发的郑晓悟被姜蕾请到台前，代表项目开发商发言，这可能是因为这幅地块是他争取到的原因吧。胸戴一束鲜花的郑晓悟没有拿讲稿，而是即兴发挥，用优美的词语，激情的话语，意气风发、神采飞扬地做了一番热情洋溢的演说。姜蕾并没有退到旁边候场，而是一直静静地站在他身边，微微侧着身子含笑地注视着他。郑晓悟感觉到了她的目光，感受到了她的气息。

在姜蒙生和欧阳坚分别代表项目合作的甲乙双方讲话后，简短而热烈的奠基仪式圆满结束。散场之时，陪同欧阳董事长来到现场的胡欣很是八卦地凑上前来："喂，师兄，刚才你站在前面讲话的时候，我忽然发现你跟你们公司的这位主持小姐很般配哦！绝对是郎才女貌。而且我看这位洋小姐在大庭广众之下毫不掩饰对你的欣赏、爱慕之情啊。老实坦白，你们俩是不是有戏呀？"

胡欣的话瞬间警醒了郑晓悟，他重又意识到今天见到姜蕾之后的内心感受与真情流露是很危险的，必须减少甚至应当避免与姜蕾见面、交流的机会，而且首先要控制住自己的胡思乱想，否则，就会闹出真真切切的麻烦来，萍萍的猜测就会成为现实。

鲍萍萍所在的外商投资服务协会日资部，根据外商的邀请，春节刚过即安排前往北海道。此前他们在夏季和秋季曾经分别到访过日本本州的东京、京都、奈良、大阪、名古屋等城市，这次专访北海道看来就是冲着冬季迷人的冰雪世界而去的。萍萍很兴奋，像是从没有出过国一样，因而也会和老公说上几句话，但已经没有了冷战前的亲热与缠绵。奇怪的是，别人出国都是准备空箱、列好清单，以便回国带东西，而她倒好，居然还准备往外带的特产礼品，岳母甚觉不可思议："萍萍，真不晓得你带这些玩意做啥？怎么搞得像是你在日本有亲戚、朋友似的……"还没发完议论呢，似乎突然意识到什么，警惕而疑惑地盯着女儿。萍萍假装没有听见也没有注意到母亲的表情，而是逗着心雨说："妈妈要去日本喽，那里有很多好玩的好吃的东西哦，宝贝想要什么礼物？妈妈都给你买回来。"

鲍萍萍去日本的这段时间，郑晓悟下班就直接回家，和家人吃饭，陪岳母说说话，看女儿做作业，一直没有机会见到姜蕾，当然也是刻意不要见到她。然而就在这天下午，郑晓悟听到轻轻的敲门声，应了一声"请进"，便看见姜蕾带着坚定的神色走了进来，在讶异的同时，仍不失礼貌地请她坐下来。坐在沙发上姜蕾侧垂着头，半天没有说话，那一双白嫩纤细的手，放在腿上也不是，扶着沙发也不是，并不时搓两下。郑晓悟疑惑地观察着她，最后忍不住问："你这是？……"

少顷，姜蕾抬起头直视着郑晓悟，用破釜沉舟的语气说："我今天来就是想讨你一个说法，请你明确回答我。"

郑晓悟心里"咯噔"一下，猛然意识到她要问什么，也突然觉得，姜蕾这种神态和语调像极了《秋菊打官司》里面的巩俐。

"我爸爸给我写信又打来电话，说我老公打死也不同意离婚，又是道歉又是检讨又是表态改正错误，而我的公公婆婆也放下了官架子，一再去找我爸妈说情。二老问我怎么办？我……我也不知道该怎么办，所以我今天就来请你给我拿主意。"期求的语气，期盼的眼神。

"好哇！好事呀！"郑晓悟心里一阵轻松，这样的话，就没有无中生有的流言蜚语了，于是便用轻快的口气表示赞赏，并词不达意地胡说开了："俗话说，宁拆一座庙，不毁一桩婚，百年修得同船渡，千年修来共枕眠，尤其是你们还有一个可爱的儿子，这个缘分太深了，这辈子你想割舍都割舍不了……"

"我不管他！我只想要你的态度，今天就是想问你，我俩之间的关系有没有可能……"

郑晓悟绝没想到她今天会找自己直接挑明这个话题，而且也意识到这是个已经被自己家人、被她的家人、被其他一些人误会很深的话题，但又是个必须面对，不容回避的话题，顿时心中感到非常恼火，这是哪儿跟哪儿呀？既然姜蕾毫无来由地前来逼宫"讨说法"，那就很有必要说明白。因此便不客气地打断了她的话，朗声说道："姜蕾，你真没有必要问我这个问题，本来就没有这一问，也没有这一说，我一直在纳闷怎么会突然出现所谓'我俩的关系'问题呢？你妹妹姜蓉给我买衬衫我没察觉出什么，都是年轻人送礼物好玩嘛。你爸爸作为长辈突然给我来电话说把你托付给我，我就觉得有些不正常了。本来你是姜总的侄女又是我的部下，关照你是应该的。而且你人长得特别美又很能干，我对你很有好感，说句不好听的话，即使有非分之想也是人之常情，我相信你自己其实很清楚，我们公司包括不是我们公司的人对你都有想法，但这不表明什么，更不意味着要对你负责任。而我跟你之间呢，除了一起跳舞，是的，我特别喜欢跟你一起跳舞，也喜欢把你叫出去喝酒吃饭，当然我也不隐瞒，我也特别喜欢见到你，跟你聊天，但除此之外什么都没有发生过，至少到现在为止什么都没发生过，所以，你不应该来要我的态度，讨我的想法。而且，我跟我太太感情很深，很恩爱，家庭也很幸福，我不可能有其它想法，更不可能破坏你和你老公的关系。你现在是个很好的转折时机，机不可失时不再来，真的别胡思乱想了……"

姜蕾大概绝没有想到平常始终和颜悦色的郑总会如此的义正词严，她的表情随着郑晓悟口若悬河的表达，慢慢发生着变化：不解……迷惘……失望……绝望……眼泪夺眶而出，最后双手捂住俏丽的脸庞，站起身来冲了出去。郑晓悟知道自己这些难听、刺耳、绝情的话彻底伤了姜蕾的心。是的，只身来到临港的姜蕾喜欢自己，依赖自己，自己早都感觉到了，反而放任、误导，更是沾沾自喜，洋洋自得。没想到思想单纯的姜蕾却是个一根筋，主动找上门讨说法。如此一来，郑晓悟则退无可退了，只好出此下策，让姜蕾死了这条心。

从此，郑晓悟再也没有见到姜蕾。

几天之后，郑晓悟下班回家见到妻子萍萍从日本回来的第一件事，就是告诉她，姜蕾和她老公最终没有离婚，她已经回乌鲁木齐原单位上班去了。鲍萍萍听到郑晓悟很有用意报告的这个好消息，并没有任何反应，大概，她的心思已经不在这件事情上了。

第二十二章　"远山"事件

　　有相当一段时间了，郑晓悟总感觉萍萍好像是在策划一件大事，具体是什么大事虽然不得而知，但凭直觉隐隐感到这件事肯定会对自己有影响，只是不便问也不想猜。有一次，俩人忽然聊起在天津时的点滴往事，谈到了在海洋石油对外合作中心日方人员的趣事逸闻，说到去日本的观感体会，话到兴头上，萍萍突然没有忍住，说她早已跟她在日本的父亲联系上了，并在日本见了两次面，而且还去了父亲在横滨中华街的家，那个地方比中国还有中国味，上海人不少，随父亲私奔滞留在日本的现在的太太对她很好，俩人没有要孩子。不过说完之后，就紧张地警告郑晓悟千万千万不要跟她妈妈透露。郑晓悟想，这是人家父母子女之间的私事，自己绝不掺和，绝不泄密。

　　远见商务公寓大厦开工半年多了，施工进展很顺利，但新的政策规定要在主体封顶之后才会批准预售，那将是明年春节后的事了。公司为制订大厦预售方案而提前调配销售团队，把物业部的客服经理施玉芬和总机值班室的主任电话员罗亚芳调整到售楼处分别担任经理、副经理，以填补姜蕾等人离职后的空缺。从旅都大厦预售的"姜蕾效应"中，公司已认识到：人才是可持续发展的第一生产力，颜值和口才是售楼的关键生产力。与此同时，因为之前从湖南大学招聘到工程部的唐曙光和杨栋梁，在春节前领到一笔可观的年终奖回湖南老家过年之后，就没有再返回远见公司上班，据知情人士说，他俩已经结伴办理了技术移民去往加拿大，当时他们应聘到沿海城市来，本就只是作为出国缓冲的跳板。如此一来，解决工程部的技术人才缺乏问题也已成为当务之急，高志国与总工程师单建设、工程部经理李德明在盯紧工地施工的同时，又忙着在全国范围内招聘引进人才。这一年就在项目建设与人才招聘中风调雨顺地度过了。

转眼又是冬去春来，公司上下摩拳擦掌，准备在清明节后全力以赴地投入到远见商务公寓的销售中，争取再创佳绩，再得重奖。

高志国和郑晓悟则像往年一样，跟着清明节回老家拜山祭祖的黄宇坤一起去凑热闹，感受当地风土人情，品尝潮汕特色美食，趁机放飞一下自我。出发的那天上午，集中把公司未来三天的工作给各个部门负责人交代安排妥当，黄宇坤建议中午去新开张的"孔乙己酒馆"吃绍兴菜，并说有几样特色菜肴很不错，尤其是他们家的花雕酒确实好喝。高志国于是调侃他说："是不是背着我们跟什么新结交的江浙女孩约会时吃的？"黄宇坤哈哈只乐，到了酒馆熟门熟路地点了几款他试吃过的最经典的菜，要了这家店最贵的"花雕王"黄酒，并显得很内行地介绍说，加姜丝烫热喝是现在最流行的喝法。但郑晓悟说自己此前从没喝过这种酒，建议先不要加姜丝，就是纯酒温热后喝它的本味。一试之下，果然很好喝，不但容易入口，而且下咽顺喉，郑晓悟赞许地总结其特点是绵、软、厚、滑、香、柔且养人，与绍兴菜确属绝配。于是在不知不觉中喝了不少，只是觉得除了浑身发热，脸色泛红之外，没有什么不舒服的感觉。

饭后坐上黄宇坤那辆S500型墨绿色的奔驰兴冲冲地出发了。

在司机胡立江平稳地操控下，三个人在车上舒舒服服地眯了一觉醒来，就开始兴致勃勃地东扯西拉谈天说地，郑晓悟想起前几天在市工商局工作的三哥无意间告诉他，在他给曾培公局长写材料的参阅文件中，看到有市政府证管办向主管副市长汇报远山集团存在的问题，还有整改建议。黄宇坤不以为然地说："原来的主管市领导和体改办许大安主任调走之后，我们远山集团的上市申请就莫名其妙地被卡住了，一直没有肯定的说法。我们参照各个公司股改上市之前的惯例，对部分员工和特定人员率先发行的内部股票也说成是非法集资，还说有其他什么银行贷款违规问题，财务上的什么交易问题……"

"关联交易？"郑晓悟提到这个最近法律界研究的新概念。

"对对对，关联交易。彭董去市政府跟主管副市长和有关部门沟通协商了好几次了，但他们提出的一些条件呢，彭董暂时还没法接受，正在评估，应该可以解决，问题不大……"

突然，郑晓悟感觉非常不对劲，咬紧牙关对司机胡立江大喊一声："快！赶快靠边停车！"

正全神贯注开车的胡立江惊得一哆嗦，不明所以地赶紧在路边停了下来。郑晓悟迅即拉开车门，跳下车来，蹲在地上便呕吐不止。高志国跟下来轻拍着郑晓悟的背，关心地询问："哎？你是怎么搞的？晕车吗？以前没见你晕车呀？"

黄宇坤下车点燃香烟深深地吸了一口说："我估计是喝醉了。"

高志国看了一下手表："中午喝的酒，现在都快四点钟了才醉酒发作？这不是搞笑吗？"

郑晓悟一边泪流满面辛苦地吐着，一边口齿不清地分析："我原来……呕……从不晕车，在天津……呃……坐海船……呕……晕船吐得一塌糊涂，可能把我的晕车症激出来了……呕……不是醉酒……"

"嘿嘿，花雕酒后劲很大的。"黄宇坤优哉游哉地叼着烟。

没想到这酒的后劲真的很大，再加上可能确有晕车的因素，无论胡立江如何尽量地开稳开慢，但每隔大约十来分钟，就会大叫让他停车，然后在路边摇头抖肩地呕吐不止，直到完全吐不出东西来了还是想吐，弄得大家无可奈何。开开停停，天黑下来才开到海丰县的鲘门镇，黄宇坤和高志国商量说这样下去也不是办法，干脆停车休息吃晚饭，吃点东西把酒气压下去应该会好一些。于是，把车开进路边"东成酒家"的停车场，头昏腿软的郑晓悟被胡立江搀扶下车，找了个靠窗空气流通的位置半瘫半躺地歪坐下来，高志国吆喝服务员送来一壶滚烫浓郁的"菊普"，说是解酒降火。

胡立江烫好碗筷杯碟，斟了一杯茶递过来，咖啡色的普洱茶醇香裹挟着菊花的清香，唤醒了口腔，激活了大脑，并顺着空空荡荡的肠道一路温暖滑进空无他物的胃部，郑晓悟舒坦地吐出一口浊气。忽见与高志国一起去点好菜的黄宇坤叼着烟，拿着两支小玻璃杯装的"古岭神"养生酒笑嘻嘻地回到座位："怎么样？再整一杯？补酒哦。"郑晓悟顿时又开始头晕反胃，赶紧喝热茶。

片刻，看到端上来的青橄榄炖鲍鱼、海水焗野生大海虾、干煎大白鲳、姜葱炒花蟹、豉汁蒸带子，再加一盘黄豆酱空心菜，全部是郑晓悟的心头至爱，便如同打了强心针一般，精神大振，急不可待地伸手去抓虾。黄宇坤紧急阻止："喂喂喂，先别动！胡立江，把烫茶杯的水盅拿过来先让郑总洗个手先。我告诉你哈，你刚刚才吐完，胃很弱，这野生大虾是高蛋白，猛地一下子吃进去，胃会接受不了的。来，要先喝一碗白粥暖暖胃。"说着就给盛好一碗粥。

米白汤清，稠稀适中，软香暖胃的一碗潮州粥三口两口灌下肚，郑晓悟便迫不及待地再次抓起大虾剥壳蘸汁，不管不顾地大快朵颐，一口气塞进去六只，又开始投入地品尝清甜润肠的青橄榄炖鲍鱼，其他三个人满脸惊骇地瞅着他，高志国用无可奈何的语气说："这六只大虾差不多有半斤啊！没辙，我严重怀疑郑晓悟同志前世是广东人。"

黄宇坤目不转睛地看着郑晓悟，更正道："不！我敢肯定他上辈子是潮汕人，跟我是老乡。"

胡立江笑着接话："是哦，郑总还特别喜欢吃咸虾蛄、腌生螃蟹。我是广东人我都不敢碰，吃了就拉肚子。"

高志国对胡立江说："刚才点菜的时候，服务员小姐告诉我们说有咸虾蛄，很不错。但黄总不让点，说郑总今天吐成这个样子，吃了之后绝对要上吐下泻。"

"不能点！这个家伙不知轻重，见到这些东西都不要命了。我已经叫我老家的朋友给他准备好咸虾蛄跟腌螃蟹了，等明天肠胃缓过来随他怎么吃。真是的，不给他提前安排好，他到时候又要骂人了。"黄宇坤瞪着郑晓悟说道，随后美美呷了一口"古岭神"。

靠海鲜续命缓过劲来的郑晓悟，听到咸虾蛄和腌螃蟹，便又开始神往这些让所有美食都黯然失色的绝佳美味，期待着明天的到来。

饭后精神焕发，回到车上欢声笑语。前行大约一个多小时，刚到一处小山的上坡道，莫名其妙地发生了大塞车，从坡下往上看，国道上一路的红色尾灯动也不动，格外耀眼。耐心等了一阵子，再往后看，已经是一眼望不到头的车头灯，刺破夜空，颇为壮观。这样等了好一会，车龙依旧纹丝不动，有人把车熄了火，走下来透气、吸烟、聊天、散步。胡立江也熄火下车，说到前面去看看是咋回事。半个小时后，回来报告说，前面塞得看不到头，谁都不知道发生了什么事。

既来之则安之吧，急也没用，躁也没辙。郑晓悟顿感疲惫不堪，在路边的灌木丛后面方便之后，回到车上就睡着了。迷迷瞪瞪地猛然被尿意憋醒来，癔症了好一会儿，才想起来是在车上，扭头看到胡立江在驾驶员座位上仰着头张着嘴陷入沉睡，便拉开车门，外边雾气很大，寒气很重，不由得打了个冷战。

"怎么样？睡醒了？吃点宵夜吧？"高志国的高门大嗓在寂静的夜里像是安装了扩音器，他正同黄宇坤精神饱满地站在路边，一边闲聊一边就着小食喝"生力啤"。塞满国道的车全部熄火关灯，有少数人还站在路上聊天或晃悠。

郑晓悟去灌木丛后边放完水打了个尿颤，走过来问："几点了？"

黄宇坤看看表："后半夜了。去拿罐啤酒来喝吧，提提神。你喝醉之后再来上两罐啤酒效果很好的，是回魂酒啊，哈哈。"

郑晓悟坚定地摇摇头。高志国说："看这个样子，估计要到天亮才会动，还是回车上睡一觉吧，太冷了。"

忽然之间，国道变得宽阔、平坦而笔直，车子在柏油路面上悄无声息地飞驰，路上的各种车辆匀速、等距地前进，文明规矩，井然有序。郑晓悟惬意地仰靠在副驾驶座上，看着蓝天之上丽日艳阳，瞅着道路两边风景如画，望着远方大海白帆点点，心情好极了，大声地朗诵着海子的诗句"面朝大海，春暖花开"。黄宇坤和高志国则毫不受其影响，在后排座位上谈笑风生，正在开车的彭思远董事长面无表情，专心致志地把控着方向盘。猛然，车子发出一阵震动和噪音，随之，前方的道路突然塌陷出一个黑洞，这部车猛然下坠失去了重心，其他的车辆居然不受影响地飘然而过。"噢……"听到的竟然是黄宇坤和高志国的欢呼声？郑晓悟猛然惊醒，原来是在做梦。

原来，堵了一夜的车辆都轰开了油门，车龙急不可耐地启动了，被大货车碾成坑坑洼洼破烂不堪的路面造成连续颠簸，透过水汽弥漫的车窗可以看到东方天际朝霞灿烂。郑晓悟扭头看了看认真开车的胡立江，一时难以平复受惊狂跳的心脏，不解地思考着刚才的梦境。

　　其实也就只剩一两个小时的路程，居然在路上堵了一夜没法动弹，一路行驶过去，却并没有发现和分析出任何导致大塞车的原因。抵达县城宾馆，彭思远是提前回来的，正在等他们三人到达聚齐后吃早餐，定于饭后和家人去墓地扫墓祭祖。在餐桌上，高志国向彭思远绘声绘色地形容郑晓悟醉酒呕吐，夸张地谈论着昨夜壮观的大塞车。郑晓悟则在高志国说笑完了之后，向彭董描述了昨晚在车上做的奇怪的梦。"噢？是这样吗？"彭思远若有所思地问了一句。

　　早餐毕，彭思远让高志国、郑晓悟在宾馆好好睡一觉，他和家人族亲会在拜完山之后赶回县城吃午饭。高志国和郑晓悟便站在院子里送他们出发，只见那些家人亲戚正把一些香烛、纸表、鞭炮、供品之类的分配成几套，往两部奔驰轿车和一部三菱越野车的后备厢里放。几乎在同一时间，彭思远和黄宇坤的"大哥大"来电铃声骤然响了起来，俩人都习惯性地看一眼来电显示，接通电话，只听了几句，便不约而同地对望一眼，分头离开人群向不同的僻静方位走去接听。这个电话打的时间不短。接完电话，黄宇坤脸色难看地愣在那里，望向另一处也在同样看着他的彭思远，随后，彭思远朝黄宇坤轻轻招了招手，示意他过去。从他俩靠近交谈的肢体语言和刻意压低声音但语气急促的情形看，高志国和郑晓悟意识到出了什么事。而且肯定是大事！

　　片刻之后，彭思远神态安然、步伐笃定地走了过来，微笑着说："你们俩先回房间休息吧，我们按原计划去拜山祭祖，回来后有一件重要的事情要跟你们俩商量。"说完，还分别和高志国、郑晓悟握了握手。黄宇坤没有跟过来，远远看过去有些失魂落魄的样子。

　　午餐相聚之时，彭思远依旧是挥洒自如，应对周全，而黄宇坤却自始至终显得心不在焉，既没有喝酒，也没有劝菜，只是一根接一根地抽烟，几乎不吃东西，搞得不明就里的高志国和郑晓悟也不得不收敛心性，谨言慎语，沉默进餐。

　　饭后安排司机分头送走亲友族人，彭思远把黄宇坤、高志国、郑晓悟领到他住的套房客厅议事。黄宇坤铁青着脸一言不发，只顾埋头机械地烧水、烫杯、洗茶、冲功夫茶，彭董落座后静静地看了一会儿高志国和郑晓悟，大概整理了一下思路和用语，清了清嗓子说："是这样，上午我和宇坤同时接到公司打来的电话，公司出了件事……嗯……这样说吧，是意想不到的一件大事，可以说是紧急事件，相当棘手，必须尽快研究一下应对策略。"说着，接过黄宇坤递过来的茶盏轻嘬了一口茶，沉吟了一下，"今天早上九点，说是由证管办、税务局、工商局组成的联合工作组突然进入远山大厦，分工配合把各个公司的财务部和档案室里的保险柜、文件柜、办公桌和办公室的房门都贴上了盖有工商局大印的封条，并让办公室人员签收了政府整顿企业工作领导小组的决定通知，并严厉警告每个人都必须配合联合工作组下一步的行动，随时听候传唤。现在整个公司都乱成了一锅粥，好多员工不知道是怎么回事，吓得跑掉了。"说完，又呷了一口茶继续说："我呢和宇坤简单商量了一个方案，是这样考虑的，就是先辛苦一下晓悟，想烦请你马上搭中巴赶回临港，我不能派车送你回去，太扎眼，也怕节外生枝。你回去后先不要贸然回到公司去，也不要轻易跟公司的人见面，先通过你的关系打听打听到底是怎么回事？性质是什么？目的是什么？到底针对的是谁？然后再想办法找公司可靠的人尽量了解一些细节。总之啊，你是学法律的，知道怎么掌握分寸，采取什么方式方法，并根据总体情况考虑如何应对和化解。志国，你跟晓悟一起走，但不能回临港，中途下车，在靠近临港的地方找个宾馆先住下来，等晓悟摸清情况之后先跟你联系，你再向我们反馈信息，我和宇坤会把我们新的联系方法告诉你。我要强调一下，志国的'大哥大'尽量不要使用了，谁都知道你跟宇坤是穿一条裤子的关系。晓悟需要跟志国联系的话，就随便找一个座机 Call 他，志国也在当地找个座机回复。我和宇坤打算近期暂时不回临港，何时回去还不好说。总之，在事件的性质没有搞清楚之前，大家都要特别谨慎！"

本来是潇洒地坐着奔驰到这里，现在却落魄地挤着中巴赶回去。高志国和郑晓悟都被这突如其来发生的大变故弄得有些茫然无措，觉得完全不可思议，甚至大脑都反应不过来，因此对于彭思远董事长的分析安排，只有听从，唯有照办，说不出自己的任何意见或建议。在尘土飞扬的路边招手拦住一部车，踏上这辆脏兮兮臭烘烘、车窗玻璃嘎吱嘎吱一直乱响的中巴车，高志国和郑晓悟分坐在走道两边同一排座位上，相互都没有心情交流，没有心思对话，一坐下来就各自扭头望着窗外，都是那迷茫的眼神，紧皱的眉头，凄苦的表情，心中皆是前路未知，此行不测的苦楚。视而不见地对窗外呆望了许久，俩人又不约而同地闭上双眼进入假寐状态，其实内心始终是波涛汹涌，难以平静。直到傍晚停在高志国预计下车的停靠站，他才简单地说了声"到了"，迈出车门前和郑晓悟对视一眼，俩人同时轻轻点了点头。

郑晓悟是晚上八点多到达临港长途汽车站的，在车站旁边的大排档吃了一份干炒牛河，喝了一杯寡淡的"港式奶茶"，站在业已入伙的旅都大厦路边等"的士"，心里悲戚地想：如果公司真的出事了，不可能在远山集团干下去了，那么，自己辛辛苦苦争取到的项目，建起来的大厦，还有自己一手拿下的地块，已经开工建设的远见商务公寓大楼，都是要为他人作嫁衣裳了，尤其是自己贸然赌气离开政府部门，现在正干得风生水起，意气风发的时候，突然间恰如风筝断了线，车子抛了锚，将来能去干什么呢？路该如何往下走呢？带着苦恼和惆怅乘出租车赶到三哥家里，他要先了解工商局牵头代表政府采取的行动的真实意图和布局。三哥告诉他，也许是考虑到回避制度，并没有让他参加这个联合工作组，但对前期方案报告的起草有参与，根据联合工作组的同事说，这次动静挺大，可能不是一件简单的事，"具体的内情可以去问问你原先在市政府的同事林卓然，他是工作组法律顾问小组的组长，所有的情况和计划应该都知道。"三哥提示道。

事不宜迟，次日一早上班之前，郑晓悟就到原单位楼下堵住了林卓然，当年的这位同事好友当然明白他所为何来，站在单车棚里很有分寸地透露说，对于远山集团及其下属各个经济实体，应该不仅仅是查账的问题，不仅仅是税务的问题，也不仅仅是关联交易的问题，还有可能涉及非法集资、侵占国有资产的问题……

郑晓悟一听，居然还冒出来一个侵占国有资产的定性，便急不可耐地打断他慢悠悠地表述，插进一句："据我所知，这是一家单纯的典型的私有企业，怎么可能跟国有资产沾上边呢？"

林卓然成竹在胸地淡定一笑："呵呵，你应该去问问彭思远他们，这家公司是怎么来的。"掀开衣袖扫了一眼手表，"噢，对不起呀兄弟，我只能告诉你这些了，希望你理解哈。我还得上办公室去拿材料，立刻要赶去市工商局的联合工作组办公室开会，不然时间来不及了。"匆匆走出两步，忽又回转身来悄悄地提醒了一句："你应该去找市工商局的曾培公局长和市证管办的蔡保国秘书长。"

马不停蹄，郑晓悟通过公用电话找到远见物业开发公司办公室主任刘慧娟，请她出来见面，详细描述4月5日那天早上发生的事情以及公司的现状、员工的状态。所知结果当然是大家都没法正常上班工作了。末了，刘慧娟心有余悸地说："当时那个阵势真的是突如其来哟，吓死人喽！真的太吓人喽！"随后把远山集团办公室主任彭思健也约出来了解情况，这位曾经参加过自卫反击战的退伍军人也发出了同样的感慨："当时那个场面很吓人啊！"

郑晓悟及时把摸到的基本情况通过高志国转告给了黄宇坤。然而，接下来的情势却在不断恶化，联合工作组很快采取了进一步的行动，把原已查封在远山大厦的所有账本、档案文件等资料全部搬运到了一处封闭场所，每天加班加点审核查阅，这样一来，整个远山集团的营运活动都停摆了，远见商务公寓大楼施工、预售也停止了，无人正常上班，包括姜蒙山和一些高薪聘请的高管都忽然不见了踪影，只有少数对远山集团忠心耿耿，对彭思远董事长怀有感恩之心的员工，主要是远山集团办公室和财务部、远见开发公司办公室和财务部的骨干人员还每天进入大厦坐在办公室守摊子，公司上下大有树倒猢狲散的凄凉之感。得知这个情况，郑晓悟不顾彭思远的事前劝告，理直气壮地回到远山大厦办公室正常办公上下班。也正是这样，好像有了可以在公司主持工作的负责人在场，联合工作组的成员于是开始公事公办地就工作事项与郑晓悟对接，并且还正规地邀请他参加或者列席一些会议，郑晓悟由此可以直接或者间接地与联合工作组的各位负责人，诸如曾培公局长、蔡保国秘书长，甚至还有机会与主管副市长见面交换意见，或者通过市领导的秘书转达一些信息。可以说，这是一个名正言顺与联合工作组沟通、交流、说明甚至谈判的绝佳机会，至少可以光明正大地直接掌握事态的发展，事件的进展。而联合工作组也认为郑晓悟是他们顺利完成上级交办任务所需重要渠道之重要人选。

但郑晓悟并不知道的是，就在他每天忙着配合联合工作组的工作，同时还要跟高志国联系通报情况，传达政府指示精神，提出自己的建议和想法，再听取其转告的彭、黄二人的指令和意见的这一段时间，一个司法专案组也已经成立并开始行动了，几乎绝大多数能被找到的远山集团及各公司的高管和中层干部均被分别传唤，接受讯问调查，甚至个别人还被采取过强制措施，而司法专案组的一位骨干成员就是通过郑晓悟面试调入临港市政府的，现已转调市检察院任检察官。这个情况，是在郑晓悟离开远山重新开始从事法律业务后，陆续碰见一些曾在远山集团系统同过事的熟人讲述给他听的，并告诉他说，专案组的办案人员在讯问完他们之后，都会追加问一个同样的问题：郑晓悟这个人在远山公司期间有没有什么问题？

进一步了解得知，这批被传讯者都是曾在公司领取了不菲奖金和提成的人，尤其是因旅都大厦销售利润不俗而获得重奖的人。但却不知道为什么？彭思远和黄宇坤虽然口头上都说郑晓悟有特殊贡献，要单独特别嘉奖，并私下透露给他一个令人惊喜的数额，让郑晓悟一直很期待，但却直到"远山事件"突然发生也没有兑现这笔奖金。这本应是郑晓悟在远山集团机关和远见开发公司期间除了正常的工资、补贴、双薪之外，唯一一笔应领而未领到的正儿八经的奖金收入，却恰恰因为"吃亏"未领到，反而阴差阳错、鬼使神差地令其躲过了一劫。这件事，使得郑晓悟在此后的岁月里，即使侥幸赚到钱也不特别兴奋和张扬，假若经过努力却一无所获也不感到沮丧和失落，他常常会想起《浪子心声》这首经典粤语歌曲里的几句歌词："……空得意目光如麻，谁料金屋变败瓦。命里有时终须有，命里无时莫强求……"并把这些歌词当作人生的座右铭来警示自己或者说是安慰自己，歌中之意，乃是《增广贤文》之圣贤警语的引用和演绎。

对远山集团如何处理，内部也有争议，但蔡保国在历次会议上坚定表态：开弓没有回头箭。一个月的严查密稽，税务方面没有发现大的问题，但财务管理不规范，收、支、借、贷科目比较混乱；擅自发行内部股票，定性为非法集资；跨境支付和回款事由不明确，应属关联交易；违规乱发奖金、补贴；银行贷款手续不严谨，且有数笔超期未还贷的情况等等。郑晓悟和联合工作组的部分人员认为，财务和账目问题属于规范公司治理结构，整顿企业运作行为的范畴，可令其依法依规整改。银行贷款审查不严不是借款人的责任，若存在违约并应承担违约责任，则属借贷双方当事人的民商事关系，政府不宜介入。但蔡保国坚持认为必须介入干预，并应强硬责令甚至代表各相关银行起诉远山集团及其各家超期还贷的公司。郑晓悟从法律常识上甚觉不可思议。而各贷款银行也都不同意起诉，理由是：一、相比其他企业，整个远山集团各贷款主体的超期时间和超还数额是最乐观的；二、远山集团及其各公司一直以来的贷款使用和还贷信用都不错，对其还贷能力有信心；三、远见商务公寓大楼的建设进展顺利，市场销售前景可观，应属优质客户，目前正是用贷投资的关键时期，起诉不仅对客户造成损失，而且对银行自身也没有什么好处。

性质严重在于远山公司的原始成立，造成了国有资产流失。原来，彭思远他们当年出手收购业已关门、濒临倒闭的惠康商场和惠康餐馆等小实体时，的确出价太低、压价太狠，几乎是在人家商场的积压商品、餐馆的锅碗瓢盆基本原值上还打了折头。而这家地方国营惠康商贸公司的经理、党支部书记李老太太确实回天乏力，当然也是为了赶紧处理完结，顺利办理退休，就无可奈何地同意了，并按规矩上报给当时的主管部门。现在"经查明"给予的定性是：这个李老太太和签字同意的商业局领导失职造成国有资产流失。签字领导已经不在人世，现决定对李老太太开除党籍，并转入司法程序，证据确凿的话，将会追究这位李老太太和彭思远等人的刑事责任。基于从源头纠错改正的原则，远山集团及各下属公司企业工厂，仍应归属为临港的国有公司，联合工作组将正式进驻并全面接管远山集团。郑晓悟虽然是第一次听到这个情况，并且也没能捋顺这个调查结论的基本逻辑，但看来事件的发展趋势是无法转圜了，此时也终于明白刚开始认识黄宇坤、高志国时，曾问起在哪淘得的第一桶金？做什么生意完成的原始基本积累？高志国当时闪烁其词地说"不清楚，也说不清"的内情了。

联合工作组进驻之后，郑晓悟应该以什么身份和角色配合他们工作？应该从哪个角度和立场配合他们工作？是主动作为还是被动听令？是说话作数还是无权发言？皆为一头雾水，而且颇为尴尬，因而也就不知道是否应积极按时上下班，更加不知道在办公室里到底应该做什么事。事情的诡异还在于，之前被开除掉的原工程部的陈东红居然趾高气扬地回来上班了，而且取代刘慧娟、黄亚南二人成为远见开发公司人事部与办公室合并后的综合办主任，这就令郑晓悟感到极其难堪，如芒在背。某天，曾培公局长前来远山大厦检查联合工作组的工作进展情况，听取相关汇报，随后就来到郑晓悟办公室坐了一会儿，简单聊了些情况，谈话结束，在电梯口，若有所思地对恭送他的郑晓悟轻轻说了一句："我看你还是离开为好。"

大约过了一个星期，郑晓悟已经悄悄地把办公室里少许属于自己的私人物品拿回家了，但还在慎重思考离开远山集团的理由、方式和时点，突然接到蔡保国的电话，说请他到证管办一趟。赶到蔡保国办公室甫一落座，他就直截了当地问道："我听说你要离开远山？好啊，离开好啊！那是个是非之地，以后估计也好不到哪儿去。我呢，也想离开政府部门去创办一家证券公司，几个股东都很有来头。我通过这次处理远山事件对你的观察了解，很欣赏你。怎么样？跟我一起干！高管的位子有你的，待遇也肯定比在远山的待遇高。"

郑晓悟虽然并不知道自己将来何去何从，结果好坏，但却知道了策划实施"远山事件"的来龙去脉，也看到了蔡保国在这个过程中的所作所为，所以当场即予婉拒，且不顾蔡保国脸色是否难看，从他办公室走出去之后再也没有回到自己的办公室，并且从此再也没有踏进远山大厦一步，也再没有跟远山的任何人进行工作联系。

事后了解到，蔡保国本想通过接管远山集团能够得到董事局主席或者是总裁的位子，但没想到最终的名单上根本没有他，于是便利用证管办秘书长职务的便利，很快就另辟蹊径，获批创立了一家证券公司，一度曾经风生水起。然而，三十年河东，三十年河西，一场牢狱之灾不久也降临到这位蔡保国及其合伙人的头上。不过呢，任谁都可能遇到沟沟坎坎，或许是人为的，或许是天定的，或许是因果循环的。所以说，与人为善，乃为人之本。

第二十三章　劳燕分飞

　　鲍萍萍其实在远山事件发生的当天即有所耳闻，毕竟这在临港也算是比较有轰动效应的新闻，更何况老公还是这家公司的高管呢，所以她的很多同事总在找她打听细节或者是向她传播小道消息。而就在事件发生当天半夜，忽见预计外出几天的郑晓悟神色异常疲惫不堪地回到家里，就心知肚明地知道老公的人生道路遇到了大波折，尤其对他随后的苦恼、委屈和彷徨都有所了解，但她完全顾不上这些了，她这一年多来的生活重心、活动重点，乃是加紧实施她自己人生追求的重大规划，只求尽快完成她人生进程中的一个重大转折，那就是去日本和父亲团聚，此事志在必得，其他在所不惜。这也难怪，这两年总是听到周边的人在谈论出国或者正在办理出国或是已经出国去了，而鲍萍萍所在外商投资服务协会各业务科室的专业人员，很大部分都已陆陆续续地自费留学或者移民到美、加、日、澳、英、新加坡等国家，甚至到中国香港、澳门地区，出国出境成为一种时髦，一种潮流，只要能迈出国门，先不问条件，也不计后果。

　　鲍萍萍深知自己老公所学的专业在国外不可能被认可，也不可能有任何用处，而不懂日语且没有一技之长，如何立足都成问题，怎样生存都没有把握，更不要说有所作为了。而郑晓悟呢，不想寄人篱下，不想傍人门户，不想仰人鼻息，不想看人脸色而低声下气地打发自己的一生，绝不可能去日本委曲求全，"除非去美国"——这是其内心最真实的想法。鲍萍萍了解郑晓悟的性格与自尊，并不特别坚持和强求，只是试探性地说她自己先去日本站稳脚跟打好前站，并貌似宽慰老公：人有悲欢离合，月有阴晴圆缺，此事古难全。但愿人长久，千里共婵娟。慢慢再想办法，问题总会解决的。

正是因为听了鲍萍萍居然引用起这苏东坡的千古名句，才使郑晓悟猛然悟出：这个"但愿人长久，千里共婵娟"的意境，跟前面的"人有悲欢离合，月有阴晴圆缺，此事古难全"完全不搭，不仅是逻辑的连接性存在问题，而且跟自己的现实性也有冲突。这个"但愿"简直是太牵强了！况且，各人已成千里之隔，那能"共婵娟"呢？对于鲍萍萍，恰如自己以前对吕菁华的了解一样，不要说远隔重洋，即便是分隔两市，也意味着夫妻分手，也预示着婚姻破裂，完全没有必要自欺欺人。不是吗？那些办理了移民的朋友，或者安置国外坐移民监的妻子失控，或者留守在国内继续赚钱的老公失控，或者相互失控，要么因此离异，要么掩耳盗铃假装不知道。其实，人生如戏，各有角色，人生经历，各有选择，无论关系亲疏的谁和谁，大家都只是在人世间走过一遭而已，"人生如逆旅，我亦是行人"，东坡先生《临江仙·送钱穆父》中的这两句反倒更实在。于是，郑重其事地向鲍萍萍提出干脆离婚，和平分手，协议离婚，并设身处地地做了理性分析。

也可能鲍萍萍对俩人最终会解除婚姻关系早有预料，或者本来也想到了这一步，因而对于郑晓悟的提议并不意外，更不抵触。毕竟，到所向往的日本定居，和父亲在海外团聚，乃是首当其冲之事。

　　只是在女儿的问题上，郑晓悟当然舍不得她离开自己，几经争论，舍不得又能怎样呢？考虑到年幼的女儿离不开母亲，以及抚养、教育、生活条件、成长环境、未来预期，以及很多不得不面对的具体琐事及实际困难，最终同意女儿随母一同前往日本不失为一个优选方案。这个问题达成妥协了，另一个问题又提出来了，鲍萍萍说既然俩人离婚了，去日本必须得有一笔数额不菲的款项作为基本费用和生活保障，而郑晓悟自己并没有什么储蓄，本来还指望远见开发公司应发的那笔可观的奖金可用来解决燃眉之急，但突发的远山事件使之彻底落空。讨论来争论去，当然又是鲍萍萍的意见占了上风，那就是把现在住的房子卖掉，全款归她，况且鲍萍萍的观点无懈可击，那就是为了女儿没有什么条件可讲。在"为了女儿"这个道德制高点上，郑晓悟无言以对，答应所有条件，签署了离婚协议，办理了离婚手续。

　　一直被蒙在鼓里的岳母，是在房产中介带着客户到家里来看房子、议价格、谈合同条款、当场签字成交时，才知道她这个精明的女儿背着她作出了卖掉房产、侨居日本的重大决定，此时老人家还不知道女儿和女婿已经离婚这个更大的变故，但其伤心程度已然绝不亚于她当年得知丈夫带着女下属私奔国外、滞留日本之事所遭受打击的程度，并且她也难以理解为什么这么好的女婿不但不去阻止自己老婆这种荒唐的行为，还傻不愣登地一起联合起来瞒着她。老人家完全接受不了这个突如其来的变故，在临港安安稳稳生活了几年的这个温馨的家没有了，女儿背叛了自己，外孙女也不会再偎依在自己身边嬉笑撒娇了，而且她凭直觉，似乎也意识到并完全可以判断出郑晓悟将不会再是自己的女婿，于是悲愤地决定立刻回老家无锡。

　　是的，岳母不想在女儿和外孙女离国远走之后才凄凉孤独地离开临港，她说她在这儿一天也待不下去了，她说她眼不见心不烦，她说她以后再也不会来临港了，她拒绝了"孝顺"的女儿掏钱给她买票的好意，她拒绝了女婿陪同护送她回老家的提议，她打电话给她那位驻临港办事处的晚辈侄子帮她买好机票然后送她到深圳机场，她再打电话给无锡的家人让他们到时候去上海虹桥机场接机。总之，老人家已经彻底摆出了一副与女儿女婿与临港这个家再无丝毫关系的架势。

离开临港回无锡的那天早上，岳母一早起床做好了最后一顿早餐，一句话也不说，一丝表情也没有，绝不要自己的女儿插手帮任何忙，也绝不容许女儿碰自己的任何东西，吃完早饭只是同意女婿帮她把行李提下楼去。临到要登上侄儿接她的面包车时，老人忽然蹲下来紧紧抱住并不断亲吻着外孙女，边哭边说："我的心肝宝贝啊……我的心雨乖乖呀……外婆可能再也见不到你了呀我的小宝贝，我真的好舍不得离开我的小宝贝呀……"她断然推开了萍萍想要扶她起身的手和递过来的纸巾，掏出自己的手绢一边擦着不断流下的眼泪，一边还在亲吻着她一手带大的外孙女。小心雨也死命地搂着外婆哭喊道："外婆，你要去哪里？我不让你走，我只要外婆……外婆，唔唔……"

好不容易以担心误机为名把老人家劝住了，岳母狠了狠心，松开外孙女站起身来，但始终都没有看自己女儿一眼，只是宣誓般地又说了一句："我再也不会来临港了。"一只脚已经踩上了车踏板，忽然回过身来对郑晓悟说："你都不会照顾自己，怎么办哟……"一直在默默流泪但却不知道说什么才好的郑晓悟听到这句话，心都要碎了。

鲍萍萍有和日本人打交道的经验，又有多次去日本公干的经历，带着心雨到广州的日本领事馆一次就办妥了赴日签证，随后去银行购买了规定外汇额度的日元，又另外找人兑换了一些日元现金，把主要事项处理得妥妥当当。郑晓悟这段时间也非常配合地把房屋过户登记手续办妥了，大部分款项也依约如期打到了鲍萍萍手中的银行卡，剩下的尾款只等郑晓悟在约定的最后日期搬出去即划付到账。当时在谈合同条款的时候，善解人意的买房客户可以说相当地通情达理，同意附加条款注明于鲍萍萍母女出国之日起 10 个自然日内，郑晓悟最终搬离该房屋并移交房门钥匙，买方即付清全部尾款。这就合情合理地为郑晓悟预留了送走萍萍和女儿之后，可以有时间找定住处，干干净净地搬出去。

郑晓悟这天下午从证管办蔡保国办公室直接回到家的时候，鲍萍萍大包小包的出国行李已经分类打包停当，明天下午即将从广州白云机场飞往日本。虽然郑晓悟早已知道这个行程安排，但当他一进家门猛然看到客厅里堆放着的各色箱包时，还是被吓了一跳，愣怔无语了一阵子才想起这是怎么回事。扫视着这处跟家人幸福快乐地住了好几年的房子现在已经不属于自己的了，打量着曾和萍萍一起得意策划的新潮装饰也很快要被新业主打掉重新装修了，心中突然冒出了一种无法表达的凄楚感，甚至还有一种外人未经主人允许而私闯民宅偷窥他人的做贼的感觉。还在房间收拾东西的萍萍听到动静，拉着心雨走了出来，似乎有些讨好地笑问道："回来啦？"又用抱歉的神情扫了一眼摆满客厅的物件。女儿跑上前来抱住爸爸的腿，仰着头说："爸爸，爸爸，我和妈妈去日本看外公，你怎么不跟我们一起去呢爸爸？听妈妈说那里很漂亮的，有很多好吃的好玩的，你也跟我们一起去吧？好不好嘛？"

郑晓悟心里一阵心酸，强忍住眼泪，把女儿抱起来贴着她稚嫩的脸蛋说："爸爸最近事情太多了，实在离不开。等爸爸忙完了就去外公那儿陪你好不好？"

心雨搂着爸爸的脖子脆甜地答道："好！"

鲍萍萍呆呆地看着这父女俩，忽然说："我们晚上去老街的那间港式茶餐厅吃饭吧。"

没有什么可收拾的了，便早早到了老街，早早进到这间港式茶餐厅，又不由自主地坐到最里边那处靠窗的卡座，照旧自然而然地望向窗外的芭蕉和簕杜鹃，郑晓悟情不自禁地想起和吕菁华第一次坐在这里的温情，想起和鲍萍萍第一次坐在这里的巧合，而告别吕菁华最后的晚餐是在这里，今天在即将送别萍萍母女的晚餐却又一次坐到了这里，难道这就是天意？

小心雨也特别喜欢吃这家店的牛扒，简直和爸爸妈妈是完全一样的口味和喜好。只是她还小，不能给她点奶茶。

这餐饭，小心雨吃得挺开心，而郑晓悟和鲍萍萍呢，可以说是各怀心思，互相之间不知道说些什么才好，所以整个一顿饭都假装把注意力全部集中在女儿的吃饭、说话上了。饭后回到家里，鲍萍萍早早地给心雨洗了澡，让她刷好牙到自己房间去睡，紧接着自己也去冲完凉后还特意喷了香水，随后就不停地催郑晓悟也早点上床休息，明天一早要赶去深圳机场。待郑晓悟洗漱完毕一进到房间，她就反锁房门，褪去罩着一身真空的半透明睡裙，便开始有所动作。郑晓悟知道，她是想在临走之前用这种方式对自己有所补偿。

小心雨没有外婆守在身边，根本睡不着，就想跑到爸爸妈妈房间来，发现房门被锁住了，于是便拍门喊叫，随即就哭了起来。郑晓悟遭遇一连串的公司变故、家庭变故，前路不明，前程未卜，很长时间都没有心情和鲍萍萍干那事了，也调动不起做那事的情绪，尤其在与鲍萍萍办理离婚手续之后，就提出要搬到书房去睡，但鲍萍萍提出不能让母亲知道真相，不能使女儿察觉异常，建议同睡一个房间稳妥些。而此时想到明天即将劳燕分飞，天各一方，则愈加心灰意冷，心烦意乱，更不愿意与即将行同路人的女人有肌肤之亲，听到女儿的哭叫声，借口哄女儿，赶紧打开房门把她抱了进来。正在兴头上的鲍萍萍又是哄逗又是威胁，一会儿轻言软语，一会儿大声呵斥，想让心雨回到自己房间去睡，但小丫头说什么也不上当，非要挤在爸爸妈妈的中间睡下来，而且紧紧抱住爸爸的胳膊，很快就甜甜地进入了梦乡。

郑晓悟和鲍萍萍整个晚上谁都没有睡好。

　　从临港到广州白云机场这两个多小时的路程使郑晓悟觉得是一次漫长而难受的人生经历，不是因为广临公路的路面差，不好跑，也不是因为这一辆面包车旧，不舒服，而是那种难以言传的令人压抑而沉闷的气氛。这部车就是那年鲍萍萍借用开回江州过年的车子，司机也是她协会的同事，在熟悉的外人面前肯定没有必要表达什么假意祝福的情感上的东西，说些什么掩人耳目的依恋性的话语，关键是，郑晓悟觉得此时此刻已经到了无话可说的地步，该说的话早已经说过了，想说的话也没有说的必要了，夫妻关系、家庭现状已然如此，再说什么都不可能改变现在的局面，不说什么自然也不会比现在这个结局更好，双方的未来再难相交，但各自的生活还要继续，没有必要再虚与委蛇地敷衍应付，对话交流了。沉默是金。郑晓悟在淡然沉默中自我感觉到，鲍萍萍的海外前景其实可以预料，而自己的努力奋斗必将越来越好，这种感觉绝不会错，郑晓悟从来都迷信自己的直觉，有朋友说这不是什么直觉，而是他禀性难移，自以为是的臭性格。不管是直觉还是性格吧，虽说自己跟着感觉走的言行举止得罪了一些人，误了一些事，吃了一些亏，遭了一些难，受了一些痛，但也因此躲过了人生中的几次大灾大难。所谓塞翁失马焉知非福。

　　郑晓悟下意识地坐到了副驾驶座上，而不是和鲍萍萍并肩坐在后排。小心雨闹着要跟爸爸坐在一起，赖着坐在了爸爸的腿上，她一路上看到窗外的车龙马水，望见路边的花草树木，发现天上有小鸟飞过，都会当作一个话题叽叽喳喳跟爸爸问个不停。妈妈一再呵斥她不要闹腾爸爸，让爸爸安静一会儿，她也跟没听见一样，就是要说个没完，一直到最后说累了，闹困了，在爸爸怀里安安静静地睡着了，郑晓悟才请司机将车子停到路边，把女儿抱到后排横放躺下，盖上外套，让鲍萍萍看护住。其实郑晓悟能够真切地感受到，女儿这是在故意想多跟自己说话，多跟自己亲近，才几岁的孩子呀，心思真重啊。

到达白云机场的国际航班专区，办理出境的旅客比想象中的要多，每位旅客携带的行李也都比国内航线的旅客要多得多，光是托运、检查、超重补费，或者是重新打开行李箱进行物品调整，使得每个人的办理登机牌的环节和过程都要慢许多。郑晓悟让鲍萍萍拎上手提物品，拉着女儿赶紧先去排队占位置，自己负责搬动这几个大旅行箱，但小心雨却坚持亦步亦趋地跟着爸爸，并说要给爸爸帮忙拖箱子。

行李托运完毕，一切还算顺利，当郑晓悟护送母女俩去排队等候进入安检的时候，女儿突然说肚子疼，要去上厕所，并且还坚持要爸爸送她过去找洗手间。有些着急的鲍萍萍咬牙切齿地低吼道："你这鬼丫头出个门真是麻烦，快去快回哈，时间来不及啦。"

小心雨拉着爸爸的手不急不慢地找到了洗手间，但却慢悠悠地跟爸爸说："我肚子又不疼了，不想上厕所了。"拉着爸爸的手又走了回来，当她要松开爸爸的手跟上妈妈去排队时，突然抱住爸爸大哭起来："爸爸，我不想离开你，我不想去日本，我不想去看外公……爸爸，你能不能跟妈妈说，让她也不要去，我们还是回家吧爸爸……"

正在跟随旅客有序排队的鲍萍萍看到这一幕，眼圈顿时也红了，很多旅客都同情地看着这对父女痛别的场景。就这样下去也不是办法呀，鲍萍萍礼貌地跟排在自己前后的旅客打了个招呼，走出队列，对热泪长流的郑晓悟说："你可不能哭哈，你当爸爸的也这么哭，这孩子就更走不了了。你是大老爷们儿，心要硬一些，别在这儿送我们了，走，赶紧走吧！这丫头我来对付。"说着，不管三七二十一，强行把心雨抱起来走回原来的位置，同时也满眼含泪地摆头示意郑晓悟离开。郑晓悟狠了狠心，转身走出了很远，还听到机场大厅里回荡着女儿凄厉地喊声："爸爸……"郑晓悟只觉得这声喊啊把自己最后的一丝心气都抽光了，把自己走路的一点腿劲都喊软了，他浑身无力地找了个座位瘫坐下来，一直就这么发着呆，愣着神，想象着女儿在候机厅里还在哭着找爸爸，想象着鲍萍萍训斥着女儿并拖拽着她登上飞机，想象着飞机轰鸣着腾空而起向飞去东瀛……已经过了很多年，女儿的喊声总是时不时地在自己耳边响起，并且总会有女儿还在身边的错觉。

回到已经不再属于自己的曾经的家，迈进这个曾经洋溢着欢声笑语的家，曾经充满着幸福温馨的家，此时已是满眼凄清，内心顿觉满腔凄凉，又见自己曾经和鲍萍萍一起精心挑选的窗帘在暮色沉沉的晚风中，寂寞无助地飘荡在敞开的窗外，猛地悟出父亲曾经建议吕菁华、鲍萍萍要多读书，特别是点明让她们都读一读《安娜·卡列尼娜》这部名著的深意，失神之间，又想起父亲曾经背诵并推荐的清词三大家之一的纳兰性德哀怨悲怆的词句：

> 一生一代一双人，
> 争叫两处销魂。
> 相思相望不相亲，
> 天为谁春？
> ……

走了，都走了，只留下毫无意义的空房。客厅里的家具摆设未动，但却明显看出已经很长时间无人用心打理；厨房里的锅碗瓢盆还在，但却充满着许久未动烟火的陈旧的油垢味；岳母和女儿的房间里只剩下没有铺盖的席梦思床，柜门大开的衣柜里是散落的空衣架，居然还找到了一帧女儿在幼儿园里拍的艺术照，真漂亮！郑晓悟很珍惜地收藏了起来，此后无论搬过多少次家，都会把这张照片摆在应该属于女儿的房间里；进到自己和……鲍萍萍的房间，床上还留有昨晚一家三口挤睡一床的痕迹，郑晓悟呆呆地凝望着没来得及整理的床铺，好像是很遥远的印象，好像是不存在的幻想，当他回过神来，终于意识到这将可能是最后的记忆了。显得空空荡荡的大衣柜和床头柜里只有自己的一些衣物用品，竟然没有发现鲍萍萍的任何东西，噢……书房里应该有她没带走的日记本，可能还会有一部分照片吧？

完全是一种本能驱使着郑晓悟把房间各处都巡视了一遍，或许是依依不舍？或许是无奈告别？但那又怎样呢？此处从现在起就已经成为了过去式，只能越看越伤心，只会越想越难过，甚至还不知道今晚如何入睡，如何安眠呵，若是继续在这间空房子里待着，除了伤怀就是伤感，与其在这里还要再住十天八天，不如明天最迟后天就交钥匙搬离此处换个环境，也好让人家新业主早些接手规划装修。卖房签约时说好了的，电器、家具都打包销售，因此，郑晓悟能带走的，除了自己的衣物用品，就是那些宝贝书籍了，其他别无长物。

自从答应鲍萍萍卖掉房子并提出协议离婚之后，郑晓悟就开始考虑租房住的事了，最初的想法，是到比较熟悉的白沙村、石围村、石岗村等城中村租住民居，房租便宜。但跑到这几个地方一看，人员比较杂，环境比较乱，隐隐中缺乏安全感，关键是这些密密匝匝楼栋里像鸽子笼一样的房间，混住着形形色色生活规律几乎昼夜颠倒的男男女女，实在难以适应，因而彻底放弃了在这些地方租房图便宜的想法。

某天偶然路过一处不太显眼的小院，大门处挂着一块不太显眼的牌子，上书"西安驻临港办事处招待所"，院里一左一右不大的两栋四层楼，左侧楼的墙壁上刷着白底红字：对外营业，价格实惠，环境舒适，服务周到。心里一动，便走进去看看。一楼的接待柜台里坐着一位明眸皓齿、端庄漂亮的年轻女子，典型的西北美女模样，见有人进来就甜甜地笑着站起来打招呼，得知来意便拿起一串钥匙，热情地领着郑晓悟去选房间，介绍这家招待所实际上达到三星级酒店的条件，但要比酒店便宜，而且一般多是接待陕西各地的政府机关、国营厂矿企业来临港出差公干人员，很少有闲杂人等入住。下面三层是客房，办事处的办公室在四楼，办事处的干部、职工、家属都住在旁边那栋楼里，晚上十点半关大门，很安静也很安全，院子里免费停车。

郑晓悟很觉满意，看中了三楼靠中间位置的一间标准房。在具体议价时，有意提及父母当年曾在西安石油干部学校工作过，该女子惊奇地说："哎呀！我家就在学校旁边住，咱们还是邻居呢！现在学校已经改名叫西安石油学院了。"随之露出神秘的神情悄声说，"这样吧，我给咱领导打个电话再给您申请一个特殊折扣。"

长包房本来就有优惠，如此再有"老乡邻居"关系的特殊折扣，郑晓悟即刻就签了包住半年的协议，并依约预交一个月押金和一个月房费。从送走萍萍母女的次日搬进这家招待所起算，住了十个月。

而在知道远山事件的后果已经无可挽回之时，郑晓悟就已经在盘算如何选择自己未来的发展道路，思来想去，认为当前无法预期和无力改变的现实因素太多了，在大方向上还是搞回自己的法律专业比较稳妥，首先便决定参加律师资格考试取得资格证，以后是不是进律师事务所做执业律师另当别论，多准备几手有备无患总是好的。但是，在复习应考的同时，总得上班工作有收入才行啊。那么，去干什么呢？

在远山集团做高管期间，每次出行都有车坐，偶尔还会自己开车的郑晓悟，仅仅几天的时间就已经感觉到出行办事不习惯、不方便了，于是便当机立断地拿出仅有不多的积蓄，花了不到十万块钱买了一辆"富康"两厢小轿车代步，随之又一不作二不休，花了九千多元申请了一部手提电话，这次不仅不用托人，不用开后门，而且便宜多了，还是"爱立信"最新款机型哪。两大装备配齐，使得一直萎靡消沉的郑晓悟有所振奋，是啊，事情过去就过去了，结果发生就发生了，总得生活，总得工作，总得追求事业，总得实现自我，这才是男子汉！否则，没有人会理睬你，没有人会同情你，况且，已经投入海外新生活的鲍萍萍其实是什么也看不到的，什么也顾不上的，也是跟她没关系的。做给谁看呢？自己是该认真谋划下一步了。

经过一段时间的休整和思考，稍稍平复心情的郑晓悟开着贴有临时牌的新车，沿着海滨公路往沙涌浴场驶去。好久没有到海边来了，想游游泳、玩玩沙、发发呆，关键是今天特别想要面向大海作出最终决策了。决定大事嘛，当然得有仪式感。

不是周末和法定节假日的沙涌浴场依然有不少游水戏浪的人，有一些是游客，更多是放暑假的学生和轮休的打工仔打工妹，红男绿女，青春激荡，笑语喧哗，此起彼伏，有的在堆沙雕，有的在捡贝壳，有的在踏浪花，有的在玩游戏，潜入海水正儿八经游泳的人并不多，能游到远处防鲨网边缘的人更少。郑晓悟直接在车上换好泳裤，扑进大海的怀抱，在防鲨网内劈波斩浪地游了几个来回，然后在沙滩上刨了个坑，躺下去把自己的身体埋进沙子里，仰望着蓝天上白云飘飘，倾听着大海里浪涛哗哗，心无旁骛地想着自己的事情。等到从沙坑里破沙而出，再次投身大海里逐波畅游，此时的决定已经形成了。

开车回城，直接就到三哥晓慷工作的工商局，向他通报了想要成立法律咨询公司的想法，并请三哥去企业登记处拿了申报此类公司所需填报的各种表格。目前的政策是放宽营商环境，鼓励创业投资，成立咨询公司的注册资本为10万元，出资证明审核并不特别严格；要求在办公楼或者宾馆酒店租用面积不得少于三十平方米的办公场地；股东为二人及以上，同时需报送投资协议和公司章程到工商局备案等等，皆易操作。郑晓悟已考虑好把二哥晓恒列为名义股东，不让他实际投资，还可以每月名正言顺地帮忙做财务报表。此时正逢毕业季，来临港求职的学生不少，郑晓悟决定重点招用楚天大学法律系的毕业生。行政人员更容易招，花几百块钱把招聘信息往市、区劳动局设在市中心主要路口的人才招聘橱窗内一张贴，应聘者肯定不会少。

欲寻一处注册咨询公司所需的办公场地，最理想的当是石围村股份公司商务大楼，欧阳坚董事长是自己的老朋友，当年推荐过去工作的师妹胡欣现在已是公司办公室主任，在熟人圈子里进进出出也放心，租金也肯定会有优惠。没想欧阳董事长一听租用办公场地的事，便大手一挥："郑老师你搞咩嘢鬼啊？我缺你那小小租金咩？你想要什么样的办公室？随便拿去用，湿湿碎啦！"随即打电话把胡欣叫了过来，让他即刻带郑晓悟去看楼下有一间空出的办公室是否合适。

这是一个带套间的大办公室，四十多平方，办公家具配置齐全，原是一家贸易公司做大了，一个月前搬去临港国贸大厦刚退租，简直就是为郑晓悟量身打造而预留的。欧阳董事长的意思是租金、费用全免，且会向工商局出具场地使用的书面证明，但条件是郑晓悟义务担任石围村股份公司的常年顾问，为他们提供决策咨询和专业服务，若涉及法律诉讼或仲裁则另行委托付费。这就等于已经固定了一个客户，还没开张就谈成了一单生意，赚到了一笔钱，无疑是雪中送炭。

郑晓慷带着负责办理注册登记的同事前来查勘办公场地，顺便跟弟弟晓悟提及，有位工商局同事的女儿刚大学毕业，正在办理自费出国留学手续，办妥各种手续大约还需要两三个月的时间，想到咨询公司来临时干干行政工作，也算是个社会阅历，锻炼锻炼，给不给工资、给多少都无所谓。郑晓悟想，这种人情关系应该优先，反正要招行政人员，这位姑娘的条件无论是好是差都没关系，也就是先来暂时顶一顶，等她出国后再重新招聘也来得及，便让三哥转告面试时间。

来面试的这位女孩名叫唐洁，给郑晓悟的第一印象非常普通，白色短袖衫配浅色牛仔裙，个子不高，一头短发，瘦瘦的，黑黑的，怯怯的，说话细声细语，一副很单纯很紧张的样子。郑晓悟为了使她放松下来，便很随和地问她放假这段时间都在做什么呢？唐洁红着脸答道："就等签证，没什么事做，天天跑去游泳，您看我晒得多黑。"说完还伸出晒黑的胳膊来证明。郑晓悟从这个小动作察觉到她的可爱之处，接着又问她所学的专业，有哪些课程，当然真正关心的是她会不会用电脑，打字速度如何。为了让她尽快进入角色，培养工作上的自主意识，随即就提议一起去电子一条街挑选电脑和打字机："到底选什么牌子，挑什么型号，都由你定，反正我是菜鸟，啥都不懂。"

开车来到电子市场，走了几家电脑专柜，在与各家售货员进行交谈、询问、试机、挑选的过程中，在帮助店家把选购的商品搬往车上时一再提醒小心的行为中，郑晓悟其实也在观察着认真细致而又温婉随和的唐洁，发现她和李丽、吕菁华、鲍萍萍以及其他一些熟悉的女孩子好像都不太一样。当然只是瞬间感觉而已，说不出来。

先行招聘了两男一女两名法律专业应届毕业生，在郑晓悟的业务主导和专业指导下，已经可以正常地开展法律咨询和业务代理工作了。得益于郑晓悟过往讲课的名声、出书的影响和为人的诚实，公司正式开业不久，或是找上门来的或是朋友介绍的业务就不断增加，经营收入超出了原来的预期，相当鼓舞人心。

偶有一次下班，郑晓悟准备开车返回西安招待所，一眼看到站在路边公交站等车的唐洁，便停下来问她去哪儿，答曰回家，家在荔湖雅苑。郑晓悟一听离自己住的招待所不是很远，便说正好顺路送她回去。唐洁略显难为情地犹豫了片刻就上了车，并且很懂规矩地坐在副驾驶座位上，一路上随意聊聊，气氛慢慢就轻松了。自此以后，每天下午下班都是雷打不动地送她回家，除非郑晓悟要加班或者是晚上有应酬，唐洁都会很自然地等着一起走，甚至有了一种依赖感。

招待所没有食堂，每天每顿都必须在外面找地方吃饭。一个人吃饭好解决但又特别难解决，没法点菜又不可能天天吃大餐，也不可能顿顿去肯德基、麦当劳，因而到快餐店、大排档吃粉、面、饭是生活常态，来份饺子最为简便实惠，在那将近一年的时间里，郑晓悟可以说把各种馅料、各种风味的饺子都吃遍了，以至于见到饺子就反胃，吃着饺子都想吐。所以，有时候想要改善生活，郑晓悟就邀请唐洁共进晚餐，与郑晓悟之间越来越熟悉甚至抱有好感与崇拜的唐洁从不拒绝，但一定会给家里打个电话通报一声。不过，唐洁只限于两个人餐叙的范围，与客户的应酬交际活动基本不参加。郑晓悟当然更愿意这样，轻松愉快，丰简随性，且无需喝酒。乐园美食一条街物美价廉品种丰富的生猛海鲜真是越吃越上瘾的魔咒，然而白切鸡则是唐洁每餐必点的至爱美食。郑晓悟本来不是特别爱吃鸡肉、猪肉之类的菜肴，但就这么跟着试一口、间或品两块，也慢慢吃出味道来了。

可谓"曾经沧海难为水"，业已成为单身汉的郑晓悟本来正处于身心消沉期，而且在心中没来由地升出一股对于再找情侣恋爱的抗拒感甚至厌恶感，固执地认为世上的女孩皆是吕菁华、鲍萍萍那种性格、那个样子的，自己和谁谈恋爱，何时谈恋爱都没有什么太大差别，因此完全没有兴趣，至少是目前没有兴趣想到要恋爱成家。但在与唐洁三个多月的相处过程中，郑晓悟一开始只是感觉她跟自己所认识的女孩好像不大一样，慢慢地越来越发现她是那种非常耐看的女孩子，不仅体现着颇有教养的柔美，而且散发着江南姑娘的灵秀，长于倾听，善解人意，从不高声，绝不语激，不求奢望，未闻攀比，坦然待人，安然处世，特别适合自己的审美标准和内心追求，只可惜人家很快也要出国留学甚至可能远嫁异乡了，不可能和自己再有进一步的关系。不过，能与唐洁这种女孩子有这么一段相识相处的美好时光，郑晓悟已然觉得刻骨铭心，此生足矣，至少，她的出现提醒了他并使他认识到，在这个世界上不仅只有李丽、吕菁华、鲍萍萍乃至于姜蕾、章玲等等一众美女那一种美貌，一种性格，一种品行。

对！唐洁就是在告诉我未来妻子的样板，我以后就以她为标准去寻找、去发现、去等待。郑晓悟下定了决心。

唐洁出国的那天，郑晓悟正好陪着一位香港客户张老板在苏州出差。手提电话铃声响起，来电显示是临港的座机，一接听，竟然是唐洁的声音，只听她怯怯的声调中流露出异常："是我，你还在苏州吗？我……我现在就要出国走了，是从深圳罗湖口岸过香港，在启德机场坐飞机直飞。我怕见不到你了，我是偷偷跑到旁边小商店用公用电话给你打的电话。我……我……我走了……"

虽然早都知道唐洁会走，但当这天来临并亲耳听到唐洁期期艾艾告知的消息，不能也不便亲自前往相送，甚至不能远远地遥望相送而看她最后一眼，郑晓悟只觉得心里一阵发紧，一阵发痛，阵阵酸楚，呆呆愣愣地听着话筒，完全不知道应该说些什么。过了10秒？20秒？对方已经放下电话传出"滴滴"声尚未回过神来。

第二十四章　吾心安处

　　纵然是咱们这位特有浪漫情怀、极富想象力的理想主义者郑晓悟，无论如何也不会想到已经远赴异国他乡的唐洁会给自己写信，而且是在她千辛万苦刚刚到达目的地，草草安顿下来的当晚所写的，而且是只给她妈妈和他写了信。密密麻麻的两张纸，没有浮夸的语言，没有华丽的辞藻，然而文笔功底很好，语句流畅动人，其中最具有感情表达意味的是这句话："虽然在一起相处的时间并不长，但那时每天都怀着能够相见的喜悦和希望，现在却自讨苦吃地陷入到举目无亲的孤独和无助之中"，这令郑晓悟内心深受触动，他凝视着娟秀柔和、规矩端正的字迹，痴痴体味着，揣摩着这句话的本意、深意。

　　唐洁的这第一封来信，是在郑晓悟从苏州出差回到临港一个星期后收到的，当接到这封红蓝条镶边的国际信封，中英文两种文字的国外来信时，还误以为是鲍萍萍的来信呢，但字迹不同且寄信地址也不是日本，谁呢？打开读后，难以置信的激动和如获至宝的心情可谓溢于言表，当即就回了一封热情洋溢的信。没想到才过两三天，又收到了唐洁的来信，也就是说，这是在还没有收到郑晓悟的回信的情况下，就紧跟着写来的信，而且……而且是一个信封里装着连续三天写的三封信，这令郑晓悟愈加心潮澎湃，意识到这不仅仅是同事部属之间的礼貌性问讯，这也不仅仅是一般朋友之间的礼节性通信，这是一份沉甸甸的感情托付，这是那种暖烘烘的深情信赖。

其实当时在鲍萍萍义无反顾地决定出国之后，郑晓悟随即主动提出跟她协议离婚，的确只是取决于一个不容回避的现实问题：自己绝不可能出国去依附他人，鲍萍萍也绝不会再回到国内来生活，无论这是不是两人不同的性格与追求使然，是不是不同国度的空间与时间阻隔，这个矛盾肯定是无法协调的，真的没有必要这样稀里糊涂般地浪费青春，没有必要这样掩耳盗铃似的自欺欺人，如此下去，对任何一方都是不负责任的。自从认识唐洁并相处一段时间之后，虽然只是工作上的相处，但郑晓悟非常庆幸在处理与鲍萍萍关系的问题上，自己的当机立断是正确的，自己的天生直觉是准确的。因为他终于发现并真正悟出了自己心中的女神、内心的追求到底是什么样子的。虽然说唐洁已经身处异国他乡，也将在生命旅程中与自己擦肩而过，可能和自己再也不会有任何瓜葛牵连，但不得不承认，唐洁是用自己的出现，使郑晓悟不仅体会到天涯何处无芳草的真意，更加认识到处处芳草各不同的真理。

郑晓悟是在送走鲍萍萍母女之后，才将两个人离婚的前因后果写信告诉了父亲。也可能是父亲难以接受，也可能是父亲需要考虑，总之是过了一段时间，才收到父亲的回信，内容比较长，主要是历数小儿子一路走来的人生道路每况愈下，每一次的抉择都令老人家不满意：好不容易进入到父辈奋斗过的石油系统，却轻率地辞职跑到南方灯红酒绿花天酒地的是非之地；好不容易在政府部门有个正正经经的职业正正当当的身份，却头脑发热地下海混入到商人堆里钻进钱眼里浑身沾满铜臭；好不容易算是在一家像样的公司干得风生水起发挥所长实现价值，却又灰头土脸黯然离去失掉立足之地，现在竟然变成了摆地摊的个体户。事业上一事无成不说，个人生活更是一败涂地，前有热恋多年的师妹女友甩手离去，现有结婚生子的幸福家庭分崩离析，一个在人们眼中有才华有希望的才子居然混到了几近沿街乞讨的地步，原因在于从来不懂得吃一堑长一智。但批评归批评，不满归不满，必要的关心还是有的，只不过父亲在信末，给小儿子提了一个令人难以置信的建议：在南方实在混不下去的话，就回江州回到家里来，总会找到饭吃的。

从来都是脚已迈出就绝不停步绝不回头的郑晓悟，对于父亲在信中的这个建议颇觉不可思议：自己在临港怎么混也不至于要走回头路，更不至于跑回父母身边去找饭吃嘛。当然，自己的确是没有达到父亲的要求，未能实现父辈的愿望，这里面的确是有对时运的把控失误，也有对机遇的轻率放弃。已经在广东生活了十年有余的郑晓悟，虽然不敢说自己将来会在事业上有所成就，在专业上有所成就，但他就是认定了岭南这块热土，对于这片土地一切的一切，不仅仅是深入骨髓的爱，而且是难以割舍的情，每逢出差外地，当一回来踏上广东的土地，必然会情不自禁地发出赞叹。当然，还有一个隐隐约约觉得将会影响一生、托付一生的重大期待，现在还不能跟父亲讲明白，其实对自己也难以说清楚，似乎内心里有了期许，感情上有了寄托，虽然具体目标不敢确定，但总体方向业已认准。因而，郑晓悟在给父亲复信之末尾附了一首苏东坡的《定风波·常羡人间琢玉郎》，最后两句是"试问岭南应不好，却道此心安处是吾乡"。

毋庸讳言，明确了安身之所，没有了思想负担的郑晓悟，此时心安之目标当是仍在海外求学的唐洁。虽然他并不敢肯定唐洁对自己到底是种什么样的感情和意愿，虽然他也并不知道唐洁最终会不会回国或另嫁他人，但他就是认准了唐洁最适合自己，而自己也最适合唐洁，哪怕最后竹篮打水一场空也在所不惜。因为他惊异地发现，自从他认识并认定了唐洁之后，在这座生活、工作了十多年的城市里，似在猛然间感觉到没有一个真正认识、熟识并可交往结识的女孩子，她们都瞬间消失了吗？还是原本就不存在呢？不仅如此，原来经常来家混吃混喝打牌借住，或者常被自己在酒楼餐馆出手大方地宴请欢聚的那些同学、亲友、熟人，于今自己形单影只、茕茕孑立之当下，也都骤然间疏离少见了，忽然间失联无踪了，这段时间，也有两位哥们儿出于关心或者好奇，曾到西安招待所看望过自己。所以，对于唐洁的感情倚靠，哪怕是幻想的虚假的暂时的倚靠，也成为郑晓悟唯一的精神支柱，唯一的快乐之源，唯一的倾诉对象，因此，每天忙完工作唯一可做的，就是给她写信或者打越洋电话。有一次陪好友当事人去湛江出差，用酒店的电话打国际长途给唐洁，一次话费竟高达两千多块钱，超过了押金额度。酒店前台打电话给好友催促补缴押金才知道通话时间太长了。事后，这位好友和郑晓悟、唐洁两口子笑谈此事，得意地说他总算是做成了善事，积了功德。

郑晓悟感觉到自己又进入到了曾经不顾一切的初恋状态，又在复制自己当年和吕菁华之间疯狂热恋的模式，同样的情形是：唐洁的来信还没有收到，自己的去信还没有抵达，下一封信或是情诗又寄出了。他需要这种狂热的爱，也希望对方回报这种狂热的爱。总之，也就十个来月的时间里，郑晓悟虽然不记得自己给唐洁写了多少封信，但收到唐洁来信并编号保存的是 45 封，而且很多次是一个信封里有两封信或者三封信同寄。这种频密不绝的鸿雁传书，其中竟然还发生了有唐洁的两封来信没能收到的怪事，不知道是因为外国邮票诱人的缘故还是其他原因而丢失。

郑晓悟在认识唐洁并相处一段时间之后，便是满脑子认定"我的眼里只有你"，在她远赴海外之后依然是一根筋抱定"我的心中只有你",这也许就是精神力量、动力源泉。在自我感觉有了置身心安之处,也有了神系心安之人的郑晓悟,第一个现实目标就是买房安身、置业安心,所谓安居方可乐业,筑巢才能引凤嘛。经过大约半年全力以赴的刻苦努力,全神贯注的专业投入,除去各项成本费用之外,已经有了一定的资金积累,根据对临港市区商品房价格的市场调查,30% 的买房首付款应该没有问题了,而基于业务发展预测和经营收入预算,未来每个月按揭款的压力也不会太大,甚至还有可能提前还贷。

市内各区有好几处商品房楼盘都在铺天盖地地打广告,热火朝天地搞推销,郑晓悟从地段、环境、质量、价格以及户型结构、小区规模,同时还考虑到物业管理等诸多方面因素进行比较、平衡,从总体性价比的综合要素上觉得石化房地产公司开发的林源山庄较为适宜,既躲开了闹市喧嚣,却又并不偏僻,坐北依山规划设计,顺应坡地走势而建,小区内外的自然景观不错,很符合自己的审美观和居住习惯。如此在心中确定之后,不由得就想到了马天翔,一打听,马老师现在正好担任石化房地产公司公关与销售副总监,又正好可以管到林源山庄售楼部,真乃天助我也!有了那一次参加歌唱大赛同台竞技和艺术指导之缘,马天翔见到登门造访的郑晓悟自是热情异常,一听是有买房打折要求,二话不说,直接按他的最大权限给了最好的折扣优惠,还专门给林源山庄售楼部经理打电话,要她在售房合同中注明再免去一年的管理费,又交代入伙安装电话时要优先安装并且一定要选个好号码。一切交代停当,闲聊时得知郑晓悟暂时栖身于西安招待所,大呼这就是缘分啊,说他们两口子和西安办事处的领导都很熟,即刻便电话过去,申明他和住客郑晓悟先生的特殊朋友关系,一定要给以特别关照。虽说招待所的特殊优惠已经用尽,合同已签,但从此之后,招待所的工作人员对郑晓悟的态度更加客气,房间卫生打扫得更仔细,若是偶尔在外应酬晚了,回到招待所超过了规定时间，大门已关，打进前台电话，值夜班的人员也会及时跑出来开门并笑脸相迎。

在林源山庄选定一套三房两厅两卫一厨的紧凑型套房，觉得在未来几年暂时居住并用以结婚应该是够用的了，等有条件了再置换大房。买房合同签订并支付首期房款的当天，郑晓悟做的第一件事，就是很自然地把合同文本和户型图、小区规划图各复印一份，并附上一封信寄给唐洁通报情况。由于作为普通信件已超重，还特地赶到邮局窗口加贴邮票寄出，这个动作，既不存在出于什么特别动机，也不存在基于什么特殊心机，只是在心中把唐洁理所当然地当成了无话不说的亲人，顺理成章地觉得应该把这件当前办成的大事告诉她，让她为自己高兴也好，向自己祝贺也好，最不济也是向好朋友倾诉分享喜悦。他也真的只是对唐洁一个人这么做了，即使唐洁觉得不屑或无聊也没关系。未承想唐洁很快就有积极回应，而且在来信中很渴望知道装修方案、基本格调、材质用料，并且两次来信都发表了自己的看法。这是林源山庄一期开发的物业现房销售，所以在买之前就了解到，过完春节就会通知现场验收，签字确认无异议即办理入住手续。

这次春节放假，郑晓悟原本打算跟二哥和三哥他们两家人一起回到父母身边去过年，但最终没有成行，一是计划春节后收楼入住即开始花钱装修，能省点钱就省点钱吧。二是认为回去和家人见面后肯定会谈及并评论鲍萍萍，这就比他一个人在此孤独过年还要难受。当然，还有他离婚之后所感受到的冷暖炎凉，也就不想和他们一起回去了，只是请二哥、三哥他们帮忙把给父母的拜年礼物带回去，并转告父母在新房装修好后就接二老过来住一段时间，基本上计划在五六月份装修完工，恰好那时香港回归，又适逢暑假，届时还可以方便申请办证请二老出境到香港走一走，看一看。父亲办理退休手续后继续被江州市委党校返聘，平日里竟然比以前更忙，只有寒暑假有空。

　　元宵节还没有过，虽然很多单位都已经上班，但按照传统说法是"年"还没有过完。这天晚上，被当事人请出去吃年饭，喝酒谈完事情之后已经比较晚了，郑晓悟觉得有些累，就拒绝了他们再去卡拉 OK 继续狂欢的邀请，开车回到招待所正好是十点钟，大门还没有关，正在前台值前半夜班的那位端庄漂亮的西北美女并没有像往常那样站起身来笑脸相迎，更没有大年初一见面就模仿粤语甜笑轻呼"恭喜发财，利是到来"的娇嗔，而是一动不动地呆呆盯着电视机，显得很反常，似乎发现她还在抽泣着呢，纳闷之间便有哀乐声传进耳朵里。"咦？是哪位大人物逝世了？"郑晓悟快步凑近电视机一看，只见一位中国老百姓都熟悉的和蔼老人的照片出现在电视屏幕上，一个沉重低沉的声音正在播送《讣告》。"啊？！是他老人家？怎么会？……"郑晓悟的脑袋"轰"地就炸开了，耳朵也"嗡嗡"响的似乎失去了听觉。但这是中央电视台的新闻频道，不可能是假的呀？

　　郑晓悟心头发堵，喉咙发干，眼睛发胀，他突然感到控制不住自己的感情了，顾不上和这位也在伤心不已的女子说句什么，转身离开之时，热泪夺眶而出，他任其流淌，泪水模糊了的双眼看不清走道也看不见楼梯，只是凭着熟悉和直觉，拖着酸软无力的双腿扶着楼梯栏杆往三楼一步一步挪上去，到了自己的房间门口，抽泣着掏出钥匙居然半天都插不进锁孔打不开门，只好靠在门上让眼泪尽情地流了一会，才抹去泪水，对准锁眼打开了房门，然而内心却怎么也平复不下来，和衣倒在床上依然深陷于悲痛之中。他为这位伟大而平凡的老人与世长辞而悲痛不已，只觉得他老人家这伟大一生的起起伏伏历经磨难并不是为了别的，好像只是为了完成他为国人指出一条富强之路的历史使命便欣然驾鹤而去。郑晓悟在感动和悲思中心潮起伏，思绪万千，他深深地感恩，感恩因为有了这位伟大英明的老人才会有自己的今天，他在回忆自己婴幼儿阶段对于北京石油大院生活所存不多的模模糊糊的印象；他在回忆少年时期全家离京来到孟营乡下作为"外来户"艰难生活的点点滴滴；他想到自己和千千万万的青年人一样，如果不是恢复高考上大学，绝大部分人的结局难以想象；他想到正是有了搞活经济，改革开放的英明决策，才有全民的富裕，国家的富强，仅就个人而言才会有属于自己的公司、小车和住房……因此，他觉得应当感恩，而真正的感恩就是要有对美好生活的追求和贡献，只有把个人进步融入社会发展才不辜负他老人家缔造的这个伟大时代。

郑晓悟忽然觉得自己其实并不年轻了，莫名其妙地有了一种时光易逝的紧迫感，有了一种时不我待的紧张感，包括对工作的要求，包括对生活的追求，包括对爱情的渴求，但是恰恰在爱情方面，除了对唐洁的依恋和思念，竟然别无他人。然而不得不承认，自己对唐洁的爱最后有没有理想的结果却毫无把握，会不会是竹篮打水一场空？会不会是无言的结局？也有亲戚和朋友分析认为这种自我臆想、难以把握的跨国恋，纯粹是异想天开，头脑发热，属于爱情幻想甚至是恋爱幻觉。郑晓悟自己不是没有意识到这些问题，不是没有理解到亲友的好意，但他的确是一根筋，现在只认唐洁，也只有唐洁，抬眼望去并没有看到其他的女孩子。事实上也是如此。

虽然说唐洁给郑晓悟的来信比较频密，接到郑晓悟打去的电话总是兴奋不已有说不完的话，而且作为非常注重节俭的她有时也会打来国际长途说是想跟郑晓悟说说话，但她从来没有在信中、在电话里明显表达什么感情，明确承诺什么结果，并且还会以征求意见或者是不确定的语气说只要能获得签证，只要能继续读下去，只要能在国外找到工作，只要家里大人没有说让她回国，她就有可能在外面待下去。郑晓悟当然知道出国留学不容易，当然知道花钱送子女出国的家长是什么期望，当然知道自己不可能也不应该在这个问题上发表什么意见，但他就是坚信，只要先把房子装修好，只要先有个家的样子，只要把成家立业的基础打牢，只要让自己的心爱的人没有后顾之忧，总是好的，所谓前提条件必须具备嘛。因此，郑晓悟在工作赚钱之余的首要任务就是装修房子，而且把在远见开发公司期间所掌握的装饰工程知识，结合自己的艺术天赋和悟性，同时体会和采纳唐洁信里提出的抽象性建议，先行指导设计人员规划出了满意的设计方案，又现场指点装修施工人员按照要求的质量和细节做出心仪的效果，装修主材、灯具、厨具、电器均予亲力亲为，对比选购。这段时间和唐洁的通信和电话，主要内容几乎都是装修细节、建材用料、施工进度之类。

三个月的督促施工，现场跟进，依照合同约定的时间和自己预定的计划装修完工，随即便是开窗散气，零零碎碎地蚂蚁搬家。当最后把家用电器、配套家具全部布置停当，郑晓悟搬出租住了十个月的西安招待所，终于住进了属于自己的家，他从这个房间到那个房间来来回回地欣赏着自己一手打造的小窝，自是感慨万千。坐在书籍满架，充满书香的小书房里，毫无疑问，第一件事又是给唐洁写信。

随着香港回归日期的临近，临港作为与香港距离并不太远，且与深圳经济特区曾经同属惠州地区的城市，三地相互之间不仅仅是风俗相同，习惯相通，而且更是血缘相近，血脉相连，每个村镇甚至每个家庭都和香港有千丝万缕的亲缘关系，因而，自打进入 1997 年，其热切的媒体宣传，激昂的社区氛围，期待的民众心情，庆贺的准备工作，绝不亚于深圳。在所有人的心目中，香港回归启动了祖国统一大业的进程，这是中华振兴，民族复兴的重大标志性历史事件，包括郑晓悟在内的几乎每个人都认为这也是自己一生中最值得骄傲和纪念的重要经历，人们每天的话题都离不开"回归""回归"，这段时间和唐洁之间的通信和通话，当然也少不了对于香港回归的激动与期盼，虽然，他知道唐洁在海外通过各种传媒所获得的新闻并不比自己少，而且也了解她作为身在异国他乡的中国人会更加觉得骄傲和自豪。

一个新时代的开启，一个新千年的临近，郑晓悟也要重新开始谋划未来新的人生路径，他也曾想到并且尝试要继续争取进入上市公司，或者再度介入房地产行业，但最终均予放弃，因为再也找不到在远山集团的环境氛围和人际关系了，关键是有太多无法预期的因素。好在已经顺利通过律师资格考试取得了资格证书，那么，进入一家律师事务所，名正言顺地作为执业律师为社会提供法律服务应是个不错的选择。他把这个想法又是在第一时间写信告诉了唐洁，唐洁在回信中支持和鼓励的同时，突然表达了想要回国的意愿。对于这个问题，郑晓悟感觉总有瓜田李下之嫌，虽然在内心深处急盼唐洁立刻回到自己身边，期盼唐洁永远能和自己相伴，但他依旧抱定一个宗旨——不接话头，不发表意见。但唐洁在下一封信中再次清楚地表明了她将在七月初回国，郑晓悟理解她这是回到国内来过暑假。是啊，两个人只是依靠跨国传情、鸿雁传书维系相互的思念已经快一年了，能有一个暑假的见面陪伴，想想也是很幸福甜蜜的，于是回信表达了热烈欢迎之意，并兴高采烈地通报了所规划的整个暑假如何安排的计划行程。没想到唐洁的又一封来信则明白无误告知，她将结束在国外留学的日子，回到亲人身边，就在国内工作和生活，而且已经订好了机票，七月一号凌晨飞抵香港启德机场，计划从深圳罗湖口岸进关入境，希望郑晓悟届时能开着那辆她坐习惯了的洁白小轿车亲自去接她回家。

她要回家！而且她要他亲自接她"回家"！郑晓悟一时难以置信，但他知道她绝不会用这事儿拿自己开涮，他相信她绝对是下了最后的决心，他意识到自己将要达成此生最大的心愿，有了身安之处，再有心安之人，夫复何求？读完这封信之后的郑晓悟，无法自抑地感到心情激动，心潮激荡，心神激奋，心绪激切，他在办公室里走出走进不知道要干什么，几位同事也不知道他这是要干什么，他察觉到他们莫名其妙的表情和大惑不解的眼神，便决定离开办公室，不要在这儿影响他们的工作。躁动的他本想要开车出去兜风分散注意力，没想到却下意识地开回了家。是的，他要检查审视这家里还需要如何布置完善，如何装饰完美，要让唐洁一走进这个"家"就觉得满意才好，他于是又从这个房间走到那个房间，依然是一副六神无主，不知所谓的样子，他真的没想到自己为了唐洁这个小丫头，竟然是这种傻样。

借着去接唐洁回家的机会，郑晓悟决定绝不能错过见证香港回归这个伟大的历史性瞬间，他要去深圳亲身参与欢送驻港部队进入香港那激动人心的现场活动，并乘着这一喜庆气氛再亲往罗湖口岸把心爱的人接回家，试问世间可有几人能够同时拥有这人生的高光时刻？郑晓悟定好计划，有条不紊地处理好眼前需要先行解决的事情，提前两天赶到深圳，住进了和平路顶端的华侨酒店，这里紧靠罗湖口岸，交通便捷，接人方便。本来也约了邝盟一同来深圳，但6月30日当天是星期一，他要上班脱不开身，而且邝盟说晚上在家里通过电视看香港回归交接仪式的实况转播，效果更好。

此时的深圳，大街小巷张灯结彩，喜气洋洋，气氛热烈，一派节日气息，上上下下都在紧锣密鼓地酝酿着盛大的庆祝活动，无论你走到任何一个地方，空气中都荡漾着《东方之珠》《明天会更好》的歌曲旋律。较之十多年前第一次来深圳，罗湖火车站已经变身为颇具规模的铁路枢纽，东门步行街的传统印记与现代元素形成了有机融合，上海宾馆以西的荒凉农田业已开发为新的中心城区，曾经遥远的宝安、蛇口、南头、华侨城目前已与整个城市连成了一体，并成为西部开发的重点区域……也因为全体公安干警为香港回归保驾护航，孟向阳近期乃是全身心地投入到活动安保加班执勤当中，连个见面的时间都没有，郑晓悟独自逍遥地开车沿着绿树掩映、花团锦簇的深南大道跑了好几个来回，逐段选点停留，驻足体验，赞叹不止，感慨万千，心中一动：是不是应该来深圳发展？这里的天地更广，空间更大。对！就这么办，一定到深圳来，唐洁绝对不会有意见的，她不是在一封来信中说了吗？"你以后到哪里我就跟你到哪里，只要是在你身边，我别无他求。"想到这儿，觉得也应该鼓动邝盟到深圳来，如此，自己和孟向阳、邝盟三个人又可以聚首一处了。

6月30日是个阴雨天，淅淅沥沥间歇性地下了一天的雨，郑晓悟特地去买了一件红色套头雨披，以备不时之需。吃过晚饭，老早就赶到孟向阳帮忙联系的庆祝方队指定集合地点，待人员到齐，经带队指挥一再强调注意事项和纪律要求，便集中赶往划定的欢送区域，沿途可见在驻港部队行经的道路两旁，已经有民众在冒雨陆陆续续地聚集，抢先占据有利位置，以便近距离更清楚地目睹驻港部队的英姿。郑晓悟所在的方队处于皇岗口岸广场外围的路口，在彩旗飘扬之中有序分布着服装统一的鼓乐队、歌舞队等，有单位安排组织的，有市民自发组织的。虽然阵雨霏霏，但手举着国旗、区旗的人们情绪高昂，谈笑风生，翘首以盼期待着零点左右那激动人心的时刻到来。

好几个小时的雨中等待是值得的，衣服鞋袜潮湿但内心滚烫。当管乐声、锣鼓声骤然响起，排山倒海的欢呼声顿时响彻云霄，数百辆不同类型的军车由远而近匀速驶来，浩浩荡荡，势不可挡，车上如雕像般的战士昂然肃立，威风凛凛，这就是中华民族雪百年之耻的威武之师，文明之师，仁义之师，郑晓悟跟着人们不停地喊着、跳着、笑着，分不清是泪水还是雨水在脸上流淌……

欢送驻港部队之后已是后半夜，回到酒店洗漱完毕，清爽无比地躺在床上回看香港翡翠台重播的香港回归交接仪式现场，屏幕画面中，香港会展中心新翼灯火辉煌、气氛热烈，当"米字旗"

徐徐降下，随着雄壮的《中华人民共和国国歌》奏响，中华人民共和国国旗和香港特别行政区区旗缓缓升起，宣告香港一个世纪的殖民统治结束，中国政府开始对香港恢复行使主权。再次热泪盈眶的郑晓悟只觉得扬眉吐气，心潮澎湃，思绪飞扬，毫无睡意，于是便从酒店房间的小冰箱里取出"生力啤"、开心果和薯片，决定边吃边喝边看电视，熬个通宵，黎明即起，按时前往罗湖口岸迎候，千万不要再像当年去广州迎接吕菁华时那样，又错过了接唐洁的时间。

香港的电视节目此刻正在播放《今夜无人入眠》的歌曲：

今夜爱为我燃起希望

守候的路上不再漫长

我要融化你心的冰霜

带着你与爱永远飞翔……

再过数小时就可以见到日思夜想的心上人，以后再也不分开，永远不分离，期盼和感动令郑晓悟精神昂扬。是的，他和她即将迎来灿烂的朝阳，他和她更将拥抱辉煌的人生，他和她还将发生精彩的故事。

2021 年冬至完成初稿

2022 年惊蛰二次定稿

2022 年谷雨修改定稿